# 新たなる出発

『カラマーゾフの兄弟』を読む　III

清水孝純　著

九州大学出版会

# 目次

# 新たなる出発

——『カラマーゾフの兄弟』を読む Ⅲ——

# 序章　せめぎ合う闇と光の交代劇

『カラマーゾフの兄弟』を読み進めて次第にわれわれは、錯雑きわまりない関係性の森の中にひきこまれてゆく思いがある。ドストエフスキーという作家は、なんという工夫を、関係の描出においてこらしたことか。単に人間関係にとどまらない。神、宇宙、悪魔、地獄、要するに人間をとりまく、というよりは、宇宙線のごとく人間自身を透過してはいるが、実は人間自身には不可視なものとして現象している一切の関係というものに、いわば魅せられている作家なのだ。ドストエフスキーの文学の有していると一般的にいわれている謎とは結局、そのようなところに由来する。謎とは、人間が置かれている関係の無限性に他ならない。しかも、その関係は、一切が人間にあらわに開示されてもいなければ、また完全に陰蔽されているわけでもない。人間が手もとにひきよせているのは、そのある部分にすぎない。だからこそ謎なのであろうが、いずれにせよ、生きるということは、とりあえずは、誰しも手もとにたぐり寄せている関係の中に生きているということだ。しかし、関係の束は、その不可視の姿を、徐々に人間に開示してゆくことになるだろう。関係とは、けだし抵抗物の謂だから。こうして生きるとは、抵抗の中に、自己の生を確認してゆくことにほかならない。ここに自己と、抵抗として現われ出た関係との間に新たな関係が持たれることになる。こうして、人間は不断に新しい関係に対面してゆくことになるだろう。この時、自己自身の中に、新しい自己との関係が開示される。その新しい関係は、それまで彼自身にも見えなかったもの、彼も予想しなかった新しい関係として彼の前にあらわれる。それは彼自身も予測しなかったものとして、それ以前の彼からすれば、謎めいたものとなるはずだ。

多くの人々もまた、こうした無限の不可視の関係の束を有しているはずだが、しかし、大体は限られた関係の網の中で自足しているといっていいだろう。一見それが神との関係であったとしても、それは安固とした儀礼の中に受けとめられることによって彼の自我の中の、重要であるにしても、彼の不確定性をひき起こすというよりは、むしろ反対に、その自我に安定性を与えるに役立ったに違いない。

しかしドストエフスキーにおいて、その主要な人物たちにおいては、自己のうちにおける関係の束の有限性は失われて、彼らは、関係の束の無限性へと歩み出る存在たちだ。ここに、これらの主人公の謎めいた不確定性がひそむ。彼らが、無限性へと歩み出るというのも、彼らがなによりも、彼らのうちを貫いている、多様な関係性への視力と、その関係性へのかかわり方の忠実さにある。言い換えれば、自己のうちなる様々なる声に忠実であるということによる。こうして、それはドミートリイにおいては、愛欲を通して、イヴァンにあっては、知性を通して、アリョーシャにあっては謙抑の愛によって無限の関係性の海へと進み入ることになる。

無限の関係性の海、いわば自己を貫いてはいるが、それが次第に開示されてゆく場ともいうべきものだ。ここにおいて、既に述べたように、それまでとは異なった世界をみることになる。しかし、それは、必ずしも、謎が解明されてゆくことを意味しはしないだろう。むしろ、深まるかもしれない。冒頭に、錯雑きわまりない関係の森の中にひきこまれる感じを抱いたというのはそのことだ。これは言い換えれば、ドストエフスキーの文学において、主人公は常に過程の中におかれているということだ。『カラマーゾフの兄弟』を読み進むにつれて、感じられてくることは、そうした不断に流動し、なお未来にむけて関係性の無限に拡大するダイナミズムだ。

ここにドストエフスキーの文学の独特な性格がある。特に、『カラマーゾフの兄弟』において、それが著しい。いわゆる劇的という言葉があるが、そういう表現を使えば、この文学空間の、第三部から第四部にかけてのプロットの展開は、恐らく、世界文学の中でももっとも劇的なるものであるにちがいない。特に第三部のドミートリイの運命の転変は、いわば天国と地獄をほとんど二日に遍歴するという絶望と歓喜の踵《きびす》を接して交互する恐るべき緊張に満ちた空間と時間なのだ。ドミートリイを翻弄するのは、かのオイディプス王をもてあそんだ非情なる運命の手だが、この空間には、時には哄笑も響き、生命はその陶酔のうちにもまた、自己を確認するのだ。もし自己というものに上限と下限があるとすれば、ドミートリイはまさに、二日間のうちにその上限と下限を経巡《へめぐ》るのだ。しかしこの場合このロシアのオイディプスは、その運命をあやつられているとしても、その運命は実は彼自身の生み出したものである、ということに目をむけねばならない。言い換えれば、彼のうちに生まれでた情欲の声に、率直に従ったこと、そこに彼の運命が出発する。欲望を徹底的に追求するとは、いうまでもなく、そこにさまざまな関係が、それが彼のうちにとり入れられ、彼の自我は、そうした関係性の錯雑した結節点となる。それが、さらに新たな関係性におかれることによって、それはゆさぶられ、新たなる関係性へと入ってゆくことになる。外から抵抗するものとしてあらわれた関係というものは、ドミートリイのうちに、新たなる関係性としてとりいれられる。こうして運命とは、オイディプスのように他者として彼に襲いかかるものであるよりは、彼自身の生み出したものというのは、こうした意味だ。運命の転変のごとに彼の自我は激しくゆさぶられるが、それは彼のうちに生まれる新しい認識のためだ。彼が他者からの関係性を自己のうちにとりいれる際の衝撃に他ならない。

外界からくる関係として最大のものは、犯罪者として、社会的裁きの場にひき出されたということである。犯罪行為という、いわばもっとも隠密なものが、社会全体の場にひき出されること、これが社会的裁きというものの意味だが、これは荒野で雷にうたれたごときものだろう。いわば実存的瞬間といえるが、ここにおいて、稲妻のごとき新しくそして異様な光が彼の自我を照らす。その光は、一切のそれまでの関係の束を超えた光といえる。ドミートリイはそれを自分の中に新しい人間が生まれたと語っている。

新しい人間とはなにか。それはドミートリイの自我のうちの、それまでの関係の束が先の光のもとで一挙に無化された時、いわば一切の関係性をはらって生まれ出た新しい人間、ここにおいて、彼は、苦悩のただ中から、ホザンナと叫びえる瞬間を手にしたといえる。

実存主義的小説ならばここで終わったかもしれない。しかし、ドストエフスキーの関係性の凝視はここではとどまらない。新しい人間が生まれ出たとしても、人間が生きるとは、社会において生きる以上、彼は新しい人間をうちに抱きつつ、再び関係性の中に入ってゆかざるをえないだろう。こうして関係性の森は無限に続くということになる。誤った裁きにより二十年のシベリア流刑を言い渡されるが、兄弟たちは脱走を計画することになるというのも、そうしたことを意味する。

オイディプス的運命のアイロニーが、もっとも典型的な形をとるのが、イヴァンの場合だ。ドミートリイが、その情欲の声に忠実であることによって運命のアイロニー劇を自ら演出したとすれば、イヴァンの劇の創出者は、彼自身の知性にほかならない。もし神がなければ一切が許されるという彼の無神論的論理が彼自身にはね返る。彼を翻弄するのは、二人の分身、スメルジャコフと悪魔だが、ともにイヴァンの無意識部分に働きかける暗黒の力だ。この暗黒の力との葛藤のドラマは、ドミートリイの劇が次第に外界に引き出されてゆくのにたいして、どこまでも暗黒の世界で行なわれるといっていい。結局この二つの力がイヴァンを打ちのめす。ドミートリイこそ真犯人だと確信していたイヴァンが、ほかならず自分が真犯人だということを、スメルジャコフによって認知することを迫られる場面ほど、世界文学において戦慄的な場面はないだろう。しかも、イヴァンは法廷で一切を告白しようとして、彼のうちに良心が目ざめたかにみえてその出口は、悪魔によって閉ざされてしまう。悪魔とは、冷厳なる論理的、イヴァンの言葉をもってすればユークリッド的知性に他ならない。法廷に出るが、その時彼の知性は十分破壊されていて、相手にされるはずもない。彼の自我のうちに、外界からの関係は断絶し、彼はうちなる暗黒のものたちとの関係の中に閉じこめられる。

元来、彼の論理からすれば、スメルジャコフによる、いわば一種の代理殺人もゆるされるはずだ。にもかかわらずなぜイヴァンはその精神が危機におちいるほどの衝撃をうけたか。彼は、悪魔的なものと、実際的な関係を持つことによって、悪魔の醜悪を体験することによって、また稲妻のごとき光を浴びたということだ。しかも、それは自己の内部にあった。かつて、父親と、その敵対者のドミートリイのふたりをいまわしい毒蛇と吐きすてるように罵ったことがあった。今や彼自身が誰にもましてそのような存在におちいった。大審問官に象徴される少なくとも高潔な人格に仮託して、キリストをも批判の的にする知性の高みにあったものが、唾棄すべき存在への転落、ここにイヴァンのオイディプス的運命劇の特質があった。

とはいえ、イヴァンは決定的に破滅したわけではない。カチェリーナが彼をひきとり、介護するところで話は終わる。こうして、新しい関係が将来のイヴァンの救済を暗示しているかのようにもみえる。

『カラマーゾフの兄弟』の文学空間は、以上ふれたように、頂点に達しつつ、しかしより錯雑した関係の中に人々はさらに入ってゆくという暗示において終わる。光はあるのか。主要なプロットと並行しているかにみえた少年の物語に、光は仕掛けられている。全篇の最後が一人の無垢の少年の美しい死の中に、世界再生へのキーワードがひそむといってもいい。

それでは、アリョーシャはどうか。アリョーシャもひと時深刻な苦悩に陥るが、しかし、そこから立ち直り、強く健康な、しかし謙抑に満ち抱擁力あふれた存在として、いわば関係をつくってゆくという役割を与えられていた。人々は彼に心をゆるし、他人にはいえない心の秘密を告白する。それでは、彼には、彼自身のうちに存在する関係の束をめぐって、それをゆるがすごとき新しい関係は出現するのか。平たくいえば、アリョーシャは続篇においてどのようになるのか。というのも、実は、アリョーシャこそ、この文学空間の真の主人公であり、それは続篇においてこそ実現されるとは作者も冒頭に断ったところだった。

この十三年後のアリョーシャがどうなっているかについて、例えばグロスマンは、アンナ・ドストエフスカヤや、あるいはアレクセイ・スボーリンという当時の作家でもあり編集者でもあった人物の証言をもとに、こう描いている。
「ドストエフスキーはアリョーシャを史詩《エポペヤ》『カラマーゾフの兄弟』の主人公とみなしていた。それは、おそらく、受難者的革命家の自己犠牲的な形象であったろう。熱烈な真理探求家である彼は、青春時代に宗教とキリストの人格への熱中の時期を経過した。しかし、修道院から世に出ると、浮き世の情熱や苦悩を味わい、リーザ・ホフラコーワと烈しくも悩ましいロマンスを経験する。彼は傷心のはて同胞への奉仕の活動に人生の意義を求める。彼には活動と大事業が必要なのだ。七〇年代の末の社会的雰囲気のなかで彼は革命家になる。そして国内のあらゆる不幸が消え去るはずの全国民の蜂起を呼び起こす皇帝暗殺の考えに引きつけられ、瞑想的な修道僧がすこぶる積極的な政治運動家となる。彼は、アレクサンドル二世の暗殺計画の一つに加わり、断頭台にのぼる。当時のロシアの史詩《エポペヤ》の主人公は没落に瀕する権力と犠牲的な若い世代の時代全体の悲劇を開き示す。」

グロスマンは、ついでアリョーシャのモデルには、アレクサンドル二世を現実に襲ったテロリストのドミートリイ・ヴラジーミロヴィチ・カラコーゾフをあげている(1)。

この説は一般的に信じられているようだがヴァレンチナ・エヴゲーニエヴナ・ヴェトローフスカヤは、『小説『カラマーゾフの兄弟』のポエチカ』で否定している。その批判は、アリョーシャをロシア聖者伝、あるいは民話の流れに浮かべ、アリョーシャの信仰は一貫してゆらぐものではない、スボーリンの証言は根拠がないというものだ(2)。

ヴェトローフスカヤの批判をまつまでもなく、グロスマンの推定は、本質的にアリョーシャのイメージと逆らうような気がする。その点では、むしろ、アカデミー版全集の解説にふれられている十九世紀末のドイツの研究者N・ホフマンの伝えるアリョーシャの未来像の方が納得させられる気がする。ホフマンは次のように描いている。

「作者のプランによれば、アリョーシャはゾシマ長老の遺言によって、俗世間に戻り、その世界の苦しみと罪を一身に負う。リーザと結婚するが、罪の女グルーシェンカのために彼女を捨てる、グルーシェンカは彼のうちなるカラマーゾフ的なるものを誘惑したのだ、彼は彷徨する、否定的な人生の激動の一時期、子供もなく過ごしたのち、澄明の境に達して再び修道院にもどる。そこで彼は多勢の子供に囲まれ、彼らを死ぬまで愛し、教え、導いた。(3)」(引用者訳)

ホフマンのこの叙述は、アンナ・ドストエフスカヤあたりからの伝え書きらしいが、この方が革命家の道を歩むという推定より、より説得的な感じはあるだろう。しかし、いずれにせよ、推測の域を出ないし、また、よしんば作者がそうした意向を持っていたとしても、執筆の過程でいくらも修正される可能性がありうるわけで、それはドストエフスキーの創作ノートを一瞥するだけで明らかなことだろう。

問題は、作者がアリョーシャこそ全篇の真の主人公と考えていたこと、従って、必ずや新しい関係による開示を体験しないことはありえないことだし、より錯雑した人間関係の森の闇にやはり彷徨するようになることは確かだろうと思う。その時にこそ、カラマーゾフ的なるものの、真のかたちがあらわれるに相違なかったろうが、しかし、われわれ後世の読者としては、アリョーシャの言説の中に未来へのメッセージを読むしかないのだ。それはエピローグでの最後の別れの言葉にみられる、幼児期の美しい想い出こそ、人生を生涯にわたって支える魂の故郷なのだという言葉だ。この平凡な言葉こそ、この文学空間の究極的なメッセージであるということを、改めて考えてみる必要があるかと思う。

（1）Л・グロスマン、北垣信行訳『ドストエフスキイ』(筑摩書房、一九六六)四一一〜四一二ページ。

（2）В. Е. Ветловская. Поэтика романа «Братья Карамазовы», Л. «НАУКА», 1977. с. 191–192.

（3）N. Hoffman. Th. M. Dostojewsky. Eline biographische Studie. Berlin, 1899, S. 425–427.

# 第一章　一本のねぎ

1

　第二部が、イヴァンの言説と、ゾシマ長老の告白、教訓という、プロットの展開の点からいうと、一時停滞し、いかにも作品空間の外に突出したかの感がある、小説の中の小説を形成していたとすると、第三部はいよいよ、そのような突出部分によってせきとめられていたプロットの流れが、どっと一気にきって落とされたかの感のある文学空間をつくっている。第三部は、第七編「アリョーシャ」、第八編「ミーチャ」そして第九編「予審」の三編からなるが、その中心は、ドミートリイであり、特に、この小説空間の主題たる父親殺しの実行に赴く「闇の中」という章で、それはクライマックスを形成する。という点では、この第三部は、『カラマーゾフの兄弟』の小説空間においても、プロットの観点からいってまさしく頂点的部分を構成しているものといえる。いわば、第一部、第二部で慎重に準備されてきたさまざまな問題の糸がそこで集中し、結合され、ドミートリイはいわば運命の決定的瞬間にのぼりつめる。そしてドミートリイとグルーシェンカの関係も同様、愛の至福に達する。父殺しの衝動に身をゆだねて、父の家の庭にしのびよった闇の中の出来事が、ドミートリイを苦難のどん底に叩きこんだとすれば、グルーシェンカの愛の確認は、ドミートリイを生命感の極点に押し上げたものといえる。この激しい運命の曲折、これが第三部のドラマを形成する。そして、その最後の場面での、ドミートリイのもとに突然現われた一群の人々。それはドミートリイを逮捕にきたのだった。陶酔と恍惚の瞬間に、冷水を一気に浴びせられたかのごとき終末は、三度ドミートリイを襲った重い運命の断罪に他ならなかった。こうしてドミートリイは、厳しい運命の手に緊縛されて、全く予測もつかなかった人生の前にひき出されることになる。

ここで注目すべきことは、このきわめて激しいドミートリイの運命の転変は、二日間という凝縮した時間の中で行われたということだ。そして凝縮した時間帯においてドミートリイのみならず、イヴァンとアリョーシャもまた重大な運命の瞬間を過ごしていたということになる。と同時に、この三人兄弟三様の運命は、実は第二部でのゾシマの言説の中に予言されていたものでもあった。という点では、第二部は、プロットからの逸脱のようにみえながら、プロットの展開の根底に深く影響を与えていたということが改めて理解される。

さて、以上が第三部のこの小説空間全体における位置づけともいうべきものだが、次に具体的に、各編にそってみていくことにしたい。

いま述べたように、第三部では中心はドミートリイだが、最初にはアリョーシャの話が置かれている。これは、その前のゾシマの話の続きとして、自然の流れといっていいだろう。

この第七編「アリョーシャ」は、第一章「腐れゆくむくろの匂い」、第二章「こうした瞬間」、第三章「一本のねぎ」、第四章「ガリラヤのカナ」の四章からなる。

この編は、第六編の結びに、ゾシマ長老の突然の死が、ひと夜のうちに町に伝わり、町の人々が修道院に押しよせたが、きわめて奇怪な出来事が生じたという暗示的な語りを受けて、実際に出現したその奇怪な出来事のアリョーシャに与えた衝撃が中心的主題となる。

長老は、実に、数人の親密な人々を前にその生涯と教訓を語り終わったその瞬間息をひきとったのだった。悲しみにうちひしがれるアリョーシャを襲ったのが、その極めて奇怪な出来事でありそれによって、恐らくアリョーシャは生涯を通しての最大の信仰上の危機に臨むことになる。では、その極めて奇怪な出来事とはなにかについて、まずはそのあらましを述べてみよう。

問題は、奇蹟の問題にかかわる。奇蹟と信仰との問題は、この文学空間では初めから底流していた、もっとも根本的問題であるということは、再三再四ふれてきたことだった。それがもっとも大きく爆発したのが、第五編第六編であったことは、今改めていうまでもないことだろう。実は、それらに続くこの第七編においても、その問題が根本に横たわる。「大審問官」の章においては、大衆にとっての奇蹟の意味が明らかにされた。大衆は、信仰を彼自身の自由において受けとめることはできない。奇蹟というものをみせられて、信仰をわがものとする。それにたいしてゾシマ長老の言説では、信仰は、奇蹟の有無にかかわらず、世界との融合の中からおのずと生まれてくる。アリョーシャはいうまでもなく、このゾシマの信仰を身に体しているのだが、この奇怪な出来事によって、その信仰が、危機に瀕するというのも、この奇怪な出来事が大衆に及ぼした影響に激しく動かされてしまったことによる。というのも、大衆はイヴァンの大審問官のいうように、奇蹟という、具体的な、地上的な、目に見える証拠を必要とするからだ。このように考えてくれば、この第七編の意味するところはおのずと明らかだろう。つまり、アリョーシャの信仰の危機の背後には、第六編のイヴァンとゾシマの言説があり、アリョーシャの苦悩とは、このふたつの言説がそこで闘う場に他ならなかったということだ。すでに述べたように第六編の、一見プロットから突出しているかのようにみえる言説空間もここではプロットにとりこまれ、その言説自体の有効性ともいうべきものが現実の中で検証されているということに他ならぬ。

きわめて奇怪な出来事というのは、ゾシマ長老の遺骸が、驚くほどの腐臭を発したということだ。しかも、それが、民衆の奇蹟待望のただ中に、例えば死後芳香を放つかもしれないという奇蹟待望のただ中に起きたということだ。遺骸の発する腐臭という、いわばありふれた自然現象のひとつも、奇蹟待望の中では重大な事件となる。語り手は、民衆の期待の大きさというものを筆を尽くして語っている。

「やがて、かなり日が高くなってきたとき、町から病人、ことに子供を連れて来るものが、ぞくぞくと現われはじめた。彼らは今こそ猶予なく、治療の秘力が発顕するものと信じて、前からこの瞬間を待ちもうけていたものらしい。この地方の人々が、故長老を疑いもなく偉大なる聖者として、まだ在世のころから、どれほど尊敬しつづけてきたか、このときはじめて明らかになったのである。」

ゾシマを愛するパイーシイ主教はこれらを以前から予感してはいたが、事実は彼の予想以上だった。修道僧たちまでもが、興奮していたのだ。彼らをいましめながらも、パイーシイ主教自身、「心の奥底」では、これらの人々と同様なものを待ち望んでいることを自ら認めざるをえなかった。とはいえ、「ある種の人に行きあった時、特に不快の念を覚えた。何か予感のようなものがあって、深い疑惑に囚われたからである」という。

パイーシイに嫌悪を感じさせたのは、「オブドールスクの客僧」や、ラキーチンだった。この客僧はそこら中聞きまわり、ラキーチンは、ホフラコーヴァ夫人の特別な依頼を受けて、早く庵室に姿をあらわしたというものだ。夫人は、性急な好奇心にかられて、庵室で起こったことを逐一手紙で報告するよう依頼したのだ。アリョーシャはというと庵室の庭の奥の、ある僧侶の墓石に腰をかけて、涙にむせんでいた。パイーシイ主教は、慰めの言葉をかけ、そこを立ちさり、ゾシマの遺体のそばで儀式に参加した。

事件は午後三時を過ぎぬうちに、もちあがった。事件を具体的に叙述するに際して語り手はあらかじめ意見を述べている。それは事件の意味を端的にあらわしているから、ここで一応引用しておこう。

「筆者《わたし》はこの愚かしい、人を迷わすような出来事を思いだすたびに、嫌悪の念を感じないでいられない。しかも、この出来事はじっさいのところ、意味もないきわめて自然なことなのであるから、もしこれが物語の本主人公たる(もっとも、未来の本主人公ではあるけれど)アリョーシャの霊魂と心情に、ある強烈な影響を与えなかったら、筆者はもちろん、こんな事件についてはひと言も話さないで、物語を進めたはずである。じっさい、この事件は彼の魂に一転期を画し、その理性を震撼すると同時に、ある目的に向けて生涯ゆるぎなく固定さしたのである。」(傍点原作者)

## 2

事件とは、ゾシマの遺骸の腐臭が人々にひき起こしたドラマであるが、語り手はその経過を人々の反応に即して刻明に叙述してゆく。腐臭は、三時近くになると否定しがたいほど明瞭になり、その噂は参詣者を始め、修道院から町の人々にまで伝わり、人々を動顚させた。不信者は狂喜し、また信者のなかには不信者以上に欣喜雀躍したものもあった。

語り手は、修道院にとって未曽有ともいうべきこの事件の原因について、彼個人としての見解を次のように述べる。

「この事件には他の分子もたくさんまじっていたので、さまざまな原因が同時に落ちあって、影響をおよぼしたものに相違ない。たとえば、そういう原因の中には、長老制度を目して有害な新制度とする、根深い憎悪の念があった。これは、修道院における多くの僧侶の心に、奥深くひそんでいた。それから、もう一つ重要なのは、聖者としての故人の地位にたいする羨望であった。この地位は長老の在世から、確固たるものとなってしまって、異を立てることさえ禁じられている有様であった。実際、故長老は奇蹟というより愛をもって、多くの人を自分のほうへひき寄せ、愛慕者の群れをもって一つの世界ともいうべきものを自分の周囲に樹立していたが、それにもかかわらず、というより、むしろこれがために、多数の羨望者と激烈な反対者を生み出したのである。彼らの中には公然と言明するものもあれば、陰にまわってこそこそ細工をする連中もあった。しかも、これらの分子は単に修道院内ばかりでなく、一般世間にまで広まっていた。長老は、何ひとつ人に害を加えたことがないけれど、ここに一つ問題がある、『なぜあの人はああ聖人あつかいされるのだろう?』この問い一つだけが、絶えずくりかえされているうちに、ついに飽くことなき憎悪の深淵を形づくったのである。これがために、多数のものは彼の遺骸から腐敗のにおいを、しかもこんなにまで早く、長老が死んでまだ一日もたたないうちにかぎつけたとき、限りなき喜びを感じたのだと筆者は考える。また今まで長老に敬服していた人たちのうちにさえ、この出来事のために、自分が侮辱を受けたように感じた人が、すぐさま幾たりか現われた。」

長老の遺体の腐臭を、ある者は「神のさばき」に帰した。この言葉は、増幅され、儀式の作法さえ崩れ出し、また人々にはそれをふみにじる権利があるかのごとく感じだした。その人たちは長老の腐臭が自然現象としても早すぎるといい、そこに、神の人間の誤りをさし示す意志をみた。それから、故長老にたいする非難や譴責の声すら聞こえ始めた。精進にたいして厳格でないとか、甘いものを平気で食べた、「隠遁者がお茶を飲むなんて法があるものか？」とか、聖人気どりで傲然としていたとか、最も激しい長老制の反対者が毒々しく語った。これは、恐ろしいことだった。というのも、そうした年長者の発言は、若い修道僧たちに、強烈な印象を与えたからだ。

そのようななかに、例のユローディヴイのフェラポント主教が姿をあらわした。「それは、一同の動揺の度を強めようと思って、わざと出て来たかのようであった」。

フェラポントは、どこに入っても必ず悪霊退散の十字を切った。彼は「例の粗末な衣を着て、なわの帯をしめていた。麻のシャツの下からは、ごま塩毛の一面に生えた、あらわな胸がのぞいていた。足はまるっきりはだしであった。彼が手を振りはじめるやいなや、衣の下にかけてあるおもりが震えて、ものすごい音を立てるのであった」。

フェラポント主教はかねてからゾシマの敵であった。今や、彼はゾシマの決定的なさばき手として現われたのだ。その異形な風体も、その信仰の強さの表現というにふさわしい。ゾシマの弁護者たるパイーシイ主教は、フェラポントにたいして、「さばきをするのは神さまです。人間ではありません。今ここに見る啓示は、おまえさまもわたくしも、了解することのできないようなものかもしれませぬ。さあ、お出でなさい、そして、衆生を惑わさぬようにしてください！」と抗議をする。フェラポントは、ゾシマがその「僧位に相当する斎戒を守らなんだために、こういう啓示が現われたのじゃ」と罵る。パイーシイに出てゆくように激しく命令されると、今度は悲しげな様子で次のようにいい捨てて飛び出していった。

「この男はあす『われらが助力者、守護者』を歌うてもらえる、じつにこのうえないありがたいお歌なのじゃ。ところが、わしが息を引き取ったときは、せいぜいあのつまらん頌歌『生の喜び』を歌うてもらえるだけじゃ。」

原作者の注によれば、「一般の修行僧や一定の修行を受けた僧の遺体が庵室から教会に運び出される時や、教会から墓地に埋葬されたあとなどには、頌歌『生の喜び』が歌われ」「高位の僧の場合には、賛美歌『われらが助力者、守護者』が歌われる」とある。

真の信仰者だったら、そうした儀礼にこだわるはずのものではないだろう。しかし、そこがユローディヴィというものなのかもしれない。ある時は傲岸に振る舞い、ある時は哀れげに振る舞い、いかにも俗気を持たない純粋な信仰者として自分を演出し、大衆の気持ちを揺さぶり、それに強く訴える、それがゾシマという自然な信仰者にたいするフェラポントの道化性ともいうべきものに他ならなかった。

フェラポントは、パイーシイ主教に厳しく出ていけといわれ、その言に従ったようにみえて、しかし、狂気じみた演技はやめなかったのだ。庵室を出て二十歩ほどして、彼は夕陽にむかって立ちどまり、両手を頭上高くあげ、「恐ろしい叫び声とともに、ばたりと地上に倒れた」なり、「わが主は勝ちたまえり！キリストは落日にうち勝ちたまえり！」と狂猛な声で叫び「地面にぴたりと顔を押しつけて、小さな子供のように声を立てて慟哭しはじめた」。

一同は一種の興奮におそわれ、「これこそほんとうに神聖な人だ！　これこそ本当に正しい人だ！」という歓呼の声があがった。しかし、晩禱の鐘の音で、無際限に高まってゆきそうな興奮はしずまり、人々は祈禱式へ急ぎだした。一方パイーシイ主教は、なにかしら、心が急に沈むのを感じ、その原因が興奮した群衆の間にみたアリョーシャの印象からきていることを知って愕然とした。アリョーシャは、二人の目があった時は、「視線を転じて伏し目になった」のだった。パイーシイはその態度の中に、アリョーシャの心におこっている「はげしい転機」を感じざるをえなかった。「いったいお前まで迷わされたのか？」とパイーシイは叫び、「お前まで信仰の薄い人たちと同じ仲間なのか？」とつけたした。アリョーシャにさらに声をかけると、「アリョーシャはふいに口を曲げてにたりと笑い、奇妙な、恐ろしく奇妙な目つきで」パイーシイを見上げ、返事もなく出口にむかうのだった。

3

ユローディヴイとはまことに恐るべき存在といわねばなるまい。ロシアでは、ユローディヴイにたいする独特な信仰があった。その言葉を神の言葉とする信仰である。信仰において狂気に達するまでの徹底、人々のユローディヴイ信仰の理由はそこにあった。そこからユローディヴイの奇矯な行為にたいする寛容も生まれる。奇矯な行為は、人々の顰蹙《ひんしゅく》をかうどころか逆にその信仰の徹底性の証左のようなものとして歓迎されることになるだろう。フェラポントこそそのような存在にほかならなかった。それが従来からゾシマへの対立者として、独特な信頼を持っていたところへ、ゾシマの遺骸の腐臭を契機に、ゾシマを攻撃したのだから、大衆に与える影響に甚大なものがあったということだ。フェラポントは、ゾシマが悪魔を夢にみて苦しむ修道僧にある薬をすすめたことや、信者の持参した菓子を賞味したとかいった、いわばゾシマの俗的面をとりあげ糾弾した。通常の人間ではちょっと口にし難いことも、ユローディヴイなら許されるというところなのだろう。いわば、ユローディヴイは、特有の傲岸と厚かましさによって、聖なるものであれ、まじめなるものであれ、ずかずかその内部にふみこんでそれを内部からゆさぶろうとする。すでにわれわれはそのような存在を、フョードルにおいてみた。フョードルもまたゾシマにたいして、シニシズムによってそれを試みる自称ユローディヴイだった。一方フェラポントは修道院内部からの試し手であるから、これはゾシマにとって一層恐るべき敵ということになる。

しかし、ユローディヴイは、単に彼が攻撃する相手にとってのみ試し手であるわけではない。それは大衆を、あるいは、聖職にあるものたちをも試すといっていいだろう。いわば人々があまり意識することはないが、自分のうちに漠然と眠っていたものを目覚めさせ、形を与える。この場合、フェラポントは、大衆の、自由な信仰よりは、奇蹟をという無意識的願望に火をつけたのだ。大衆自身もためされ、その姿を開示する。これは、あの大審問官の把握していた大衆観の、そのままの実現ではないか。

パイーシイ主教が、フェラポントを一貫して批判したのはその点だったし、また、アリョーシャにたいして、「お前まで信仰薄き人々と同じなのか」とアリョーシャにいったのもそのためだった。

しかし、アリョーシャは、はたしてパイーシイの考えるようにその仲間だったのか。

この点について、語り手が自ら進んで意見を述べているのが、第二章「こうした瞬間」の章である。語り手が登場人物についてこれほど弁護するというのも、珍しいのではなかろうか。ドストエフスキーの文学においても、これほど語り手が介入しているというのは、初めてのような気がする。というのも、そこには極めて理解しにくい問題が横たわっているからであろう。問題は、アリョーシャという、恐らく世界文学の中において未曽有の人物の創出にかかわる。すなわち積極的で美しい人物の創出の困難にかかわる。作者にとってこれは極めて困難な課題だった。人間は一般的に、否定的な面を有しているからこそ、生彩ある個性たりえているといえる。一般の人間と共有するそうした否定面を有しない存在は、所詮絵空事でしかなくなるだろう。アリョーシャという人物創出において作者がつき当たったのはそうした根本的問題だったはずだ。だからこそ、この文学空間の冒頭に、わざわざ「著者より」の断り書きを置かねばならなかったのだ。この点については、『交響する群像――『カラマーゾフの兄弟』を読むI――』の中で詳細に述べたので、今は繰り返さないが、アリョーシャという存在の独自性は、「正しい意味での現実派」という点にあった。そして「現実派においては信仰が奇蹟から生まれるのでなくして、信仰から奇蹟が生ずる」という。アリョーシャは狂信者でもなければ、また神秘家でもないというが、正しい現実派にして神への信仰を堅持するというところに、理解の困難があるが、結局ゾシマ長老の信仰から、この正しい現実派という意味は理解されるだろう。ゾシマの信仰は、第六編において詳細に語られていたが、そこでゾシマの信仰の形成になんら神秘的なものはないといっていい。彼の信仰への覚醒は、決して、超越的なるものへの飛躍によるものではないだろう。世界を見る視力の転換による。一切の社会的粉飾を去った魂の目に映じた自然そのものの中に感知した神への没我的な融合的感情による。正しい意味の現実派というのは、そのような意味ではないだろうか。ゾシマのもとで、アリョーシャもまたそうした魂の開眼をしたはずだ。

さて、このようなアリョーシャが、ゾシマ長老の死における腐臭という、一般の信徒からみれば、ゾシマの不信仰の証拠ともみえるものに、やはり心動かされたとしたら、これは、アリョーシャが大衆と同じレベルにひきさげられ、アリョーシャという人間像自体がその根本からゆらぐことになりかねない。これではアリョーシャという人物創出の大前提にかかわるということになろう。とはいえ、アリョーシャにおいて何か激しい動揺が起きていることは明らかなのだ。これをどのように納得的に説明しうるか。

語り手が、大変な困難をかかえたことは当然のことというべきだろう。彼自身も、「このふしぎな、漠然とした一瞬間の意義を正確に伝えることは、今のところ非常にむずかしい仕事なのである」と語っている。

これは同時に作者にとってもひとつの大きな挑戦というべきものではなかったろうか。作者にとって、アリョーシャとは、ムイシュキンを超えるべき人物像であったはずだ。ムイシュキンもまた美しい人間像だったが、ムイシュキンはその癲癇という病によって、またそのニヒリズムによって、ネガティブな主人公であるにとどまった。だからこそ、ムイシュキンがある意味でもっとも美しく、もっとも魅力的な人間像になったといえるのだが、とにかく、作者の意図において積極的な意味において美しい人間像の創出という問題は、いかにムイシュキンを超えるかという問題に他ならなかった。同じように謙抑に生きる、美しい魂を持ちながら、ムイシュキンからアリョーシャへ、何が超えられねばならなかったか。それにはムイシュキンのニヒリズムとのかかわりを見ることがヒントになるだろう。

ムイシュキンのニヒリズムとはハンス・ホルバイン(子)の有名なキリスト像『死せるキリスト』(一五二一〜二二)に象徴される。スイスのバーゼル美術館でこの絵を見た時のドストエフスキーの衝撃はよく知られている。その絵のあまりにも迫真的なリアリズムは、キリストに復活などありえない。ただそこには、自然法則の非情な貫徹ばかりがあるだけで、これをみれば信仰など吹きとんでしまうていのものだったというのだ。ムイシュキン自身の、病気の発作時の陶酔に伴う、一種の見神的体験とみえるものも、癲痼といういわば自然現象のいたずらともいうべき付随物にすぎない。ムイシュキンは結局このニヒリズムを超えることはできなかった。

ところで、腐臭というものも、元来自然現象ではないだろうか。ムイシュキン的ニヒリズムの観点に立てば、いかなる聖性も、自然法則の貫徹の前には屈服せざるをえないということになる。ゾシマの腐臭に立ち会った民衆の場合は、自然法則に屈服したところに、ゾシマが聖人ではなかったという結論を出したわけだが、これは、ゾシマが真の聖者ならば、自然法則を超え、そこに奇蹟がおこるはずということの、逆の現象だったわけだ。

『カラマーゾフの兄弟』では自然法則がニヒリズムと連動していたムイシュキンの場合と異なり、自然法則は信仰の問題とかかわっている。つまり、奇蹟は自然法則を超えたものとして、つまり超越的存在がそこで自己をあらわすものとして捉えられているということだ。このように自然法則がニヒリズムというよりはむしろ、信仰の問題と結びついているのが、『カラマーゾフの兄弟』における自然法則の持つ意味である。この点で、アリョーシャは、ムイシュキンのニヒリズムはもたない。従って、アリョーシャにとって彼の尊敬するゾシマ長老の遺体の放つ腐臭はアリョーシャをして、長老への愛を失わせるようなものでないことは確かだろう。

## 4

ではなぜ、アリョーシャは衝撃を受けたか。語り手は、アリョーシャを弁護して興味深いことを述べている。

「アリョーシャに向けて発せられた『いったいお前まで信仰の薄い人たちとおなじ仲間なのか？』というパイーシイ主教の悲しい問いにたいして、筆者《わたし》はもちろん、アリョーシャに代わって断固たる調子で、『いや、彼は信仰の薄い人たちと同じ仲間ではない』と答えることができる。それればかりか、この中にはぜんぜん反対なものがふくまれているくらいである。つまり、彼の惑乱はすべて、あまりに多く信仰したがために生じたのである。」(傍点引用者)

この傍点の部分に語り手の見解がみられる。これはきわめて逆説的な見解というべきものではないだろうか。民衆の受けた衝撃が、「信仰薄き」というところに原因があるとすれば、アリョーシャのそれは、それとは全く正反対のものというのだ。信仰深きがゆえのショックだというのだ。このあと、語り手は、常に生ぬるく、知性的だが、分別くさい青年よりは、無分別にしても「広大な熱情に没頭」する青年を自分は尊敬すると述べてから、アリョーシャが誰よりもましてゾシマを愛していたこと、この人物が疑う余地のない正しい理想として長いこと彼の眼前に立ちふさがっていたので、彼が必要としていたのは、奇蹟ではなく「最高の正義」だったという。アリョーシャが傷ついたのは、正義が無残にもふみにじられたと思いこんだことだった。語り手はいう。

「この『正義』が、アリョーシャの期待のうちで、事件の進展とともに、奇蹟の形をとり、それが敬愛する指導者の死とともに、猶予なく出現するものと待望されていたのも、決してむりはないのである。」

アリョーシャもまた「奇蹟」の期待を有していないわけではなかったと記されていることは注目に値する。ただし語り手がいうのは、アリョーシャにおける奇蹟待望は、民衆のそれとは正反対のものだということだ。ここで、語り手がアリョーシャについて、正しい意味での現実派であり、そして現実派にあっては奇蹟から信仰が生ずるのではなくて、信仰から奇蹟が生じるのだといったことを想起しよう。まず信仰が先にあり、その信仰が深ければ深いほど、奇蹟を期待する気も強くなるということであり、というのも神は、正義を貫かれるに違いないという確信から由来するというものだ。

こうしてアリョーシャの純潔な心を悩ましたのは、その渇望していた正義が実現しなかったことであり、正しき中にも正しい長老が、「軽薄な群衆の毒々しい嘲笑にゆだねられた」ということに他ならなかった。こうしてアリョーシャの疑問は、神の摂理そのものに向かったのだ。

「ああ、神の摂理はどこにある、神のみ手はどこにある、なんのために神は『最も必要な瞬間に』(とアリョーシャは考えた)、そのみ手を隠してしまった、盲目でおしのような、無慈悲な自然律に屈従する気になられたのであろう？」

神の摂理にたいする疑問は、アリョーシャの信仰からすれば不可解といえるが、しかしアリョーシャの長老にたいする敬愛の深さによると語り手は弁護し、他方で、アリョーシャの心の中に起こったある奇怪な現象によって、アリョーシャにおいて神への信仰の絶対性がゆらいだわけでもないのに、こうした神への抗議めいた疑問がわいたことを説明している。奇怪な現象とは、前日のイヴァンの言説の後遺症ともいうべきものだ。

「筆者《わたし》はこの際、ある一つの事実を黙過したくない。それはアリョーシャにとって運命的な、しかも混沌たるこの瞬間にあって、ほんのつかの間ではあるが、彼の心に浮かんできたある奇怪な現象である。彼の心にあらたにちらと浮かんだある現象というのは、ほかでもない、きのう兄イヴァンの言ったことが、今しきりにアリョーシャの記憶によみがえって妙に悩ましい印象を与えるのであった。それがちょうど、今という時なのである。とはいえ、根本的な、先天的な信仰が、心の底で動揺しはじめたわけではむろんない。彼は自分の神を愛している。今とつぜん不平を訴えはしたものの、確固たる信仰を有している。が、それでも、きのうの兄の話を思い出すにつけて、なんだか妙に漠然としてはいるけど、しかし、悩ましく毒々しい感触が、今また急に彼の胸にうごめきだして、しだいに強く外へ頭を持ちあげようとする。」信仰において純潔とはいえ、なお年若いアリョーシャにとって、心から敬愛するゾシマ長老に神の正義が下されなかったと思われたことは、激しいショックだったのだ。その心の隙に、イヴァンの神への反逆の言葉が執拗によみがえってきたというのも無理からぬことだった。このことは、またイヴァンのきわめて衝撃的な言説の強さを物語っていて、アリョーシャもその深いところで、動かされたということを意味するものでもあったろう。

そしてこのときだ、ラキーチンがアリョーシャのもとにやってきたのは。アリョーシャはその時、地面に顔をつけて倒れていた。話しかけるラキーチンを邪険にあしらうアリョーシャに、ラキーチンは、「きみは自分の神さまに向かって腹を立てたんだね、謀反を起こしたんだね」という。それにたいするアリョーシャの返事はこうだった。

「『ぼくは神にたいして謀反を起こしたのじゃない、ただ「神の世界を認めない」のだ』と急にアリョーシャはゆがんだような微笑をもらした。」

このアリョーシャの言葉が、「反逆」の章でイヴァンがアリョーシャに語った言葉そのままであることはいうまでもない。今や、アリョーシャにかわってイヴァンの言葉がアリョーシャの心を領している。これがアリョーシャの心の底からの叫びとはいえない。しかし、アリョーシャにとって、心に満ちあふれている傷つけられた長老の名誉を悲しむ情の、ふんまんやる方ない思いが、神の世界を認めないという激しい形をとらせたのだ。しかし、この時、アリョーシャの心には、悪魔の手が忍びよっていたといえる。悪魔とは、事態をありのままに見させるかわりに、なんらかのルサンチマンの情で人の魂を感染させ、破滅に追いやる、何かしらの衝動なのだ。

ラキーチンという、このメフィストーフェレス的神学校生徒が、そうしたアリョーシャの急変に気づかぬはずはない。ラキーチンは、そろそろ誘惑の手を伸ばし始めたのだ。彼は従来のアリョーシャからは考えられないような、腸詰めを食べる、ウォーツカも結構という言葉をアリョーシャからひき出すことに成功する。ラキーチンはイヴァンがアリョーシャのことを見たらびっくりするだろうといい、イヴァンが今朝モスクワへ発ったという話を持ち出す。その時、アリョーシャの頭を兄のドミートリイの姿がかすめた。語り手はその所をこう記している。

「と、ふいに、兄ドミートリイの姿が彼の頭をかすめたが、それはほんとうにただかすめたというだけである。もっともそのとき何かあることを、――一刻も猶予のできない急用といおうか、一種の恐ろしい義務といおうか、とにかくそういうふうなものを思い出したが、その追憶も、彼の心まで達することなしに、なんの印象をも残さず、その瞬間に記憶から飛び去って、それきり忘れてしまった。しかし、アリョーシャは長い間これを覚えていた。」

「一種の恐ろしい義務」とでもいうべきものを、瞬間的に想い出し、しかし、心のうちにとどめることなく忘れ去ってしまったにもかかわらず、「長い間これを覚えていた」ということは一体どういうことか。ここには、恐らく痛烈な心の痛みとでも呼ぶべきものがあったのではないか。のちに想い出して、「一種の恐ろしい義務」として直覚したものの意味を改めて考えてみて、そこに、ほとんど重大な予言的なものの存在を後になって気づいたということなのだろうと思う。ドミートリイを探せとは、ゾシマの忠告だった。しかし、アリョーシャが神に反逆の感情を抱いていたこの時、そうした重大な予感に、アリョーシャは自ら耳を傾けることはしなかったのだ。これは、『ファウスト』で、メフィストーフェレスが、マルガレータの悲惨さから眼をそらせるために、ファウストをワルプルギスの夜に連れ出すのに似ている。ラキーチンは今や、アリョーシャの心の隙間を直覚的に知ってアリョーシャを堕落の道にひきずりこもうと目論《もくろ》んでいる。アリョーシャはラキーチンのいうなりにどこにでもついて行こうという気でいる。

ラキーチンにはこのアリョーシャの気分が全く意外なものに思えた。彼は思い切ってグルーシェンカの所へ行こうといいだす。行こうというアリョーシャの返答にほとんどラキーチンは驚愕する。彼は、アリョーシャの手を固く握ってひきずっていきながら、「こうした瞬間がさずかったんだ」から「その瞬間のえり髪を引っつかんでやらなくっちゃならない」と考えた。

抜け目なく人間を利用しようという点で、たえず人間の弱点をうかがっているラキーチンがグルーシェンカの所にアリョーシャをひいてゆくのには、二重の目的があったと語り手は記している。ひとつは、「復讐的なもの」であり、すなわち「正しき者の汚辱」をみるためであり、第二には「非常に有利な物理的な目的」のためだったという。

5

語り手は、「正しき者の汚辱」をみることのなかに、聖者とあがめられている人々にたいする一種復讐の念が、大衆のみならず修道士達にも存在することを、再三指摘しているが、それらの人々の正面切ってするゾシマ長老の遺体の腐臭の嘲笑というものにたいしてはアリョーシャも、付和雷同的にそれにのせられることはなかったにせよ、ラキーチンという、狡知にたけた、計算高い小メフィストーフェレスの前には、手もなく、誘惑されてしまったといえる。こうして、話は、グルーシェンカに移る。

二人はグルーシェンカのもとを訪れることになったが、語り手はあらかじめ、グルーシェンカを読者に紹介することから始める。いわばグルーシェンカの身の上が語られるわけだが、その場合主として噂が利用されているということに注意する必要があるかと思う。

グルーシェンカは町で一番賑やかな場所に住んでいる。その家は、女三人の世帯で、グルーシェンカを「思いのもの」としている商人のサムソーノフの親類筋に当たる所から、グルーシェンカを、監視の意味もあって下宿させたという。サムソーノフが十八歳のグルーシェンカを県庁所在地からこの家につれてきたのは、四、五年前のことだったが、彼女の生い立ちについては、あまり知られてはいなかった。ただ十七歳の時、ある将校に誘惑され、捨てられた。将校は結婚し、グルーシェンカは汚辱と貧苦の中にとり残されたということだった。生まれについては、無所属の助祭か、何かの娘だという話もあった。

ところが、四年の間に、彼女は「血色のいいふとりじしのロシヤ式美人」となり、大胆で、金もうけに抜け目のない、けちで、用心深く、噂では相当の財産をつくりあげているということだった。グルーシェンカに近づくのは非常に難しかったという。また噂では、最近一年ばかりゲシェフト(取引き)といわれているものに手を出し始め、その方面で異常な才能を示したので、ジドーフカ(ユダヤ女)と呼ばれるようになったという。フョードルと組んで手形の売買で儲けたこともあったらしい。

サムソーノフはこの一年ばかりは病床にあった。大変な金持ちだったが、非常にけちな男やもめで、息子を苛酷に扱った。グルーシェンカはこの男にたいして、自分が貞操堅固だという信念を植えつけ、「巧みに自分の解放を成就した」。老人はグルーシェンカに打ちこんだが、金銭にかけては極めてしぶかった。それは遺言状に財産分与のことが記されてなかったほどだったが、「自分の財産」のやりくりに関しては、グルーシェンカは教わることが多かった。

フョードルは取引きの関係でグルーシェンカとかかわり合いを持ったことから、ぞっこん彼女に惚れこんでしまった。サムソーノフは当時死にかけていたが、これを聞いて大いに笑った。しかし、ドミートリイが恋を告白して登場するや、この老好色漢は、フョードルと結婚して、財産を自分名義にすることをすすめた。ドミートリイなどと結婚したら、一生浮かぶ瀬はないというのが彼の忠告だった。

語り手はさらに彼女の暮らしぶりについても説明を加え、二人の女中をかかえ、一人は年寄りの台所女、一人はその孫で二十歳ばかりの元気な娘、そして、グルーシェンカは「恐ろしくけちくさい暮らしをして、部屋の飾りつけなどもみすぼらしかった」と指摘している。

どうもグルーシェンカには、吝嗇家というイメージがつきまとうようだ。これははなはだロシア美人たる若い娘には似つかわしくないことだろうが、しかし、ここでは吝嗇にポジティブな意味が与えられているのではなかろうか。グルーシェンカの前身には『白痴』のナスターシャ・フィリッポーヴナがあげられるだろうが、ムイシュキンからアリョーシャへの変容と同様、ここでも女性としてグルーシェンカの方が健康さを有しているといっていい。いずれも、孤児のような悲惨な境遇の中で、妾のごとき生活を送って、社会に出ていったのだが、なにかしら、グルーシェンカには、ナスターシャにみる強烈なコンプレックスがない。自尊の念の強さやその行動の表現において情熱のままに行動する激しさは共通するものの、グルーシェンカの方がより自然のままに生きていて、あやまたないように思える。これもまたドストエフスキーが晩年においてようやく創出しえた積極的に美しい女性像ではないだろうか。

　彼女の世話をしたサムソーノフもまた非常な吝嗇家だったというが、グルーシェンカの吝嗇もまたその男の薫陶を受けたのかもしれないが、天性の生命力の強靭さによって磨きをかけられたものに違いない。悲惨な境遇を生きぬく知恵が生来彼女にはそなわっていたのだろう。恐らく石のように頑固であつかいの点では極端に困難なサムソーノフに、「底知れない信頼の念をうえつけておいて、巧みに自分の解放を成就した」ところに、グルーシェンカのなみなみならぬ機敏さとでもいうものがあらわれている。吝嗇も、人生から得た貴重な教訓の実践に他なるまい。女性としての独立を彼女は、吝嗇によって保証したのだ。

　ただ、この彼女にもひとつのつまずきがあった。十七歳の時、ある将校に誘惑され捨てられたことだが、実はグルーシェンカはその男の到来を待ちわびていた。男は、妻に死なれグルーシェンカに会いたいと手紙をよこしていたのだ。

　ラキーチンとアリョーシャがはいっていったのは、そうしたさなかだった。グルーシェンカは暗い室内にいて、客間の大きなぶかっこうな長椅子の上に寝て、人待ち顔の様子だった。かつての恋人を待っていたわけだが、黒い絹の着物を着て、頭に軽いレースの布をつけ、肩にもレースの三角形のえり当てが大きな黄金《きん》のブローチで留められてあった。

　二人の来訪はちょっとした騒ぎをひき起こした。人違いの恐怖をもたらしたのだ。グルーシェンカは、驚きの静まらない様子で二人を迎えた。ドミートリイが暴れ込んできたのではないかととり違えたのだった。それからラキーチンとグルーシェンカの対話を中心に、そこにアリョーシャも加わって、文字通りポリフォニックな場面が展開する。ここは、ドストエフスキーがこの小説空間でもっともポリフォニー的描写の才能を発揮した場面ではないかと思う。その生彩ある叙述をレジュメすることは到底不可能なので、是非原典についていただくしかないのだが、ここでは、話の推移と、ここにみられるポリフォニーの手法について略述しようと思う。

二人の来訪がグルーシェンカに恐怖をひき起こしたと記したが、それは、グルーシェンカがドミートリイに襲われたのではないか、と錯覚したからだった。というのも、グルーシェンカは、この時刻、もっとも緊張した状況の中に置かれていたということだ。彼女は、かつての恋人との再会を待ちわびていた。そのためには、ドミートリイを遠ざけておく必要があった。そこで彼女は、サムソーノフのところに金勘定のために一晩中行っているという嘘をついたというのだ。しかし、ドミートリイはどうもそのことを本当にしなかったらしい。そこでドミートリイは、今頃フョードルの家の裏庭に坐って、自分を見張っているかもしれない。グルーシェンカ自身は、いい知らせがきたら直ちに飛んでゆくから、というものだった。

グルーシェンカを取り巻く人間関係がここで端的な形で示されている。かつて自分の保護者だったサムソーノフとの関係、ドミートリイ、フョードルとの関係、そして突然出来《しゅったい》したかつての自分を捨てた男との再会。彼女の心は今やこの再会にむけて燃え上がっていて、ドミートリイやフョードルをかえりみる余地はない。しかし、ドミートリイの狂気じみた愛へのおそれが心の中には底流している。ひょっとしたら、自分の嘘に気づいてドミートリイが突然やってくるかもしれない。自分の保護者的な見まもり手ともいうべきサムソーノフ、そして自分を激しく追いかけるドミートリイ、そして自分の来訪を待ちわびているかもしれないフョードル、そしてこれらを捨てて昔の恋人のもとに走ろうとするグルーシェンカ、グルーシェンカの中でこれほど緊張に満ちた瞬間はなかった。こともあろうにラキーチンとアリョーシャはそういう瞬間に訪れるのだった。

## 6

しかし、アリョーシャはグルーシェンカにとって特別な存在であることが直ちにわかってくる。彼女は長椅子にアリョーシャと並んで腰をおろし、「まったく嬉しさに夢中になった様子で」アリョーシャの顔を見つめた。「その目は輝き、唇は笑っていた。しかし、それは人のいい楽しげな笑い方」だった。それがアリョーシャに全く新しいグルーシェンカを発見させた。グルーシェンカの昨日カチェリーナにたいしてみせた毒々しい狡猾な仕打ちから、薄気味悪いような先入見を作っていたのが、彼女のなかに善良な表情を発見したのだ。

グルーシェンカは、アリョーシャの来訪がなぜそれほど嬉しいのかわからないと語り、しかしアリョーシャの沈んでいるのに気づき、「甘ったれた子猫のように、きゃっきゃっ笑いながら、アリョーシャの膝の上に飛びあがった。そして、しなやかに右腕をまわして、彼の首を抱きしめるのであった。」

先にふれたように、あれほど男たちとの緊張した関係の中心にありながら、アリョーシャにたいしては全く自在にふるまって、自己の感情を流露させる。それでいて、グルーシェンカの態度は淫蕩などというものを感じさせない。いわばなにかしら女そのもののあらわれのような気がする。いわば大地的な女、母性とか娼婦性といった単純な二分法で分類などとても出来ない、大地の精髄がそのまま結晶したごとき女、身を汚したとしても、大地がいつかその汚れから自らを清めるように、大地が一時の汚辱を豊饒なその生産する力の中にとりこんでゆくように、生命の流れに平然と飛びこんでゆく女。淫蕩性を感じさせないというのも、まさしく、そうした生命の、純乎として渾然たる発現によるからなのだろう。淫蕩とは、いうまでもないことだが、そうした生命流露の、自意識によってとりこめられた頽落のかたちに他ならない。アリョーシャが、グルーシェンカの態度に直覚したのは、そのような渾然たる女というものであったに違いない。これはまさに彼にとってひとつの啓示に他ならなかった。次の叙述はそれを端的に示しているものだろう。

「アリョーシャは黙っていた。彼は身じろぎするのも恐ろしいように、じっとすわっていた。『あんたの言いつけ次第で、わたしすぐ飛びおりるわ』という言葉も聞き分けたけれど、まるでしびれたようになって、返事もしなかった。いま彼の心に生じたことは、自分の席からむさぼるように見まもっているラキーチンなどの、期待し想像しうることとは、まるで別なものであった。精神の大いなる悲しみは、いま彼の心中に生じるべきいっさいの感触を飲みつくしたので、もし彼が自分で自分の心を十分に闡明《せんめい》する余裕があったら、自分は今あらゆる誘惑にたいして、堅固無比なよろいを着ているようなものだ、と悟ったに違いない。しかし、漠然として不明瞭な心の状態と、食い入るような悲しみにもかかわらず、彼は新しく自分の心中に生じたある一つの奇妙な感触に、驚きを感じないわけにはゆかなかった。ほかでもない、この女は——この『恐ろしい』女は、以前女というものに関する想念が胸にひらめくたびに、必ずきまって経験した恐怖の情を、——いま彼の心に呼び起こさなかったばかりか、かえって、今まで何より恐れていたこの女が、いま自分の膝の上に坐って自分を抱きしめているこの女が、まるで趣きの違った、思いがけない、特殊な感情を呼びさましたのである。それはこの女にたいする異常に強烈な、しかも純潔な好奇の感情であった。これにはなんらの危惧もなく、毫末の恐怖も交じっていなかった。——これがいま彼を驚かしたおもな理由なのである。」

グルーシェンカはかつての恋人の将校がモークロエ村にいて、使いをよこすはずだ、それを待っている、と語る。アリョーシャを心から愛しているというグルーシェンカに、将校はどうなのかとラキーチンは皮肉る。グルーシェンカはアリョーシャにたいしては別の愛し方をしていると述べ、アリョーシャに「わたしはあんたを見てると恥ずかしくなるの、自分という人間が恥ずかしくてたまらなくなるの……」と告白する。というのもアリョーシャを自分の良心のように眺めることがあるからだという。

シャンパンがあけられ、盛り上がったところでラキーチンが、アリョーシャのことを、「この人は自分の神さまに謀反を起こして、腸詰めを食べようとしているんだがなあ……」と口をすべらす。

ゾシマ長老が死んだことをそこで初めて知ったグルーシェンカは、うやうやしく十字を切り、アリョーシャの膝から飛びおり、長椅子に坐りなおした。それを見て、アリョーシャの顔が「なんだか明るくなったようなぐあいであった」と描写されている。それからアリョーシャは、「神への謀反」というラキーチンの言葉に抗議して、自分はここにきて、「誠実な姉を発見した、愛する心を発見した、宝ものを発見した」、グルーシェンカが彼の心を「鼓舞してくれました」と語る。

ここにおいて、アリョーシャは、その苦悶から脱却することを可能にするひとつの光を見出したのだ。グルーシェンカは、アリョーシャの言葉に恥ずかしくなった、自分はいい人間どころではなく、意地悪な人間だが、それでも「ねぎをやったことがある」といってある譬え話をする。それが芥川龍之介の「蜘蛛の糸」のひとつの原泉といわれている「一本のねぎ」の話だ。

それはグルーシェンカが子供の頃マトリョーナというばあやから聞いたという話だ。昔あるところに意地の悪い婆さんがいて、死んだとき、サタンが彼女を火の湖《うみ》に投げ込んでしまった、婆さんの守護天使が何か神さまに申し上げる行ないがないかと考えているうち、畑からねぎをぬいて乞食女にやったことを思い出し、神にそのことをいった。神は、そのねぎを取ってきて、湖の中のお婆さんにさし伸ばし、それをたぐって、もし首尾よく湖の外へひき出せたら、お婆さんを天国へやろう。ちぎれたら、今の場所におかれることになる。天使は神のいわれた通りのことをした。お婆さんを大かたひき上げたところへ、湖の中のほかの餓鬼どもが、われもわれもとそのねぎにつかまり出した。お婆さんは、意地の悪い女だったので、みんなを足で蹴散らしながらいった、「わたしのねぎだよ、おまえさんたちのじゃありゃしない」、しかし、そういうが早いか、ねぎはぷつりと切れて、お婆さんはまた湖に落ちて、それ以来ずっと燃え通している、そして天使は泣く泣く帰ってしまった。

グルーシェンカは、この話をよく覚えている、なぜなら自分がその意地悪婆さんだからだといい、それから、彼女はいかに自分が意地の悪い女であるかについて告白する。

グルーシェンカはまずアリョーシャをつれてきたら二十五ルーブリやろうとラキーチンに約束したから、といって財布から二十五ルーブリ札をひきぬいた。ラキーチンは腹をたてながらも受けとる。愛に関する論議がそこで始まる。ラキーチンが「人を愛するには、何か理由がなくちゃならない」というのにたいして、グルーシェンカの反応はこうだった。

「理由がなくたって、愛さなきゃだめだわ、ちょうどこのアリョーシャみたいにね。」

ラキーチンには、このことがわからない。「いったいどうしてアリョーシャがきみを愛してることになるんだろう？　いったいこの人がどんなそぶりを見せたので、きみがそんなに大騒ぎをするんだろう？」

グルーシェンカはヒステリックな調子で、話を切った。こうして、壮絶といってもいい、彼女の告白が始まったのだ。

グルーシェンカは、アリョーシャにありのままを話すといって彼女は自分がアリョーシャを破滅させようと考えたこと、というのもアリョーシャが彼女に出会うごとに顔をそむけ、伏し目になって通りすぎたためだ、そこでアリョーシャを「ひと口に食ってやろう」と腹をきめたの。ひと口に食っちまって、笑ってやろうと思ったの」。自分はこんな意地悪の犬なんだ、ところがこんどはあの性悪男が帰ってきた、この性悪男がどういう意味を持っているか。彼に捨てられたあと五年前サムソーノフにつれられてここに来た時、家から出ず、幾晩も泣きくらし、復讐だけを考えた、「わざわざ自分の心をかきむしっては、意地悪い心持ちでかわきをいやしていた」、夜には、男が笑っているだろう、いや忘れてしまっているだろうともだえ、朝になると、「犬よかもっと意地悪になって、世界中を丸飲みにしてやりたいような気持ちになったものだわ」。それから金をためにかかった。人情はなくなる、肥ってはくる、それでも夜になれば五年前同様「今にみろ」と思う。そんなところへ手紙が届いた。女房に死なれ、わたしにあってみたくなった、と書いてある。自分は息がつまる気がした。ふいに、「もしあの男がやって来て、口笛をひゅうと吹いて呼んだら、わたしはぶたれた犬のようにしおしおと、あの男のそばへ這って行くのじゃないかしら？」と思うと自分で自分が信用できない、五年前よりもっとひどい状態になってしまった、「ミーチャをなぐさんだのも、ただあの男のところへ走って行かない用心のためだった」。自分はあの男のところへ今日ナイフを持って行くかもしれない……

## 7

グルーシェンカの、ラキーチンとアリョーシャを前にしてこの告白は、大胆で率直で驚くべきものといわねばならないだろう。これほど大胆に人は自分の心のうちをさらけることはできない。まして、ラキーチンのようなシニカルな男の前ではなおさらのことだ。にもかかわらず、ラキーチンとのかかわりをふくめて一切合財あらいざらいぶちまけたのだ。グルーシェンカは、アリョーシャのいった「自分の姉」という言葉に強く反応した。自分はアリョーシャの考えるほど純潔な人間ではないのだという考えに、いてもたってもいられなくなった。このこと自体はグルーシェンカの人間としての実質の美しさを示すものだろう。この場合の美しさとは、自己のなかにさまざまにゆれ動く、時に善良に、時に醜悪な情念のなさをいうというものではなく、逆に、そのありのままを、率直に認める純潔をいう。純潔とは汚れのないことをいうのではなく、心の叫びにどれほど忠実かをいうものではないだろうか。少なくとも、忠実であろうとすることをいうのではないか。グルーシェンカの美しさとは、いわば感情の深淵を覗きこみ、その情熱の眩暈に賭けようとする、生命の真摯な奔流にある。

このような情熱の流露は、ラキーチンのごときシニシズムの所有者には狂人のたわごととしか思えないのだろう。しかし、アリョーシャはグルーシェンカの魂の叫びをよく理解できた。彼はラキーチンにこう語った。

「ぼく自身、審判されるものの中でも一ばん劣等な人間なんだよ。いったいぼくはこのひとにたいして、どういう人間にあたるんだろう。ぼくがここへ来たのは、自分の身を破滅さして、『なに、かまうもんか！』というためだった。これっていうのも、ぼくの了見が狭いから起こったのだ。ところが、このひとは五年のあいだ、苦しみ通したにもかかわらず、だれかが初めてやって来て、まことの言葉をひとこと言うが早いか、もういっさいのことをゆるし、いっさいのことを忘れて、泣いているのではないか！（中略）ぼくはきょう、たった今この教訓を会得した。このひとは愛の点では、ぼくらより数等上だよ……」

このアリョーシャのグルーシェンカ観は、それなり正しかったかもしれないが、しかしグルーシェンカの心の動きは、アリョーシャの想像を絶したものがあるといえた。告白の言葉は、自己の内部を明らかにするかもしれないが、同時にそれは内部の混沌を整理し限定してしまうことになり、それが告白として表現された瞬間、なにかしら虚偽に響くものに化してしまうかもしれない。人間が誠実に自己の内部の情念とつき合えばつき合うほど、より深く自己を見失ってしまうことも確かかもしれないのだ。グルーシェンカが体験していたのは、そうした人間の情念の、激しい惑乱の中に陥った時の、真の自己を把握することの困難さだったといえる。グルーシェンカはアリョーシャにいう。

「わたしはあの男を愛しているかいないか、いったいどうなんでしょう？　あの性悪男を愛しているかいないか？　わたしはね、あんたたちのはいって来るまで、ここの暗やみに寝ころんだまま、あの男を愛してるかどうか、自分の胸にきいていたの。アリョーシャ、わたしの心を決めてちょうだい。もうそういう時がきたのだから、あんたの決めたとおりにするわ。あの男をゆるしたものかどうでしょう？」

これにたいしてアリョーシャが「もうゆるしてるじゃありませんか」と答えると、グルーシェンカは、そうだと相槌を打つが、「ええ、なんてきたない心だろう？　わたしのきたない心のために！」というなり、シャンパンのグラスをとり、ひと息にのみほし、力まかせに床にたたきつけた。その時、「一種残忍な影がその微笑の中にひらめいた」という。そして、「だけど、まだゆるしてないかもしれないわ」と「何となくすごい調子で」いいだした。

「もしかしたら、これからゆるそうと思ってるだけかもしれないわ。わたしはまだ自分の心と戦ってみるわ。ねえ、アリョーシャ、わたしは五年間の自分の涙が、たまらないほど好きだったの……もしかしたら、わたしは自分の受けた侮辱を愛していただけで、あの男はまるで愛してなかったかもしれないわ！」ラキーチンが「こいつはあやかりたくないものだね！」と半畳を入れる。グルーシェンカは、ラキーチンなんかは、自分の靴でも縫うにふさわしい人間だ、ラキーチンには自分のような女だって、また、あの男だって拝むことはできやしないと応ずる。それをとがめてラキーチンが、「じゃ、その衣裳はなんのためだね？」と意地悪くからかう。ここでグルーシェンカの感情は激発した。彼女の衣裳は、男に、男がかつて捨てた女がどうなったかを見せつけてやり、そして、男をそそのかして逆に捨ててやる目算からのものかもしれないと意地悪い小刻《こきざ》みな笑いで彼女は句を結んで、恐るべきことを口走った。

「ねえ、アリョーシャ、わたしはこういった向こう見ずな乱暴ものなのよ。自分の衣裳を引き裂いて、自分で自分を片輪にして、自分の器量をめちゃめちゃにするかもしれないわ、――自分の顔を火で焼くか刀で斬るかして、袖乞いに出かけて行くかもしれないわ。もしその気にさえなったら、今だってどこへも、だれのところへも行きやしない。あすにでも、サムソーノフからもらったお金《あし》も何も、すっかりあの人に返しちまって、自分は一生その日かせぎの日雇いに出かけて見せるわ！……」

この激情は全くただごとではないというべきだろう。筆者は、直ちに、第三編「淫蕩なる人々」の第六章「スメルジャコフ」の中の一節を想い出した。そこで画家クラムスコイの「瞑想する人」という絵の中のひとりの農夫について語り手が、彼は突然エルサレムをさして出て行くか、それとも自分の生まれ故郷を焼き払ってしまうかもしれない、ことによったら、両方とも一時に起こるかもしれないと述べている。ここでは、極めて敬虔な心情が、極度に破壊的な狂熱と共存しているということが指摘されている。グルーシェンカにおいても同様なことがいえるのではなかろうか。復讐という感情に徹底的につき合おうとする傾向、それがゆるしという、いわばキリストの教えと、全く正反対のものであることはいうまでもない。しかし、そこからさらに、徹底した自己破壊にむかうというところに、ロシア的特性ともいうべきものがあるかもしれない。

ここにおいて筆者がまた想い出すのは、『白痴』における日本の「ハラキリ」のことだ。ナスターシャ・フィリッポーヴナをある人が評して、日本の「ハラキリ」との類似性を語った。それはいわゆる日本でいえば無念腹というもので、他人によって負った怨みを、相手を前にして自裁によってはらすというものだが、西欧では復讐が元来他者にむかうのにたいして、自己にむかうというところが、特に関心をひいたのだ。そして、ナスターシャ・フィリッポーヴナにおいて、元来社会にむかうべきはずの復讐が、彼女自身にむけられるという点で、日本の「ハラキリ」との類似性が問題になったのだ。他人にむけるべき攻撃性を自己にむける、そこに非西欧的特性をみたということなのだが、グルーシェンカの自己否定にも、そうしたものが感じられる。

過去の自己の一切を清算し、全く新しい人生をふみ出す、そこにはなにかしら、宗教的蘇生とでもいうべきものの情熱の存在がある。グルーシェンカには独自な罪の意識もあって、自己の過去の清算とは、そうした罪の意識からくるものだろう。

さてラキーチンはアリョーシャに帰ろうと立ちあがる。グルーシェンカは、自分をひとりのまま残して置くなんて意地悪だと激しい勢いで抗議し、アリョーシャが自分の心を「底からひっくり返してしまった」、「わたしをあわれんでくれた初めての人なの、たったひとりしかない人なの！」とアリョーシャの前にひざまずくのだった。アリョーシャはグルーシェンカの方にかがみこみながら、「ぼくはきみにねぎをあげただけです。ほんの小さなねぎを一本あげただけです。それっきりです！」といった。

8

こうしたグルーシェンカとアリョーシャの次第にたかまってゆく魂の交歓は、しかし、一挙に御破算に帰してしまう。というのは、玄関の方で突然騒々しい物音が響いて、誰やら控え室に入ってきた。フェーニャが使いの者が馬車で到着したと知らせてきたのだ。持ってきた手紙を読むや、グルーシェンカの様子は一変した。

「『行こう！』ふいに彼女は叫んだ。『ああ、あの五年間の涙ともこれでお別れだ！　さよなら、アリョーシャ、わたしの運命はもうきまったのよ……さあ、帰ってちょうだい、帰ってちょうだい、もうみんなわたしのそばから離れてちょうだい、もうこれからはわたしの目にはいらないようにね！　グルーシェンカは、新しい生活を目ざして飛んで行くのだから……ラキートカ、あんたもわたしのことを悪く言わないでちょうだい、もしかしたら、死にに行くのかもしれないんだから！　ああ！　まるで酔っ払いのようだわねえ！」

ラキーチンは、「ヒステリーじみたわめき声」にはあきあきしたといって、アリョーシャをうながして外に出る。門の中に新しい三頭の馬がひきこまれようとしている。グルーシェンカの寝台の窓があき、響き高い声でアリョーシャにむかって叫んだ。

「アリョーシャ、兄さんのミーチェンカによろしく言ってちょうだい、それから、わたしみたいな毒婦でも、悪く言わないようにってね。まだそのうえに、『グルーシェンカはあんたのような正直な人の手にははいらないで、卑怯者の自由になりました！』ってね、このとおりな言い方で伝えてちょうだい。それから、まだあるのよ、――グルーシェンカは一とき、たった一ときあの人を愛したことがあるの、だからこの一ときをこれから一生忘れないように、とこう言い添えてちょうだい。一生涯と言って、グルーシェンカが念を押したってね……」

ラキーチンは「とうとうミーチャにとどめを刺しちゃった」、そして残酷なやり口だとグルーシェンカを非難するが、アリョーシャは自己忘却に陥ったように機械的に歩いていた。ラキーチンは、事態が全く反対に展開したことに深く傷つけられたように感じて毒づく。男はポーランド人で、今は将校でもなんでもない、シベリアもどこか中国との国境あたりで税関の役人をしていて、職を失って帰ってきた、グルーシェンカのためた小金が目的だ、奇蹟なんてそんなものだ。アリョーシャが耳を傾けていない様子に腹を立て、「堕落した女を真理の道に向けたつもりで、うぬぼれているのかい？　七つの悪魔を追い出した気でいるのかい、え？　今朝われわれの期待した奇蹟が、ここで実現されたと思っているのかい？」と毒々しく笑うのだった。

アリョーシャは胸に苦しみを抱きつつ、やめてくれとたのむ。ラキーチンはアリョーシャが二十五ルーブリで親友を売ったものとして自分を軽蔑していると思いこみ、アリョーシャはキリストじゃないし、自分はユダでもない。馬鹿々々しい、勝手にしろといって、暗闇の中にアリョーシャを置きざりにして去っていった。アリョーシャは、修道院に戻った。

9

アリョーシャが病室の入り口にたどりついたのは夜九時頃だった。ゾシマ長老の棺の傍でパイーシイ主教が福音書を読んでいる。若い修業僧のポルフィーリイは床《ゆか》で眠っている。アリョーシャは、膝まずき祈り始めた。彼の心は甘い感じに浸っていた。棺をみた。今朝ほどの「泣きたいような、うずくような悩ましい哀憐の情は、もはや彼の心になかった」。彼は、棺の前へ身を投げ出す。歓喜の情に理性と感情を照らされて、祈り始めた。

「彼は静かに祈り始めたが、まもなくその祈りが機械的なものにすぎない、ということを自分でも感じた。思想の断片は彼の心をかすめて、小さな星のようにひらめいたが、すぐほかのものと代わって、消えて行くのであった。けれど、その代わり、何か心の渇きを癒やすような、完全な、しっかりしたあるものが、彼の魂を領していた。彼は自分でもそれを自覚した。時折彼は熱誠をこめて祈り始めた。」

パイーシイ主教の読誦《どくじゅ》の声に耳を傾け始め、次第に眠りに誘われてゆくアリョーシャの耳にガリラヤのカナの婚筵の章が入る。

アリョーシャは、それを聞きながら、グルーシェンカのことを考える。「あの女もやはり幸福を得て……饗宴に出かけて行った……なんの、あの女はナイフなど持って行きゃしない。決して持って行くものか……あれはただ『哀れな』泣き声にすぎないのだ……そうとも……哀れな泣き言は、ぜひゆるしてやらなければならない。哀れな泣き言は心を慰めてくれる……これがなかったら、悲哀は人間にとって、ずいぶん苦しいものとなったに相違ない。ラキーチンは路地へはいってしまった。ラキーチンが自分の侮辱を考えている間は、いつでも路地へはいって行くだろう……ところが、ほんとうの道はどうだ……ほんとうの道は広々として、まっすぐで、明るくて水晶のように澄みわたって、向こうの果てには太陽が輝いている……おや？……何を読んでいるのかしら？」

夢うつつのなかで、アリョーシャが聞くのはカナの奇蹟なのだ。アリョーシャは考える。「これはガリラヤのカナだ、はじめての奇蹟だ……ああ、この奇蹟、ほんとうになんというやさしい奇蹟だろう。キリストは初めて奇蹟を行なう時にあたって、人間の悲しみでなく喜びを訪れた、人間の喜びを助けた……『人間を愛するものは、彼らの喜びをも愛す……』これはなくなった長老がいつも繰り返して言われたことで、あのおかたのおもな思想の一つであった……喜びなしに生きて行くことはできない、とミーチャは言った……そうだ、ミーチャ……すべて、真実で美しいものは、一切を許すという気持ちに満ちている、これもやはりあのおかたの言われたことだ……」

さらにアリョーシャは考える。喜びをつくらなければならない、キリストは想像も及ばないような悲しい人々のために喜びを作ったのだ。イエスの母の偉大な魂は、「恐ろしい大功業」のためばかりに地上に来たのではないということを見抜いたのだ。イエスはそこで喜んで母の請いをいれたのではないか。部屋がひろがり出す。アリョーシャは改めてそれが結婚式だと思う。新郎新婦がいる。部屋はさらに広がり、部屋棺の中からゾシマ長老が立ちあがって彼の方にやってくる。昨夜の語らいをした時と同じ衣を着て、表情は輝やかしく明るい。ゾシマもこの宴《うたげ》に招かれたに違いない……ゾシマはアリョーシャをひきおこし、語った。

「新しい酒を飲もう、偉大な、新しい歓びの酒を酌もう、見ろ、なんという大勢の客であろう！　そこにいるのが新郎《はなむこ》に新婦《はなよめ》じゃ。あれは筵《ふるまい》をつかさどる賢者が、酒を試みておるのじゃ。どうしておまえはそう驚いた顔をして、わしを見るのじゃな？　わしはねぎを与えたためにここにいるのじゃ。ここにいる人はたいてい、ねぎを与えた人ばかりじゃ。わずか一本のねぎを与えた人ばかりじゃ……ときに、わしらの仕事はどうじゃ？　おまえも、――わしの静かなおとなしい少年も、今日ひとりの渇した女に、一本のねぎを与えたのう。はじめるがよい、おとなしいせがれ、自分の仕事をはじめるがよい……」

ゾシマは「われわれの『太陽』が見えるか」と聞き、恐ろしくて見る勇気がないと答えるアリョーシャに恐れることは少しもない、キリストの偉大さ、高さは恐ろしくみえるが、「限りなくお慈悲深い」のがキリストだ、「今も深い愛の御心からわれわれといっしょになって、われわれと遊び戯れておいでになる」、この言葉を聞いてアリョーシャのうちに感動がおそう。

「何ものかがアリョーシャの胸に燃え立って、突然痛いほどいっぱいに張りつめてきた。そして、歓喜の情が心の底からほとばしり出た……彼は両手をさし伸べて、ひと声叫んだかと思うと、目がさめた……」

彼は庵室を出、庭におりたった。星くずに満ちた夜空が頭上に広がっている。修道院の尖塔が琥珀のように輝いている。花壇に秋の花が眠っている。「地上の静寂が天上の静寂と合し、地上の神秘は星の神秘と相触れているように思われた」。アリョーシャは、ふいに地上に身を投じた。

アリョーシャは大地を抱擁した。泣きながら大地を接吻した。こうして、この小説空間でもっとも美しい叙述、いわばアリョーシャの苦悩と懐疑からの復活が次のように語られる。

「彼はなんのために大地を抱擁したか、自分でも知らない。またどういうわけで、大地を残るくまなく接吻したいという、おさえがたい欲望を感じたか、自分でもその理由を説明することができなかった。しかし、彼は泣きながら接吻した。大地を涙で潤した。そして、自分は大地を愛する、永久に愛すると、夢中になって誓うのであった。『おのが喜悦の涙をもって大地を潤し、かつその涙を愛すべし……』という声が、彼の魂の中で響きわたった、いったい彼は何を泣いているのだろう？　おお、彼は無限の中より輝くこれらの星を見てさえ、歓喜のあまりに泣きたくなった。そうして『自分の興奮を恥じようともしなかった』。ちょうどこれら無数の神の世界から投げられた糸が、いっせいに彼の魂へ集まった思いであり、その魂は『他界との接触』にふるえているのであった。彼はいっさいにたいしてすべての人を許し、それと同時に、自分の方からも許しを請いたくなった。おお！　それは決して自分のためでなく、いっさいにたいし、すべての人のために許しを請うのである。『自分の代わりには、また他の人が許しを請うてくれるであろう』という声が、再び彼の心に響いた。しかし、ちょうどあの半円の夜空のように毅然としてゆるぎのないあるものが、彼の魂の中に忍び入るのが、一刻一刻と明らかにまざまざと感じられるようになった。何かある観念が、彼の知性を領せんとしているような心持ちがする、――しかも、それは一生涯、否、永久に失われることのないものであった。彼が大地に身を投げたときは、かよわい青年にすぎなかったが、立ちあがったときは生涯ゆらぐことのない、堅固な力を持った一個の戦士であった。彼は忽然としてこれを自覚した。自分の歓喜の瞬間にこれを直感した。アリョーシャはその後一生の間、この瞬間をどうしても忘れることができなかった。『あのときだれかぼくの魂を訪れたような気がする』と彼は後になって言った。自分の言葉にたいして固い信念をいだきながら……」

## 10

第七編の最終章「ガリラヤのカナ」において、アリョーシャの苦悩は完全に克服され、アリョーシャは確固たる信念を持つ戦士に生まれかわる。いわばその復活のプロセスを辿り直してみることは、アリョーシャにおける信仰再生の本質をみる上できわめて興味深いものといわねばなるまい。いうまでもないことだが、その大地による復活は、グルーシェンカのもとでの、グルーシェンカとの接触、また告白、またその激しい情熱の表現という、一場のめくるめく体験を経たがゆえのものであることはいうまでもない。そして、特にグルーシェンカの語った「一本のねぎ」の話の啓示によると想像される。一体この話がどのような点でアリョーシャに衝撃を与えたか。

ところで「一本のねぎ」の話はどのようなことを語るか、といえば、一本のねぎとは、まずどんな悪い人間にも僅かな善行のないものはないだろう。そして、そのような善行があれば、人間は救われるものだという思想を表現しているだろう。言い換えれば、神の愛の博大なること、寛容なること、慈悲深いことをあらわしていよう。これは逆にいえば、いかなる悪人も神は救ってくださるということを語っているということになる。問題は、「一本のねぎ」の話で、意地悪なお婆さんが、地獄の火の湖に再び墜落したということではなくて、「一本のねぎ」に象徴される救済への信仰である。「一本のねぎ」に秘められた神の愛の広大さを体感することである。民衆こそ、その体感者に他ならなかったろう。そして、アリョーシャが発見したのは、グルーシェンカの中にもそうした民衆が存在しているということだった。このことがアリョーシャを強くうったということだ。これは、別の観点からみれば、民衆の持つ謙抑が、「一本のねぎ」という暗喩にあらわれているということでもある。真の謙抑は、自分の善行を誇るよりもむしろ「一本のねぎ」として自己を卑下することの中に身をひそめるだろう。「一本のねぎ」を信ずることは、自分が無限に罪ある者という自覚とうら腹のものに他ならない。アリョーシャがグルーシェンカに発見したものは、そうしたグルーシェンカの魂の美しい生地《きじ》だった。それは啓示のようにアリョーシャを襲ったに違いない。アリョーシャがゾシマの棺のもとにもどったとき、彼の心はそうした啓示で満たされていたろう。ゾシマが謙抑こそ偉大な力だといった、その力によってアリョーシャが動かされたということでもあるだろう。

「一本のねぎ」ゆえに人間は救われる。こういう啓示が彼の心に拡がる中で彼はキリストの最初の奇蹟の読誦を耳にする。夢に陥り、ゾシマが立ちあらわれ、喜びこそ神の愛の真実であり、それは「一本のねぎ」の与え手にはすべて与えられると説く。ここにおいて腐臭といった形の問題などは一挙に超えられてしまう。アリョーシャは天空を仰ぎ、魂は無限の輝きに「他界との接触」を直感する。大地を抱擁するなかに、無限の中に、自己の溶解してゆくのを感ずる。こうして彼は、グルーシェンカの告白の真意を悟る。告白によってこそグルーシェンカは、魂の苦悩を癒やすことができたのだ。グルーシェンカの次々とかわる激しい情念の変化の根本にそうした大地的な自浄作用があったのだ。アリョーシャの中に他者のための祈りが生まれる。それは、突然の衝動の襲来として、やってきたということに注目しよう。こうして、復活したアリョーシャは、修道院を、三日の後出て、世の中に入ってゆくことになる。

# 第二章　二日間の天国と地獄(I)

1

『カラマーゾフの兄弟』第八編「ミーチャ」は、これまでイヴァン、アリョーシャと、それぞれの運命を追ってきた語り手が、長男ドミートリイに焦点を合わせてその運命の成り行きを語る箇所だが、プロットの展開からいってこの文学空間最大の山場というべきものであろう。語り手は、この編の第一章「クジマ・サムソーノフ」の冒頭で、「彼の運命の上に突如として炸裂した、恐ろしい災厄《カタストロフ》にさきだつ二日間、彼の生涯において最も恐ろしい二日間の物語中、必要欠くべからざる部分のみを、事実ありのまま述べることにしよう」と記している。この「最も恐ろしい二日間」こそ、この第八編の内容をなすということだが、ドストエフスキーは、この二日間ドミートリイ(ミーチャ)が経過した天国と地獄の眩《めくるめ》くごとき交代劇の心理ドラマを驚くべき深刻さでもって描いたということができる。天国と地獄はなにも現世の外にあるとは限らない。人間の魂のなかに、その広大な領域を有しているといえるだろう。人間の情熱こそは、その広大な領域の提供するものではないだろうか。その領域の広大さは、人間自身にもわからない。第八編第四章は「闇の中」と題されているが、情熱の領域の、人間自身にもしられていない部分の、いわば暗黒の中にいかに奥深くかくれているかの象徴的タイトルというべきものだろう。われわれはその時その時の情念のいうところに従いつつ行動してゆく。自己に忠実とは、情念のうながすところに行為をまかせることと思っている。しかし、通常は、そのまま情念に身をまかせることはないだろう。なぜなら情念は人間の存在をゆさぶり、その強烈な流れのままにひきずってゆこうとする時、人間自身が有している規範意識がその流れの、ほしいままなる跳梁をチェックするはずだからである。そのような規範意識は、いうまでもないことだが、社会的歴史的民族的伝統のもとに形成されたものとして、われわれの心のうちに根づいていている。従って、いかに情念が激しい力を持ったにしても、われわれのうちなる規範がそれを妨げる結果として情念の力のそのままな発現はなされることはないだろう。このことは逆にいえば、情念がそのありのままの姿でわれわれのうちにあらわれることはまずないということだ。

しかし、情熱がありのままに近い形で、規範意識を押しのけて、自己を貫徹しようとする場合がある。犯罪が一般的にそういえるが、特に重大な社会変動があってそれまでの社会的規範が根本的にゆさぶられ、あるいは否定される時がそうであろう。それまで抑圧されていた情念が一挙に燃え上がり、抑圧のもとに生きていた人々をその激しい怒濤の中にまきこむ。

しかし、情念はそれ自体ひとつの非合理的衝動だろうから、それ自体のうちに、規範を持つことはないからして、それは無際限にその充足にむかって突き進むことになるだろう。一体その場合どこにその歯止めをもとめることが出来るのだろうか。ここに情念によって規範を超えることの深い問題性が横たわっている。

ドストエフスキーが生涯かけて追究したのがそのような問題性であったということは改めていうまでもないだろう。『罪と罰』では主人公ラスコーリニコフが、ある選ばれた存在は社会の規範をのりこえることを許されるという理論のもとに、殺人を犯した。社会によって彼は裁かれるが、シベリア流刑においてさえ、彼は彼自身の理論を根本からくつがえす論理は見出せなかった。ただ、人類滅亡の夢を契機に、その理論的迷妄から覚醒する。しかし、その解決は果たして真の解決といえたかどうか、といえば、後の小説の展開の中に持ちこされたというべきだろうと思う。ラスコーリニコフの世界では、いかに〈感触〉というものが重要で決定的であったかという点についてはかつて論じたことがあるので、(補注)ここでは問題にはしないが、ラスコーリニコフとは、理論による犯罪者、いわゆる確信犯というよりは、むしろ、〈感触〉に賭けた賭博者というべき犯罪者なのだ。ラスコーリニコフとは、彼自身にも見えていなかった、彼自身をも包む大きな〈感触〉の世界への探検者だったといえる。

さて、話が迂路に入りこんだが、ドミートリイこそ、右のごとき問題性の、ドストエフスキーが到達した最終的表現なのだ。ドミートリイとは彼自身の情熱にもっとも従順な存在だといえる。そういう点では彼は、情念のドン・キホーテといえるかもしれない。ドン・キホーテにおけるドゥルシネア姫は、ドミートリイにおいてはいうまでもなくグルーシェンカである。ドミートリイは、グルーシェンカの愛に一切を賭け、破滅をも辞さない。そこにドミートリイの純潔がある。やがて彼は受難の道を歩むのであるが、彼は後悔という念を知らない。なぜなら、それが彼のうちなる情念に忠実であった以上後悔するいわれはないからである。

ところでドミートリイはなぜそれほどまでに彼のうちなる情念に忠実なのか、そこにドミートリイという存在の秘密があるかと思う。元来ドミートリイの心の底には彼自身には意識されていないにしても神への絶対的な信仰があるのではなかろうか。なぜなら、彼は世界の現われそれ自体を受け入れる存在だからだ。情念こそ世界の現われそれ自体に他ならない。神が世界を創った。人間もまた神の被造物だとすれば、その被造物のうちに生まれる情念もまた神によって創られたものといわざるをえないだろう。よしんばそれが、いわゆる人倫にもとろうとも、情念の命ずるままに運命を生きようというのがドミートリイなのである。ここに、イヴァンあるいはアリョーシャにはない人間としてのスケールの巨大さがあるように思う。

## 2

では、「彼の生涯において最も恐ろしい二日間の物語」とはいかなるものだったかをこれからみてみよう。

ここでは、逐一物語を追ってゆく紙面的余裕はないので、第八編を構造的に再構成し、ドミートリイの心理の激しい曲折を、その転換点にスポットをあてながらみてみたいと思う。

まず初めに、この二日間というものが、単にドミートリイにとってのみ運命的であったのではないということを述べておかねばならないだろう。作者は、三人の兄弟を、実は同じ二日間の中にそれぞれの運命を辿らせたのだ。イヴァンは、父フョードルの家を出て、父の命に逆らってモスクワに赴くが、その時の心理は暗澹たるものだったという。実はその時は、ドミートリイの運命が大きな転換にさしかかった時に他ならなかった。そして、アリョーシャにおいてもまた、重大な運命の契機をすごしていた時だった。前章において述べたように、アリョーシャが、グルーシェンカのもとからゾシマ長老の遺骸のもとにもどり、カナの饗宴の夢をみる、その同じ夜、ドミートリイは、フョードルのもとを襲ったのだ。この人間の運命を凝縮したかのごとき二日間に、三人の兄弟の運命がそれぞれ重大な転換をみたということなのだが、一体これはなにを意味するのか。

そこでひそかに人間の連帯責任の問題が仕掛けられているのではないだろうか。人間は他者にたいしてすべて罪がある、というのがゾシマ長老の考えだ。それは彼の兄のマルケールからゾシマにうけつがれた考えだった。一見、馬鹿々々しく思えるその考えをここで作者はセットしたのではなかろうか。

イヴァンは、スメルジャコフとのやりとりのあと、フョードルのもとを去るわけだが、それは暗黙のうちに、スメルジャコフの計画の達成を助けることに他ならなかった。一方、アリョーシャは、ゾシマ長老の遺骸の腐臭によって激しく動揺し、ラキーチンの誘いにのってグルーシェンカのもとを訪れる。その信仰のゆるみの間隙を縫って、ドミートリイは、恐るべき時間を過ごすというものだ。

さて、ここで第八編の構成をまず記しておこう。第八編は、第一章「商人サムソーノフ」、第二章「レガーヴィ(猟犬)」、第三章「金鉱」、第四章「闇の中」、第五章「とっさの決心」、第六章「おれが来たんだ！」、第七章「争う余地なきもとの恋人」という七つの章からなる。この中で、第四章がクライマックスをなす。この章を中心として前後にわかれる。つまり、第四章は、先にもふれたところだが、第八編のクライマックス、この文学空間のクライマックスであり、第八編はそれをはさんでそこに至る過程と、その結果とが叙述される部分からなるということになっている。従って、まずは、第一・二・三章について述べることが適当だろうと思う。

この小説は、いわゆる父親殺しの小説ということになるが、単に通常の尊属殺人というものではない。既にふれたごとく、より根源的な問題が横たわっている。ドミートリイのグルーシェンカへの愛の絶対性に賭ける情熱である。彼はグルーシェンカが彼の愛を受け入れるならば、すべてを投げ出そうという決意でいる。そこに彼の情念の一切があり、その情念の命ずるまま彼は行動するのだが、こうした愛への賭けが皮肉なことにドミートリイを悲劇に追いやるということになる。

こうしてこの第四章「闇の中」でのクライマックスに至る三つの章は、ドミートリイが遂に父親のフョードルを夜半に襲うに至る心理的契機を準備したものだ。

ドミートリイのフョードルへの憎しみがいかに大きなものであろうと、この三章でドミートリイが経てきたごとき体験がなければ、最後の決定的な段階には至らなかったのではないだろうか。この三つの章は、ドミートリイを絶体絶命ともいえる絶望感の中に追いこむべく見事に構成されているといえる。

まず第一章は、かつてグルーシェンカの旦那であったサムソーノフの所に、ドミートリイが赴いて、三千ルーブリの調達を頼むという話だ。ドミートリイはなぜ三千ルーブリにこだわるか。三千ルーブリという金額は、この小説では極めて重要な意味を持たされているが、それは、ドミートリイの許嫁のカチェリーナから返却を依頼された三千ルーブリを、ドミートリイが依頼を果たさず、グルーシェンカに贈ろうという下心からひそかにその半分を着服してしまったことに端を発する。

ドミートリイには、グルーシェンカの真意がとらえられない。グルーシェンカは彼と父のフョードルのどちらを選んだらいいか決めかねている。ドミートリイはそのように想像し、「胸のしびれるような思いをしながら」その決心を待っていたのだ。もし彼女が「わたしを連れてってちょうだい、わたしは永久にあんたのものよ」といえば、万事は決着がつく。ドミートリイはそう考え「そのときこそはさっそく新しい生活が始まるだろう！」と狂おしく空想した。彼女がフョードルを選ぶという恐ろしい結果も予想したが、その予想よりは幸福な解決のみを予想していた。ところがそこで、「まったく種類を異にした苦痛が生じた」。もしそうなった場合、彼女をつれて逃げて行くための資金をどうするか。勿論グルーシェンカに金はあるが、その点について、「とつぜんミーチャの心に、恐ろしいプライドが生じた。彼は自分で女を連れて逃げ、女の金ではなく自分の金で、新しい生活が営みたかったのである」という。

カチェリーナにたいしては陋劣漢であった彼はグルーシェンカにたいしては、そうなりたくないと思い、この「運命的な金」をなんとしても調達しなければならないと決意したという。カチェリーナから預かった三千ルーブリは何としても返して、新たに三千ルーブリを「全世界をくつがえしてもかまわない」からつくらねばならない。こうして、狂気のようになってドミートリイは金策を考え始めたのだ。

この間のドミートリイの心理的事情を語り手は次のように述べる。

「ここに不思議なことがある。このような決心をとった以上、彼の心に残るものは絶望のほか何もあるまい、と思われるのが至当である。なぜなら、彼のような裸一貫の男が、三千という大金を急にととのえるあてがないではないか。しかしそれでいながら、彼はこの三千ルーブリが手に入る。ひとりでにやって来る、天からでも降って来ると、最後まで望みを失わないでいた。まったくドミートリイのように生涯相続によって得た金を湯水のようにつかう一方で、金がどんなにしてもうかるかについて、なんの観念も持っていない人間には、こういう考えも確かに起こりうるものである。おとといアリョーシャに別れたすぐあとで、途方もない妄想の嵐が彼の頭に吹き起こって、すべての思考をめちゃめちゃにかき乱した。こういうぐあいで、彼はこの上ない無鉄砲な仕事に着手することになった。」

この無鉄砲な仕事とは、かつてのグルーシェンカの保護者たる商人サムソーノフにあって、ひとつの計画を提供し、それを担保として金を調達しようというものだった。ドミートリイはこの「老好色漢」とは近づきではなかったが、グルーシェンカが自分のごとき「将来有望な男」と結婚したいといい出したら反対はしないだろう、いやかえって希望しているかもしれない、さらに機会さえくれば、進んで助力するかもしれない、ドミートリイの空想はさらに空想を生んでサムソーノフを彼自身の甘い幻想でつつんでしまった。ドミートリイは、グルーシェンカが自分を愛し結婚するといえば、直ちに新しいグルーシェンカが始まり、彼も全く新しいドミートリイとなって、「悪行などときれいさっぱりと縁を切って、善行ばかり積むようになる。そして、ふたりは互いにゆるし合って、全然あらたに自分たちの生活を始めるのだ」と考えたという。こう考えるドミートリイを、語り手は、その「稚気」のせいにしている。彼は「多分に稚気のある男なのである。」というのが語り手の断案だった。

こうして、ドミートリイは彼自身の甘い幻想につき動かされて、アリョーシャと別れた日の翌朝十時にサムソーノフの家を訪れる。そして辛辣に翻弄されることになる。

サムソーノフの家は「古い、陰気くさい、恐ろしくだだっ広い二階建てで」大家族であったが、二階は老人がひとりで占領していた。二階には、「商人社会の古い風習にしたがって家具調度の飾られた、大きな堂々たる部屋が沢山あった」。しかし陰鬱の気があたりを占めていた。ドミートリイは数度ことわられたが、紙の切れはしに、「アグラフェーナ・アレクサンドロヴナ(グルーシェンカ)に緊密な関係を有する、最も重大なる事件につき用談あり」と書いて持たせてやる。ドミートリイは二階に通された。そこにサムソーノフの子供が兄弟で同席したが、そのひとりは六尺豊かの大男で、「底なしの怪力」の持主だった。ドミートリイは、「きちんとボタンをかけたフロック、手に持った山高帽子、黒い手袋、すべて三日前長老の庵室」での会見の時と同じいでたちだった。

ドミートリイはサムソーノフ老人の傍に立った時、老人が自分という人間をすっかり見抜いてしまったと直感した。ドミートリイは、老人のいかにもいたましい病いと闘う努力を見ているうちに、「早くも後悔の念を感じ」「かすかな羞恥の情」が湧き出るのを感じた。老人が、ゆっくりと口を切る、一方ドミートリイは「さっそく早口な神経的な調子で、身ぶり、手まねを入れながら、興奮しきった様子で声高に話し出した」。

老人の極めて冷静な、厳しく、容赦ない態度と、甘い幻想にとらわれて、自己陶酔的に他人の善意を期待できるものとしている若者との対比があざやかに浮かびあがる。この興奮した様子は同時に絶望の裏返しの表現でもあった。語り手はその様子をこう説明している。

「どんづまりまで行きつめて、滅亡の淵に瀕しながら、最後の逃げ道を求めているけれど、もしそれに失敗したら、今すぐにも身投げをしかねない男だ、ということは、はた目にも明らかであった。サムソーノフ老人も一瞬の間に、それを見てとったらしい。もっとも、その顔は彫刻のように、依然として冷ややかであった……」

ドミートリイの話というのは、母の遺産のチェルマーシニャ村の処分をめぐってのもので、それは自分に属すべきものであるから、当然それを父親に要求する権利がある。その権利をサムソーノフに譲渡したい、自分には三千ルーブリをくれるだけでよい、それは、六千か七千ルーブリのもうけにはなるはずだから、サムソーノフには損はない。ただ「何よりも肝要な点は、『今日すぐにでも』この話を決めていただきたいということです……」

ドミートリイは、自分が、グルーシェンカにたいして、「潔白このうえない感情をいだいている」とサムソーノフの情に訴えながら綿々と自分の窮状を訴えるが、最後に、もしこの頼みがかなえられなかったなら、自分は身投げしなければならない、「まったく」でぷつりと話を切った瞬間、彼は「いっさいが瓦解したのを感じ、なんともいえぬ絶望に襲われた」。さらにドミートリイを、「自分が恐ろしく馬鹿げたことを並べたてた」という自覚が苦しめた。

「奇妙なことがあればあるものだ、ここへ来る途中は何もかも立派に思われたものが、今はこの通り、馬鹿げたことになってしまった!」

ドミートリイは、ここにおいて、より深い真実への戦慄的な曲折のひとつを経たのだ。空想の中ではいかに美しく見えるものも、あるいはいかに真実に見えるものでも、それが現実の中にいきなり置かれた場合、それは滑稽なもの、馬鹿々々しいものに変わってしまう。そして皮肉なことにそれが切実なものであればあるほど、馬鹿々々しく滑稽な度合いは増大する。既に、ドストエフスキーは、『白痴』のイポリットの自殺未遂において、そうしたことを描写していた。大衆の前で行った自殺未遂、それはたまたまピストルが不発だったのだが、そのような理由はいくらいっても通じるはずのものではない。イポリットの自殺の試みは狂言としては人々の嘲笑の中に置き去りにされてしまうのだ。

ここにはなにかしら、人生の深い真実にふれる問題があるだろう。なぜ人々は、ある人間の最も重大な問題が現実の前にひき出された時それに同情するどころか、むしろそれを嘲り笑うのか。ひとつは、人々が本人の置かれている状況などになんら理解を持たないことと、ひとつは自分たちの強固なる社会通念、あるいは常識からいってそんなことがありえないからだ。いかに偉大なる真実といえども唐突に現実にひき出された時、それが人々の理解をこえるということはキリストの例を持ち出すまでもないだろう。

ところで、ドミートリイの場合、自分の言葉の馬鹿々々しさに彼自身気がついたということは、彼の置かれた場の、あまりに彼の甘い幻想との落差の激しさによるものだったろう。ドミートリイをむかえたのは、冷ややかな反応だった。というのも、サムソーノフの家の陰欝な雰囲気と、いかめしい老人と、そしてなによりも、商家特有の現実主義は、ドミートリイの話などに耳を傾けるはずもなかったからだ。さらに、サムソーノフという、大家族からなるこの一家の専制的な主人で、家族一同がその前では戦戦恐恐としている老人にとって、ドミートリイの語る甘い愛の物語などは、全く耳を傾けるに値するものではなかった。サムソーノフはかつて、グルーシェンカに、親子いずれかを選ぶとしたら、問題なく、フョードルを選べといったことがあった。そうした考えがこの老人において変わるはずはなかったし、自殺の瀬戸際にいるというドミートリイの絶望など馬鹿げたものでしかなかった。サムソーノフはきっぱりとドミートリイの申し出を断ったが、ドミートリイの絶望的な顔をみて、「こういう仕事にうってつけの男がひとりあるから、それに話してごらんなさったら……」と提案した。レガーヴィイ(猟犬)というあだ名の男がいて、百姓の生まれで山林の売り買いをしている。フョードルともチェルマーシニャの森をめぐって取引きがあるが、値段の点で折り合いがつかない。男は、イリンスコエ村のイリンスキイ長老の所にいるから、そこへ行って、フョードルの機先を制して、交渉してみたらというのだった。

このサムソーノフの提案は、ドミートリイを絶望のどん底から歓喜の頂点にひきあげた。彼は、サムソーノフにお礼をいい、「何か意地悪そうな影が、老人の目の中にひらめいた」が、そのように感じた自分自身をドミートリイはたしなめ、「あれはくたびれたからだ……」と考えた。彼は、「歓喜のあまりに身をふるわしたほど」だった。そして、「危うく身の破滅になるところだったが、やっと守護の天使に助けていただいた」という想念が頭にひらめいたという。

極度の絶望から極度の感謝へと、ドミートリイの感情の振幅はここでも激しい。どこまでも、ドミートリイの稚気というか、あるいは純潔というか、あるいはどこまでも自分の幻想の中に留まりたいという偏執のためか、彼はサムソーノフに、「何か意地悪そうな影」を実は正当にも認めたにもかかわらず、それさえも善意に解釈したのだ。語り手は、老人が彼をからかったのではないか、というドミートリイの考えが実は、「唯一の正確な解釈なのであった」と述べている。そして、事件の勃発したあとの老人の言葉として、「からかってやったのだ」と老人が自分で笑いながら白状したことを紹介している。

「当時、老人がああいう行為に出たのは、『大尉さん』の興奮した顔つきのためか、または彼の計画と称する馬鹿々々しい話に、サムソーノフが乗ってくるかもしれぬという、この『どら息子』の愚かな確信のためか、それとも、この『盲、蛇におじない男』の無心の口実に使われたグルーシェンカにたいする嫉妬めいた感情のためか、――しかとした原因は筆者にもわからない。しかし、ミーチャが彼の前に立ちながら、足に力抜けしたような感じを覚えて、もう俺はだめになったと叫んだ瞬間、――その瞬間、老人は底知れぬ憎悪をいだきながら、彼を眺めた。そうして、一つこの男をからかってやろう、という気を起こしたのである。」

サムソーノフの憎悪は非常なもので、憤怒のあまり「全身をわなわな震わせていたが、夕方になると本当に発病して、『医者』を呼びにやった」という程だったという。

一体なぜサムソーノフは、それほどの憎悪と憤怒を抱いたのか。そしてまた、「からかってやろう」という気を起こしたのか。

ドミートリイの絶望の甘さというものにたいしてではないだろうか。いうまでもないことだが、サムソーノフは人生経験において、ドミートリイの比ではない。商人として生き抜いてきたとは、まさしく恐るべき人生の修羅場を生き抜いてきていたことを意味しよう。地獄さえも見たかもしれない。そういう人間からみて、ドミートリイの絶望などたかがしれたものだったのではないか。老人の憤怒と憎悪は、ドミートリイの幻想の甘さにこそ向けられていたのではないか。「彼はひとの悪い、冷酷で嘲笑的な、そのうえ病的に好悪のはげしい男だった」とは語り手の老人評だが、サムソーノフの有するサディズムが、ドミートリイを、より残酷な絶望の中につき落とすことになったのだった。

## 3

絶望から歓喜の絶頂へ、その振幅の激しさは、次にくる新たなる絶望への墜落においてさらに増幅されてゆくことになるだろう。これは一種の精神的な拷問にもひとしい。しかし、サムソーノフの示したレガーヴイ訪問はそうした、より絶望的な状況をドミートリイに用意することになる。

レガーヴイとは原語では лягавый＝легавый で、意味は、猟犬の一種を示す言葉である。匂いで獲物を探し、探しあてるとそこに立ち止まってそのありかを知らせるという猟犬の種類で、特に鳥猟に使われるというものだが、転義としていわゆる「盗人言葉《ぬすっとことば》」で「デカ」とか「密告者」を意味するという。語源的にポーランド語に由来するらしく、さらにそれを遡ればフランス語の le chien couchant（指示犬）にゆきつくという。(1) 日本ではセッター、あるいはポインターという名で知られる。泥棒間の隠語で、「デカ」「密告者」を意味するというのも、獲物のありかを、その身体の位置によって示すというこの猟犬の特徴からきたものだろう。

さて、サムソーノフが、そういうあだ名を持つ男をドミートリイに紹介したこと自体胡散臭《うさん》いといわねばならないだろう。そして事実ドミートリイは、手痛い仕打ちを受け、再度歓喜の絶頂から、絶望の奈落へと追い落とされることになる。

ドミートリイはサムソーノフのもとを出、市場にゆきユダヤ人の時計屋に古い銀時計を売って六ルーブリをつくる。さらに下宿の家主から三ルーブリをかり、ヴォローヴィア駅ゆきの馬車代を作った。正午頃のことだ。喜ばしい期待に顔を輝かせていたが、一方ではグルーシェンカがフョードルのもとに行くことを決心したら、という危惧の念に苦しまされた。彼はその日の夕方までには帰らなくちゃいけないと決意を新たにして、誰にも知らせることなく出発した。「しかし、悲しいことには、彼の空想は『計画』どおりに実現されないような、よくよくの運命を背負っていたのである」と語り手は記している。

ドミートリイは馬車でヴォローヴィア駅に着きそこから村道をたどってイリンスコエ村にイリンスキイ長老を訪ねた。そこにレガーヴイがいると聞いていたからだ。村道は、サムソーノフのいったのとは異なって十二露里ではなく十八露里あった。疲れた馬を駆って目的の場所を探しまわっているうちにほとんど夜になってしまった。ところがレガーヴイはそこにはおらず、スホイ・ポショーロク（乾村）という部落に行っていて、森の売買の仕事でそこの森番小屋に泊ることになっている。

イリンスキイ長老が案内してくれた。一露里そこらの道のりだからといって歩き出したのだがここでもまた実際には三露里あった。道々長老が、あの百姓出の商人の名はゴルストキンなのに、なぜレガーヴイと呼ぶのか、あの男はこのあだ名で呼ばれると恐ろしく腹を立てるから注意するように、「でなければとても話はまとまりませんよ。あなたの言うことなぞ、聞こうともしませんからな」と忠告した。ドミートリイは、少し不審に思い、サムソーノフ自身そう呼んでいたというと、長老はたちまちその話をやめた。長老の心に、ある疑惑、つまりサムソーノフがドミートリイを嘲弄しているのではないかという疑惑が浮かんだからだ。サムソーノフは、問題の百姓男の名前は教えずにあだ名だけを教えたのだ。いうまでもなくサムソーノフ自身、その男を正面切ってあだ名で呼ぼうものなら、万事そこで終わりということは百も承知なのだ。たかが呼び名の問題だったが、しかし、そこにサムソーノフの辛辣な悪意が仕かけられていた。語り手はこう記している。

「もし彼(長老)がその時ミーチャに自分の疑惑をうちあけたら、そのほうがかえって好都合だったろう。」

というのもその時点で、ドミートリイの前に自分の置かれている真相が明白に開示される可能性があったからだ。しかし、ドミートリイは、そんな「つまらないこと」にかかずらうことなしに道を急ぎ、やがて森番小屋についた。

しかし、ようやくの思いで辿りついたドミートリイを待っていたのは、泥酔したレガーヴイだったのだ。その日のうちに帰らなくてはならないという思いから激しい焦燥にかられて、ドミートリイは「眠っている男の手足を引っ張ったり、頭を揺すぶったり、抱き起こしてベンチの上にすわらしたりしてみた」。

しかし一切の努力は無に帰した。長老は明日の朝まで待つしかないという。ドミートリイは再び恐しい絶望に陥った。長老は帰り、一方森番は片方にある自分の小屋に戻っていった。ドミートリイは死んだように眠りこんでいるレガーヴィの傍でベンチに坐っていたが、「深い憂愁《タスカー》が重苦しい霧のように、彼の心を包んだ」。

彼の想像の中に、フョードルのもとを訪れるグルーシェンカの姿が浮かぶ。ドミートリイは眼の前のレガーヴィの姿を眺め、限りない憎悪を抱いた。彼は深く運命の皮肉を感じた。

「何よりもいまいましいのは、自分ミーチャがあれだけのことを犠牲にし、あれだけのことをなげうって、猶予することのできない用件をかかえながら、へとへとに疲れて立っているにもかかわらず、このならくら者は、『いま自分の全運命を掌中に握っているくせに、まるで別な遊星からでも来た人間みたいに、どこを風が吹くかとばかりいびきをかいている』ことであった。『おお、運命の皮肉さよ!』とミーチャは叫んだが、急に前後のみさかいを失って、酔いどれの百姓を起こしにかかった。」

その努力もさらなる絶望にドミートリイを突きおとしたに過ぎなかったが、サムソーノフの悪意はまさに十二分に達成されたといっていいだろう。サムソーノフもレガーヴィの泥酔まで計算にいれていたわけではあるまい。レガーヴィがドミートリイの提案をけんもほろろに拒ける、そこでドミートリイが自分の馬鹿さ加減を手痛く思い知らされる。それで十分だった。しかし、レガーヴィの泥酔は、その時期を遅延せしめた。さなきだに焦燥をつのらせているドミートリイにとって、これは恐るべき試練の時間に他ならなかった。焦燥と不安の凍りついたような時間、ドミートリイは運命の重さをいやという程思い知らされたにちがいない。その上彼を襲ったのは激しい頭痛だった。部屋にこもった炭酸ガスのせいらしいというので、番人に知らせ、水で窒息しかけた酔いどれの頭を絶えずひやしてやっていたが、彼自身ベンチに横たわり寝てしまった。

翌朝九時に彼は目をさましたが、既にレガーヴイは起きていて、しかもまた新しい酒の角びんを置いて、ひどく酔っぱらっていたのだ。ドミートリイは話を切り出す。自己紹介をし、フョードル・カラマーゾフの息子だというが、「でたらめ言うない！」とレガーヴイはとり合わない。フョードルのことやサムソーノフのことをも持ち出しても、「でたらめだい」と「はっきりした調子でどなりつけた」。「有利な相談」のためにきたというと、レガーヴイは「ものものしげにひげをなでた」。ドミートリイを「悪党」と呼び、それを否定するドミートリイにたいして、「相変わらずひげをなでていたが、突然こすそうに目を細めて」、「いったい人に不快な目をさせてもかまわないって法律が、どこかにあるかい、え？　きさまは悪党だ、わかったか？」といった。

この時、ドミートリイは「一瞬にして心の迷いがさめてしまった」。初めてドミートリイは自分の置かれている状況をさとり、サムソーノフの悪意を理解した。「百姓はじっとすわって彼を見やりながら、せせら笑っていた」。彼は精神的にも肉体的にもまったく力を失ってしまった。小屋を出、すっかりうちひしがれて森をぬけ出ていった。刈り入れのすんだまっ裸の野をみては、「なんという絶望、なんという寂《じゃく》滅《めつ》があたりを領していることか！」と彼は繰り返した。

通行人に救われて馬車でヴォローヴィヤ駅までゆき、玉子焼きや腸詰め、ウォーツカで腹ごしらえをし、元気がでたところで町にもどる馬車の中で、金の新しい調達の手段を考えたのだった。

ここでいかにドミートリイの絶望が幾曲折して深まっていったのかが見事に描出されている。夜中の泥酔したレガーヴイを前にして味わった絶望から、身心ともに無気力に落ちこんだ絶望と、――前者にはなお不安ながら期待があったろう、しかし、朝相変わらず泥酔しているレガーヴイを相手にして遂に運命の悪意の前に立たされたときの絶望は次元を異にしたものであったにちがいない。それは、それまでドミートリイの経てきた一切の苦しみが完全に無化されたという認識からくるものに他ならなかった。

しかしここで注意しておきたいことは、ドミートリイがサムソーノフにたいしても、誰にたいしても復讐の情を抱かなかったということだ。レガーヴイにたいしても、「へべれけに酔っぱらっているんだ」と考えて、その悪意をそれほどには感じていないというように思われる。

ところでレガーヴイは全く酔っぱらっていただけだろうか。語り手は、レガーヴイの調子を「しっかりした、落ちついた」ものと説明している。さらに、「ひげをなでていた」という動作には、レガーヴイの本性がのぞいている。この男のことについては、既にフョードルがイヴァンにチェルマーシニャゆきを頼んだ時ふれて次のように述べていた。

「今わしがあの男の、つまりゴルストキンの癖をすっかり教えてやる。わしはもうだいぶ前からあの男と取引きをしとるからな。いいか、あの男はまずひげを見なくちゃいかんのだ。あいつのひげは赤っ毛で、よごれてしょぼしょぼしとるが、そのひげをふるわせながら、腹を立ててものを言うときは、つまり何も言うことはない、あいつの話は本当で、真面目に取引きをする気があるのだ。ところが、もし左の手でひげをなでながら笑ってたら、つまり、だまそうと思って悪だくみをしてるのだ。(中略)あの男はゴルストキンだが、ほんとうはゴルストキンでなくて、レガーヴイなんだ。しかし、お前あいつに向かってレガーヴイなんて言っちゃいかんぞ。おこるからな。」

このフョードルの注意には、レガーヴィに関する必要な情報が含まれている。ドミートリイがこの情報を知っていたならば、レガーヴィ自身が嘘をついていることが見破れたはずだ。レガーヴィのような悪党は、酒にのまれるような男ではない。彼はドミートリイに知らないといっているが、フョードルとの関係はもちろんあったろう。ひょっとしたらドミートリイのことも知っていたかもしれない。そして、ドミートリイとの取引きなどなんら益はないことぐらいはとっさに判断できたろう。しかし、逆にドミートリイを嘘つきと攻撃して、ドミートリイを煙に巻いたのだ。

ドミートリイはレガーヴィのせせら笑いをみて憎悪を感じ、ほかの場合だったら殺してしまったかもしれないが、気力が失せていたので、そのまま小屋を出たというのだが、奇妙なことにレガーヴィの悪意にもそれほど敏感ではなかった。ここにドミートリイの稚気というか、無垢があるように思う。そして、腹ごしらえをして、元気が恢復するや新たなる計画を立て始めるというのも、ドミートリイの強烈な生命意識の表現といえるのではないか。

## 4

新たなる計画とは何か。それはホフラコーヴァ夫人から三千ルーブリを借りようというものだったのだ。第八編第二章「レガーヴィ」に続くのは、その計画の実行を内容とする「金鉱」というタイトルの章だ。この章は、前のふたつの章において、ドミートリイの金策の無残な失敗を物語ったのにたいして、同じようにドミートリイの三千ルーブリ調達の問題を扱いながら、全く異なったトーンをそこに置いた。芸術家ドストエフスキーの卓抜な技量をみることができる章といっていいだろう。いわば、重いふたつの劇的場面のあとの、軽い、喜劇風のタッチの内容を持つ。ここでもドミートリイは執念の三千ルーブリをホフラコーヴァ夫人に借りるという計画をたてる。ただサムソーノフにたいしてとは異なって、チェルマーシニャの彼の権利を抵当にして借金するという計画だった。しかし、ここでもまた、ドミートリイは失敗する。サムソーノフやレガーヴイの場合と異なって、ホフラコーヴァ夫人はいかにもドミートリイの三千ルーブリの金策の依頼にたいしては乗り気だった。しかしそれは、ホフラコーヴァ夫人らしい演技たっぷりの、見せかけの好意であって、実はそこになんら実際的な金銭の提供などはなく、ドミートリイは、さんざんぬか喜びをさせられたあと、三度《みたび》深い絶望におちいることになるのだ。

　ところでこの「金鉱」と題された章は、フョードルのもとに闖入することをドミートリイに決意させるに至った章として、特に時間に注意を払う必要があるし、前の編でアリョーシャとラキーチンがグルーシェンカを訪れた話が、この日だったということも改めてここに記しておく必要がある。

　ドミートリイは、町に戻るや直ちにグルーシェンカのもとにかけつけた。グルーシェンカといえば、例の昔の恋人の知らせを待っていたところだった。彼女はその知らせが来次第直ちに出発しようとしていたのだ。それまでにドミートリイが来なければよいと願っていたところにドミートリイがやってきた。そこで彼女はドミートリイを厄介払いするために、ひとつの案をたてた。サムソーノフの所で金の計算をするために行かねばならないから、ドミートリイにそこまで送ってくれというものだ。ドミートリイは、送ってゆく。サムソーノフの門のところで別れるとき、彼女は自分を家まで連れ戻すために、ドミートリイに夜半の十一時すぎに迎えにきてくれという約束をさせた。ドミートリイにしてみれば、この約束は有難かった。サムソーノフのところにいるのだったら、父親フョードルの所へは行かないから、というものだった。ドミートリイの眼にはグルーシェンカが嘘をついているとは思われなかった。ここで語り手はドミートリイについてこう述べている。

「つまり、彼はこういうふうなやきもち焼きなのであった――ほかでもない、愛する女と別れている間は、留守中女の身にどういうことが起こるだろうと案じたり、またどうかして女が自分に『そむき』はしないだろうかなどと、恐ろしいことのありたけを考えつくしたあげく、もうきっとそむいているにちがいないと心底から思いこみ、惑乱して死人のようになって女のところへ駆けつけるが、女の顔を……愉快そうに笑っているやさしい当の女をひと目見るなり、もうさっそく元気を取りもどして、すべての疑いはどこへやら、うれしいような恥ずかしいような心持ちで、われとわが嫉妬をののしるのである。」

ドミートリイはグルーシェンカをサムソーノフのもとに送りつけ、自分の下宿に走りつかぬうちにも、また嫉妬の念に捉えられた。

語り手はここでかなり長く「ほんとうの焼きもちやき」について論じている。プーシキンの「オセロは嫉妬ぶかくない、いや、かえって人を信じやすい(2)」という言葉をひきながら、オセロの破滅は「理想が滅びたから」であり、嫉妬からではない。「オセロは身を潜めて探偵したり、すき見をしたりなぞ決してしない」。しかし「ほんとうのやきもち焼きはそんなものでない」といって次のように述べる。

「ほんとうのやきもち焼きがなんら良心の呵責をも感ずることなく、どれくらい精神的堕落と汚辱のうちに安住しうるかは、想像さえも不可能である。しかも、そうした連中のすべてが、陋劣で、醜悪な魂の所有者であるかというに、決してそうでない。それどころか、かえって高潔な心情をそなえ、自己犠牲の精神に満ち、清浄な愛をいだいた人が、同時にテーブルの下に隠れたり、卑劣きわまる人間たちを抱きこんだり、スパイや立ち聞きなどという醜悪な行為を、平然とすることができるのだ。」

このあとなお「ほんとうのやきもち焼き」について説明が続くのだが、骨子は以上の引用に述べられているといっていい。そしてこの真の嫉妬家の定義は、ドミートリイという人間を理解するうえできわめて重要なものと思われる。語り手は、ドミートリイのグルーシェンカにたいする愛が、アリョーシャに彼自身が語ったような「肉体の曲線美」とか情欲によるばかりのものでなく、「彼自身の与えているよりもはるかに高尚なあるものが含まれている」と述べているが、ここで「高尚なあるもの」とはなにか。語り手はそれ以上は説明していないのだが、それは自分の目の前にある限りでの女性に対する絶対的な、無垢の愛というものではないだろうか。語り手は、「やきもち焼きは非常に早く(もちろん、はじめ恐ろしいひと幕を演じたあとで)、火のごとく明らかな不貞をも許すことが出来る」ともいっているが、なぜそういうことが可能かといえば、いかに女が不貞を犯そうとも、よしんばそれは彼の目の前で歴然と行われたにせよ、ひとたび女の顔を見ればすべては忘れ去り、喜びの中に身を置くことができるというのだ。これほど、愛において、今ここで、というあり方はないのではなかろうか。いわば、こうした真の嫉妬家においては、ひとたび女が存在すれば、その過去は問題にならない。もはや、女に欺されているかどうかということも思い至らない。事実、グルーシェンカは、サムソーノフの所に送らせた時ドミートリイを欺していたのだが、ドミートリイはそれをそのまま信じた。ドミートリイはグルーシェンカの現存によって酔いしれ、それだけで充足したのだ。しかし、彼女の不在は、逆に彼を不安におとしいれることになるだろう。よかれあしかれ、このドミートリイという存在は、想像力の欠落した人間といっていいかもしれない。あるいは、より厳密にいえば抽象的な観念というものの欠落した人間というべきかもしれない。これは僕自身の解釈なのだが、通常一般の人間ならば愛するものの不在によって、嫉妬がかきたてられたにせよ、そこに愛するものの愛を信じようとして、その嫉妬の情をストレートには認めないだろう。そこには、愛を信じる心と、自分の中の不信との間になんらかの葛藤が生ずるに違いない。

しかし、語り手のいう真の嫉妬家の場合にはそうした葛藤はないというのだ。「高潔な心情」をもっていながら、「どこかの小部屋に立って盗み聞きしたり、探偵したりする一方、もちまえの『高潔な心情』によって、われわれから好んで沈みこんだ汚辱の深さを明らかに了解してはいるくせに、少なくも小部屋の中にたたずんでいる間は、決して良心の呵責を感じないもの」だというのだ。

なぜそうした卑劣な行動に出ながら、「決して良心の呵責を感じない」のか。愛という抽象的観念よりは、彼のうちに生起する情念により忠実だからである。既に本論の冒頭にも述べたように、ドミートリイという人の行動原理は、自己の情念に飽くまでも忠実だということだった。これまで見てきたように、サムソーノフやレガーヴイにたいしてもそうした行動原理があらわれていた。そしてこれはやや先走っていえば、アリョーシャがかつてイヴァンに語っていた生を「論理以前に愛する」ということの体現者こそドミートリイといえるのかもしれない。

しかし、真の嫉妬家というものの意味についての考察はこれぐらいにして「金鉱」におけるそれから先のドミートリイの運命の展開をみることにしよう。

ドミートリイはまず知人の若い官吏からピストルを抵当に十ルーブリを借り、スメルジャコフを呼び出した、父の隣家の娘マリアから、スメルジャコフの穴蔵墜落、癲癇の発作の起きたこと、医師の来診などを聞き出してから、例の「新しい計画」の実行のため、ホフラコーヴァ夫人のもとを訪れた。それは、先にもふれたように、チェルマーシニャの自分の権利をかたに三千ルーブリをかりようというものだ。彼は例によってこの計画に熱中したものの、ホフラコーヴァ夫人の家の階段に足をかけた時、「背中に恐怖の悪感を感じた」という。というのも「これこそ最後の希望であって、もうこれから先は、世界じゅう何ひとつ残っていない」、あとは斬り取り強盗しかないという事実を「この一瞬に初めて完全に、数学的に明瞭に自覚した」からだった。夫人の家のベルを鳴らしたのは、七時半頃だった。

このようなきわめて悲劇的状況であるのにもかかわらず、ホフラコーヴァ夫人との会話は喜劇的構成を持っている。いわばそれはモリエール的喜劇の手法といっていいかと思う。とり違えの手法とでもいうべきものの適用をそこに見ることができる。なぜ作者はこうした喜劇的仕立ての中にこの重大な状況の主人公を置いたのか。恐らくそこに作者独自の詩学というものがあったのだと思う。サムソーノフの時もそうだったが、空想の中でいかに真実にみえたものでも、現実におかれると、それが愚かしく滑稽なものに変じてしまう。ある意味ではこれは悲劇以上に悲劇ではないのか。悲劇においてわれわれは、深刻なものにむき合わざるをえない。しかし、喜劇において、深刻なものは、滑稽なものとして笑いの対象となる結果として、われわれはそれにむき合うことはない。喜劇的人物の悲劇性はまさにそこにあるだろう。いかなる訴えも結局笑いの渦を自身の周囲にはりめぐらすことになるのだから。

ドストエフスキーが、どんづまりの窮境に置かれたドミートリイを喜劇仕立ての状況に置いたのもそのような配慮からではなかったろうか。いわばドミートリイの絶望的な訴えは滑稽な取り違えという外皮に囲まれてしまって、いかにドミートリイがもがこうとその外に出られない。こうして滑稽な状況は、逆にドミートリイの絶望をいやましにするものになるだろう。さてホフラコーヴァ夫人との会話はこんなふうに運ばれる。

ドミートリイが自分は重大な用件で来たと告げる。夫人は、すっかりわけ知り顔で承知しているといい、それは数学的に明瞭なのだという。「現実生活のリアリズム」だとドミートリイがそれを受け、話を聞いてくれと切り出しかけると、夫人は「まったくリアリズムですの」とゾシマ長老の遺骸の腐臭に注意を向ける。ドミートリイは長老の死を初めて知ったといい、しかしその話を続けようとする夫人をさえぎり、自分の絶望を打ち合け、「熱病にかかってる」と訴える。夫人は、「知ってます、知ってます。あなたは熱病にかかってらっしゃるんです」とドミートリイの言葉を受けとり自分は以前からドミートリイの運命は気にかけていた、自分は「経験のある魂の医者」だという。「ぼくはその代わり経験のある患者です」とドミートリイはお愛想をいう。そして、ここぞとばかり計画を話しかけるが、夫人は「話さないでおきなさい、それは第二義にわたりますね」と話を封じ、自分が人を助けるのは初めてではないといって、種馬飼育に話題を持ってゆく。ドミートリイはいらいらして、二分間だけでいいから計画を聞いてほしい、絶望のどん底にあり、三千ルーブリを借りたい、抵当もあると遂に肝腎の話を持ち出す。夫人は負けじと、「そんなことはあとで」といって、自分は「もっとたくさんさし上げます、数え切れないほど沢山あげます」から、自分のいうことを聞けというのだ。ドミートリイは歓喜のあまり椅子から躍りあがり異常な感激を込めて感謝の言葉をいう。夫人は輝やくような微笑を浮かべて、彼の喜びをみながら同じことを繰り返す。ドミートリイは、自分に必要なのは三千ルーブリなので、それ以上は必要ない、保証はある、とまた計画に話をもどそうとする。夫人は、「あなたを助けるといった以上、必ず助けてお目にかけます」といってから、「金鉱」のことをどう考えるかというのである。藪から棒のこの話題に「考えたことはない」とドミートリイは答える。「そのかわり、わたしがあなたに代わって考えてあげました！」と、ドミートリイこそ「金鉱へ行くべき精力家だ」と考えたというのである。そして、それは「歩きっぷり」でわかるという。夫人は、修道院の出来事以来すっかり現実派になった、自分は実際的な事実に身を投じたいと、話がまた途方もなく拡散しそうになる。ドミートリイが、自分の頼んだ三千ルーブリはと話をむし返す。「そりゃ、あなただいじょうぶですよ」と夫人はすかさずさえぎり、こういう。

「その三千ルーブリはあなたのポケットにはいっているも同然ですよ。しかも、三千ルーブリやそこいらでなくて、三百万ルーブリですよ。おまけに、ごくわずかの間にですよ！　わたしがあなたの理想をお教えしましょう。あなたは金鉱を捜し当てて、何百万というお金をもうけたうえ、こちらへ帰っていらっしゃるのです。そうして、りっぱな事業家になって、わたしたちを導いてくださるのです。善行へ向けてくださるのです。」

さらに夫人はその壮大な理想の実現について雄弁を振るうのだが、ドミートリイは不安になり、再び三千ルーブリの工面に話をもどす。夫人は執拗にそれをさえぎり、金鉱へゆくかどうかの決意を迫る。行きますよと答えるドミートリイに、ちょっと待ってといって事務テーブルに駆けより引き出しを点検しだす。ドミートリイは、いよいよ三千ルーブリを借りられるものと心臓をときめかすが、夫人が持ってきたのは、小さい銀の聖像だった。新しい事業の成功のためといって、それをドミートリイの首にかけてくれた。ドミートリイは感激しながらも、またまた三千ルーブリの金のことを持ち出す、今度はその理由を女のためと説明する。すると夫人は、「何もかも捨てておしまいなさい」と説教を始めた。それから夫人は長々と現今の婦人問題について話を進めるという始末。遂に彼は、「最後にもう一度」といって、「お約束の金額」はいついただけるのかと迫る。この思いつめた態度にたいして夫人の返答は全く馬鹿にしたものだった。

「『金額と申しますと？』

『お約束の三千の金です……あなたがああして寛大に……』

『三千？　それはルーブリですの？　いいえ、ありません、わたしに三千の金はありません』。妙に落ちつきすました驚きの調子で、ホフラーコヴァ夫人はこう言った。ミーチャは、あいた口がふさがらなかった。」

　ドミートリイははじめて夫人に金を貸す意志など最初から全くなかったことを思い知った。「あなたに必要なのは、ただ一つきりですもの、――鉱山です、鉱山です、鉱山です」を相変わらず繰り返す夫人をおいてドミートリイは飛び出す。彼は胸を叩きながら、最後の望みも失せて、彼は子供のように泣き出した。

　広場でサムソーノフの看病をしている老女中にあい、グルーシェンカがドミートリイと別れたあと、サムソーノフのもとから直ぐ帰ったという話を聞き彼は直ちにグルーシェンカの家へゆくが、彼女はモークロエの昔の恋人のもとへ出立したあとだった。ほんの十五分も前のことだったという。フェーニャにグルーシェンカの居所を聞いてもわからない。彼は、テーブルの上にあった銅製の六寸ばかりの杵をとって、ポケットに押しこむなり、かけ出したのだ。

## 5

次の章のタイトルは、「闇の中」でまさしく第八編のクライマックスになるわけだが、それに入る前に、ドミートリイとホフラコーヴァ夫人とのやりとりの喜劇的構成についてひと言ふれておきたい。

先にも述べたように、喜劇的構成は、二つの手法、すなわち、ドミートリイの三千ルーブリという言葉の繰り返しと、それを夫人が不断に妨げて、繰り返しを止むなく何回も続けさせるところにみられる繰り返しの手法と、二人が別々のことを考えながら、しかし一見話の中に同意が成り立っているかのごとく現象する取り違えの手法である。

この二つの手法についてベルクソンの説くところを聞こう。繰り返しの持つ滑稽的効果については、次のように説明される。

「言葉の滑稽な繰り返しの中には、一般に二つの項が相対峙している。ばねのごとく弛緩する圧搾させられた一つの感情と、その感情を新たに圧搾することに興がる一つの観念と。」

ベルクソンはこれに続いてモリエールの喜劇から次々と引用して具体例を示しているが、ここではドストエフスキーのこの小説の、ひとつの源泉となっていると推定される『守銭奴』の例だけをあげておこう。

「娘の愛さない男に娘を片付けるのはよろしくないとヴァレールがアルパゴンに説くところの場面についても、同様のことがいえる。アルパゴンの強欲が始終さえぎっていう、《持参金なしだぞ》。そして、我々には自動的に何度も出てくるこの言葉の背後に、固定観念によってねじのかけてある一つの繰り返し機械を瞥見するのである。」

ベルクソンの笑いの理論は周知のように、ある固定観念によって捉われた生のこわばりが生それ自体によって罰せられるというものだが、ドミートリイにおいて、固定観念とはいうまでもなく、「三千ルーブリ」というものである。三千ルーブリが、彼の運命の決定的な要因となって、ドミートリイを支配している。考えてみれば、サムソーノフからレガーヴイの話を通して、この固定観念にとりつかれたことによって、彼は自分を追いつめてきた。そして、ホフラコーヴァ夫人のもとでは、遂に借金が絶望的になった段階で彼は、斬り取り強盗までしても三千ルーブリをつくらねばならないとまで追いつめられた自分を見出すことになる。彼は夫人の家から飛び出して暗黒の中をゆきながら胸のある箇所を叩いた。そこにはある秘密があったという。実はそこにカチェリーナから横領したといってもいい三千ルーブリの残り千五百ルーブリがあった。彼がそこを叩いたのは、まさに、三千ルーブリこそ彼の憑依であることを示すものだろう。そのような憑依の形成は、ただただグルーシェンカに卑劣漢と思われないためという気持ちからだったという。そして彼にとって、グルーシェンカの、彼を愛するという言葉によって、一挙に新しい愛、新しい生活に飛翔することができるというものであれば、この三千ルーブリの意味するものは決定的となったのだ。

しかし、ドミートリイの考える愛なるものが、真の愛といえるものであったかどうか。ドミートリイとは、自分の情念に生きる存在であり、その情念を信じることで、自分を賭ける存在だった。グルーシェンカにたいする愛は、極めて強いものであったにせよ、そこに奇妙にユートピア的ともいうべき幻想があったということだ。さきにドミートリイを情念のドン・キホーテと呼んだ所以だが、その幻想自体きわめて強いので、それは自己実現をどこまでも迫る。そこからの解放は、ともあれそこに身をゆだねるしかない。とことんまでその前に身をさらして、破滅するか、それとも真の覚醒に至るか。それしかないのであろう。

ドミートリイの悲劇とは、その情念の強さにあるというよりは、情念の憑依に忠実であった、その純潔にあるというべきだろう。

さて、今は喜劇的構成を形成する第一の手法についてみたわけだが、ついで第二の取り違えの手法についてみてみよう。取り違え（quiproquo《キプロクオ》）とはベルクソンによれば「同時に二つの違った意味を現わす一つの情況[3]」だという。ドミートリイとホフラコーヴァ夫人との場合でいえば、ドミートリイを助けてやろうという夫人の提案が、夫人の場合と、ドミートリイと異なった意味に捉えられているということだ。

ところで、ベルクソンは、取り違えは、「系列の交叉（interférence des séries）」の一例だとしてこの「系列の交叉」の滑稽さについて考察している。

「或る情況が全然独立している事件の二系列に同時に属しており、そしてそれが同時に全く異なった二つの意味に解釈せられうるとき、その情況は常に滑稽である。[4]」（傍点原著者）

ベルクソンはその理由を説明して、「二つの独立した系列の符合をあらわすからしてこそ滑稽である」、作家は、「通例符合している二つの系列が今にも分離しそうになるふうに見せかけることを絶えず繰り返すことによって、やっと所思を遂げるのである。瞬間毎に、一切がめり行きそうになる。そして縒《よ》りを戻すのである[5]」と述べている。ドミートリイとホフラコーヴァ夫人の場合でいうと、ドミートリイを更正させたいと考える夫人の言説を、それを自分をてっきり助けてくれるものという一点で受けいれつつ、全く異なったレベルでの借金の申し込みを行う、この二系列の言説の、符合するとみせかけて独立し、独立するとみせかけて符合する、その繰り返しが滑稽を生じるということなのだ。

ここで、ホフラコーヴァ夫人は、ドミートリイにたいして悪意をもってからかったのかといえば、そうとるべきではないのだろうと思う。夫人は夫人で無邪気な善意でもって自分のいうことを信じている。だからこそドミートリイは、夫人にたいして、最後まで辛抱強くつき合ったのだ。夫人は、ドストエフスキーの創造した女性像のなかでも珍しい一種善意の道化的存在といっていい。いささか軽薄で、自惚れた博愛家だが、悪意はない。憎めない稚気あふれる存在なのだ。だからこそドミートリイはつき合った。しかし夫人の善意がここでは裏目に出たということになる。ここにおいてドミートリイはまたしても「運命のアイロニー」に翻弄されている自分を見出すことになった。そして、さらに運命は、旧の恋人のもとに走ったグルーシェンカの行先を父のもとと推定して、そこに赴くドミートリイを悲劇の中に陥れることになる。

## 6

ドミートリイはかつてスメルジャーシチャヤが乗りこえたという塀の場所からフョードルの庭に忍びこんだ。木立ちを迂回しつつ長いこと歩みつづけた。内部から庭に通ずる出口のドアのぴたりしまっているのを確認し、やぶの陰に立ってフョードルの寝室の様子を探った。フョードルの姿が見えた。しゃれたかっこうだった。フョードルをじっと眺め続けているうち、グルーシェンカがいるのかいないのか、「未知と不定の憂悶が、計り知ることのできない速度でもって、彼の心に刻々つのってゆくのであった」。彼は、腹をきめそっと窓枠を叩いた。「スメルジャコフと老人との間に決められた、合図のノック」であり、グルーシェンカが来たという合図である。フョードルは窓にかけより、そこから顔を出して「グルーシェンカ、おまえか」となかばささやくように呼びかけた。フョードルはグルーシェンカがそこにいるかと思ってか、「わしはいい贈り物をこしらえて待っておったよ。おいで、見せてやるから！……」となおも呼びかけるのに、「あれは、例の三千ルーブリの包みのことを言っているんだ」という考えがドミートリイの頭にひらめいた。フョードルはいっそう身をのり出してきた。彼の甚だしく忌み嫌っていた老人の横顔が室内からの光線に浮かび上がる。「だらりと下がったのどぼとけ、かぎなりの鼻、甘い期待の微笑を浮かべたくちびる」。ドミートリイのうちに、「恐ろしい凶暴な憎悪の念が、突然」わき上がる。それはかつて、アリョーシャに語ったことの実現だった。アリョーシャに彼は、「い、ざ、と、い、う、瞬、間、に、お、や、じ、の、顔、が、急、に、憎、ら、し、く、て、た、ま、ら、な、く、な、り、は、し、な、い、か」（傍点原作者）と語ったのだ。それが今や現実のものとなってきたのだった。ドミートリイは、ポケットから銅の杵をとり出した。

しかし、父殺しは結局実現しなかった。のちに、ドミートリイは「神さまがあの時僕を守ってくださったんだろう」と語ったというが、病気のグリゴーリイが眼をさましたのだ。腰のあたりに恐ろしい痛みはあったが、責任感から家の様子をみるため起き上がり、入口の階段に出た。庭に通じるくぐり戸に鍵をかけ忘れたことを思い出した。そこで庭に出た時、主人の居間の窓があいていた。グリゴーリイが不審に思った時、彼のところから四十歩ばかり離れた暗闇の中に何か人間らしいものが駆け抜けていた。グリゴーリイは追いかける。曲者は塀を乗りこえようとしている、そこに駆けつけ、曲者の足にしがみついた。それがドミートリイとわかった時、彼は「親殺し！」と叫んだのである。

しかし次の瞬間彼は地面に倒れた。ミーチャが銅の杵でグリゴーリイの頭を割ったのだ。ドミートリイは杵を草の中に投げ出し、老僕の頭を仔細に点検した。血は激しく流れてドミートリイの震える指をべっとり濡らした。白い新しいハンカチもぐっしょりとなってしまった。ドミートリイはそういう自分にふと気づき、絶望に満ちて、「殺したものは殺したのさ」と塀をこえ、暗夜の街をグルーシェンカの下宿たるモローゾヴァの家をさして急いだ。

第八編のクライマックスともいうべき第四章「闇の中」はプロットとしては極めて単純なものだ。ただここで、ドミートリイという人間の犯罪者としての意識についてふれておきたい。というよりは、犯罪者という意識の欠如についてというべきかもしれない。彼のうちに彼の行為を犯罪として自覚する意識はない。もしあれば、彼は父親にたいする憎悪にやすやすと身をゆだねようとはしなかったろう。不思議なことに彼のうちにそうした葛藤はない。彼がアリョーシャに語ったという、父親殺しを決行するか否かはその場にならなければわからないという言葉自体もおかしなものではないだろうか。すでにそこに、情念を社会倫理に決定的に優先させる考え方が露骨である。これはほとんどが、情念絶対主義のようなものではないか。このようなところに犯罪という意識はあるはずもないだろう。

だから彼は凶器たる銅の杵を隠そうなどと思いめぐらすこともなければ、また自分の目撃者たるグリゴーリイ老人をわざわざ介抱しようと試みたりしたし、さらにまた、「殺したものは殺したのさ」としてその場を立ちさり、血まみれた手の始末をすることもなく、グルーシェンカの下宿のところに駆けこんだりしている。ドミートリイの頭には実にグルーシェンカを追うことしかなかったのだろう。しかしとにかく、ドミートリイはその意識においてはグリゴーリイではあれ、殺人という一線をこえたのだ。

## 7

彼はフェーニャをつかまえ、その喉を押さえて、グルーシェンカの行き先を聞いた。モークロエにいるもとの恋人の将校のもとに行ったと聞いて、遂にドミートリイは「いっさいのことを、本当にいっさいのことを、底の底まで悟った」。ドミートリイはその将校のことは知っていた。しかし、ドミートリイはその存在について、それまで夢にも考えたことがなかったのだ。今改めてそのことを思いやって彼は茫然とした。

「いっさいは火を見るよりも明らかである。あの将校なのだ、――彼はその男のことを知っていた、何もかもようく知っていた、当のグルーシェンカからじかに聞いて知っていた、ひと月前に手紙の来たことも知っていたのだ。つまり、ひと月、まるひと月の間、きょうこの新しい男の到着するまで、このことは深く自分に隠して運ばれていたのだ。それなのに、自分はこの男のことを夢にも考えないでいた！　いったいどうして、ほんとうにどうしてこの男のことを考えずにいられたのだろう？　どうしてあのとき造作もなく、この男のことを忘れたのだろう？　知ると同時に忘れたのだろう？　これが彼の面前に、怪物かなんぞのように立ちふさがっている問題であった。彼はまったく慄然として、身うちの寒くなるのを覚えながら、この怪物を見まもるのであった。」

ドミートリイは、フェーニャの話を聞き、それまで経てきた彼の苦労が、実は全く無にひとしいものであることを知った。彼が茫然としていたのも当然のことだった。恐るべき一線を越えて、殺人まで犯したというのに、それは完全な空振りだったということを、明瞭に知ったのだ。そのとき彼は、なぜグルーシェンカの旧の恋人の存在を忘れたのかという、その理由を探って、それが「怪物」のように感じられたという。

一体なぜそのような事実が、「怪物」のように彼の面前に立ちふさがったのか。この「怪物」という表現の中に、なにかしら僕は例の『オイディプス王』のスフィンクスを想い出した。スフィンクスによって出された謎を解いた知者中の知者オイディプスも自分の運命については盲目だった。ドミートリイが見たのは、そうした運命の姿だったのではないか。彼は、暗黒の中で父親殺しを決行しようとしたのだが、暗黒は、彼の存在全体を蔽っていたということになる。ロシア語で暗黒 темнота《チェムノター》 は無知という意味でもあるが、今や彼の完全なる無知があばかれたということになる。

運命のアイロニーは、ここにおいて最大に嘲弄的な姿をあらわしてきた、ということになるだろう。ここに至ってドミートリイははじめて、事態をそのありのままの姿で見る可能性に至ったということだ。

フェーニャは、事実を洗いざらい語った。ラキーチンとアリョーシャが訪ねてきたこと、グルーシェンカが出立した時の様子、そして、グルーシェンカが窓からアリョーシャに向かい、ドミートリイによろしく、そして「わたしがあの人をたった一時愛したことを、生涯おぼえてるように言ってちょうだい」と叫んだことを物語った。

この時ドミートリイは突然薄笑いを洩らし、その蒼ざめた頬にさっと血の気がさした。彼は再び沈黙におちいり、二十分ばかりたった時、「さきほどの驚愕はしずまりはてて、その代わり何かしら新しい確固たる決心が、完全に彼をとりおさえたようであった。突然彼は椅子を立って、もの思わしげに微笑した」。

ドミートリイは、自分の両手を眺め、奇妙な表情を浮かべてフェーニャにいった。

「これは人間の血だ。ああ、なんのために流した血だろう？　しかし、フェーニャ……ここに一つの塀がある(彼はなぞでもかけるような目つきで女を眺めた)、それは高い塀だ、そして見かけはいかにも恐ろしいが、しかし……明日夜が明けて『太陽がのぼったら』、ミーチェンカは、この塀を飛び越すのだ……フェーニャ、お前はどんな塀だかわからないだろう。いや、なんでもないんだよ……まあ、どっちでもい い。明日になったら噂を聞いて、なるほどと思うだろう……きょうはこれでさようならだ！　おれは邪魔なんかしない、道を譲ろう。おれにだって道を譲ることができるよ。わが喜びよ栄えあれ……たった一時おれを愛してくれたそうだが、そんならミーチェンカ・カラマーゾフを永久におぼえておってくれ……」

ここで「高い塀」がなにかはいうまでもないだろう。ドミートリイは死を突然決意したのだ。それにしても「なんのために流した血だろう？」という恐るべき虚無と絶望と疲労の感情から、「高い塀」をこえることへの決意とは必ずしも直結しないのではないか。その決意をとらせたもの、それは、グルーシェンカのアリョーシャに向かって叫んだという言葉ではなかろうか。「一時愛した」という言葉ではないか。この時、ドミートリイの心は一挙に歓喜の念で燃えあがったに違いないのだ。通常ならば、いかに愛した女だとしても、散々自分をもてあそんだとしかいえない女にたいして、憎悪を持つしかないだろう。しかし、ドミートリイのグルーシェンカにたいする愛には、そういう報復めいたものは微塵もない。それどころか、唯一言、「一時愛した」といわれただけで、彼はこの上ない至福にひたることが出来たのではないか。イヴァンならば、全く無に帰した苦しみから、生の不条理性をひき出し、神に反逆する論理を組み立てたかもしれないところを、ドミートリイは逆に、グルーシェンカのかつての恋人との愛の成就を願うという、そこにドミートリイという人物の面目があった。そして、彼は「わが喜びよ栄えあれ」と、歓喜の叫びをあげるのだ。死の決断とはこの歓喜のもたらしたものだ。

この決断がなされるや、ドミートリイは驚くほど大胆なものになった。彼はペルホーチンの所にピストルをいわば受け出しにいったのだ。その時彼は一にぎりの札束を手にして入ってきたという。それを血みどろの指でにぎりしめていたのだ。それをみてペルホーチンは、どこから金を得てきたのかと問うがそれに答えることなく、ドミートリイはミーシャという少年に、シャンパンや、チーズ、ストラスブルクのパイ、燻製のシーグ(石斑魚)にハム、イクラ、さらには菓子、西瓜、チョコレート、モンパンシエ(果汁入り氷砂糖)、以前モークロエに積んでいったと同じぐらい、全部で三百ルーブリほどを買いこんで馬車に積んでおくよう叫んだ。しかし、少年は、ドミートリイの様子に棒のように立ちすくんだまま、茫然としていた。ペルホーチンは少年を追い出し、ドミートリイが血を洗い落とすのを手伝ってから、誰かを殺したのではないか、と聞く。ドミートリイは、「つまらんこってすよ!」と答えて、真面目には相手にしない。ペルホーチンは、シャンパン三ダースの注文のこと、また五時すぎにはピストルを抵当に十ルーブリをかりたのが、なぜ何千ルーブリの金があるのか不審に思って問いただす。それからどこへゆくのかを聞く。

ドミートリイは、この町に「恐ろしく鉱山の好きな夫人」がいて、三千ルーブリを金鉱に行ってもらいたいため、自分にも投げ出してくれたんだと語る。ホフラコーヴァ夫人を知っているかと聞き、知り合いではないが噂に聞いたり顔ぐらいは見たことがあると答えるペルホーチンに、次のようにいう。

「じゃきみ、あす太陽がのぼった時、永久に若々しいアポロ(日輪の神)がさしのぼった時、神を賛美しながらあの人のところへ行って、ぼくに三千ルーブリ投げ出したかどうか、きいてごらんなさい。一つ調査してごらんなさいよ。」

アカデミー版三十巻本全集の注では、ここには異なったモチーフの混淆があるという。アポロン賛美はいうまでもなくギリシア的異教賛美だし、「神を賛美しながら（хваля и славя бога）」はルカ伝第二章第三節をはじめ、新旧約聖書に散見される引用だという。(6) これは、ドミートリイの死の決意で激しく燃え上がった世界が異教的なるものをこえ、キリスト教的なものを包含しつつ、拡大されたことを意味しよう。彼はホフラコーヴァ夫人からもらったものでもない三千ルーブリをもらったという。これはペルホーチンをほとんどからかったような言葉だろうが、ドミートリイにおいて今や世界は、一種の陶酔境に変わって、彼は激しい生命感覚のたわむれに身をゆだねているといえる。彼はモークロエに今からゆくと答える。夜なのに行くのか、と驚くペルホーチンにだしぬけに次のような言葉をいう。

「もとは何不自由ないマストリュークだったが、今は無一物のマストリュークになっちゃった！」

これまたアカデミー版の全集の注によれば、ロシアの民謡からの引用だという。

「Мастрюк без памяти лежит,
Не слыхал, как платье сняли,
Был Мастрюк во всем, стал Мастрюк ни в чем. . .」(7)

この三行目がドミートリイによって引用された部分だ。前の二行の意味は、「マストリュークは意識を失って横たわっていて、着物の奪われたのも知らなかった」という程の意味だが、ドミートリイは、無一物というのは、「女心」についていっているのだとペルホーチンに説明し、さらに、「変わりやすいは女の心／まことがのうて自堕落《じだらく》で」という詩の一節を読んで「ぼくはユリシーズに同感ですね、これは彼の言った言葉ですよ」といった。

ペルホーチンにはわからない。ドミートリイは自分のことを「精神的に酔っ払っている」のだといい、やおらピストルを装塡する。弾丸《たま》を取り出して二本の指につまんでみている。ペルホーチンがなぜそんなことをするのかと聞くと、ドミートリイは「ぼくの脳天へ入って行く弾丸がどんなかっこうをしているか、ちょっと見ておくのも面白いじゃありませんか」と答えるのだった。

ペルホーチンを驚かせたこれら一連のドミートリイの言動は、彼が奇妙な興奮の中に置かれていたからにちがいない。既に第三編の第三章「熱烈なる心の懺悔、詩をかりて」において、ドミートリイは、高揚した心情を詩に託して語った。この時も、同様、彼は彼の内なる情熱に酔って、一種バッカス的心情を語るに、詩を借りたのだ。今の詩は、チュッチェフの「追悼式典(シラーから) Поминки」(一八五一)という詩からの引用らしい。この詩自体は、シラーの「勝利の宴《うたげ》 Das Siegesfest」(一八〇二～三)の詩の翻案のようだ(8)。原詩で「勝利の宴」が翻案で「追悼式典」となったのはチュッチェフの詩がないのでわからないのだが、ドミートリイの引用箇所はユリシーズの語った言葉からとられているという。

ところで、ドミートリイがピストルの弾丸をもてあそぶ奇妙な動作はなにを意味するのか。これは、死をもてあそぶということに他なるまい。陶酔的な興奮の中で死を超えようとする動作だろうと思う。この動作をみて、ペルホーチンはピストル自殺をするのではないかと危惧するが、ドミートリイの返事はこうだった。

「弾丸なんかつまらんことです！　ぼくは生きたいのだ、ぼくは人生を愛しているのだ！　きみこれを承知してくれたまえ、ぼくは金髪のアポロとその熱い光線を愛するのだ！　……ねえ、ペルホーチン君、きみは道をよけることができるかい？」

「道をよける」とは道を譲ることであり、道を譲るとは、かわいい人間と憎い人間に道を譲ること、憎い人間もかわいくなるように道を譲ることだという。この意味するところは明らかだろう。自殺を自然との熱狂的な合体としてとらえる、自我意識の拡大によって、グルーシェンカもまたその旧の恋人をもゆるして、二人の幸福を祈ろうという陶酔的感情の表出なのだ。こうして彼の熱狂は一切抱擁的にまで達したのだ。

(1) Макс Фасмер, Этимологический словарь русского языка による。
(2) この引用は、プーシキンの "Table-talk (VII)" からのものである。Пушкин, Полное собрание сочинений. 《Наука》, 1949, том XII, ст. 157 参照。
(3) ベルクソン、林達夫訳『笑』(岩波書店、一九三八) 九七ページ。
(4) 同前書、同ページ。
(5) 同前書、九九ページ。
(6) Ф. М. Достоевский, Полное собрание сочинений в тридцати томах, Л. 《НАУКА》, 1976, том 15, стр. 575.
(7) 同前書、同ページ。
(8) 同前書、同ページ。

**補注** 清水孝純『ドストエフスキー・ノート——『罪と罰』の世界——』(九州大学出版会、一九八一)

# 第三章　二日間の天国と地獄(II)

## 1

第八編「ミーチャ」は『カラマーゾフの兄弟』全編を通じて恐らくもっとも劇的な空間を創っている。これは世界文学の中に浮かべてみてもそういえるかもしれない。いわゆる運命の転変が、わずか二日間のうちに、かくもめまぐるしく生起するさまを描き切った作家はそれほどいないのではなかろうか。ドミートリイはおよそ人間の体験しうる限りでの絶望と歓喜の極限をこの二日間の間に経めぐったということになる。しかも、そのような体験自体、ドミートリイに他からふりかかってきたというよりは、ドミートリイ自身がむしろ生み出したものであったということに注意せねばならないだろう。グルーシェンカにたいする怒濤のごとき愛の奔流が、ドミートリイをはこび去り、翻弄し去った元凶なのだ。しかしドミートリイはその奔流に身をまかせて悔いない。彼は、いわば、彼のうちなる未知の心の領域に大胆につき進み、その結果の中に自己を新たに発見してゆくものに他ならない。彼はまさしく、この二日間に、天国と地獄を経廻るのだが、その天国と地獄とは他ならず彼の心の中に実は潜在していたものであったのだ。いわば、人間の心の中に潜む人間存在の謎の外化ともいうべきもの、それがこの第八編「ミーチャ」の意味するところのものだ。

さて、この編は、第四章「闇の中」を頂点に、そこに至る章と、そこから流れでる章とにわけられるが、通常頂点が劇的緊張を最高度に高めたものであるのにたいして、ここでは、第四章「闇の中」の次にくる章は決してその緊張を激しくこそすれ、弱めはしない。むしろ、この編の最終章、第八章「夢幻境(譫妄)」においては、いわばカーニヴァル的狂燥の世界が現出して、第二の恐るべきクライマックスに達する。しかも、そこにおいて、場面は、ドミートリイ逮捕の一群の官憲の突然の出現によって、急転直下、その狂燥は冷厳なる現実の中にひきおろされることになるのだ。以下、この二日間の〈天国と地獄〉の後半の展開をみてみたい。

第六章「おれが来たんだ!」は、ドミートリイのモークロエへと疾駆するトロイカの話から始まる。語り手は、その夜が、アリョーシャが「大地に身をひれ伏して『永久にこの土を愛する』と夢中になって誓ったのと同じ晩であった。おそらく同じ時かもしれぬ」と断っている。しかし、ドミートリイの心は、ただただこの世の名残りに、「自分の女王」をみようという願望に満たされていたという。翌日「『金髪のアポロ』の最初の熱い光線を、どんなふうに迎えようかという決心もついてい」たが、しかしなお過去は執拗に彼の心にからみついていたので、時々直ちに「いっさいのかたをつけたい」という衝動の瞬間が彼を襲っては、直ちに飛び去っていったという。「金髪のアポロ」とはいうまでもなく太陽のことだ。最初の太陽の光とともに自らの存在を消滅させたいという決心と直ちに自殺を決行しようという衝動が彼のうちでせめぎ合っていたということだが、この瞬間ほどグルーシェンカにたいして強い愛情を感じたことはなかった。死の決意は逆に生命感覚を極度に鋭敏なものにする。ドミートリイは、ヒステリカルな歓喜の発作にうたれて、御者のアンドレイと話をかわす。アンドレイは、いぶかしく思いながらもドミートリイの相手となっている。ドミートリイは、「もし人を傷つけたり、命を取ったりしたら、自分に罰を加えて、退《ひ》いてしまわなきゃならない」とか、「おい、ドミートリイ・カラマーゾフは地獄へ落ちるか落ちないか、きさまどう考える？」と謎めいた問いをかける。アンドレイは、ドミートリイは「まるで小さな赤ん坊と一つで」「その正直なところに免じて、神さまがゆるしてくださいますよ」と答える。ドミートリイは、かさねて、アンドレイが自分をゆるしてくれるかと聞く。アンドレイは次第に無気味になる。ドミートリイはほとんど我を忘れて、「激越な祈りの言葉」を呟いた。

「神さま、どうぞこのわたくしを、放埓のしたい放題をしてきたままでおそばへ行かして下さいまし。そして、わたくしをとがめないでくださいまし、あなたのおさばきなしに通り抜けさせてくださいまし、さばきをしないでくださいまし。わたしは自分に罪を宣告いたしました。ああ、神さま、わたくしはあなたを愛しております。もうとがめずにおいてくださいまし！　わたくしは卑劣な男ではありますが、あなたを愛しているのでございます。たとえ地獄へお送りになりましょうとも、わたしはそこでもあなたを愛します。地獄の中からでも、永久にあなたを愛していると叫びます……けれど、この世の愛をまっとうすることを、ゆるしてくださいまし……今ここであなたの熱い光のさしのぼるまで、たった五時間のあいだ、この世の愛をまっとうすることを、ゆるしてくださいまし……なぜと言って、わたくしは自分の心の女王を愛しているからでございます、ええ、愛しております。そして愛さないわけにはゆきません。もう神さまはご自身でわたくしという人間を、すっかり見通していらっしゃるでしょう。わたくしはこれからあそこへ駆けつけて、あれの前に身を投げ出し、おまえがおれのそばを通り抜けたのはもっともだ……では、さようなら、おまえはおれという犠牲のことを忘れてしまって、決して心を悩まさずともよい！　とこう申します。」

モークロエに急ぐ途中に、神に捧げたこのドミートリイの祈りを、一応確認しておく必要があるだろう。この先展開される激しい心理的ドラマの根底に、このほとんど自己を放下したといっていいドミートリイの愛があるからだ。結局ドミートリイは、最後にはグルーシェンカの愛を獲得することになるのだが、ドミートリイが、グルーシェンカと旧のその恋人との愛を、なんら嫉妬の情なくして祝福して、自分はその前から、永遠に姿を消すことを神の前に誓った時にこそ彼は、神の前にもっともくだかれた心を以て対したといえるだろう。これは、なにかしら全面的に自らの悲運を甘受するヨブ記の主人公に似ているといえはしまいか。「神さま、どうぞこのわたくしを、放埓のしたい放題をしてきたままでおそばへ行かしてくださいまし」という言葉には甘えがある。しかし、この時、ドミートリイは、いわば「幼な児」の魂に立ち還ったといえはしないだろうか。御者のアンドレイも、ドミートリイを「まるで小さな赤ん坊と一つ」といっていた。素朴な民衆のこの認識はおそらく正しい。

こうしたドミートリイの幼児への還元は、ヨブ的運命を歩むことになるドミートリイにはふさわしいヨブ的覚悟ともいえるのではなかろうか。

ヨブは、家族と家畜を神の許しをえたサタンによって奪われて、妻とふたりきりに無一物のままに残された時、次のようにいったという。

「わたしは裸で母の胎を出た。

また裸でかしこに帰ろう。
主が与え、主が取られたのだ。
主のみ名はほむべきかな。」(一九五五年改訳、日本聖書教会)
ドミートリイは、このヨブのように、いわば一切を奪い去られ、裸形に立ち還った自己を幼な児のごときものとして自覚するに至ったのだ。とはいえ、ドミートリイが苛酷な運命を前にして真に砕かれた心を所有するには、なお距離があるといわねばなるまい。なぜなら、真に自らを裸であると自覚するならば、自殺という自分の罪を自ら裁く、ある意味でもっとも傲慢な態度にはでられないはずだろうが、ドミートリイの場合、むしろ自殺は太陽と合体するという、異教的な母胎回帰の意味合いが強いのだろうと思う。

## 2

ドミートリイがモークロエ村に到着した時、彼は既に述べたごとき熱狂にかられた状態にあった。かつて彼がグルーシェンカと馬鹿騒ぎをした宿屋にトロイカを景気よくつけさせる。トリーフォン・ボリースイチという亭主が「卑屈な歓喜の色を浮かべながら」ドミートリイを出迎える。貪欲なこの男は、かつてドミートリイの遊興の際少なくとも二百ルーブリ以上のもうけを出したので、甘い汁を吸えるかと早くも出迎えに出たのである。ドミートリイは、トリーフォンからグルーシェンカの様子をきき、彼女がグルーシェンカの旧の恋人、その同僚らしいポーランド人、またミウーソフの親戚のカルガーノフ、地主のマクシーモフといった人々に取りまかれているのを知る。さて、一同は、カルタをして止めたところだった。ドミートリイは、ジプシーを集めるようにいう。主人は、追放されてジプシーはいないが、ユダヤ人がいると答える。ドミートリイは、娘たちも呼べ、コーラスに二百ルーブリ出すという。トリーフォンは、「あんな卑しい、むさくるしいやつらに」そんな金をくれてやる必要がないと妙にドミートリイの財布をかばうが事実は、彼自身の甘い汁を計算にいれてのことだった。ドミートリイは前の大盤振舞いの時に、三千ルーブリ近い金を村に落としたことを想起させ、この度も同じように散財すると告げる。それから、御者のアンドレイに五ルーブリを投げ出してから、トリーフォンに一同の様子をそっとみせてくれるよう に頼む。ドミートリイは、一同の部屋の隣の大きな部屋に導かれ、暗い片隅から自由に一座を眺めたが、彼女の姿をみるや激しい動悸におそわれ、そのままピストルの箱をたんすの上に置き隣の空色の部屋にいきなり入っていたのだった。

まっ先にみつけたのはグルーシェンカで、驚きの声をあげた。グルーシェンカはひじ椅子にかけたま ま、カルガーノフの方へかがみ込み、その手にしがみついていた。ドミートリイは「通りがかりのものを ……朝までいっしょにおいてくれませんか、ほんとうに朝までです。どうかこの世のおなごりにこの部屋へおいてくれませんか?」といって、「パイプをくわえながら長椅子に坐っているふとった男に向かって」頼んだ。その男は、この部屋はわれわれが借り切っているのだからといって断りかけるが、カルガーノフがドミートリイと知って、「いったいどうした」と声をかける。ドミートリイは嬉しそうに、カルガーノフの手を握る。カルガーノフが、「痛い」と握手の強いのに驚きの声をあげるのをうけて、グルーシェンカは、ドミートリイはいつもそうだと面白そうに口をはさむ。グルーシェンカは、ドミートリイが乱暴をしなさそうだと確信しつつも、不安の念を抱き、非常な好奇心をもってその様子を見守っていた。彼のうちに、異常な衝撃を与えるようなあるものがあったからだ。地主のマクシーモフも声をかける。ドミートリイは、「パイプをくわえた紳士《パン》」に、「自分の最後の日を、最後の時をこの部屋で……以前、ぼくも……自分の女王に熱烈な敬意を表したことのあるこの部屋で、過ごしたくてたまらなかった」と訴え、仲良く飲もう、そういって「例の紙幣束《さつ》」を取り出し、「割れるような騒ぎがほしい、この前と同じものがみなほしいのです。……うじ虫が、なんの役にも立たぬうじ虫が、地べたをぞろぞろはいまわるが、それもすぐにいなくなります！　ぼくは自分の喜びの日を最後の夜に記念したいんです……」

彼はなお続けたかったが、「奇妙な絶叫」が口から出るばかりだった。「もしおどかさなければ、わたしあんたを歓迎するわ」というグルーシェンカの言葉に、彼は、いきなり泣きだした。と思うと、だしぬけに笑い出す。「しかし、それはもちまえのぶっきらぼうな木をたたいたように表情のとぼしい笑いでなく、妙に聞きとりにくい、長く尾をひく、神経質な、ふるえをおびた笑い方であった」。

グルーシェンカは、ぜひドミートリイにいてもらいたい、さもなければ自分も帰ると、特に長椅子に坐っている男に向かってでもあるかのように命令した。男は、「女王のおっしゃることは取りもなおさず法律です！」とグルーシェンカの手を接吻しながらいい、ドミートリイにたいしても愛想よく口をきいた。彼はその間も紙幣束《さつ》をわしづかみにしていたのだ。特にそれはふたりのポーランド紳士の注目をひいた。グルーシェンカに注意されて、あわててポケットへ押し込む。乾杯をするはずのところ、彼はひとりでぐっと飲みほした。しかし、突然、彼の表情が一変した。「妙に子供らしい幼さが現われた」。悪さをした子犬が許されて可愛がられるような、臆病でうれしそうな表情がうかび「何もかもわすれたようなふうで子供らしい笑《え》みをふくみ、歓喜の色をうかべて一同を見まわすのであった」。

そういう彼の目には、長椅子に坐った紳士《パン》の「もったいぶった様子とポーランド風のアクセントと、それからとくに「パイプ」も立派な、感服すべきものにみえた。もうひとりの不遜で挑戦的なポーランド人の紳士《パン》も、その背の高さで彼を感服させた。語り手は、その理由を、「小犬の胸では一切の競争心が萎縮してしまった」からと説明している。ドミートリイは、グルーシェンカが「許して」傍へ坐らせてくれることに今や有頂天になっていた。それにしても彼を一座の沈黙が驚かした。なにやら期待するように、彼が一同を見回し始めた時、その期待に応えるかのように、カルガーノフとマクシーモフの間で滑稽な会話が始まったのだ。カルガーノフはまだ二十歳《はたち》前の、しゃれた身なりの、「非常にかわいい色白の顔に、ふさふさとした美しい亜麻色の髪をしていた」青年で、やさしいが「非常に偏屈で気まぐれ」だったという。その会話というのは、ドミートリイがくる前に始まっていたのだが、マクシーモフが、二十代のロシア騎兵が誰もかれも、次々とポーランドの女と結婚してまわったと言い張るという話で、カルガーノフがそういうマクシーモフのことを、でたらめばかりいってはずかしいという。そのくせ二人は連れだって帰るところだったのだ。

このマクシーモフの話をめぐって再び会話が始まったのだ。パイプをくわえた紳士《パン》はポーランド風になまるロシア語をそれでも巧みにあやつりながら、マクシーモフの話は「あいかわらずでたらめ」だという。マクシーモフは平然と、自分はポーランドの女と結婚したといいはる。そしていう。

「わたくしが申しますのは、こうなので、その、あちらのパニェンキ(娘たち)は……かわいいパニェンキはロシヤの槍騎兵とマズルカを踊りましてな……マズルカの一曲がすむと、さっそく白い小猫のように男の膝へ飛びあがるのでございます……すると、お父さんもお母さんもそれを見て、許してやるのでございます……許してやるのでございますよ……で、槍騎兵はあくる日出かけて行って、結婚を申し込みますよ……こういった寸法で、結婚を申し込むのでございます、ひひ！」

こういってマクシーモフは卑しい笑い方をした。その時、「パン(あなた)ろくでなし！」と突然、背の高い紳士《パン》が呟いて、「ひざの上にのっけていた足を反対に組み直した」。

マクシーモフが道化を演じていたのは明らかだが、それは、二人のポーランドの紳士《パン》のもったいぶった尤もらしさをゆさぶり、その生地《きじ》をあらわに開示することになった。語り手は、それまで二人に感服していたドミートリイの目に、二人の紳士《パン》の、新たな面が映じ出してきたことを注意している。ドミートリイは、二人が「ずい分あかじみた身なりをしていた」ことに気づく。一方グルーシェンカは、「ろくでなしだなんて！」なぜ悪態をついたのかといって怒り出す。そこにパイプをくわえた紳士《パン》が、「パーニ・アグリッピナ、この人《パン》はポーランドの百姓娘を見たのでして、貴族の令嬢とはちがいますよ」と注意する。背の高い方は「モージェシュ・ナ・ト・ラホーヴァチ！(おまえさんの当てにできるのはそのくらいのとこだろうよ)」とポーランド語で吐き捨てるようにいう。グルーシェンカは、邪魔をするなと、二人に食ってかかる。そこにまたしてもカルガーノフが割って入り、紳士《パン》のいったことは本当で、マクシーモフはポーランドへ行ったこともない、そうだろうとマクシーモフに念を押す。マクシーモフの答えはまたとぼけたものだった。彼が結婚したのは、ポーランドではなくロシアのスモレンスク県であるが、それ以前に、槍騎兵がやがて自分の家内になる女と、母親らをポーランドから連れ出し、それを譲りうけた。その槍騎兵は中尉で大変男前の若者だったが、女が足が悪いのに気づいて結婚をとりやめた。カルガーノフは、それでは足が悪い女と結婚したのかというと、その答えがまたまた人を食ったものだった。

「それはその時二人のものが、わたくしを少しばかりだましまして、隠していたのでございます。わたくしは初めのうち、いやにぴょんぴょんはねるものだと思いましたよ……いつもぴょんぴょんはねてばかりいるので、あれはきっとうかれてはねてるのだろう、と思いましてな……」

その後、それが全く別な原因のためということがわかった。

「その後わたくしどもが結婚しましたとき、家内は初めて式のすんだ当夜に、すっかり白状いたしまして、哀れっぽい調子でゆるしを乞うのでございます。なんでもある時、まだ若い頃に水たまりを飛び越して、それで足をいためたとか申すことで、ひひ！」

カルガーノフは「思いきり子供じみた声」で笑い出す、グルーシェンカも大笑いをした。ドミートリイは今や「幸福の頂上」にあった。カルガーノフは、さらに、マクシーモフが二度結婚していること、今の話は最初の細君のことで、二度目の方は、逃げ出してしまったという。まさか、と驚きをあらわしてふりむいたドミートリイに、マクシーモフは、「はい、逃げ出しました」とわざわざ恥をさらすようなことをいう。

「ある紳士《ムッシュウ》といっしょでございます。何よりひどいのは、まずあらかじめわたしの持ち村を一つ、ちゃんと自分の名義に書き換えたことでございます。その言いぐさがいいじゃありませんか、――おまえさんは教育のある人だから、自分でパンの代わりが見つけられるでしょう、ときた。それと同時にどろんを決めたのでございます。あるとき人の尊敬を受けているお聖人さまが、わたくしに向かってこうおっしゃりました。『お前のつれ合いはひとりは足が悪かったが、いまひとりの方はあんまりどうも足がかるすぎたよ』ってね、ひひ！」

ここにもまたひとりドストエフスキーの世界特有の道化的人物に出会っているということになる。彼もまた道化的人物の場合よくみられるC《ス》を頻用している。

Нет -с , в Смоленской губернии -с. А только ее улан еще прежде того вывез -с, супругу -то мою -с, будущую -с, (はいスモレンスク県でございます。けれど、それ以前に、槍騎兵がその女を、わたくしの未来の家内を)

右のわずか二行の文章の中で五回も使われている。マクシーモフは、自分の愚かしさを敢えて吹聴してはばからない。そこには馬鹿々しいしゃれさえも仕掛けられている。彼の二回の結婚は、いずれも彼自身の恥であるはずのものだろうが、むしろ彼はそれが自慢げだ。C《ス》の頻用は、彼が自分をおとしめることで座興をいっそう賑わうものにすることに意識的であることを示している。

これは、『罪と罰』のマルメラードフの、大衆酒場で自分の恥をさらして人々の笑いをひき起こすのと似ているが、マクシーモフの方は、はるかに単純で陽気というべきものだろう。興味深いことは、作者は、カルガーノフをしてマクシーモフの道化を弁護させていることだろう。カルガーノフはいう。

「もしこの人が嘘をついてるとすれば、この人はしょっちゅう嘘をつきますが、それはただ人を面白がらせるために嘘をつくんです。それは何も卑屈なことじゃないでしょう！　じつはぼくもどうかすると、この人が好きになることがあります。この人は非常に卑屈だけれども、それは自然な卑屈です。そうじゃありませんか、なんとお思いになります？　ほかの者は何か理由があって、何か利益を得るために卑屈なまねをするんですが、この人のは単純です、自然の性情から出るのです。」

ドストエフスキーの文学において、多様な道化的人物が出現しており、この『カラマーゾフの兄弟』でもフョードルやスネギリョフなどの存在が直ちにあげられるが、それらの人物の道化性とは、基本的に魂に受けた深い傷の代償的行為として説明することが出来た。しかし、このマクシーモフに至ってはどうもそういう範疇には入らない道化的人物の出現といえるかもしれない。大体道化的人物の特色は、自意識の強さだが、自然の性情から発した自己卑下というものは、それとはかかわらないものだろう。いわば天性のお人好しとでもよぶべき人物なのか。

フョードルもまた居候的身分を脱して、生活が全く裕福になっても道化的行為をしていた。衆人の前で道化を演じるのが、彼の楽しみだったが、彼の場合は、多分に毒があった。ドミートリイがフョードルをイソップと呼ぶのはそのためだろう。しかし、マクシーモフにはそのような毒はない。彼はもっと単純な、座を賑わすことだけに喜びを見出す道化的人物なのだ。作者が、このマクシーモフと、そのよき理解者なるカルガーノフを、元来がもっとも重大であるべきこの場に置いたのは、フョードル的な座をかき回し、それを支配してしまうような道化的人物よりは、単純に座を活性化する、自然の流れの中に人々の関係が展開するこうした脇役的人物の方が適当だったのではないか。この場合どこまでも主役はドミートリイとグルーシェンカであり、マクシーモフは、そのひき立て役でなければならない。グルーシェンカは、何かしら退屈さにいらいらしている。そこでグルーシェンカは、座を一層賑わすためにマクシーモフに面白い話を求める。その面白い話が、しかし、ポーランドの二人の紳士《パン》には逆に退屈なのだ。二人は次第にいらついてくる。こうして、この二人の正体が次第にあばかれてゆくことになる。

マクシーモフは、自身意識することなく、その与えられた役割を、カルガーノフとともに演じていたということになる。

3

ドミートリイはマクシーモフの話を聞いていて、笑い出し、「幸福の頂上」にあったという。いわば、マクシーモフの一連の話は、ロシア人にとってのみわかる馬鹿話であったに違いないし、この道化的人物の愚かしい善意を面白く笑うことができるためには、心の素朴さというものが必要だろう。二人のポーランドの紳士《パン》が、退屈を感じたのも、民族的感情の差異か、また彼らのうちにあるなにかしら成心めいたものがそれを妨げたのではなかろうか。またドミートリイが「幸福の頂上」にあると自身を感じたというのも、グルーシェンカと共通する感情のなかに一挙に取りこめられたからに他ならない。それに反して、二人の紳士《パン》は次第にそのような共通感情からは疎外されてゆくのだ。

カルガーノフはマクシーモフとともにひと役かうのだが、この直観力豊かな青年は、マクシーモフの道化的役割を人々に理解させ、さらにひき出す。彼は、それまでの旅の途中で、マクシーモフとかわした会話を紹介する。それは、マクシーモフがゴーゴリの『死せる魂』の中で自分のことが書かれた箇所があるというので、そんな馬鹿なことがあるかといって論争したというのだ。第一巻の第四章の終わりのところに、マクシーモフという地主がノズドゥリョフになぐられたというのが出てくるが、その地主が自分だといいはる。『死せる魂』でチチコフが旅行したのは二〇年代の初めだから、まるで年代が合わないとカルガーノフが抗議する。ドミートリイが興をそそられてその話に口を出す。ところが、ここでまたまたパイプをくわえた紳士《パン》が退屈そうな様子で背の高い紳士《パン》に時刻を聞く。と、グルーシェンカが、「なぜ話をしちゃいけないの？　ちょっとはほかの人にも話さしたらいいじゃありませんか。自分が退屈だから、ほかの人も話しちゃいけないなんて」と、食ってかかる。

このやりとりを聞いていて、「ミーチャの頭に初めて何ものかがひらめいたような気がした」と記されている。実は、ドミートリイは、蜜月たるべき旧の恋人とグルーシェンカの間に流れる、冷やかな感情の所在に気づかされたということなのだ。とにかく、グルーシェンカは退屈している。もし旧の恋人との間に真に愛が復活していたら、退屈することはないはずだ。一方、パイプを持った紳士《パン》も退屈している。しかも、グルーシェンカを楽しませるものが一層その退屈に拍車をかけている。そして恐らく、マクシーモフの馬鹿々しい道化話が、ポーランド的感性をしてますますロシア的なるものと乖離させる効果を有していたに違いないのだ。

グルーシェンカは退屈している。そこでグルーシェンカはなぜ皆黙りこんでしまったかといい放つ。そのそのかしに応えて、またまたマクシーモフが話を続けるが、今度は、『死せる魂』の中の、名前の話だ。ゴーゴリの作では、名前は皆アレゴリーになっているという。

「ノズドゥリョフも本当はノズドゥリョフではなくて、ノソフでございます。クフシンニコフなどはまるで似ても似つきません。なぜと申して、本当はシクヴォールネフでございますものな。フェナルディはまったくフェナルディですが、イタリア人でなくロシア人でして、ペトルフという男でございます。フェナルディ嬢は美しい婦人でしてな、美しい足にタイツをはいて、金箔のついた短い姿で、まったくひらひらと舞ったのでございます。けれど、四時間も舞ったというのは嘘でして、ほんの四分間ばかりでございました……こうしてみんなをとりこにしましたので……」

率直にいって、マクシーモフがなぜここでこんな『死せる魂』の中の人物の名前を問題にしたのか、僕にはどうもよくわからない。以下、マクシーモフのペダントリーが披瀝されているところをみると、『死せる魂』のマクシーモフという同姓の地主の話が出たところから、『死せる魂』の中の人物の名について、知ったかぶりの機知をふりまわしてみせたのだろうか。

マクシーモフ自身の名も『死せる魂』に出てくるということは既にみたところだが、マクシーモフの機知は、『死せる魂』の中のマクシーモフが実は自分のことだといって、自分を作の中に置いてみせ、他の人間も、現実の人間で自分がそれらの人間を知っていたというところにあるようだ。だから、とマクシモフはいう、鼻孔（ноздря《ノズドウリャー》）から派生したノズドゥリョフ（Ноздрев）という名前もアレゴリカルな名前で、実は、彼は実際には鼻（нос《ノース》）から派生したノソフ（Носов《ノソフ》）だ。クフシンニコフ（Кувшинников）は、水差し（кувшин）という語から出来た名前だが、実際の名は、シクヴォールネフ（Шикворнев）だから実際の名とは全く似ていない。フェナルディ（Фенарди）というのは、一八二〇年代の実在した手品師だというが、これまた『死せる魂』に出てくる。

「フェナルディって奴は、風車みたいにとんぼがえりをやってやがるんだ。」

これは『死せる魂』の中のノズドゥリョフの言葉だが、マクシーモフは、フェナルディは実在の名前だったとし、さらにこの言葉をフェナルディ嬢が踊っているというように訂正した。いうまでもなく、彼自身が実際にみたということを前提にしてである。勿論嘘なのだが、それをまことしやかに語ったところがマクシーモフの御愛嬌なのだろうかと思う。

しかし、なぜマクシーモフの話の中に『死せる魂』の登場人物の名などがでてきたのだろうか。これは僕自身の憶測なのだが、マクシーモフとは、いわば教養のある道化、ペダントリーの道化なのだ。こうしたものの現われとしては、既に『スチェパンチコヴォ村とその住民達』におけるフォマー・フォミッチがあるが、マクシーモフはフォマーに比べれば、よりつつましやかな道化的人物というべきだろう。文学的趣味を武器として人々を楽しませる道化、それがマクシーモフなのだが、しかし、これは単に単純な道化ともいえないところがあるようだ。彼がゴーゴリの『死せる魂』にどうやら通じているらしいことは、名前の分析にも明らかだが、そのことは、『死せる魂』に見事にあばかれた人間の欲望のかけひきの世界にも詳しいということを意味するだろう。その点で、ノズドゥリョフという名前をあげていることは、きわめて興味深いものがある。なぜなら、ノズドゥリョフこそは、死んだ農奴を買うというチチコフを手こずらせ、遂にはチェスの賭け勝負を強いて、ずるをして、ばれるやチチコフを恐喝する無頼の徒であり、その点では、これまたトランプの賭け勝負をして、いんちきをして、正体をあばかれるポーランドの二人の紳士《パン》と、ある相似形をたもっているといえる。しかもそのトランプの勝負をすすめるのは、他ならずマクシーモフなのだ。マクシーモフが二人の紳士《パン》を、一種の無頼漢として認識していたかどうかはわからない。しかし、虚構と現実を混淆するマクシーモフが、いわば虚構を現実の中に再現しようとしたとも思われる。そしてそれがまんまと功を奏したのだ。

4

さて、教養ある、文学的趣味の道化たるマクシーモフの話は、馬鹿々々しい文学的ペダントリーの話で終わる。カルガーノフが、マクシーモフがなぜなぐられたのかという理由を話せとせまったのに応えたものだが、フランスの文学者ピロンのアネクドートを持ち出したために、なぐられたというのは、自分に教育があるからで、「人間というものは、いろんな理屈をつけて、人をなぐるもの」だからだと結ぶ。
ところがグルーシェンカは、「もうたくさん、おぞましい（скверно《スクヴェールノ》）」といって反発したのだ。そこで、背の高い紳士《パン》は退屈でたまらないという風情で部屋の中を歩き出す、グルーシェンカはそれを軽蔑するように見る。長椅子の紳士《パン》がいらだたしそうな様子でドミートリイを眺めているので、ドミートリイは乾杯を提案する。シャンパンをつぎ、ポーランドのためにと叫んだのに二人の紳士《パン》も呼応する。ついでロシアのために乾杯しよう「兄弟のちぎりを結びましょう」ということでグルーシェンカ、カルガーノフ、マクシーモフも参加して一息にシャンパンのグラスをのみほしたが、ふたりの紳士《パン》だけは参加しない。ドミートリイが、「あなたがたはどうしたんです？」ととがめると、背の高いヴルブレフスキイと呼ばれる男は、「一七七二年を境とした、それ以前のロシアのために！」と叫び、他の一人の紳士《パン》も「こいつはうまい！」とポーランド語で呼応して、ふたりはいっきに飲みほす。

ドミートリイは、「あなたがたは馬鹿ですねえ！」と思わず口をすべらす。

一七七二年はドイツ、オーストリア、ロシアによる第一回ポーランド分割の年だというが、アカデミー版の注釈によれば、ロシアに帰属したのは、白ロシアの東の部分と、現在のラトヴィアのカトリックの部分で、ポーランドの土地が帰属したのは、オーストリアとプロシアにであり、ロシアではなかったという[1]。それはともかく、ドミートリイの疳にさわったのはそうした事実認識の誤りであるよりは、快く心をとけあわせるべき場に不協和音をかなでる、いわば場ちがいな偏狭な愛国心の誇示であったにちがいない。この時ドミートリイの口をついて出た「дурачьё《ドラチョー》」は俗語で馬鹿どもというほどの意味だ。だから、二人の紳士《パン》はいきり立った。「貴君（па-не《パーニェ》）」と凄み、「まるで雄鶏のように身をそらしながら、威嚇をこめて叫んだ」。「雄鶏のように」とは、闘鶏がきっと相手をにらみつけ、いまにも飛びかからんとするさまをいったものだろう。特にヴルブレフスキイと呼ばれる男がいきり立った。自分の国を愛さずにはいられないじゃないですか、とポーランド語で叫んだ。グルーシェンカが、「お黙んなさい！　けんかをしちゃいけません！」と命令口調で間に入る。ミーチャは自分が悪かったとあやまり、場はひどくしらけてしまう。そこにマクシーモフが、ひひひと笑っていった。

「銀行《バンチック》でもして遊んだらいかがでございましょう。さきほどのように……」

банчик《バンチック》（銀行）とは、банк《バンク》の指小形で金を賭けてやるトランプのゲームのことだが、このマクシーモフの言葉は、相変わらずC《ス》を語尾に付して卑下した口調で語られている。この銀行ゲームで実は二人の紳士《パン》の正体があばかれてゆくことになるのだが、先にもふれたように、『死せる魂』のノズドゥリョフは銀行でいかさまをやる名人だった。そこで、チチコフは、ノズドゥリョフの誘いにはのらなかったが、チェスを強引にやらされることになる。ここでもまたノズドゥリョフは一手さすところを巧妙に二手さすというごまかしをやって、チチコフはやめてしまうことになる。しかし、どうしてもチェスを続けろとおどされ、生命の危険さえも感じる仕儀に至った時に、官憲が、ノズドゥリョフを、地主マクシーモフを木の鞭でなぐったかどで逮捕にきたので、危うく難をのがれるのだ。この白けきった雰囲気の中で、われらがマクシーモフが銀行を提案したのは、ひょっとしたら、この二人の紳士《パン》の、なにかしら無頼漢的な態度を感じて、『死せる魂』のこの一節を想い浮かべて悪戯心《いたずらごころ》を起こしたのかもしれない。

　ミーチャは名案だと応じ、二人の紳士《パン》がよければという。長椅子の紳士《パン》は、もう時刻が遅いとポーランド語でいい、ヴルブレフスキイと相づちを打つ。グルーシェンカは、二人のそうした態度に「自分たちがぼんやり退屈そうにすわってるもんだから、ほかの人たちも退屈な目をさせなくちゃ気がすまないのよ」とまたまた激しい剣幕で怒り出す。長椅子の紳士《パン》は、なんでもおおせ通りにするといい、ミーチャの方をむいて、始めましょうとポーランド語でいった。

早速銀行が始まった。小柄の紳士はカードはこの家から取り寄せようというので、宿の主人が封を切っていない新しいカードを持ってくる。しかし、それが二人の紳士《パン》の戦略だったのだ。公正とみせかけて、巧みにペテンを行なったのだ。「倍賭け《ペー》(пе)」をいくらやってもミーチャの負けになる。カルガーノフが「およしなさい」ととめる。負けるたびに掛金を倍にしてミーチャの負けは二百ルーブリになった。ミーチャはもう一度二百ルーブリだといってクイーンに二百ルーブリを投げ出そうとしてカルガーノフが手でその札にふたをした。勝負をやめろというのだ。なぜと聞くミーチャに、「わけがあるんです。つばでもひっかけて行っておしまいなさい、わかったでしょう。ぼくらはもう勝負をさせません！」という。グルーシェンカもまた「ことによったら、この人の言うことは本当かもしれないわ」と奇妙な調子を声に響かせながら同調する。二人の紳士《パン》は大いに侮辱されたという顔つきで席を立つ。二人はカルガーノフに食ってかかる。グルーシェンカは、そういう二人を七面鳥そっくりと叫ぶ。ミーチャは一同の様子を見くらべていた。その時、「グルーシェンカの顔のある表情が、突然彼の心を打った。その刹那、全然新しい何ものかが彼の脳裏にひらめいた、それは奇妙な新しい想念であった！」

その想念とは、三千ルーブリを小柄な紳士に提供して、この場から永久に身をひいてもらうことだった。ミーチャは、一時間前に入っていた部屋に全く別人のような表情で二人をつれてゆき、例の紙幣を取り出し、そのことを切り出した。「何かしら異常な断固たる表情が紳士《パン》の顔にひらめいた」。二人の顔は次第に険悪になる。ミーチャの自信は次第にゆらいでゆく。彼は、今すぐにでも七百ルーブリあげるから、というが、小柄な紳士《パン》の顔には「なみなみならぬ自尊の色」が輝きわたった。二人の紳士《パン》は唾を吐いた。ミーチャは万事窮したと悟って、毒付いた。

「きみがそんな唾を吐くわけは、グルーシェンカからもっとよけい引き出せると思うからだろう。きみたちはふたりともきんたま抜かれた鶏みたいなもんだ。それっきりさ！」

小柄の紳士は「えびのようにまっ赤になって、もう聞く耳はもたぬというように、恐ろしく憤慨して」部屋を出ていき、広間に入るや、「芝居めいた身ぶりで」グルーシェンカにむかって、ポーランド語でわめき出した。グルーシェンカは、これ以上耐えられないといった調子で、「ロシア語で話せ、ひとことだってポーランド語を使ったら承知しないから！」とどなりつけた。紳士《パン》は、憤怒のあまり顔を染め、「パーニ・アグリッピナ……」とこれまたポーランド語で呼びかけたので、グルーシェンカの怒りをかう。自尊心から息をはずませながら、「ブロークンなロシア語をあやつりながら早口に、しかも気取った調子でこういった」。

「パーニ・アグラフェーナ、わたしは昔のことを忘れてゆるすつもりで来たんです、今日までのことをすっかり忘れるつもりで来たのです……」

「ゆるす」という言葉でグルーシェンカは立ちあがる。紳士《パン》は自分の寛大さを強調しつつ、ミーチャを「情夫」と呼び、しかも彼が三千ルーブリで手をひくように申し入れを行なったとぶちまける。ミーチャは「この女は純潔だ、光り輝いている。ぼくは決してこの女の情夫なんかなったことはない」と抗議する。グルーシェンカは、「なんだってあんたは生意気にも、この人に対してわたしの弁護なんか買ってでるの?」とミーチャをなじる。自分は、「徳が高いために純潔なんかじゃない」、ただこの人と会って「畜生と言ってやりたかった」、そしてミーチャに彼が三千ルーブリを取ったかときき、取りかけたと知ると、「そうでしょうよ。わたしが金を持ってるってことをかぎつけたもんだから、それで結婚しようと思って、やって来たんだ!」と遂にグルーシェンカは叫んだのだ。

こうして、会話は破局に陥った。紳士《パン》はポーランド語で「パーニ・アグリッピナ」とグルーシェンカを呼び、自分は騎士だ、ポーランドの貴族だ、自分は彼女と結婚するために来た、ところが会ってみると昔の面影はまるでない、わがままで、恥知らずで、と毒付いた。こうして、グルーシェンカは最後の言葉を叫んだ。

「ええ、もと来たところへとっとと帰ってしまうがいい! 今わたしが追い出してしまえと言いつけたらお前さんたちはさっそく追い出されるんだよ!」

今やグルーシェンカは、彼女自身の心の真相に覚醒した。

「ああ、馬鹿だった。わたしは本当に馬鹿だった、あんなに五年間も自分で自分を苦しめていたなんて! だけど、わたしはこの男のために苦しんだのじゃない、ただ面当《つらあ》てのために苦しんだだけのことなんだから! それに、この男は決してあの人じゃない! ほんとうにあの人がこんな人間だったろうか? これはきっと、あの人のおやじさんか何かだったろう! いったいおまえさんはそのかつらをどこであつらえたの? あの人は鷹だったが、この男はなんのことはない雄鴨だ。あの人はよく笑って、わたしに歌なぞ唱って聞かせた……それだのに、わたしは五年の間も泣き通すなんて、本当になんていまいましい馬鹿だろう、なんて卑しい恥知らずな女なんだ!」

雄鴨とは、頭をもたげて空威張りするイメージなのであろう。そのくせ、尻をふりふり歩くさまは滑稽なのだ。鷹とあこがれていたものが、雄鴨に格下げされてしまう、グルーシェンカの幻滅は、そこにある。それは、若さというものの描いたロマンチックな夢想からの解放でもある。それは、グルーシェンカ自身の人生体験の深化にもより、あるいはまた旧の恋人の人生体験を経ての変貌にもよるのだろう。時は、人間の生の姿をあばいてゆく。それは、男の側、女の側双方についていえる。この場合、しかし、旧恋人の正体を白日のもとにあばいたのは、やはりミーチャの存在と、マクシーモフ、カルガーノフの存在だったろう。ミーチャの自殺の決意からくる一切自己を放下して、自分の敵と自分の愛するものとの真の幸福を願う無償の行為が、皮肉にも逆に相手の仮面を剝いだということになる。

こうして、グルーシェンカは、男に捨てられて以来五年間の苦しみから一挙に解放されたことになる。五年間の苦しみとは、怨みのための苦しみだったという。相手をうらむというよりは、相手にたいする復讐を自己にたいして行なうという底の苦しみだったのだ。しかしこのような認識は、この時点に至って初めてグルーシェンカに開示されたものであるにちがいない。複合した、強い感情はそれほど明確にその所有者によってさえもつかむことはできないだろう。

グルーシェンカは決定的なその運命の転換点に立つことになったのだが、しかし、いわばそれに画龍点睛ともいうべき事件が次に起こり、この一場の笑劇的場景の仕上げをすることになる。

## 5

この時、モークロエの娘たちのコーラスの声が左側の部屋から響きわたった。威勢のいい踊りの歌だ。

ヴルブレフスキイがほえるように、「まるでソドムだ」といい、「亭主、全く恥知らずな女どもを追い払ってしまえ！」と叫んだ。亭主が入ってくる。なにかしらぶしつけな調子でなぜそんなにどなるかと聞く。ヴルブレフスキイが「Скотина《スコティーナ》(畜生)！」とわめき始めようとして、亭主は驚くべきことを暴露したのだった。二人の紳士《パン》が新しいカードを隠して、いかさまのカードで勝負をしたじゃないか、そんな行為はシベリア送りだ、こう亭主は脅して、長椅子の背とクッションの間に指を突っこんで封を切ってないカードを引き出したのだ。

カルガーノフも小柄の紳士《パン》が二度抜き札をしたのを見たとすっぱぬいた。なんと恥ずべきことか、なんという人間になったことかと、グルーシェンカが叫び、ミーチャもまた同調する。ヴルブレフスキイは狼狽と逆上のあまり怒鳴りつけた。

「この淫売女《じごく》め！」

しかし、ミーチャが飛びかかり、右の部屋にかつぎ出した。床の上に放り出したといって戻ってき、扉を半分ほど開けて、小柄の紳士《パン》に向かって「やはりあちらへいらしったらいかがですか？」とうながした。小柄の紳士は、憤怒に顔色を紫に染めながら、威厳だけは失うことなく、扉の方に向かって歩き出したが、突然立ちどまると、ポーランド語で、自分についてくる気があればついてこい、それがいやならさようならだと捨てぜりふを残して扉の向こうに消えた。扉が両方から鍵で閉じられた。グルーシェンカは、大出来だ、これが当然のなりゆきだと叫んだ。

こうして第八章「夢幻境」に入って、ミーチャを取りまく世界は「乱痴気騒ぎ」というべきものに化してゆくのだが、この「夢幻境」というのは元来、бред《ブレート》の米川正夫訳だが、このロシア語自体は、譫妄《せんもう》という意味であり、英訳・仏訳はいずれも delirium, délire となっている。原卓也訳では「悪夢」となっている。いずれにせよ、ミーチャが勝利の狂熱に酔い痴れて、その生存感覚の絶頂において展開される驚くべき歓喜の乱舞のごとき一章であり、これほどのダイナミズムに溢れる章は、およそ世界文学の中でも稀なものではないだろうか。しかも、そのバッカス的饗宴は、突然のミーチャの逮捕によって幕をとじる。眩《めくるめ》く勝利の陶酔境は一挙に冷酷な現実の中にひき戻される。原訳が「悪夢」としたのも故なしとしない。

しかし、そこに入る前に、再度、第7「争う余地なきもとの恋人」について考えてみたい。というのは、この章はなんとなく予定調和的に書かれているのではないか、という感じが強いということだ。ミーチャが部屋から二人の紳士《パン》を追い出した時、いかさまでとられた金をカルガーノフもミーチャも取り戻そうとはしない。「せめてもの慰めに持たしとくさ」といって、グルーシェンカの賞賛を浴びる。徹頭徹尾このポーランドの二紳士はロシア人との対比においてこけにされているといっていい。これらのポーランド人は、偽善的で計算高く、そのくせお高くとまって、ロシア人を見下して、自惚れを鼻の先にぶら下げて排外的な愛国心をやたらに振りまわしている鼻もちならぬやからなのだ。それにたいしてロシア人は、ざっくばらんに気前よく心は広く兄弟愛に満ちて金銭欲にとらわれず、生命感覚を大事にする——。

今は、こうした両者の対照的扱いの当否については論じない。ただ、これがロシア側から見られているという点では、やや不公平であるといわざるをえないだろうが、しかしこの章は、小説というよりは、喜劇あるいは笑劇とでもいうべきものではないだろうか。プロット自体対話によって進められている。つまり喜劇仕立てになっているということだが、喜劇の登場人物が類型的だとすれば、この場合もそのことが妥当するのではないだろうか。類型とは、状況の変化にもかかわらず、固定化された対応を繰り返す人物をいうだろう。現実の人間だったら、状況によって対応を変え、柔軟に自分の態度なり言葉なりを変えてゆくだろう。しかし、このグルーシェンカをいわば女王とする喜劇的世界で、グルーシェンカ自身も退屈に苛立つ役割を演じ、ミーチャはそれに全身全霊をもってつかえる従僕だし、マクシーモフは取りもちの道化だし、カルガーノフは、マクシーモフのいわばひきたて役といっていい。

喜劇的仕立ては、二人の紳士《パン》の呼称にもあらわれていよう。語り手は、二人を呼ぶに多くの場合「背の高い紳士《パン》」と「小柄の紳士《パン》」を繰り返して、固有名詞は使わない。背の高い方は途中からヴルブレフスキイと呼ばれるが、旧恋人たる小柄の男の名前はこの場では最後まであかされない。またポーランド語、あるいはなまりのあるロシア語で会話をさせるといったことも喜劇的効果を狙ってのものだ。さらにトランプのいかさまが暴露されてゆくくだりなどはいささかドタバタ喜劇的、あるいは笑劇的ともいえる。笑劇(farce)とは元来ラテン語の farcire (詰め込む)から出来た言葉で、中世ヨーロッパの聖史劇の中間に演じられたものという。この場合も次にくる場面を準備したものとして、中間的な笑劇といってよい。そしてその場面とは、第八章「夢幻境(譫妄)」と題される場合なのだ。

さて、先に述べたように、ここに展開されるのは、一転して恐るべき狂乱のカーニヴァル的世界だ。語り手は「それは世界中ひっくり返るような大酒盛りであった」と記している。かつてドミートリイのなしたと同じような乱痴気騒ぎが再現していたのだ。娘が集まり、ユダヤ人の群れもヴァイオリンやツィトラ(弦楽器)をもってやってきたし、酒・食料を積んだ三頭立ての馬車も着いた。なんの縁故もない百姓や女房連までも見物にやってきた。ミーチャは知り合いの人々と抱き合い、また酒を饗応した。一晩中三つのサモワールを沸かしておいたので誰でも好きな時に好きなものを飲めた。「何か一種乱脈な、馬鹿々々しいことが始まった」。しかしミーチャは周囲が馬鹿々々しくなればなるほど元気づいたのだ。そういうミーチャに宿屋の主人がつきそって、ミーチャがやたらに散財したがるのを監視した。カルガーノフもはしゃぎ出し、マクシーモフは大恐悦の体で彼の傍を離れなかった。酔ったグルーシェンカはカルガーノフを指さし、「なんてかわいい子だろうね！」というと、ミーチャは有頂天になってかけ出し、カルガーノフとマクシーモフに接吻した。グルーシェンカはミーチャを引きよせ、なぜ自分をあの男に譲ろうという気になったのかと聞く。グルーシェンカの幸福を台なしにしたくなかったというのがミーチャの答えだった。グルーシェンカは、ミーチャに向こうへいって面白く騒いでこいという。そこでミーチャは彼女を離れるが、グルーシェンカはじっと目でその跡を追うのだった。そして再び呼びよせては、ミーチャがモークロエのこの宿にやってきた事情を聞き出し、しかし、ミーチャの眉をひそめるのをみては、その理由を聞く。ミーチャはいう。

「なんでもない……あっちへひとり病人をおいてきたんだ。もしそれがよくなったら、よくなるということがわかったら、おれはいますぐ自分の寿命を十年なげ出してもいい！」

さらにグルーシェンカはミーチャが本当にピストルで死ぬつもりだったかと聞く。グルーシェンカにはミーチャが沈みこんでいるのがどうも気がかりのようだった。

カルガーノフは周囲で娘らの歌がますます淫猥放縦に高まってゆくのを眺めていて、憂鬱になった。娘たちの間で、熊に扮した二人の娘が猛獣使いの娘に操られて妙な淫らなかっこうで床に転げた。これが国民風俗なんて、汚ならしい、カルガーノフはそう考えたが、なかんずく彼の気に入らなかったのは、ある「新しい小唄」で、通りがかりのだんなが娘たちを口説きにかかるという歌だった。その中の一節は恐ろしく猥雑なもので、しかもそれが公然と歌われて、聴衆の中にどよめきをひき起こした。カルガーノフはほとんど侮辱を感じて長椅子に横になってまどろんだ。そういう青年の顔にグルーシェンカは接吻する。カルガーノフはマクシーモフが気がかりらしくどこにいるのかとたずねる。マクシーモフの「小さな顔はまっ赤になって、鼻などは、紫色に染まり、目はうるみを帯びて、とろんとしていた」。彼は、サボチエール(木靴舞踏)を踊るといい出した。その踊りというのは、「ただひょいひょい妙に飛びあがったり、靴裏を上に向けて足を横の方へ伸ばしたり、飛びあがるたびにてのひらで靴の裏を叩くだけのことであった」。

この狂燥の中でミーチャの頭は燃えるようだった。彼は廊下に出、新鮮な空気の中で、自分自身をよみがえらせた。彼は不意に両手でわれとわが頭をつかんだ。ばらばらの思想が、急に結び合わされ、様々な感覚も一つに溶け合い、「恐ろしい光」が点ぜられた。ミーチャはこの時、彼の置かれている状況の、ある意味で従来にもまして悲劇的なのに覚醒したのだ。

「『そうだ、もしピストル自殺をするなら、今でなくていつだろう？』という想念が彼の頭をかすめた。『あのピストルを取りに行って、ここへ持って来る。そして、この汚ない暗い廊下の隅でかたづけてしまうのだ』。ほとんど一分間、彼は決しかねたようにたたずんでいた。さっきここへ飛んで来る間は、彼のうしろに汚辱が立ちふさがっていた。彼の遂行した窃盗の罪がたちふさがっていた。それに、何よりもあの血だ、血だ……しかしあの時の方が楽だった、ずっと楽だった！」

「ところが今はどうだろう！　はたして今とあの時と同じだろうか？　今は少なくとも、一つの幻影、一つの恐ろしい妖怪は片づいてしまった。あの争う余地なき『以前の恋人』は、あの運命的な男は、跡形もなく消えてしまった。（中略）ああ今こそ初めて生きてゆく価値がある。ところが生きてゆくことはできない、どうしてもできない。おお、なんという呪いだ！」

とはいえ、「やはりなんとなく明るい希望の光が、彼の暗い心にひらめくのであった」。

この時ミーチャは、「よしんば汚辱の苦痛に沈んでいる時であろうとしても、彼女の愛の一時間、いや、一分間は、残りの全生涯と同じ価値を持っていないだろうか？」という「奇怪な疑問」にとらわれた。

ドミートリイはまことに、運命のアイロニーに翻弄される存在といわねばならない。先にも、三千ルーブリの金策をめぐって、いかに彼が高潔なるがゆえに手痛く運命によって嘲笑されたかをみた。しかし、運命のアイロニーはここに至って、より残酷な姿をあらわした。一切を放下した時、自己処罰としての自殺はむしろ容易な解決だった。ところが、今や彼の前にあらわれたのは、グルーシェンカの愛という、ひとたびは完全にあきらめた生の喜びの具体的な姿だった。自殺の決意と、生の最大の歓喜の予感と、この極度に相反するふたつの可能性がするどく心の中で拮抗する時、彼の心にもっとも痛切に感じられるのは、塀の傍で殺してしまったかもしれないと信じている老人に対する打撃に他ならない。運命のアイロニーとは、人間の認識の浅さを嘲笑するかのごとく人間を翻弄し、かつての自分の認識を百八十度異なった地点から眺めさせることによって彼を絶望におとし入れるものだが、それはまた運命の車として、絶えず反転してゆくものでもあるだろう。絶望から歓喜へ、歓喜から絶望へ――ミーチャが体験しているものはまさしくそうした運命の嘲弄に他ならなかった。しかもそれは、すべてミーチャ自身の感情を起点として起きている。いわば彼自身選んだともいえるのだから、運命のアイロニーは二重にも三重にも彼をとりまいているといえる。彼がグルーシェンカを完全にあきらめた時に、グルーシェンカの愛が得られ、愛が得られた時、汚辱の感覚が鋭く彼のうちに頭をもたげるというように、運命のアイロニーは二転三転彼の存在を支配しているかのように見える。

ドミートリイが、抱いた「彼女の愛の一時間、いや、一分間は、残りの全生涯と同じ価値を持っていないだろうか？」という奇怪な疑問は、いわばそのような運命の支配をきり返す、ドミートリイの無意識の反撃に他ならなかったのだ。

ところでグルーシェンカといえば彼女は、ある部屋の片隅で涙にむせんでいた。そこに駈けこんできたミーチャをみるや、その手を固く握りしめていった。それは、旧の恋人への彼女の感情の率直な告白だった。

「ええ、あの男を愛してたのよ。五年の間ずっと愛してたのよ。いったいわたしが愛してたのはあの男だろうか、それとも、ただくやしいと思う自分の憎しみの気持ちだけだろうか？　いいえ、あの男を愛してたんだわ！　まったくあの男を愛してたんだわ！　わたしが愛してたのはくやしいって気持ちだけで、あの人という人間じゃないと言ったのは、ありゃ嘘なのよ！」

グルーシェンカはこういって、十七歳の頃、男は陽気でよく歌をうたってくれた、やさしい人だった、自分は胸のしびれるような思いで実は再会を期待していた。しかし今は人が違ったように変わってしまった。顔も変わった。「まるで汚ない水を、桶いっぱい浴びせかけるようなことをする」、「しかつめらしい学者ぶったことばかり言って」もったいぶっていて、自分はすっかりまごついてしまった。それは奥さんのせいだ、それがあの男を別人にしてしまった、あの五年間は呪われたものだ、一生涯の恥だ、こういってグルーシェンカはさめざめと泣いた。ついでグルーシェンカはミーチャの手を放さず、熱烈な愛の告白を口にした。その顔に微笑が浮かび、目は輝いた。彼女は、「どうしてわたしはあんたに会ったあとで、ほかの者を愛してるなんて考えることができたんでしょう！　堪忍してくれて、ミーチャ？　わたしをゆるしてくれて、いや？　愛してくれて？　愛してくれて？」といいながら「飛びあがって、両手で男の肩を押さえた」。ミーチャは激しい接吻でそれにこたえた。

グルーシェンカが先にミーチャに告白した、自分の苦しみは面当《つらあ》てのためだったということがここで否定されているが、必ずしもそれは偽りではないのだろう。人間の苦しみなどというものは、単純に要約できるものではないからだ。ただ、かつての恋人を愛していて、再会の時にはその愛がなお生きていたということもより深い事実だった。ミーチャを前にそのことを打ち明けたのは、この時こそ、グルーシェンカの心のうちに真の愛の何たるかがめざめたからに他ならなかった。真の愛が心の底に生まれ、直覚される時、心は率直になるだろう。心のどこかにあった虚勢は消え、ありのままに心に感じたことを認知するにちがいない。グルーシェンカの告白はさらに続き、ミーチャをいじめたこと、フョードルを狂気のようにしたこと、すべてそれは故意にしたことだ、自分はミーチャを愛している、「これからはあんたの奴隷になるの、一生奴隷になるの！」といってから、彼のかたわらを飛びのき駆けだしていった。

これをきっかけに、ミーチャの心はさらに新たな段階に入ることになった。

## 6

グルーシェンカの熱烈な愛の告白がいかにドミートリイを有頂天にさせたかは想像に難くない。彼はグルーシェンカのあとから、「酔いどれのように出て行った」。彼の頭にこの時ひらめいたのが、「かまやしない、どうなったってかまうもんか、——この一瞬間のためには世界じゅうでもくれてやる」という考えだった。

先に、ドミートリイが自殺と生の歓喜の両極の間にあって、呪われた運命の支配を感じた時、彼がそれへの反撃として抱いた「奇怪な疑問」が浮かんだと記したが、その瞬間、一時間いや一分間の愛が全生涯に匹敵するのではないかという疑問が今やひとつの結論を得たかのごとく遂に実現したといえる。

これはなにかしら、『ファウスト』での、悪魔メフィストーフェレスと主人公がかわした賭けを想起させる。ファウストは、「時よとまれ」と叫んだら、自分の魂をメフィストーフェレスに与えるという契約をなした。魂との交換に値する一瞬、ファウストが賭けたのはそうした一瞬だった。一瞬においてもし人間が生涯と交換しうるほどの充実を得られたら、人間の生存の意味はそこで完結しうるはずのものだろう。しかし、ファウストにおいて、地上的次元での充足は結局得られず、ファウストが見出した一瞬間の完全な充足とは、他者のために尽くすという、霊的なものに他ならなかった。ゲーテのファウストが最終的に神によって救済されたというのもそのためなのだ。

しかしドミートリイの場合はどうか。実はここにおいてもまた運命のアイロニーの手が働いている、ということなのだが、それはひとまずおき、ドミートリイの全存在をあげてのバッカス的陶酔の世界の描写をみてみよう。

グルーシェンカもシャンパンをひと息に飲みほして急激に恐ろしく酔ってしまった。ドミートリイも一杯ひっかけた。急に酔いがまわってきた。

「それまで気が確かであったのは、自分でもよく覚えている。このときからいっさいのものが、まるで夢幻境《プレート》へはいったように、ぐるぐると彼の周囲を旋回し始める。彼は笑ったり、みなに話しかけたりしながら歩きまわっていたが、それはみんな無意識のうちの出来事のようであった。ただ一つじっと坐って動かない、焼きつくような感情が、たえまなく心の中に感じられた。『まるで熱い炭火が火の中に置かれてるようだった』と、あとになって彼はこう追懐した。」

ドミートリイはグルーシェンカの傍により、顔を眺め、声を聞いた。が、彼女はというと、誰でも呼び寄せて、接吻したり十字を切ったり、もう泣かんばかりの様子だった。マクシーモフが、古い歌を歌いながら、踊り出した。

「Свинушка хрю-хрю, хрю-хрю,
Телочка му-му, му-му,
Уточка ква-ква, ква-ква,
Гусынька га-га, га-га.
Курочка по сеношкам похаживала,
Тюрю-рю, рю-рю, выговаривала,
Ай, ай, выговаривала!
(豚のやっこはぶーぶーぶー
子牛のやつめはむーむーむー
あひるのやつはくわっくわっくわっ
がちょうのやつはがーがーがー

ひよっこは玄関歩きつつ
くっくっくっと言いました、
あいあい、さように言いました！）」

この章のタイトルは既に述べたように бред《ブレート》 だが、この部分こそまさにそのタイトルの文字通りの表現といっていい。この、厳密には譫妄《せんもう》状態とも訳すべき陶酔状態は、ある意味で、ドミートリイの自我が溶解し、なにかしらより大きく深い情感と合体した状態というべきものだった。「焼きつくような感情」の所在を、「まるで熱い炭火が心の中におかれているようだった」と後に追懐していったというが、このような「熱い炭火云々」の表現は、プーシキンの詩「予言者」の一節からとられたものという。アカデミー版全集の注によれば、ドストエフスキーはこの詩を愛し、一度ならず公開の席で朗読し、常に喝采を浴びたという。[2] 一八八〇年十月十九日のペテルブルクでのプーシキン祭にちなむ文芸基金のためのプーシキン朗読会で番外にこの詩を読んだ。グロスマンの「年譜」によればその時の感動がE・A・シターケンシネイデルの日記に次のように記されているという。

「なんという絶妙さであろう！　痩せ細った身体の落ち窪んだ胸から、囁くような声で始めたかと思うと、見る間に大きくいきいきしてくる。一体どこからあの力が、人に命令でもするような力が湧いてくるのであろう〈……〉満場われるような拍手であった。[3]」

妻アンナもまたこの朗読が真に芸術性溢れるものであったことを、その『回想』の中に記している。[4] このように深い感情移入をそれにたいしてもつ詩、その一節を表現するものとして引いたということは、ドミートリイのその感情のいかなるものであるかを語っているに違いない。

「予言者」は、三十行ほどの弱強格の抒情詩で「わたし」が「魂のかつえにつかれ果て」暗い荒野をさまよっている時、六枚の翼をつけたセラフィム(熾《し》天使)が、「わかれ道」でわたしの前にあらわれ、その指先でわたしの瞳に、耳に触れた。すると、「かくれたものを見とおすひとみ」がひらかれ、また「双の耳」にざわめきがみちあふれ、天使たちの空をゆくそよめきも聞こえてきた。それから天使は、「罪ぶかいわたしの舌」をひきぬき、口に「聡明な蛇の毒針をおしこんだ」。作者によってドミートリイの言葉として引用された個所は次にくる。

「それから天使は わたしの胸を剣で切りさき
おののく心臓をとりだすと
きらきらと炎をあげる炭火を
ひらかれた胸に　つきいれた。
わたしが　しかばねのように荒野に倒れていると、
神の声が　高だかとわたしに呼びかけてきた。
『立ちあがれ　予言者よ　見よや聞け、
余の意志に　みたされよ
海をめぐり　陸《おか》をめぐり
ことばをもって もろびとの心を焼け』」(草鹿外吉訳、傍点引用者)(5)

作家によって引用された部分は傍点を付した箇所だ。いくらか改変がほどこされてはいるが内容は変わらない。ここで「炎をあげる炭火」とは神の意志のメタファーであろう。神の意志とは愛の炎であり、その激しい熱度によって罪を浄化すべき、いわば煉獄の炎なのだ。それは人間を浄化し、復活させるべき炎なのだ。

こうした意味を持つ「熱い炭火」という言葉で自分の感情を説明したことは、ドミートリイのうちに、復活の曙光がみえたということではないだろうか。いわば、過去の自分から訣別して何かしら神の愛をわかち持つかのごとき愛の中に彼は復活する。

このようなドミートリイの、愛の神秘的な高まりに応じて、グルーシェンカのうちにも愛はより純化され、拡大されてゆくことになる。彼女の「泣きだすかもしれないほど」の状態は、酒のせいもあったかもしれないが、彼女のうちの愛の感情の昂揚が、単なるエロスのそれを超えていたことを物語るだろう。先に引用したマクシーモフの歌った歌も、そうした万物交歓の喜びの表現ともとれるのではないだろうか。

ドストエフスキーはこの章では民衆によって歌われた歌を使っている。この歌の場合も、アカデミー版全集の注によれば、似たようなものが、例えばアレクセイ・イヴァノヴィッチ・ソボレーフスキー編による『大ロシア民謡』第七巻に見出せるという(6)。これは、この章で人々の身を置くカーニヴァル的空間の土俗性を示すものではないだろうか。土俗性、いわば大地的陶酔とでもいうべきものではないか。しかもそれは同時に聖なる土俗性ともいうべきものとして、人々をつなぎ、ある共通感覚の中にとりこむものなのだ。

こうした感覚的昂揚のなかで、グルーシェンカはますます心を開いてゆく。彼女はドミートリイにマクシーモフになにか恵んでやってくれ、あの人はかわいそうな身の上だからといってから、自分は尼寺に入る、しかし今日は存分に踊りたい、神様も許して下さる、自分はゆるしを乞いに出かける、「みなさん、この馬鹿な女をゆるしてくださいまし。わたしは獣でございます」っていう。自分もお祈りがしたい。「この世にいる人はみんないい人なのよ。ひとり残らずいい人なのよ。この世の中ってほんとうにいいものなのね。わたしたちは悪い人間だけど、この世の中っていいものだわ。わたしたちは悪い人間だとはいっても、いい人間なのよ」。こういいながら「どういうわけで、わたしはこんなにいい人間なんでしょうってば？」、それについて返事をしてくれと周囲の人々にいうのだった。それから彼女は白い精麻《バチスト》のハンカチを取り出し、それを振って踊るといいだした。マクシーモフは歓喜のあまりかん高く叫びながら歌を歌いつつ、彼女のまわりを飛びはねたのだ。歌というのは次のようなものだ。

「Ножки тонки, бока звонки,
Хвостик закорючкой.
(足は細うておなかはぽんぽん
しっぽはくるりと鉤《かぎ》なりで)」

この部分は、ドミートリイ・サドーヴニコフ編の『ロシア人民の謎々』(一八七六)から、少し変えられて引用されたものという。[7] つまり単なる歌に止まらず謎々だというのだ。この答えがなにかについては、その書物をみていないので明らかではないが、хвостик《フヴォースティク》 закорючкой《ザカリューチコイ》(しっぽはくるりと鉤《かぎ》なりで)という部分がヒントになるのではないか。『ダーリ辞典』の селезень《セーレゼニ》(雄鴨)の項に хвост《フヴォスト》 крючком《クリューチコム》, так《ターク》 селезень《セーレゼニ》(雄鴨のようにしっぽは鉤《かぎ》なりで)とあるから、この謎は雄鴨のことではないだろうか。とすれば、グルーシェンカが小柄な紳士のことを雄鴨と卑しめて呼んだことが想起される。つまりマクシーモフもその場にいあわせたはずだからそれを聞いていたはずだ。とすれば、グルーシェンカがドミートリイとの愛の歓喜に酔い、酒にも酔って踊るといい出した時、マクシーモフがこの歌を歌いながら、「彼女の前をぴょんぴょん飛びまわり始めた」というのも、いかにも道化的仕種といえるだろう。グルーシェンカや、周囲の鳴りをひそめて見守っている娘たちにもこの歌の意味するところは明らかだったろうから、マクシーモフのこの動作は、グルーシェンカにも媚びるものだったにちがいない。

しかし面白いことに、グルーシェンカはマクシーモフをハンカチを振って追いのけていった。

「しっ！　ねえ、ミーチャ、どうしてみんなやって来ないの？　みんな来て……見物したらいいのに。それから、あの部屋へしめこんだ連中も呼んでちょうだい……なんだってあんたは、あの連中をしめ出しちゃったの？　あのふたりに、わたしが踊るからって言ってちょうだい。わたしの踊るところを見物さして、やるんだ……」

ここにおいてグルーシェンカは、かつての恋人をもうけいれる心の広さを持つに至ったのだ。彼女のうちに新しく生まれた愛の炎は、過去の汚辱をも焼き去り、人々が心の中に有する狭隘なバリアをも焼き去り、誰もが真の友愛に満ちた愛の乱舞の中に抱擁し合うまでに彼女を純化したといえる。彼女は、恐らくマクシーモフのふざけた歌から二人の紳士《パン》を想い出し、その連中をも呼んでちょうだいといったのは、そうした彼女の心の中の愛の純化を示している。これこそ、運命を真に超えるというものではないだろうか。われわれが運命を超えるのは、怨恨によってではなく、真の愛によってではないか。

これはなにかしら、『神曲』の浄罪界の第七圏を想起させる。そこは浄罪の最後の圏で愛が浄化されるのだが、そのために魂たちは炎の噴出する岩の間を通らねばならない。愛の有する地上的なものを焼き尽くして、純化された愛によって天上に飛翔するためだ。もっともグルーシェンカの愛の場合はそれが天上的なものにまで純化されたというわけのものでもなく、むしろ大地的なものというべきだが、ドストエフスキーの世界においては大地の抱擁的愛もまた純化されることによって、天上的なるものに連続するのではないか。

　これはまことにカーニヴァル的世界の現出といっていいだろう。生きることの歓喜が、生きることの喜びそれ自体に酔いしれて乱舞するカーニヴァル的宴《うたげ》、その出現なのだ。すべての人を呼び出して、その中で踊りたいというグルーシェンカは、今や愛の炎によって人々の心を焼かんとするものといっていい。

　とはいえ、人々の心のバリアはそう容易に焼きつくせるものではないだろう。ドミートリイが酔った勢いにまかせて鍵のかかった戸口によりかかり紳士《パン》にドアを叩いて合図をする。出てこないかと呼びかけた。しかし、返事のかわりに、「ライダック！(ならずもの)」という怒鳴《どな》り声がかえってきた。そこでドミートリイが「きさまは、ちっぽけないくじない悪党だ」と怒鳴りかえす。するとカルガーノフが「ポーランドの悪口はやめたほうがいいでしょう」と注意する。ドミートリイは、「黙っておいで、ぼっちゃん！　ぼくがあいつを悪党よばわりしたからって、ポーランドぜんたいを悪党よばわりしたことになりゃしないよ」と反発する。すると、グルーシェンカは「ああ、なんて人たちだろう！　まるであのふたりが人間でないかなんぞのように。どうして仲直りしようとしないんだろうねえ？」といいながら前へ出て踊り始めるのだ。コーラスの声が一斉に鳴り始めるなかでグルーシェンカが歌うのは、次のような歌だった。

「ああ、玄関(сени《セーニ》)よ、わが玄関《セーニ》よ」

　しかし、グルーシェンカは「首をそらして唇を半ば開き、微笑みをふくみながらハンカチを振ろう」としてよろめき、部屋の中央に立った。ミーチャに抱きかかえられて空色の部屋の寝台にねかされる。広間の方では狂おしい饗宴は一層高まる。グルーシェンカはドミートリイの激しい愛撫を、旧の恋人が近いその場ではいやだ、汚らわしいとしりぞけつつ、「わたしたちは正直な人間になりましょうよ、獣でなくて、いい人間になりましょうよ、いい人間にね」といい、どこか遠い所へつれていってくれと叫ぶ。ドミートリイは、思わず「ああ、あの血のことさえわかったら、たった一年のために生涯を投げ出して見せるんだがなあ！」と口走った。さらに「俺は泥棒なんだよ」と打ちあける。グルーシェンカはお金のことなど問題ではない、自分はドミートリイの貞淑な女房になる、しかし、カチェリーナを愛してはいやだ、そうしたらカチェリーナをしめ殺してしまう。グルーシェンカの熱烈な愛の告白に、ドミートリイは自分がシベリアに行ってもグルーシェンカ一人を愛すると誓う。シベリアという言葉をグルーシェンカは聞きとがめるが、自分はどこでもドミートリイの行くところならついてゆくという覚悟をもらす。こうして、グルーシェンカの連想はシベリアの雪、その上を走る橇、そして鈴に及び、「鈴が鳴っている」と呟く。彼女は、一瞬眠りに落ちた。二人は、周囲が忽然として静寂におちいったことに気づかなかった。グルーシェンカは目を開き、美しい夢をみたと語る。それは、ドミートリイとともに橇に乗って、雪の上を疾走している夢で、どこか遠い所を目ざしていて、それは寒いような気持ちだった、「まるでこの世にいるような気がしなかった」というものだった。

しかしドミートリイは、グルーシェンカの視線が、彼の頭を越して、彼方を眺めている、しかも、「驚愕というよりほとんど恐怖の色」を浮かべていたのに気づく。彼を呼びかける声が響いた。彼はカーテンの陰から出た。と、そのまま、立ちすくんだ。部屋中いっぱいの人で、それは先程とは全く別の人達だった。「一瞬の間に、悪寒が彼の背筋を流れた。彼はぶるっと身ぶるいした。これらの人々を、一瞬の間に見分けてしまったのである」。

肥った警察署長ミハイル・マカールイチ、伊達《だて》男の副検事、法律学校を卒業したての予審判事、警部のマヴリーキイ・マヴリーキッチ。ドミートリイはこれらの人々を即座にみわけた。また戸口のところにはカルガーノフと、宿屋の亭主トリーフォンが立っていた。

ドミートリイは、「わーかっーた！」と叫び、「老人とその血ですね」と夢中になって叫んだ。そして、倒れるように椅子に腰をおろした。老警察署長は「わかったか？ 合点がいったか？ 親殺しの極道者、年とったきさまの父親の血がきさまのうしろで叫んでおるわ！」とわめき出した。小柄な予審判事がおさえても、署長の激しい言葉は続く。「よる夜なか酔っぱらって、淫らな女といっしょに……しかも、父親の血にまみれたままで……めちゃめちゃ（бред）《ブレート》だ、めちゃめちゃだ！」とののしった。予審判事はなおそれを抑え、ドミートリイにものものしく宣告した。

「予備中尉カラマーゾフ殿、わたくしは次の事実を告げなければなりません。あなたは今夜起こったご尊父フョードル・パーヴロヴィチ・カラマーゾフの殺害事件の、下手人と認められているのであります……」

## 7

ドミートリイは何のことやらわからず、「野獣のような目つきで一同を見まわしていた」。

いわば、グルーシェンカの今しがた見た夢が現実になったといってよい。それにしても二人の心が完全に融け合い、しかもその愛の想いが万人を同胞とするがごとき広大な拡がりに至った時、この突如の暗転、それは、ほとんど戦慄的ともいうべき衝撃を魂の最も深い場所に与えるものであるにちがいない。こうして、運命のアイロニーはその嘲弄を完成する。この二日間実にドミートリイの心は、天国と地獄の両極を激しく揺れ動いた。その振幅は次第に拡がり、この結末において、最大のものに達したといっていい。しかも運命は、このドミートリイの逮捕劇にもなおアイロニカルな陥穽をしかけていた。ドミートリイが自ら口走った「老人とその血」は、署長という、いわば一般的世論の代弁者によって直ちに「きさまの父親の血」と結びつけられたことだ。ドミートリイの頭にはいうまでもなくグリゴーリイのことがあった。ここでもまた運命は、二様の並行する異なった了解を、ひとつに結びつけて、それぞれをそれぞれの思惑《おもわく》で進ませて、ドミートリイの了解を最終的に決定的な破局の開示に至らしめるという、あのホフラコーヴァ夫人の場合と同様な陥穽を仕かけていたということができる。警察署長のドミートリイを糾弾する言葉「бред」は、この章のタイトルをなすものだが、ドミートリイにおいてのこの語が「夢幻境」を表わすとすれば警察署長においては「悪夢」というべきものとなり、これは今述べた「二様の並行する異なった了解」の端的な表現というべきものではないだろうか。

(1) Ф. М. Достоевский : Полное собрание сочинений в тридцати томах, Ленинград, «Наука» 1976, том 15. стр. 577.
(2) Ibid., стр. 578.
(3) 『ドストエフスキー全集』別巻、L・グロスマン「年譜(伝記、日付と資料)」(松浦健三訳編、新潮社、一九八〇）四八四～五ページ。
（4）注（2）参照。
（5）『プーシキン全集』第一巻「抒情詩・物語詩Ⅰ」（河出書房新社、一九七三）二三八～九ページ。
（6）注（2）と同じ。
（7）注（2）と同じ。

# 第四章　高潔の受難者ドミートリイ

1

『カラマーゾフの兄弟』は、ドミートリイに焦点をあてれば、ヨブ的受難の物語として読めるわけだが、そうした特性が明らかになってゆくのが、第九編以降のプロットの展開においてだ。特に第九編「予審」と第十二編「誤れる裁判」において全面的にその問題が扱われることになる。ヨブ的受難とは、いうまでもなくドミートリイの無実の罪が有罪なものとして社会的制裁を受けるということだが、十九世紀のこのヨブにおいては、受難は旧約のヨブ記のように直接的にサタンによってもたらされたものではない。やがて述べるように究極的には悪魔がその受難を準備したとしても、まずはドミートリイの受難は、法律の名のもとによる制裁としてあらわれるということだ。いわば、第八編までは、カラマーゾフ家の御家の事情だったものが、社会全体の問題としてひき出され裁かれる。第八編まではひとりの女性をめぐっての父子の対立だったものが、いっきょに外光のもとにひき出され、客観的な視点から眺められるようになる。ここにおいてこの小説空間は大きく変換される。このような変換は、既に『罪と罰』においても存在していた。しかし、それはエピローグにおいてなされるのであり、どこまでも『罪と罰』の文学空間はラスコーリニコフの犯行と自白までの内的プロセスが中心だった。しかし、『カラマーゾフの兄弟』では、裁きがプロットの展開の後半の大きな山場として設定してある。これは犯罪というものと同時に裁判というものが作品の主題として大きくせりあがってきたことを意味する。裁判では犯罪そのものの争点がダイナミックにひき出され、論議されることになるから結果として、犯罪者の側からも裁判の意味が明らかにされることになる。それは裁判のあり方の批判にもつながる。ましてドミートリイの場合、無実の者が父親殺しとして判決を受けるのだから、裁判そのものが裁かれることにもなる。

このように第九編以降は、カラマーゾフ家という閉ざされた空間から、地方ではあれロシア社会という広大な場にひき出されてゆくわけだが、場の相違というものが、犯罪の意味にそれまでにない新たな意味を付加することになるだろう。犯罪は、常にいかなる形であれ、人間の心の中のもっとも隠密《おんみつ》なる部分に胚胎し、人知れず増殖してゆくものではないだろうか。そこに犯罪者なりの心の必然的な運動があり、一貫性があるといっていいだろう。隠密なる部分は次第に隠密なりにふくれあがり、犯罪者はその球体の中で自分の情熱をますます深く追求する。その情熱の中に生きるその自我のアイデンティティは強烈に意識されるが、その強度に反比例して外界は背後に退くといっていいだろう。犯罪は犯罪者にとって、強烈な生命意識の体感である。犯罪の実行は、その極限的な表現である。生命意識の過剰が、もはや犯罪者の主体として持ちこたえられず、暴力的に外界のなんらかの対象にむけて発動される。その瞬間の犯罪者の意識は、彼の燃えあがる生命感覚の中核に位置し、完全に外界は見失われて、彼は彼の生命感覚の球体の小宇宙の帝王のごとく彼自身を意識するだろう。いわば他者の生命を手中におさめる帝王のごとくに。この他者支配の意識は絶対の意識として現象する。もっとも、絶対といっても、外界が意識から消失した限りにおいての、かりそめの絶対にすぎないのだが。しかし、そこにある種の自己解放、自己確立の意識が存在する。

ところで、犯罪者が社会的裁きにかけられるとは、こうした自閉的な、ある意味において自己完結的な世界が、突然出現した、それまで背景に沈んでいた外界という地《じ》の中に置き直されることを意味するものに他ならない。ここにおいて、犯罪者の隠密なる世界が白日のもとにひき出され、そこに社会的な意味が与えられることになる。しかし、犯罪者が確信犯のごとき場合、彼の自己完結した世界と、社会的な場において与えられる意味との乖離は相容れがたいものにならざるをえない。ラスコーリニコフの場合が、その端的な例だ。ラスコーリニコフの確信犯的論理は、社会的制裁を結局は受けいれない。彼の罪の自覚は全く別方向から来た[1]。このことは、この小説の〈罪と罰〉の問題の二重性を示すものに他ならないのだが、『カラマーゾフの兄弟』の場合はどうか。

ドミートリイはラスコーリニコフのような確信犯ではないが、しかし彼のうちなる生命感覚への徹底した忠実さにおいて、確信犯に共通する自我の一貫性を有していたといえる。しかもその一貫性の意識において、通常の確信犯以上に強烈なものがあった。彼の自我は絶えずその生命感覚の尖端と化して、その生命感覚の充足を目ざして純一な運動をめざす。他者はそこに入ってこない。彼がフョードル殺害をその寸前に思いとどまったのは、突然彼の心のうちに出現したある啓示的な感覚であり、それがよしんば神からきたものだとしても、それは他者の声というよりは、彼の心のうちから発したものだった。前々章及び前章で述べた彼のうちの〈天国と地獄〉もすべての彼のうちのドラマとしてあった。こうしたドミートリイの生命感覚は極度の歓喜と絶望の両極を振動し、そしてグルーシェンカの愛をかちえた時最高に達した。ドミートリイが逮捕され、裁きにかけられることになるのは、まさにこのような、彼の自我によって体験された生命感覚の絶頂だったということが、彼の逮捕、裁きの真の意味だ。ドミートリイの一貫して持続してきた生命感覚が一挙にそこで外界という場の中にひき出され、社会の法と正義によって意味が与えられる。それは、ドミートリイの深い生命感覚とクロスするはずはない。彼にとってもっとも貴重なものが、いわば唾を吐きかけられ、ふみにじられる。誇り高きドミートリイにとってこれほど耐え難いものはないだろう。しかも、ドミートリイは無実の罪をかぶせられている。ドミートリイが父親殺しの罪を否定しようとすればするほど、彼はその犯罪を巧みに逃れようとするより厚顔無恥の男として弾劾されるしかない。ここに根本的な彼の受難の特質がある。

## 2

ある深さにおいて生きようとする人間においては、その言動が社会という場におかれた場合、おのれの意図とは異なった、社会一般の通念による意味を与えられることになる。例えばムイシュキン公爵の場合がそうだった。彼が「白痴」とよばれ、笑い者にされたのはそのためだが、もしそのような人間が裁判という場にひき出された場合、そこにはつねに致命的な錯誤が生ずることになる。『カラマーゾフの兄弟』後半の山場をなす裁判はそうした問題性をめぐってのものだ。ここではより具体的に以上のごとき問題性をみていくことにしたい。

裁判の問題は、第九編「予審」、第十二編「誤れる裁判」で扱われるが、本論は第九編を扱う。この編では、本格的な裁判に入る前の段階の審議が叙述されるわけだが、全体として九章からなる。第一章「官吏ペルホーチンの出世の緒《いとぐち》」、第二章「警報」、第三章「苦悩の中をゆく魂　第一の受難」、第四章「第二の受難」、第五章「第三の受難」、第六章「袋のねずみ」、第七章「ミーチャの大秘密一笑に付さる」、第八章「証人の陳述『餓鬼』」、第九章「ミーチャの連行」の九章である。このタイトルをみてもわかるように、第一章を除いてはすべてのドミートリイの予審の叙述にささげられている。ここでの審議が本審の基礎となるという点で、ドミートリイの運命にとって極めて重要な章になるわけだが、作者は、第九編の冒頭第一章には第二章以降の内容には余り関係のない語りを置いた。それは官吏ペルホーチンがドミートリイの行先を心配して、グルーシェンカの下宿先から、ホフラコーヴァ夫人のもとを夜の十一時という時間に訪れ、そこでかわされた会話を内容としたものだが、それまで激しく盛りあがってき、ドミートリイの運命が急回転する語りの緊張が、ここではホフラコーヴァ夫人のいわばひとりよがりの滑稽な自己満足の意識にドミートリイの世界がうつし出されるという点で、プロットの展開はここでひと息つく。

夫人はペルホーチンを警戒して最初は通さなかったが、小間使いから礼儀正しい青年と聞いて客間に招じ入れる。しかしペルホーチンが、ドミートリイのことを言い出すと、矢庭に夫人は激昂して叫んだものだ。「いつまで、いつまであの恐ろしい男のことで、わたしはこんな苦しみを受けなければならないのでしょう！」といって、ドミートリイのことを「つい三時間まえにこの同じ客間へわたしを殺しにやって来て、地団駄を踏みながら出て行った人」とまできめつけるのだった。そして、ペルホーチンに直ぐ出ていけといったが、ペルホーチンが、夫人の言葉じりをとらえて、「殺しにですって？　じゃ、あの男はあなたまで殺そうとしたのですか？」と聞き返したのに、夫人は「え、あの男はもうだれか殺したのですか？」と話にのってくる。

二人の会話では、いつの間にかドミートリイは、人殺しの犯罪者として決めつけられてしまっている。ペルホーチンは、ホフラコーヴァ夫人の相づちを受けて、ドミートリイが二度ほどその日彼のもとを訪れた、一度は五時頃に十ルーブリの金を借りに、二度目は夜の九時頃に百ルーブリの札束を手にして、しかも両手も顔も血だらけにしてやってきた、その金はどこから得たかと聞くと、ホフラコーヴァ夫人から、三千ルーブリを借りた、金鉱ゆきを条件に夫人が貸してくれたとドミートリイがいったという。

語り手はここでホフラコーヴァ夫人の顔に突然「異常に病的な興奮の色が現われた」と記している。夫人は「あの男は自分の父親を殺した」と口走り、自分はドミートリイに金を与えたことはなかった、金策を断ると「あの男は気狂いのようになって、地団駄を踏みながら出て行った」、その上自分に飛びかかろうとし、唾まで吐きかけたと語り、さらにペルホーチンにフョードルの所に走っていって、「不幸な老人を恐ろしい死から救わなくちゃなりません！」といった。ペルホーチンはさらに詳細に状況を語る。極度に興奮した夫人は、自分はすべてそうしたことは見抜いていた、自分の想像はすべて事実となってあらわれる、ドミートリイを見るたびに、この男は自分を殺す男だ、と何べんも考えた。全くそのとおりになった、あの男が私を殺すかわりに父親を殺したのは、神さまが自分を守ってくれたからだ、というのも、「偉大なる殉教者ヴァルヴァーラのこされた聖像をここで、この客間であの男の首に自分でかけてやった」からだ。自分は実は奇蹟というものを信じていないが、「あの聖像とあの疑う余地のない奇蹟は、心の底からわたしを動顛させてしまいました」。ところがドミートリイは聖像を首にかけたまま唾を吐きかけたというのだ。人間のなかには、ありさえもしないことを大仰に騒ぎ立て、自分で自身を悲劇の主人公にしたてるという形で虚栄を満足させようとするものがいるものだが、ホフラコーヴァ夫人がまさにその好例だろう。ドミートリイを途方もない無類漢に仕立て、奇跡までも持ち出す。

夫人はこれからどうするか、と途方に暮れて問いかける。ペルホーチンは、警察署長のところに行き、一切を話すと答える。それを聞いて夫人は、ペルホーチンの機転をたたえるのだった。ペルホーチンはさらに、夫人がドミートリイに金を全く貸さなかったという誓約書を書かせ、夫人の感謝と賛美の言葉を後にして、署長のところへ急いだ。

ホフラコーヴァ夫人は、ペルホーチンという青年にすっかり感心し、今時の若い人はと嘆く人にこの人を見せてやりたいもの、とまで思った。そのおかげで、「恐ろしい出来事」をほとんど忘れてしまったほどだが、ベッドにつくや、「自分がほとんど『死のすぐそばに』立っていたことをふと思い起こし、『ああ、恐ろしいことだ、恐ろしいことだ！』と言ったが、たちまちぐっすりと甘い眠りに落ちてしまった」という。

語り手は、この章を結ぶのに、このふたりの突飛な対面が、ペルホーチンの出世のいとぐちになったこと、このカラマーゾフの兄弟に関する長い物語のあとに「別にこのことを話すかもしれない」という言葉を以てしている。それにしてもこの、いささかプロットの展開からいえば迂路とも思える挿話をはさんだのはなぜかを改めて考えてみる必要があるかもしれない。

恐らく、作者は、ひと時ドミートリイの激しい運命の転変の合間に、息抜きの、軽妙な空間を創ったのだ。ホフラコーヴァ夫人はこの文学空間でももっとも面白く書かれている人間ではないだろうか。ドストエフスキーという作者の天才はこういう人物の描写においてこそ輝く。勿体ぶっていて、そのくせ早とちりのおっちょこちょいで、しかし、好奇心は強い。自分は良識に富んでいて正しい、自分の判断は間違うことはない。一口でいえば感傷的なお人好しなのだが、だからといって、他者を傷つけるということがないわけではない。現にドミートリイにたいする判断には、甚だしい先入見があらわれている。それは、もし裁きの場にひき出されたとしたら、ドミートリイの不利になるのは明らかだ。にもかかわらずホフラコーヴァ夫人には憎めないところがあるのも事実なのだ。それは彼女の単純さによるものだろう。彼女の言動の底に悪意はないのだ。彼女は、その単純な感性の命ずるところに従って生きている愛すべき存在なのだ。

3

ところで第二章での叙述をみてみると、ペルホーチンのホフラコーヴァ夫人訪問を扱った第一章は、一見余計な挿話のようにみえるが、実際には、プロットのひき廻し役をペルホーチンが果たしていたのだということがみえてくる。「警報」という標題をもつこの章では、この事件の裁判に関係する人々が紹介されることになるが、それは実はペルホーチンの眼を通してである。作者は、単に裁判の関係者を紹介するのではなくて、ペルホーチンという、この事件に関しての秘密の告知者を中心に叙述させたのだ。ペルホーチンは、ドミートリイの自殺の可能性について人々に示唆を与える。そこから、人々は、ドミートリイの逮捕をなんら警報を与えることなく隠密裡に行なうことにし、結果としてドミートリイやグルーシェンカに全く察知されることなく、ドミートリイの逮捕に成功するのだ。第八編の結末でのドミートリイの逮捕に続く語りは第三章に置かれているが、逮捕劇がいかに行なわれたかを説明する第二章で果たした、ペルホーチンの役割は意外に重要といえるだろう。ドミートリイの逮捕が完全にその虚をついて行なわれたのでなかったら、ドミートリイがピストル自殺を行なった可能性は十分あった。

ところで、この第二章の標題は、原語では тревога《トレヴォーガ》である。これは辞典によれば「不安」「大騒ぎ」「警報」と訳されるが、米川訳では「警報」、原訳では「大騒ぎ」となっている。手もとの英独仏訳はいずれも alarm, Alarm, L'alarme となっている。原文では тревога《トレヴォーガ》という語が使われている箇所はこの章ではただ一ヵ所、先にふれた警報を与えることなしにドミートリイを監視し、捜査当局の到着を待つという所だけだ。ドストエフスキーの場合標題は常に多義的だからこの場合も、ペルホーチンのもたらしたドミートリイの自殺の可能性への不安と、その不安から戦術的にひき出される警報を与えるあるいは騒ぎを起こすことなしに逮捕するという、その警報の意が重ねられているのではなかろうか。

ところで、ペルホーチンが警察署長の家にいった時、そこには行政監察医のヴァルヴィンスキイ、検事と呼ばれているが実際には副検事のイッポリート・キリーロヴィチ、さらに町の若い予審判事のニコライ・パルフェノヴィチ・ネリュードフが居合わせていた。しかもペルホーチンはこれらの人々が一切を承知しているのに驚かされた。

語り手は続いて、事件の行なわれた情況について語る。この情況描写は後の裁判での発言の理解のために必要なので、そのあらすじだけを述べることにしよう。

その夜、グリゴーリイの妻マルファはスメルジャコフの恐ろしい叫びで目ざめる。スメルジャコフの小部屋に駆けこむが、暗闇の中で呻き声だけが聞こえる。夫を呼びにいったら、グリゴーリイはいない。庭の方で呻き声が聞こえる。うかがうと、庭へ通ずる木戸は開いたまま。その時夫の自分を呼ぶ弱々しい、しかし恐ろしい呻き声が聞こえてきた。グリゴーリイは塀から二十歩ほど離れた場所にいた。彼は打ち倒された地点からそこまで這っていったのだ。全身血みどろなのを見て、彼女はいきなりきゃっと叫んだ。しかし、グリゴーリイは「殺した……おやじを殺したんだ……何わめいているのか、ばかめ……ひと走り行って呼んでこい……」ととぎれとぎれにささやいた。マルファは、フョードルの居間の窓があけ放しになっていて、そこから光がくるので、急いでかけ寄り、恐ろしい光景を目撃した。主人は床の上に仰向けに横たわり、胸のあたりが血に染まっていた。マルファは、隣家のマリアのもとに駆けこむ。そこには宿なしのフォマーが泊まり合わせていて、三人で犯罪現場に赴くが、途中でマリアが、九時頃恐ろしい叫びを聞いたことを想い出した。それはグリゴーリイがドミートリイの足にしがみついて、「親殺しっ！」と叫んだ声だった。三人は、グリゴーリイを離れへ運ぶ。あかりをつけてみるとスメルジャコフの発作は、まだ静まらず、もがいている。「目は一方にひきつって、口から泡が流れていた」。酢をまぜた水で頭を洗ってもらったので、グリゴーリイは正気づく。マルファ、マリア、フォマーの三人は再び主人の部屋にいくが、その時窓だけではなく、室内から庭へ通ずるドアまでが開け放されていたのに気づいた。そのドアは一週間来あけられていなかったのだ。三人はそれを見て、しりごみをしグリゴーリイのところに戻り、警察署長のもとに知らせるようにいわれ、マリアが駆け出して通報したのだ。

この通報にもとづいて一同は現場検証を始めた。フョードルの死因は頭への強烈な打撲による。凶器は、グリゴーリイの場合と同じものと推定され、また庭の小道の人目につく場所に銅の杵が発見された。犯行現場はそれほど乱れてはいないが、「衝立《ついたて》の陰にある寝台に近い床の上に、厚ぼったい紙でできた、役所で使うような大型の封筒が落ちていた。それには『三千ルーブリ、わが天使グルーシェンカへの贈り物、もしわれに来たるならば』、その少し下には『わが愛するひな鳥へ』と書いてあった。おそらく、あとからフョードルが自分で書き添えたのであろう」。封は切られ、金は持ち去られていた。

以上が、警察署長のもとに集まった人々が情報をペルホーチンに先立って得ていた次第と、さらに状況、また状況証拠についての概要だが、主要な点は逃していないと思う。ここで、改めて、以上の叙述を検討してみれば、あらゆる状況が、犯人としてドミートリイを指し示しているということができる。忠実な下僕であるグリゴーリイの、傷を負い、血まみれになったなかでの発言、マリアの証言、フョードルの死、凶器、奪われた三千ルーブリの金、それに後から加わったペルホーチンの証言、どれひとつとってもドミートリイの有罪をさし示していないものはない。このことが、既にドミートリイの受難を用意しているのだ。第三章以下に、本編の中心的主題たる予審が叙述されることになるが、そこでの標題が、「苦悩の中をいく魂　第一の受難」と題されているのもそのためだ。ここで「受難」という標題は、三度繰り返されることになるのだが、なぜ受難が第一・第二・第三と繰り返されるかという点についていえば、それは、ドミートリイの心の中での経過を示しているということだろう。ここで改めて標題の хождение души по мытарствам に着目してみれば、これはきわめて宗教的なにおいのする表現なのだ。この表現は、研究社の『露和辞典』によれば、「(次々と災難が降りかかる)苦難の人生行路」とも「苦悩めぐり(死後四十日間、霊魂は苦悩めぐりをするというキリスト教の信仰から)」とも説明されている。これと同様の表現が、既に「大審問官」の章でも使われていたことを想起する必要があるだろう。「聖母の苦患《くげん》遍歴」(Хождение богородицы по мукам)である。つまり、作者がこの章の標題を、「魂の苦患遍歴」としたことの中には、この「聖母の苦患遍歴」がその念頭に置かれていたということではないか。この「聖母の苦患遍歴」についてのイヴァンの語りはなかなか興味深いものがある。

「これはダンテにも劣らないほど大胆な光景に満ちている。つまり聖母が大天使ミハイルに導かれて地獄の中の苦患を遍歴し、多くの罪人とその苦患を目撃するというのだ。その中には火の池に落とされた最も注目すべき罪びとの一群がいる。彼らの中でも、永劫浮かび出ることができないほどこの池の底ふかく沈んでしまったものは、『神さまにも忘れられる』ことになるのだが、じつに深刻な力強い表現じゃないか。そこで、聖母は驚き悲しみながら、神の御座の前に伏しまろんで、地獄に落ちたすべての人にたいし、いっさい無差別に憐憫をたれたまわんことを乞うた。聖母と神の対話はじつに絶大な興味をふくんでいるよ。聖母はひたすら哀願して、そばを離れようとしない。すると神はその子キリストの釘づけにされた手足を指しながら、『彼を苦しめたものどもを、どうしてゆるすことができようぞ?』ときかれた。聖母はすべての聖者、すべての殉教者、すべての天使、すべての大天使に向かって、自分といっしょに神の前にひれ伏し、あらゆる罪びとの赦免を哀願してくれと頼んだ。で、結局、聖母は毎年、神聖金曜日から聖霊降臨祭までの五十日間、すべての苦痛を中止するという許しを得た。このとき罪びとらは地獄の中から主に感謝して、『主よ、かく裁きたるなんじは正し』と叫ぶ。」

もとよりドミートリイは聖母ではない。むしろ彼は罪人というべきものであり、苦患遍歴の意味はすでに異なっている。聖母の場合は、罪人の苦患を遍歴するのであり、ドミートリイにおいては自分自身の受難の遍歴である。しかし、この第九編の第八章「証人の陳述『餓鬼』」では夢の中で、悲惨な人々の群れに強い感動を抱く。そこではドミートリイは自分の苦難よりは、他者の苦難への сострадание《サストラダーニエ》(同情)によって心が占められている。ここにおいて、ドミートリイは、自己の苦難から他者の苦難に向かったということができる。いわばドミートリイは自己の苦難をつきぬけて、他者の苦難へと向かったのだ。この時点において、聖母の苦患遍歴と重なってくるということだ。ここにドミートリイの苦患遍歴の章の宗教的性格があるといえるが、しかし、この遍歴にはなんら超越的性格はない。これはどこまでもドミートリイの魂の世界の問題なのだ。ここにドミートリイの苦患遍歴の特殊性があるし、またファウスト的性格もまたそこにすけて見えるということでもある。

以上、受難が「第一の受難」「第二の受難」「第三の受難」とされたことの意味を考えてきたわけだが、ではこの場合「受難」がいかなるものとして捉えられているかを次にみてみたい。

ここには受難の深化が第一、第二、第三という形で段階づけられているわけだが、これは別の観点からいえば、本論の冒頭に記したドミートリイの内的世界の統一が、突然外界にひき出されたところから生まれる、一種独特な異和感にドミートリイがどう対処してゆくかという過程の叙述ということになる。平たくいえば、ドミートリイの深い生命意識によって貫かれて自己完結した世界が他者の、客観的な証言といかに齟齬《そご》をきたして、ドミートリイが追いつめられていくか、の叙述に他ならない。これまで見てきたようにドミートリイとは、徹頭徹尾彼自身の生命感覚に忠実な存在なのだ。その生命感覚こそ、彼のアイデンティティであり、存在理由《レゾンデートル》なのだ。この彼の生命の核が、外界の全く異質な声によって侵害される。まずは受難とはドミートリイにとってそのように現象するだろう。そこから始まって、いわゆる証拠とか証言とかいうごとき、ドミートリイのもっとも唾棄するものの前に、ドミートリイはひき出され、父親殺しの犯人の嫌疑を負わされるに至る。

4

では、個々の受難の過程を具体的に辿ってみたい。まず第一の受難の章では、なおドミートリイは、グルーシェンカとの愛の恍惚境から脱していず、彼は自分の置かれた情況について明確な認識を有していない。「野獣のような目つきで一座の人たちを眺めていた」というのが端的にドミートリイの感情を表現している。続いて彼は自分の身に覚えがないといって叫ぶ。グルーシェンカがカーテンの陰から駆け出して来ては、署長の前に身を投げ出し、罪は自分にある、ドミートリイとともに自分も罰してくれと叫ぶ。そういうグルーシェンカをドミートリイは、罪はないといってかばう。しかしふたりは離され、ドミートリイは予審判事ニコライとテーブルをはさんで坐らされ、訊問が始まる。語り手は、この時、ドミートリイの奇妙な心理について指摘している。

それは、ミーチャが突然判事の大きな指輪に興味をひかれたということだ。それは、「一つは紫水晶《アメシスト》、いま一つは鮮やかな黄色をした透明な石で、なんとも言えぬ美しい光沢を帯びていた」というものだ。語り手はこうつけ加えている。

「彼はこの指輪に、こういう恐ろしい審問の時でさえ、いやおうのない力をもって目がひかれていたことを、後々までも驚異の念をもって思いうかべるのであった。彼は自分の境遇に全然ふさわしくないその指輪から、どういうわけか寸時も目を放すこともできなければ、それを忘れることもできなかった。」

異常な状況のもとにおける、人間の、極めて日常的ともいえる心理の働きの奇妙さは、ドストエフスキー自身の、恐らくは死刑執行直前時の体験にさかのぼることができると想像されるのだが、それにしても一体このドミートリイの心理の動きは何を意味するのか。またなぜ作者はこのような無関係な事実にドミートリイの注意を向けさせたのか。この指輪は後にもまた登場する。そこでは、「ミーチャは何か瞑想状態から覚めでもしたように」ニコライに宝石の種類を聞くのだ。

ドストエフスキーは、同様な状況を『白痴』で描き、死刑を直前に控えたなかでも、死刑執行人の服の一番下のボタンがさびているということに気付いたということを語っているが、異常ななかにあって、意外に理性は一方で冷静な判断を持ちうるということの証左なのだろうか。(2) 従ってドミートリイが、その熱狂からある瞬間においてさめたということのサインとして使われたのか。いずれにせよ、謎だが、後々までドミートリイが記憶にとどめておいたということは、なにかしら啓示的とでもいうべきものか、と思う。いわば重大な運命の衝迫において、突如さしこむ日常感覚の光、そこには人間の魂に内在するなにかしら超越的なものの存在が感じられはしないだろうか。

判事を中心に、検事、書記、警察署長らにより調べが始まる。ドミートリイは、「ほかの血にたいしては罪がありますが、おやじの血にたいして罪はありません」と言いはり、グリゴーリイが生命に別条なかったことを知り、歓喜にとらわれ、一瞬のうちに人が変わったように思われたという。言葉も変わり、態度も一座の全員と同等な人間として対座しているようだった。ドミートリイは、彼が一同に、「ざっくばらんな、無遠慮な態度をとること」をとがめないでくれといい、自分に恐ろしい嫌疑がかかっているとしても、自分には「ちゃんと心づもり」があるから、「すぐに片づいてしまう」とドミートリイは相手がまるで自分の親しい友人でもあるかのように、語った。彼は、「自分の心の奥底に、自分の罪を感じております」しかし、それは「わたしの私生活だから」「あなたがたには無関係なこと」だ、老父の殺害については、自分にはなんの責任もない「それは奇怪千万な考えです！」と繰り返した。

判事は聞く。ドミートリイはフョードルを愛していなかったようだ、「少なくとも、ここで十五分間ばかり前に、あいつを殺すつもりだった、とまでおっしゃったように記憶しています。『殺しはしなかったが、殺すつもりだった』と大きな声でおっしゃいましたね」。

ドミートリイはそれを認め、自分は感情を隠したことがないから、町中の人が皆それを知っている。最近では修道院でゾシマ長老の前でそう言ったし、その日の晩にはおやじをなぐりつけ、そのうち殺しにくると人の前で誓ったものだ。ドミートリイは言った。

「事実は目の前にごろごろしています。けれども、感情はね、みなさん、感情はまったく別なものです」。従って、「感情にまで立ち入って、訊問なさる権利は、あなたがたにもあるまいと思います」とドミートリイは続けた。

犯罪調査において、動機がいかに重要かはいうまでもないことだ。ドミートリイの場合他者の証言があるのみならず、本人自身がそれを断言している以上、ドミートリイの動機は衆目の認めるところとならざるを得ない。そして、現実に殺人が実行されたとすれば、ドミートリイが第一容疑者なることは火をみるより明らかなことだ。勿論彼自身もそのことは百も承知だ。

「わたし自身でさえ心底から仰天しているくらいです。なぜかって、もしわたしが殺したのでなければ、この場合、いったいだれが殺したんでしょう？　もしわたしでなければ、いったいだれでしょう？」と口走るのだ。

そして、彼はフョードル殺害の状況について聞くのだが、このドミートリイの言葉は、なかなか大胆というべきではないだろうか。諸般の状況あるいは証言からすれば、犯人は自分しかいない、とわざわざ危険な地帯に足を踏み込んでみせる。しかもこの犯人はもし自分が犯人でなければ他の誰がいるのか、ととぼけてみせるのだ。ドミートリイ一流のユーモアというべきものなのだろうが、ユーモアにしては危険なユーモアであろう。このようなユーモアを口にしたのも、ドミートリイに周囲のものたちにたいする強い同胞の意識があるからではないか。彼は、自分の率直さがそのまま人々に受け入れられるという、根は単純なお人好しの楽天主義者なのだ。そしてこの時点では自分にかけられた嫌疑というものの切実さについてそれほど深刻には考えていない。

しかし、彼はそういう自分と周囲との落差を次第に気づかされてゆくことになる。

動機についての訊問がなお続けられ、予審判事ニコライは、ドミートリイが抱いていたという父親にたいする憎悪の原因について訊《き》く。ドミートリイは、嫉妬だけではなく、金銭上の問題もあった、フョードルがグルーシェンカに用意していたという、枕の下の三千ルーブリはフョードルが自分の手から盗みとったも同様なもの、それは元来自分のものと確信していると答える。そして判事がその事実を書きとめさせてもらうと言った時、こうつけ加えた。

「お書きとめください。皆さん。わたしはそれも自分にとって不利な証拠になる、ということを知っています。わたしは証拠を恐れません。わたしは自分で自分に不利なことを申します。いいですか、自分でですよ！　ねえ、皆さん、あなたがたはわたしを、実際のわたしとはまるで違った人間に解釈していられるようですね……今あなたがたと話しをしているのは高潔な人間です、高潔この上ない人間です。何よりかんじんなのは、——この点を見落とさないでください、——数限りなく陋劣なことをしつくしたけれど、いつも高潔このうえない心持ちを失わない人間です。内心には、心の奥底には、つまり、その、一言でいえば、いや、わたしにはうまく言えません。……わたしは高潔を慕い求めて、今まで苦しんできたのです。わたしはいわゆる高潔の受難者で、ランプを持った、ディオゲネスのランプを持った高潔の探求者でした。そのくせ、わたしはすべての人間と同じように、いままでただ卑劣なことばかりしてきました。……いや、わたしひとりきりです、みなさん、すべての人間じゃありません、わたしひとりきりです。あれは、言い違いでした、わたしひとりきりです。ひとりきりです！　……みなさん、わたしは頭が痛いのです。」

こう言い、ドミートリイは、父親にたいする憎悪が、フョードルの顔の「破廉恥で高慢で、すべての神聖なものを足蹴にしたような表情、皮肉と不信をいっしょにしたような表情」それが憎悪の原因だったと語る。しかし父親が殺された今になってみれば、考えが変わった、自分自身がそれほど立派ではない、父親を醜悪などと言う権利はないとつけ加えた。

このあと、グルーシェンカが、ドミートリイの所にかけつけようとして一悶着あるが、二人はひき離される。ドミートリイは、グルーシェンカを、「光」だ、「わたしの宝」だと呼び、自分は「乞食だ」「裸一貫の男」だと卑下して、慟哭したが、それは「幸福な涙」だったと言う。このあと、彼は、「必要なのは相互の信用」と言って、「用件と事実だけ」をたずねてくれれば、満足のゆくように答えると新しい展開を待つ。

以上が第一の受難の章のあらすじだが、ここで、注目すべきは、ドミートリイのいった「高潔の受難者(страдалец благородства)」という言葉だろう。これまたいささかユーモラスな表現だが、ドミートリイは自分は生涯汚らわしいことをし続けてきたが、にもかかわらず、高潔を追い求めてきたのだというのだ。ここで高潔とはなにか。自分の心のいうところに誠実にたいする、ということなのだろう。小細工を弄さず正々堂々と生きる、いわばそうした心意気だ。一見汚らわしい行動をし続けたということと、高潔を求めるとは相反するかに思われるが、ドミートリイにおいては、それがそのままに存在している。高潔にあこがれつつ、しかも卑劣漢であり続ける、その苦しみを持ち続ける、感性に忠実に生きるのがドミートリイの生き方であり、そういう自己を率直に告白することこそ、彼にとって高潔を追い求めることに他ならないのだろう。ドミートリイが、「第二の受難」の章で、「訊問の常套手段」として、ごくつまらないことの訊問から始めて、注意をそらしておいて、突然恐ろしい問いをあびせる、そういう狡猾な手段だけはやめてくれというのもドミートリイのそうした心情から出ていよう。さて、この受難の第二段階ともいうべきこの章では、ドミートリイは、再三にわたって予審判事のニコライ、検事のイッポリートに、高潔なる人士として、「相互の信頼を基礎」として万事を処理することを求めるが、一方検事は三千ルーブリの大金の必要だった理由をなおも追求する。ドミートリイは借金を返すためと返答するが、誰にという質問に彼はいきり立つ。私生活に干渉してもらいたくないと断る。しかし、返答の拒否が自分に不利益になると警告されて、サムソーノフの所にいったことから話し出す。検事は、ドミートリイが、ホフラコーヴァ夫人の家を出た時、彼が「だれかを殺してなりと三千の金を手に入れたい」と思ったその瞬間のことを物語った時、それを書きつけた。さらに、グルーシェンカにだまされたと知った時、小間使いのフェーニャを殺さなかったのは、暇がなかったから、という話も記録された。

ドミートリイの、相互の信頼に基づいて、という彼自身のいわば〈高潔〉な態度は、逆に致命的な証言を相手方に与えることになってしまう。彼は借金をした相手の名を私生活にかかわることとして回答を拒否するが、それは判事方の高潔な心情を期待してのことだろうが、しかし、こうした訊問の場にあっては、嫌疑を一層強める以外の何ものでもない。

こうしてドミートリイの心情に重点を置く供述と、相手方の証拠主義とは当然のことながら大きくかけはなれてゆくことになるのだ。そしてそれは、「小さな銅の杵《きね》」の件で頂点に達する。判事はそれが何の目的で持ち出されたかを聞く。ドミートリイは激昂してゆき、極めて挑戦的な態度に出る。書記に、フョードル殺害の目的でもって杵を持って行ったと書きつけてくれ、といい、予審判事と、検事にそれで「腹の虫が落ちつきましたかね？　気がせいせいしましたかね？」といどみかかったのだ。相手は、それは「非常に根本的なもの」といって食い下がる。ドミートリイは、「とにかく持って駆け出したんです。ただそれだけです。恥ずべきことですよ、みなさん、Passons!（もうやめてください！）恥ずべきことですよ」と言う。

この時のドミートリイの気持ちは、次のように描写されている。

「じっさい、彼はつと立ちあがって、『たとえ死刑台に引っぱられて行こうとも、もうひと言も口をきかない』と言いたくってたまらなかったのである。」

ドミートリイのこのような激しい心の動きはなぜか、といえば、ひとつはある意味で凶器という、殺人事件の立証にもっとも深くかかわって、有無をいわさぬ説得力を持つ証拠品の提出に、ドミートリイ自身本能的に畏怖をいだいたということによる。世間はこのような証拠を絶対視し、彼の高潔論など歯牙にもかけまい。ドミートリイの激昂はそこにあったが、いまひとつはドミートリイがこのあとで語った夢の話がそのヒントを与えてくれるように思う。その夢は、彼がよく見る夢で、自分のひどく恐れている人が暗闇の中を追って来て、自分を探す。自分はあちこち隠れるが、その人にはそれがわかっている、そのくせわからないふりをして、少しでも長く自分を苦しめ、自分がこわがるのを楽しもうとする。

ドミートリイは夢をこう語って、今やその夢が現実になった。わたしはおおかみで皆さんは猟人《かりうど》だといった。それを判事は、「つまらない比較」といったのでドミートリイは抗議する。

「あなたがたは犯罪者、すなわち、あなたがたの訊問に苦しめられている被告の言葉を信じないでもいいでしょう。しかし、みなさん、高潔な人間の言葉は、魂の高潔な叫びは(わたしは大胆にこう叫びます)断じて信じないわけにゆきません。」

ここにおいてもドミートリイにとって重要なのは魂の高潔さなのだ。彼のこれまでの証言は、相手をも自分と同じレベルにみて高潔な人間同士間にむすばれるはずの相互の信頼を前提になされたものだ。しかし、次第に、彼はそれが幻想に過ぎないものであり、自分の証言がそのまま信じられるというのではなくて、既にある結論があって、そこに向かってただただ証拠固めとして証言が利用されるにすぎないことに気付く。ドミートリイという人間にとっては問題は信であり、物質的な現実的な証拠によってひき出される裁判の結果ではない。信頼が既に損なわれている時、彼はひと言も口をききたくなくなったというのもそのためだ。これは大いなる魂にたいする侮辱だ。この侮辱には耐えられない。それより、既に決められている結論をずばり出してもらいたいというのがドミートリイの覚悟なのだ。これはまことに高潔の受難者の面目躍如たるものといっていいだろう。

5

しかし世の中一般において、特に厳しい訊問の場で高潔とか、相互の信頼といった言葉がどれほどの意味を持つだろうか。むしろそれは自分の有罪を隠蔽しようとする犯罪者の側の狡猾な自己弁護としか考えられないだろう。容疑者を取り調べる場にあって、当事者の為すべきことは、常にその言葉の隠蔽するところをあばくことに他ならない。従って、ドミートリイの主観的な意図とは別個の解釈がそこでは常に並行しているということになり、その解釈は次第にこの事件に関する重大容疑者としての像をつくりあげてゆくことになるだろう。そして、先にもどこかで記したことだが、三千ルーブリの金策自体、彼の高潔を求める念から発したものであり、しかも彼の高潔さは返却先の名前を伏せ、どこまでも秘密に保つというものであった以上、容疑は晴らされることなく、ドミートリイは知らず識らず自分を社会的な場では犯罪者として仕立てていたということになる。自分の意図を超えて、自分にふりかかってくるものとしての犯罪、これはヨブを超えて、不条理にヨブを襲うサタンの試みに共通する。そしてこの現代のヨブの物語にも、サタンの影がちらついている。

それは第五章の「第三の受難」で語られるものだ。

この章で、ドミートリイにたいする訊問は核心に入る。彼は塀を乗りこえて、父の家の庭園に侵入してから、塀の所でグリゴーリイの頭を割り、そこを逃げ出して、ペルホーチンの所に行き、それからモークロエのグルーシェンカのもとに行って大騒ぎをするまでのいきさつを詳細に語るのだが、ここでもドミートリイの感情をこめた語りと、判事・検事側の反応とがいわば平行線を辿っているごとく描かれ、ドミートリイはそうした相手方の反応にいらだち、あるいは憤激し、あるいは皮肉に対応しつつその語りを進めてゆく。平行線を辿っているといいながら、時に鋭くそれが交差する。それは、この事件の本質にかかわる問題をめぐって判事の方から発される訊問の場合だ。判事は、それをドミートリイにつきつける。それはドミートリイの意表をつくことが多いのだが、その中でも特にフョードルの部屋のドアの問題の場合がそうだった。

ドミートリイは、窓から顔を出した父親を見て憤怒にかられ、ポケットから杵を出したという瞬間まで話を進めた時、判事の「それからどういうことになりましたね？」という合いの手にたいして、ドミートリイはまたしてもきわめて挑発的に出たのだ。

「それからですか？　それからぶち殺した……やつの脳天をがんとやって、頭蓋骨をぶち割った……と、こうあなたがたはお考えなのでしょう、そうでしょう！」

判事は自分たちの考えはそうだと答える。長い沈黙のあと、ドミートリイは、「どういうわけだか知りませんが、とにかく悪魔が征服されたのです」と、凶行を果たすことを思い止まったと語るが、一種の憤懣の痙攣《けいれん》が彼の心を流れたという。彼は、相手が自分のいうことを全く信用していないと思い、相手の感情をそのまま自分の言葉としていった。

「いよいよ殺そうという気で、杵を手にした悲劇的な光景を描きながら、急に窓のそばから逃げ出したなんて……叙事詩です！　詩になりそうなことです！　若造の言うことがそのまま信じられるものですか！　はっ、はっ！　みなさん、あなたがたは皮肉屋ですねえ！」

叙事詩とか詩とかはいうまでもなく、ドミートリイ自身の言葉だ。それを、まるで相手からいわれたもののように使って、ドミートリイは相手を皮肉屋といった。これまたドミートリイ一流のアイロニーだが、彼は、ここでもまたひとり芝居を演じているということになる。相手側にしてみれば、すべてそういう反応の中に、証拠となるものを摑もうとして、ドミートリイが感情的になればなるほど冷静に観察することになるだろう。そして、機を見はからって鋭い質問を放つ。フョードルの部屋のドアのことがそうだ。父親の部屋に近寄った時の一連のドミートリイの語りのあと、とつぜん検事は、ドアがあいていたかどうかに注意を向ける。ドミートリイはあいてなかったと答える。そして、検事に「あなたがごらんになったとき、ドアはあいてたんですね？」と聞き返し、そうだという答えを得て、仰天する。動顚したドミートリイは、深い謎にとらえられ、ドアをあける合図を知っていたのは、フョードルと自分とスメルジャコフしかいない。そしてこの合図なくしてはフョードルは金輪際ドアをあけることはない、と断言した。ドミートリイはここでもまた挑戦的に出た。合図の仕方、窓をノックする一つ一つの音が持っている意味を具体的に詳細に述べ、さらに自分が窓を叩いた時、「グルーシェンカ」が来たという合図をしたのだと語って、「さあ、これであなたがたは楼閣をお築きなさい！」といった。

検事は、ではスメルジャコフが犯人ではないのかと言い出す。それを受けたドミートリイの答えはこれまた挑戦的だった。彼は、検事の腹の中はちゃんと見えすいている、検事の計算では、ドミートリイがスメルジャコフ犯人説にすぐ飛びつくに違いないと思ったのだろう。飛びつくからには、ドミートリイこそ真犯人だという心理的推理が成り立つ。ドミートリイは、検事のスメルジャコフ犯人説の裏を読み、「白状なさい、そう考えたんでしょう。白状なさい、でなけりゃ、先を話しませんよ」とせまったのだ。

容疑者が自分の訊問者に向かって、「白状なさい」というのだから、これは立場が逆転している。これはどこまでも、相手と対等の立場に身を置こうというドミートリイの高潔な気持ちのあらわれだし、また、ドミートリイの、一般的な犯罪の審理についての洞察の鋭さをもあらわした言葉なのだろう。ドミートリイは、既に決められた結論に向かって、嘲弄されてゆくのはかなわない、彼はどこまでも強いプライドを有し、嘲弄するものを逆に嘲弄し返そうとする。しかし、事態はそれほど容易ではない。このスメルジャコフが犯人ではないか、という問題によって、ドミートリイは、興奮の極致に達するからだ。

ドミートリイは、自分もまたスメルジャコフが犯人と考えたが、次の瞬間それを否定した。そこで予審判事は聞いた。

「そうすると、ほかにだれかあなたの疑わしいと思う人物はありませんか？」

「いったいだれなのか、どういう人物なのか、天の手か、それとも悪魔の手か、わたしには一切、わかりません。しかし……スメルジャコフではありません！」

ここでドミートリイが「悪魔の手」といったことを記憶にとどめておこう。これまた後に出てくる。

ドミートリイは、なぜスメルジャコフじゃないかと聞かれて、「信念です、印象です」といってから、スメルジャコフが下司で臆病で、癲癇やみで、薄ばかの、ひ弱い雌鶏だ、それに金銭欲がない、また父親フョードルを殺す動機もない、それにあれは父親の隠し子らしい。

ここでドミートリイはあげ足をとられる。ドミートリイだって息子のくせに父親殺しを公然と口にしていたと突っこまれ、彼は、自分の率直な告白を逆用するなんて卑劣きわまりないと激しく興奮したのだった。

ドミートリイの主観的印象によるスメルジャコフ犯人否定説にたいして、検事側のそれは、より実証的で説得的なものだった。スメルジャコフに関する調査がなされたが、彼は非常に激しい癲癇の発作に襲われていて、医師の診断だととても朝までもたないということだった。この検証をきいた時、ドミートリイは「それじゃおやじを殺したのは悪魔だ！」と思わず口走った。自分の確たる印象と、否定しがたい現実の、このアポリアを前にドミートリイは、遂に悪魔を持ち出さざるをえなかったのだ。

しかし、そう呟いたことは、ドミートリイがいったんはニコライにスメルジャコフが犯人ではないと答えたものの、やはりスメルジャコフではないかという考えが一貫して彼の心のうちにあったことを示している。だからこそ、スメルジャコフの発作を知って、スメルジャコフの犯行が決定的に否定されたとき、思わず悪魔といったのだった。

ドミートリイが、スメルジャコフが演技しているのではないかと考えるよりは、その癲癇の発作をそのまま信じ、かわりに悪魔の仕業と口走ったのは、ドミートリイの直覚の鋭さを示すものだろう。のちにイヴァンの二重人格の片われとしての悪魔が姿をあらわすのであり、この悪魔がイヴァンの冒瀆的思想の元凶だとすれば、イヴァンの思想の実行者としてのスメルジャコフは結局悪魔に支配されていたということになる。このように考えてみればドミートリイのこの呟きは、既にそうしたこの事件の深層にひそむ悪魔の存在を予知したものといえる。

しかし、ニコライ以下訊問を行なう者たちがこのような言葉を真面目に受けとるはずもない。ドミートリイが悪魔の手をこの場合直覚したのは、論理的にみてスメルジャコフしかいないとどうしても結論づけられるにもかかわらず、スメルジャコフの人間からして、またその癲癇の発作からして、現実の人間を超えた何かを直覚せざるをえなかったということなのだろう。このような、人間の力を超えた何かにたいする直覚は、ドミートリイの中には既に体験されていたものだ。それは、父親殺しを何物かが思いとどまらせた、という体験においても存在していた。従って、ドミートリイのこの言葉はドミートリイの内的世界の論理に照らしてみればそれほど笑うことは出来ないと思われる。しかし実証的証拠を求める側からすればナンセンスというしかない。

6

このように考えてみれば、ドミートリイの受難のヨブ的性格が次第に明らかになってきたのではないか。さらに、この先において、それはより明らかになる。つまり、ドミートリイがグリゴーリイとのいきさつから、モークロエでの大酒盛りに説明が至り、自殺の決意を語り、手が血まみれになったのをぬぐおうともしなかったことに話が及んだ時のことである。手を洗おうと思わなかったのは嫌疑を恐れなかったからか、と聞かれたとき、次のように答えたことが以上の点からいって注目される。

「嫌疑とはなんです？　疑われようが疑われまいが、どっちにしたって同じことです。わたしがここへ駆けつけて、朝の五時にどんとやってしまえば、だれもなんともしようがないじゃありませんか。もしおやじの事件がなかったら、あなたがたは何もごぞんじあるまいし、したがってここへもおいでにならなかったはずですからね。ああ、これは悪魔のしわざです。悪魔がおやじを殺したんです。あなたがたも悪魔のおかげで、こんなにはやく知ったんです！　よくもこんなにはやく来られたものですね？　ふしぎだ、夢のようだ！」（傍点引用者）

ドミートリイは、自分を早々と逮捕に来たことをも悪魔の仕業と考えている。これは極めて興味深いこといわねばなるまい。ここでドミートリイは、もしそれほど早くこなければ自分は自殺したかもしれぬことをほのめかしているのだ。とすれば、皮肉なことに、自分がそういうチャンスを奪われたのもまた悪魔の仕業にちがいないといっていることになる。

ここで、再びヨブ記に戻るならば、神がサタンに、ヨブの生命だけは奪うなといったことが想起される。というのも、神がサタンに許したのは、ヨブの信仰に関する試練であるからだ。試練は生命を前提とする。サタンがそれに応じたというのも、サタンにとって人間を魂において敗北させること、そこに彼の神への報復が仕掛けられていたからに他ならない。

ドミートリイにおいても、もし彼が、大酒盛りの最中、自殺を決行していたなら、彼の運命はそこで終わったはずである。彼は、少なくとも、突然の逮捕によって、屈辱の時を迎えたとしても、それは、彼の魂にとっての試練となったということだ。ここにおいて彼は、受難者としての自覚を徐々に得たのではないか。

訊問は三千ルーブリの金のことに戻り、十ルーブリの金に困ってピストルをペルホーチンに質入れをした彼が、やがてペルホーチンのところに、血まみれの手に百ルーブリ札の束をもってあらわれた不思議をめぐって追及がなされた。しかし、ドミートリイは、金の出所をがんとしていわない。遂にドミートリイは、所持金の一切を出させられ、さらに衣類をも徹底的に調べられることになる。

第六章は米川訳では「袋のねずみ」という標題を持つが、ここでは、高潔の受難者をもって自ら任じていたドミートリイが遂に追いつめられ、絶対にいわないと誓った一大秘密を打ち明ける決意をするまでが描かれる。この章は、次のように始まる。

「ミーチャにとってはまったく予想外な、驚くべきことがはじまった。以前、いや、つい一分まえでも、だれにもせよ自分にたいして、ミーチャ・カラマーゾフにたいして、こんなふるまいをなし得ようとは、夢にも想像できないことであった。それは何よりも屈辱であった。検事らの分際として、『傲慢な、人を馬鹿にした』やり方であった。フロックを脱ぐぐらいならまだしもだが、彼らは下着まで脱いでくれと頼んだ。しかも、その実、願うのではなく命令するのであった。彼はこれを十分に悟った。彼はプライドと軽蔑の念のために、無言のまま一から十まで彼らの命令にしたがった。」

ヨブ記では、一切を奪われたヨブは自身を裸と自覚し、「わたくしは裸で母の胎を出た。／また裸でかしこに帰ろう。／主が与え、主が取られたのだ。／主のみ名はほむべきかな。」という言葉を発した。ドミートリイには、まだそこまでの徹底はないにしても、いわば彼は彼の生命感覚のもっとも貴重な部分ともいうべき誇りが蹂躙されてゆくのをまざまざと体感したに違いない。彼はくつ下まで脱がされ、「奇妙なことには、まったく急に、自分が彼らのだれよりも下等なものになって、彼らも自分を軽蔑する権利を十分もっているということに、みずから同意するような気持ちになった」という。彼は、自分の足の指の醜悪さにもたまらない羞恥を感じた。カルガーノフがかわりの着物を提供してくれたのを着て、再び金の出どころに関する訊問が続けられた。その時、先にもふれたニコライの指輪にドミートリイが注目することが起こった。ニコライは、その指輪が「煙色トパーズ」だといって、抜いてみせようとした時、ドミートリイは、「急にわれに返って」叫んだ。それは、自分の供述が真実以外のなにものでもなかったこと、父親の部屋のドアをあけさせたものが犯人で、しかしそれは誰だか知らない。こう繰り返し、金の出所はどうしてもいえない、これ以上口はきかないと唐突なモノローグを終えた。

しかし、こういうドミートリイを新しい事実が追撃したのだ。それは、グリゴーリイの証言で、闇の中を逃げてゆくドミートリイを見つけた時、グリゴーリイは既にその前に、窓があき、同時に「窓よりずっと手前にある出口のドアが、いっぱいあけ放してあるのを見定めた」という断言である。

さらに三千ルーブリの金の入っていたという封筒が取り出された。一方の端が破かれ、中身は空だ。それは「おやじの封筒」だとドミートリイは呟き、封筒が寝台のそばに床の上に転がっていたと聞いて、「みなさん、それはスメルジャコフです！」と彼は叫んだ。その封筒のありかを知っていたのは、スメルジャコフひとりだ、彼は今や事態は明瞭になったといった。

ところが、検事は、ドミートリイが既にそういう証言をなしているからにはドミートリイもまた知っていたに違いない、と追及する。ニコライもそう書いてあると相づちをうった。ドミートリイは激しく、自分は口から出まかせをいったにすぎない、スメルジャコフが殺したのは今や間違いはない。火を見るように明らかだ、と叫んだ。あの男が合図をしてドアをあけさせたんだ。「合図がなければ、おやじはだれが来たって、決してドアをあけやしないはずです……」とドミートリイがいうのを、検事は、「まだあなたが庭にいられる時に、もうドアがちゃんとあいていたとすれば、合図をする必要はないじゃありませんか……」と反論する。

こうして、ドミートリイは、「ああ、ドア！　……それは幽霊だ！　神さまも、ぼくを見棄てたんだ！」と叫ぶ。検事はそこでドミートリイに金の出所の秘密について追及する。ドミートリイは追いつめられた。しかし、この「大秘密」は一笑に付されることになった。第七章でそれが語られることになるが、ここでもまた高潔の受難者たるドミートリイの真情は理解されることなく一笑に付された、ということは、それまでのドミートリイの供述すべてが一笑に付されたということになるのだろうと思う。必死に、あらゆる嘲弄に耐えて沈黙を守ってきたものが、追いつめられた究極のところで、自分の手でその秘密を公衆の前にさらけたところが、笑い者にされる、高潔の受難者もとんだ道化者になるわけだが、これはキリストがローマの兵隊たちによって道化者あつかいにされたと同様の状況といっていいかもしれない。そして、既に自分を道化として感じたことも、ドミートリイにおいてあったということをここでちょっと記しておこう。ドミートリイが、裸にされてカルガーノフから衣服をもらう。しかしそれはうまくドミートリイに合わない。ドミートリイはいう。

「どうか今すぐわたしの名で、カルガーノフ君にそう言ってください。わたしが頼んであの人の服を借りたんじゃない、かえってみんなが寄ってたかって、わたしを道化者に変装させたんだってね。」

道化キリスト的人物は、ドストエフスキーの文学においては頻出する人物像だった。その代表的なものが『罪と罰』のマルメラードフだが、しかし、ドミートリイは決定的にそうした道化的人物とは異なる。彼には道化特有の自意識はない。道化的人物は常に言葉の二重性をたのしむところがあるが、ドミートリイにおいてはそうした二重性はない。それは、ローマの兵士によればキリストは道化だろうが、キリストの意識においては全く道化性はないのと同一である。いわば高潔の受難者という真摯さにおいて、彼はキリストと重なるのだ。

ドミートリイの大秘密というのは要約すればこうだ。ペルホーチンのところを訪れた時、血にまみれた手に握っていた金は自分のものだ。それは、自分が、カチェリーナから預かった金の半分で、それは、自分が首のところに縫いこんでしまっていたものだ、なぜそういうことをしたかといえば、その縫いこんだ半分の金こそ、自分のアイデンティティの最後のとりでともいうべきものだ。というのは、もし全額を消費すれば自分は泥棒になる。自分は泥棒にはなりたくない。半額を使ったにせよ半額残して、いつでも返すことができるとなれば、泥棒ではない、「卑劣漢」にとどまる。そこで三千ルーブリの半分を縫いこんで、あとの千五百ルーブリを、最初のモークロエの酒盛りで消費した。あとの半分をなぜカチェリーナに返さなかったかと言えば、そこにグルーシェンカと父フョードルの関係がからむ。フョードルは、金でグルーシェンカの愛を獲得しようとしている。そこに根ざす嫉妬の情から、なにかしらの金を用意しておかなければならない。そのため、半分残して首の袋に入れた金はそのまま手つかずにおいておいた。しかし、フョードルの所でグリゴーリイを殺害したと思ったことから、自分は自殺の決意を固めた、そこで再びモークロエで、袋から取り出した金で、大盤振舞いをした。これで堂々自分は泥棒になった。これは、もはや自殺するしかない……

このような告白が一体判事や検事にとってどれほどの価値あるものとしてうけとめられるかという点についていえば、その答えはいうまでもないものだろう。彼らにとって重要なのは、ドミートリイの告白の真実性ではなくて、例えば首の所に縫いつけた袋というものの実証性であろう。考えてみれば余りにも馬鹿げている。泥棒と卑劣漢の差異など、とるに足らない差異というべきものだろう。実際に訊問は、その袋の実在性についてなされることになる。その大きさ、その布《きれ》、それを棄てた場所、縫った人がいればそれは誰か、材料はどこから持ってきたか、布の地は厚いか薄地か等々、極めて細かい具体的な問題にわたる。

遂にドミートリイは真実に覚醒した。彼は人々に、疲れた声で打ち切るようにいった。

「たくさんですよ、みなさん、たくさんですよ」「あなたがたがわたしを信じていられないのは、もうよくわかりました！　何一つ、これっからさきも信じてはおられません。しかし、わたしが悪いんです、あなたがたの罪じゃない。何もこんなことを自分から口にする必要はなかったんですよ。なんだって、なんだってわたしは自分の秘密をあかして、自分で自分を汚したんでしょう！　あなたがたにとってはただこっけいなだけです、その目色でわかりますよ。検事さん、これはあなたがわたしをつり出したんです！もしできるなら凱歌でもお上げなさい……あなたがたは永久に呪われた拷問者だ！」

朝の八時で、雨が降りしきっていた。ドミートリイは、窓から外を眺める。雨のために一段と黒ずんで貧しげな、醜い農家が並んでいるのが見えた。彼は自殺するとしたら、こうした朝の方がよかったかもしれないと考え、それから、「拷問者たち」の方を向いて、自分は自分の身が破滅だということは知っているが、グルーシェンカにはなんら罪はない、これから先どうなるのか、とグルーシェンカの身の上を気づかうのだった。

7

再び訊問が始まった。今度は証人の陳述だったが、問題の焦点は、三千ルーブリの使途にあった。つまり、一ヵ月前モークロエでドミートリイが最初に豪遊したとき使った金は、三千ルーブリであったか、それとも千五百ルーブリであったか、また昨日の豪遊のときがまた三千ルーブリであったか、それとも千五百ルーブリであったのか、という問題だった。しかし語り手によれば、「すべての証明はことごとくミーチャの申し立てに反していた。一つとしてミーチャの利益になる証拠はなかった。中には、ほとんど仰天するような新しい証拠を提供して、ミーチャの申し立てを根底からくつがえすものさえあった」。宿屋の主人のトリーフォンは、二回あわせて六千ルーブリと証言し、御者のアンドレイも喚問され、ドミートリイとかわした会話、ドミートリイがあの世へ行ったら天国へゆくか、地獄にやられるかという言葉を証言した。カルガーノフも喚問され、六千ルーブリという言葉を聞いたと証言した。ポーランド人たちも訊問された。そこで初めて、グルーシェンカのかつての恋人の名前が明らかにされた。ムッシャローヴィチで、休職の十二等官でシベリアで獣医を奉職していたことがわかった。彼らの証言もまたドミートリイには不利なものだった。ドミートリイが彼らに提案した手切れ金のことが持ち出され、その時、七百ルーブリは今すぐ手渡すが、あとの二千三百ルーブリは次の日の朝、町で渡そうといったというドミートリイの誓言が証言されたのだ。マクシーモフ老人も呼び出されたが、彼のあげた金額は二万ルーブリという途方もないものだった。最後にグルーシェンカの番になった。彼女は、真青な顔色で、寒けでもすると見えて、美しい黒のショールを深々と首に巻いていた。語り手は、彼女はそのとき軽い悪感を感じ始めていたのであり、それはこの夜以来長いこと彼女を苦しめることになる大病の最初の徴候だったと記している。ドミートリイとの関係を聞かれてから、三千ルーブリの問題に移った。彼女もまた一月前モークロエで三千ルーブリ消費したとドミートリイの口から聞いたと証言をし、父親の命をとるという言葉についても度々聞いたが、自分はそれを決して信じてはいなかったと述べた。その時、ドミートリイは、彼女に呼びかけた。

「神さまとおれを信じてくれ! ゆうべ殺されたおやじの血にたいして、おれにはなんの罪もないのだ。」

グルーシェンカはニコライにむかって、ドミートリイの言葉を信じてくれとたのんだ。

グルーシェンカが去ったあと、ドミートリイは、室の片隅のカーテンの陰で、大箱の上に横になり寝こんでしまった。その時、彼は不思議な夢を見た。

彼はどこか荒涼たる広野を旅をしている。以前に勤務したことのある土地だった。百姓の駆る二頭立ての馬車に乗っていた。近くに小さな村があり、何軒かの真っ黒な百姓家が見えていた。しかし、百姓家の大半は焼き払われて、焼け残った柱だけが突っ立っていた。道の両側に女たちが並んでいたが、皆やせ、妙に赤っ茶けた顔をしていた。一番端に、年頃四十歳位とも、また二十歳ともみえる女が、やつれ、泣き叫ぶ赤ん坊を抱いて立っていた。乳は一滴も出ないらしい。赤ん坊は寒さのため、まるで紫色になっていた。声をかぎりに泣いている。この時ドミートリイはどうして泣いているのだと御者にきいた。御者は、「餓鬼が泣いてるでがんす」と答えた。この「餓鬼」(дитё《ディチョー》)と百姓流にいったのがドミートリイの心をうった。ドミートリイは重ねて、「どうして餓鬼は泣いているんだ？」と追及する。「なぜ手をむき出しにしてるんだ、なぜ着物に包んでやらないのだ？」と聞く。御者は、答える。「餓鬼は凍えたでがんす。着物がこおったでがんす。だから、ぬくめてやれねえでがんす」。なぜそんなことになったのかとドミートリイは聞く。貧乏人で焼け出されたのだ、パンがないのだ、焼けだされてお恵みを願ってるのだと御者は答えた。しかしドミートリイは合点がゆかず、なお質問を続けた。

「聞かせてくれ、なぜその焼け出された母親たちが、ああして立ってるんだ、なぜ人間は貧乏なんだ、なぜ餓鬼は不仕合わせなんだ、なぜまっ裸な野っ原があるんだ、なぜあの女たちは抱き合わないんだ、なぜ接吻しないんだ、なぜ喜びの歌をうたわないんだ、なぜ暗い不幸のためにこんなに黒くなったんだ、なぜ餓鬼に乳を飲まさないんだ？」

語り手はなおこの時のドミートリイの心を次のように述べている。

「彼は心の中でこういうことを感じた。自分は愚かな気ちがいじみた質問をしている。しかし、どうしてもこういう問い方がしたいのだ、どうしてもこう聞かなければならないのだ。彼はまた、今まで一度も経験したことのない感激が心にわき起こるのを覚えて、泣きだしたいような気持ちさえする。もうこれからは決して餓鬼が泣かないように、しなびて黒くなった餓鬼の母親が泣かないようにしてやりたい。そして、今この瞬間から、もうだれの目にも涙のなくなるようにしてやりたい、どんな障害があろうとも、一分の猶予もなく、カラマーゾフ式の無鉄砲な勢いをもって、今すぐにもどうかしてやりたい。

『わたしがあなたのそばについててよ。もう決してあんたを棄てやしない、一生涯あんたについて行くわ』。情のこもったグルーシェンカのやさしい言葉が、彼の耳もとでこう響いた。

すると、彼の心臓は燃え立って、何かしらある光明を目ざして進みはじめた。生きたい、どこまでも生きたい。ある道を目ざして進みたい、何かしら招くような新しい光明のほうへ進みたい、早く、早く、今すぐ!」

さてこの箇所はこの文学空間においてもっとも美しい箇所ではないだろうか。

夢と、その夢によって喚起された復活の感情の叙述は、例えば『罪と罰』のエピローグの結末や、また「おかしな男の夢」とかを直ちに想い浮かばせるのだが、ドミートリイの場合のこの夢は一体何を意味するのか。ドミートリイは「こういう問い方がしたい」と感じている。いわば、「愚かな気ちがいじみた質問」によって、その感情を表出したいというのだ。

ところでこの場合なぜとは一体何を聞くのであろうか。ここでイヴァンもまた人間の悲惨についてなぜと問いかけていたことが想起されるが、イヴァンの場合は、神にたいするプロテストとしてのなぜであった。しかし、ドミートリイにおいてはどうも違うのではないか。ドミートリイにおいてなぜは、人間の心にむけられている。「なぜあの女たちは抱き合わないんだ」という問いかけは、その端的な表現だろうと思う。「なぜあの女たちは抱き合わないんだ」、ここには、現実に人間同士愛することの困難さへの問いかけがあるといっていいだろう。キリスト教の説く隣人愛は語るは易く、実行はそれほど容易ではない。ドミートリイのなぜは、そのような困難さに向けられている。と同時に、いかなる苦難の中にあろうと、それが直ちにホザンナに転化する生存の秘密にも向けられている。『悪霊』のキリーロフにおいても、同様な思想がみられた。しかし、キリーロフにおいては自己を神とする自殺を前提とするなかで獲得された瞬間の絶対化の思想だった。しかし、ドミートリイの場合にはそのような絶対化はないのだ。なぜという問いかけの形がドミートリイのホザンナの特質なのだ。問いかけとは、不断に反復される生命の活性的な形式なのだ。隣人を愛せよという命令の形式ではなく、なぜ愛せないかと不断に問いかけ続けることこそ、唯一の隣人愛への道なのだ。いわば自己の卑劣さの認識の底に到りついた地点で、ようやくに生命の肯定へと転換することを可能ならしめるもの、それがこうした問いの形式ではないか。ドミートリイが、夢のあと輝かしい生命感にとらえられたのも故なしとしない。

ドミートリイは目覚めたあと、自分の頭の下になかったはずの枕がおかれているのに気づき、「まるでたいへんな慈善でも施されたかのように、一種の歓喜と感謝の念に満たされながら、彼は泣くような声で」「だれがわたしにこの枕をさしてくれたんです」と叫んだというが、ひょっとしたら、その枕が美しい夢の源となったのかもしれない。いずれにせよ、ドミートリイの心は砕け、一切をそのままに受け入れる準備をととのえたということなのだろうと思う。「彼はテーブルに近づいて、何でもお望みしだい署名すると言った」とあるのが、その証左であろう。第八章の結末は次のように結ばれている。

「『みなさん、わたしはいい夢を見ましたよ』彼は何か喜びにでも照らされたような、さながら別人のような顔をしながら、奇妙な調子でこう言った。」

8

ドミートリイの心のうちになにが起こったのか。それは、第九編の最終章「ミーチャの連行」で示される。そこではドミートリイに『勾引状』が示され、彼が直ちに町に護送され、あるきわめて不快な場所で監禁されることになった旨が申し渡された。ドミートリイは、抑えがたい感情にかられ、室内のすべての人々に向かって口を切った。

「みなさん、わたしたちはみんな残酷です、わたしたちはみんな悪党です、わたしたちはみんなのものを、母親や乳飲み子を泣かせています。けれど、その中でも、――今はもうそう決められたってかまいません、――その中でもわたしが一ばん汚らわしい虫けら卑劣漢です！　それだってかまいません！　わたしはこれまで毎日、自分の胸を打ちながら改悛を誓いましたが、やはり毎日、おなじ汚らわしい所業をくり返していたのです。が、今となって悟りました。自分のようなこういう人間には鞭が、運命の鞭が必要なのです。わたしのようなものには縄をかけて、外部の力で縛っておかなけりゃなりません。自分ひとりの力では、いつまでたっても起きあがれなかったでしょう！　しかし、とうとう雷鳴がとどろいたのです。わたしはあなたがたの譴責《けんせき》を、世間一般からの侮辱の苦痛を引き受けます。わたしは苦しみたいのです。苦しんで自分をきよめたいのです！」

このあと、ドミートリイは、父親の血にたいしては罪はなく、自分が刑罰を受けるのは殺そうと思ったためだ、しかし自分はあなたがたとは最後まで争い、そのうえで神の裁きを待つと述べた。

ところで文中に「雷鳴がとどろく」とあるのは、ロシアの諺から由来するというが、この点について作者自身一八七九年十一月十六日のN・A・リュビーモフ宛て書簡で説明しているところのものだ。作者は、そこでドミートリイについて述べているのだが、それは第九編のよき注解ともいうべきものなので、引用しておきたい。

「彼は恐るべき不幸と虚偽の擬罪のために、魂も良心も浄化されます。彼は自分の行為のためでなく、自分があまりにも醜悪であったことと、犯罪を犯す可能性があり、かつ犯そうと思ったことに対して、魂の命令によって刑罰を受け入れるのです。彼は誤れる裁判によって有罪を宣告されます。これは完全にロシア的性格です。雷が落ちなければ、百姓は十字を切らぬというやつです。この第九編を、つまりそれに捧げるわけです。作者としての小生にとって、これはきわめて貴重なものです。」

ドストエフスキーはまさにドミートリイにおいて、ロシア的魂の受難を描いたのだ。それは、現実的な受難を通して何かしら真の罪に目覚める魂であり、むしろ不条理な受難においてこそ魂の浄めをみる、そうした魂なのだ。ドストエフスキーが「きわめて貴重なもの」といったのは、そうしたロシア的なるものの特質、そこにある無垢の殉教者的美しさに他ならなかったのだろう。ドミートリイは、彼から見れば理不尽な無実の罪をかぶせられてゆく過程で、社会による裁断とは別に、真の罪がどこにあったかに目覚めていったといえる。

第九編第九章は、ドミートリイが連行されてゆく箇所であり、新しき受難への門出なわけだが、この第九編の結末的部分に大きくロシア的なるものが立ちあらわれることに注目せねばなるまい。

今や新しい人間ででもあるかのように人々に別れを告げるドミートリイにたいして人々は同情を惜しまない。予審判事ニコライは「わたしはいつもあなたを罪人というより、むしろ……なんと言いますか、不幸な人と考えていたのです……わたしたち一同は あえて一同に代わって言いますが、わたしたち一同は――あなたを、根本において高潔な青年と認めることにやぶさかではありません。しかし、残念なるかな、あなたはいささかある種の情欲に度をこしておぼれたのです……」とはなむけの言葉を語った。語り手はこの時、「ニコライの小さな姿はなみなみならぬ威厳を現わした」と述べている。

グルーシェンカも別れを告げに来た。しかし言葉の少ない別れだった。グルーシェンカは、「死ぬまであなたといっしょに行きますわ」と誓いをあらたにし、ドミートリイは、「おれの愛をゆるしてくれ。おれが自分の愛のために、おまえまで破滅さしたのをゆるしておくれ」とそれに答えた。

ドミートリイは馬車の上から「みんなゆるしておくれ！」と叫ぶ。人々もまた「わたしたちもゆるしておくんなさい」と応ずる。ロシア語ではこの言葉は同時に別れの意味をも含む。

無実の罪であるにもかかわらず、ほとんど確定的な犯罪者として連行されてゆくドミートリイがゆるしを求める、ここにロシア的受難者の偉大な姿があったというべきだろう。

（1） ラスコーリニコフは、社会の通念のレベルでは自分の犯罪がなぜ「社会的犯罪」とされるのかを論理的に納得はできなかった。彼の罪の意識は、全く異なった径路、すなわち「夢」によってもたらされた。それは彼が、シベリア流刑にあって、熱病で入院して見た、いわば黙示録的夢だった。夢では、自己のみを正しいとする考えが旋毛虫のように人間の心に食いこみ、その結果争いが起こり、戦争が起きて、人類が滅亡の危険にさらされるというもので、それによってラスコーリニコフは、その確信犯的論理から覚醒したのだった。すなわち、自己完結的な彼の論理は、内部からは崩されない。その論理のもたらす結果によって外側からのみ崩されるということだ。『罪と罰』という小説ではこうして、〈罪と罰〉の問題は二重構造、いわば入子型をなしているといっていい。つまり、彼自身の論理からみると〈罪〉は見出せない。しかし、その論理のもたらす結果からすると〈罪〉が立ちあらわれてくることになる。では〈罪〉はどこにあるか、といえば、論理を絶対なものとした彼の傲漫さにあったと考えることができる。

(2)　『白痴』では、ムイシュキン公爵が人々に語る死刑執行の際の死刑囚の心のうちを物語ったなかに同様の心理が見出される。ムイシュキンはそのきわめて想像力に富んだ語りの中で、ギロチンの台の上に立って、いよいよ板の上に身体を横たえるという最も緊迫したはずの状態の心理について次のように語っている。「……が、妙なことには、こういうつきつめた場合に、人はあまり気絶しませんね！　それどころか、反対に頭がおそろしくはっきりして、運転中の機械のように、強く、強く働いてるに相違ありません。ぼくは思いますね、そんな場合いろいろな思想が、——どれもこれも尻きれとんぼで、ひょっとすると滑稽で、この場合とはとてつもなく飛び離れた思想が、たがいにぶつかりっこしているのです。たとえば、『おや、だれだかこっちをにらんでいるぞ、——あいつの額にはいぼがある。ほい、この首斬人のいちばん下のボタンがさびてらあ……』といった調子なんです」。

# 第五章　子供の群れ

## 1

第九編「予審」はドミートリイの身の上に起きた重大な運命の転換を扱っているという点では、この文学空間のプロットの頂点をなす編であり、この第九編で第三部が終わる。続く第四部は、ドミートリイの裁判を中心とした、いわば終結部分だ。第十編「少年の群れ」、第十一編「兄イヴァン」、第十二編「誤れる裁判」の三つの編とエピローグからなる。第四部の最初の編が子供達の世界を扱ったものであるということは興味深い。プロットの展開からいうと、第四編「破裂」の第三章「かかり合い」と第六章「小屋における『破裂』」、第七章「清らかな外気の中でも」を受ける話で、元来がカラマーゾフ一家とはなんらかかわることのなかった子供の世界のことなのだ。それがたまたまドミートリイが、子供のひとりイリューシャの父親を酒場で侮辱したことから、アリョーシャがイリューシャとかかわることになる。しかし、ドミートリイの運命の展開がメイン・プロットとすれば、この子供の世界の話はそれにはかかわらない。実はエピローグの最後の章もこの子供の世界に戻るので、子供の世界の話は話としてひとつの展開をみせているという点ではいわばサブ・プロットとでもいうべき話の流れを作っている。この三つの箇所に点綴されたともいうべき子供の世界の語りは、イリューシャという少年の悲劇が一本そこを貫いているのだが、しかし、その悲劇が集団の中でとらえられているということが注目される。既に述べたようにイリューシャはドミートリイによって甚しい侮辱を受けたスネギリョフ元大尉の子供だが、三つの話を簡単にいえばまず最初の話は、少年集団に対するその反抗、次の話は和解、エピローグでは少年集団によるその埋葬というように語られる。いずれの場合も、引き廻し役のアリョーシャによって、この文学空間の中に位置づけられているのであるが、この場合は、アリョーシャの役割は、ドミートリイやイヴァンの場合がどちらかといえば受動的であったのに対し、能動的というべきものとなっており、特にエピローグにおいて、子供達を前にしてのイリューシャを悼むアリョーシャは、新時代をリードする予言者の風貌さえ持っている。つまり、メイン・プロットにほとんどかかわることのないこのサブ・プロットは、アリョーシャを中心とするもうひとつの文学空間を作っている。いうまでもなく、大人の世界に対して、子供の世界という文学空間だが、このほとんど相まじわること少なく、平行するかのごとき子供の世界がなぜ置かれたか、という点に関していえば意外に重要な意味がそこに与えられているのではないか、と思う。

プロットの展開とかかわらず、作品の流れの外にあって孤立しているかのごとき文学空間としては、先に「大審問官」と「ロシアの修道僧」の章があった。しかし、既に述べたように、この作品世界のもっとも深いところで、それらはプロットの展開とかかわる。この場合も、同様の事情があると想像されるが、一体それはどのようなものか。

『カラマーゾフの兄弟』という小説は、現代ロシアをその全体において示すというところに狙いがあるわけだが、従って、当然のことながら、子供の世界もそこに組み込まれることになろうが、この場合単にそういう意味だけではなく、既に出来上がっている大人の世界を、形成過程にある子供の世界から逆照射すること、そこに狙いがあったのではないか。

子供の問題は、ドストエフスキーにおいて生涯を通しての深い関心事だったわけだが、特に晩年において一層の深まりをみせた。『作家の日記』にそれは明らかにうかがわれるところのものだ。例えば、一八七六年一月の『作家の日記』の第二章「今度書く小説　ふたたび『偶然の家族』」でこう記している。

「芸術家クラブでヨルカが飾られ、少年舞踏会が催されたので、わたしも子供たちを見物に行った。わたしは以前も子供を好んで見たが、今ことに注意して見つめている。わたしはずっと前から、今のロシアの子供を主題にした小説を書くのを理想としていた。もちろん、今の父親も書くのだ。現今における両者の相互関係を書くのだ。小説家というものはいつでもそうあるべきだが、わたしの小説も詩想だけは出来上がって成熟した。わたしはでき得るかぎり、あらゆる階級の父と子をとり入れて、子供の方はそのごく早い幼年期から研究するつもりでいる。」

ここでいう「理想」の小説が『カラマーゾフの兄弟』であるかどうかは明瞭ではないが、「理想」の一部がこの小説によって実現されたということはいえるだろうと思う。それにしてもなぜ子供なのか。それに対する答えは、『作家の日記』の先に続く章が明らかにしているようだ。続く章、つまり第二章だが、これは「1　『お手々』の子供」、「2　キリストのヨルカに召されし少年」、「3　幼き犯罪者の部落　陰鬱な特殊人間　穢れたる霊魂の改造　その最善と認められた方法　幼く放胆なる人類の友」の三つの部分からなるが、すべて子供の受難の話に捧げられている。直ちに、イヴァンの神の世界を認めない論理の出発点としての子供の受難が想起されるが、ここではドストエフスキーは、単に子供の受難だけではなく、標題にもみられるように、「穢れたる霊魂の改造」とか、その方法についても考察しているのだ。ドストエフスキーは、子供というもののリアリティに徹しようとする。ドストエフスキーが注目するのは子供の犯罪だ。無垢の子供たちが大人によっていかに虐げられはずかしめられ、遂に彼ら自身も堕落してゆくかという問題である。ドストエフスキーは、「1　『お手々』の子供」の中で、「袖乞い」を強要される子供のことをこう書いている。

「彼らはどんな酷寒な日にでも、『お手々』を出して歩くべく追い出される。そして、からっきし収穫がないときには、容赦のない折檻が家で彼らを待ち受けているに相違ない。幾コペイカの端銭を集めると、少年は氷のように固くなった真っ赤な手を出して、怪しげなごろつきども一隊が酒に酔いしれているどこかの地下室へ帰って行く。それは『日曜日をあてこんで、土曜日に工場をずらかったまま、水曜日の晩でなければ決してふたたび仕事に戻らない』といった連中なのである。」

猥雑極まりない地下室の汚臭、淫蕩、飢えと折檻の中で少年はウォーツカを買いにやらされる。時には座興に少年の口にウォーツカを注ぎ、気を失ったのを笑いたてる。少年はやがて工場に追いやられるが、賃金はこのごろつきどもにみつがねばならない。この男たちはいっぺんでそれを飲んでしまうのだ。

「けれど、工場へ出るようになる前から、こういう子供たちは立派な犯罪者になりすましている。彼らは市中いたるところを彷徨して、方々の地下室の中へ、人に見られないようにもぐりこんで、一夜を明かすことのできる場所を、のこらず知り尽くすのである。」

こうして彼らはこそ泥となり、八歳ぐらいの子供においてさえ、「盗癖が一種の情熱となり、ときとすると、その行為の犯罪性を、まるで自覚しないことさえある」。こうして、最後には「ただただ自由のためのみに一切のもの」を遁《のが》れ出て、「今度は自分一人でごろつき始める」という。これらの「野育ちの存在物は、何一つわきまえない場合が多い」、自分がどこに住み、どのような国民に属し、神の存在、皇帝の存在についても何もしらない、「彼らのことについては、とてもほんとうと思えないような話を耳にするが、しかしそれはことごとく事実」だと作者はその項を結んでいる。

幼いものにおいての無自覚な悪の芽生え、これは単に環境による犠牲とのみ考えられるのだろうか。悪は環境によって魂のなかにはぐくまれるや、それ自身が今度は命あるもののように魂の中にあって生き始める。ここにおいて、イヴァンの論理の根底に横たわっていた無垢の幼児の受難というものの妥当性が、改めて問い返されているという印象を持たざるをえない。

さてこのように考えてみると、第四部の最初の編である第十編にプロットとかかわることのない子供の世界の話を持ってきたことは、いわば大人の世界に対する批評がそこに仕掛けられているということではないだろうか。物欲と不和と不信と分裂によって対立する大人への批評がそこにセットされているということではないか。この子供の世界においてアリョーシャこそがその観察者であり、導き手なのだが、この子供の世界は、アリョーシャにとっては未来にむけてのゾシマ長老の教えの実践ということになる。大人の世界は、先のイリューシャの話にみるように、子供の世界にとりこまれて、ミニ大人の世界をつくることになるが、その憎しみに満ちたミニ世界を新しい友情と調和にひき上げてゆくこと、ここにアリョーシャの役割があった。先に、大人の世界への批評が仕掛けられているということはそういう意味だ。

第十編「少年の群れ」は、次の七つの章からなる。第一章「コーリャ・クラソートキン」、第二章「幼きものたち」、第三章「生徒たち」、第四章「ジューチカ」、第五章「イリューシャの病床で」、第六章「早熟」、第七章「イリューシャ」の七つの章である。

## 2

今これらの七つの章のそれぞれをまず要約しておこう。というのも、この第十編は、先にも述べたように、この小説のプロットには直接関係がない、もっぱら子供の世界を扱っているからか、分量的に少ない。従って、各章を詳細に追ってゆく必要は必ずしもなく、全体として叙述した方が適切と思われるからだ。

まず第一章の「コーリャ・クラソートキン」では、この編の主人公ともいうべきコーリャ少年が紹介される。第二章の「幼きもの」では、コーリャの隣人で、医者の細君の二人の子供とコーリャの交流が描かれる。第三章「生徒たち」では、スムーロフという生徒を誘って、イリューシャのもとを訪れるまでの道行きが語られる。第四章の「ジューチカ」ではコーリャとアリョーシャの出会いが、第五章「イリューシャの病床」ではイリューシャを見舞うアリョーシャとコーリャの話が、第六章「早熟」では少年コーリャとアリョーシャの会話を通してコーリャの早熟ぶりが、そして第十編の最終章たる「イリューシャ」では死期の迫ったイリューシャを見守るスネギリョフの悲しみ、そしてそれに立ち会うアリョーシャとコーリャの姿が描かれる。

以上のように見てみると、この第十編がコーリャという少年が中心に語られていることがわかる。一体なぜこうした少年が、いかにも突然に読者の前にひき出されたのか。直接的にはイリューシャの関係でコーリャは読者の前にあらわれたという点では、突然といえないかもしれないが、それだけだったら、なにも第十編全体を通してコーリャのことを叙述する必要はなかったろう。こう考えてみれば、ここには全く新しい主題が仕掛けられているといえる。いわばコーリャという主題、いいかえればカラマーゾフ家の兄弟の世代よりもうひと回り若い世代、それを代表する全く新しい人間としての少年、どうやらそれは、この文学空間を見返すもうひとつの眼ではないだろうか。大審問官の言説、そしてゾシマの教説も一応プロットの外におかれていながら、実はこの文学空間を眺めこむ眼に他ならなかった。プロットの外にあるもののようにみえて、それがもっとも深いところでこの文学空間にかかわるものだった。それと同じような事情が、このコーリャを中心とした子供の世界の描写にもあるということだ。そしてさらにこの世界を、その根本において影響を与えている存在が他ならぬアリョーシャなのであるとすれば、ここにはアリョーシャを中心とした子供たちの世界の結成がみられるのであり、アリョーシャの理想実現の出発点がそこにあるといっていい。いわば、大人の世界の憎悪と欲望の競《きそ》う空間を見る未来からのまなざしとでもいうべきものではないか。

ではこの子供の世界が、コーリャを中心にいかに叙述されているか。

まずコーリャとはいかなる少年かをみてみよう。それにはまず第一章の「コーリャ・クラソートキン」の語りをみる必要がある。

コーリャは母親の手ひとつで育てられた。父親クラソートキンは、県庁の秘書官だったが、十四年前になくなった。母親は一年間つれ添っただけで夫と死にわかれた。コーリャは彼女の十八の時の子だ。この十四年間彼女はコーリャを育てあげることに一切を捧げた。小学校から中学の予科へ行くようになると、ともに学課を学んで、予習や復習を助け、教師やその細君、あるいは学友たちにまでコーリャのことをよろしくたのんだりする始末だった。しかし、この母親の態度は逆効果で、コーリャは「お母さんの秘蔵っ子」といわれて冷やかされる結果になったが、コーリャはそんなことに負けてはいない。「とても強いやつだ」という定評が出来た。彼はすばしこく、負けず嫌いで、剛胆で、冒険的な子供だった。成績もよく、算数と歴史では先生のダルダネーロフさえへこませたという噂があった。プライドは高かったが、友だちとしてはごく善良で高ぶらない、同級生たちの尊敬をあたりまえのように受けて、しかし、やさしい親しみを以て皆に接した。「ことに感心なのは、程を知っていることで、場合に応じて自分を抑制するすべを心得ていた。教師に対しては決して明瞭な最後の一線を踏み越えなかった。その線を踏み越えたら、もはや過失もゆるすべからざるものとなり、無秩序と騒擾と不法に化してしまう、それを承知していたからである」。

といっていたずらをしないわけではない。不良少年じみたいたずらもあったが、むしろ奇行を演じたり、「思いきって人を小馬鹿にしたような真似をしてみせ」たりする場合が多かった。極めて自尊心が強く、母親を暴君のように支配していた。母親も服従していたが、母親にはコーリャが「情がない」ように思えてしようがない、そのことを責めて、「真情の流露」を要求すると、強情になった。実際には母親を非常に愛していたのだが、「子牛のような甘ったれた感情」を好かなかった。

ドストエフスキーはこの文学空間では、人間の形成という面に語り手を着目させている。特に幼児期から少年期にかけての時期についてそうだ。あたかもその時期に人間の将来の魂のかたちがきまりでもするかのように。そこまでは、決定的に考えてはいないにせよ、それがもっとも人間形成において重要な時期だとは考えているのだろう。そのなかでも、男の子と母親の関係に注目していると思われる。その端的な例がアリョーシャであり、スメルジャコフだろう。この場合双方の母親がユローディヴイだったことは興味深いが、アリョーシャの場合母親のソーニャがアリョーシャの魂に決定的に神的なるものの刻印をしるしたとすれば、スメルジャコフでは、母親のスメルジャーシチャヤ(悪臭女)の名をそのまま受け継いだことの中に象徴的にあらわれているように、社会的に排除されたことの怨念を、いわば悪魔的本性として形成してゆくことになった。

さて、コーリャの場合も、早くから父を亡くしたことによって母親の手ひとつで育てられることになったのだが、コーリャの場合母親との関係は、アリョーシャとも全く異なったものだ。コーリャの母親たるクラソートキン夫人は、息子とともに学び、予習や復習を助けてやったというように、今様にいえば教育ママだ。さらに、教師や学友にまでも手をまわすというように、息子に父がないというコンプレックスを極力克服させるための、具体的方策を考えたということだ。もっともそのことが裏目に出て、同級生らにコーリャをからかう種を提供したとしても、このような母親の具体的な子供の教育への参加は、恐らくドストエフスキーのそれまでの文学にはなかったことではないか。コーリャ自身は結局同級生などの冷やかしなどにはめげずに、逆に同級生に君臨する立場をとるようになったが、それというのも、母親の深い愛情にコーリャは心の深い部分で応えたということなのだろうと思う。コーリャは極度に強い自尊心を抱いていたというが、といって仲間には優しい。ここにコーリャの人間的特質がよくあらわれているといえる。いわばもっとも積極的な人間の芽生えがここにあるということだ。アリョーシャも積極的な人間といえるが、それは謙抑がもっとも強いキリスト教の力といったのと同じ意味での積極的だ。アリョーシャ自身でのこの文学空間での役割は、むしろ受動的といっていい。それに比べてコーリャは、おのずと指導性のある、知識欲も旺盛な少年なのだ。そして、この少年の大いなる特質は、感傷性から脱していることだろう。感傷性とは、歎いても益のないことを悔むことだろう。あるいは、自己本位に立脚するよりは他者に責任を転嫁する。コーリャにはそれがない。「子牛のような甘ったれた感情」を好まないとは、彼の生い立ちのハンディによりかかる感傷性の拒否に他ならない。こうした拒否は、彼の積極性と裏腹のものだろう。元来真の行動家は、感傷性とは無縁の存在に他ならない。コーリャにもそうした行動家の面影があるといってよい。

## 3

コーリャの本質が行動家であるにしても、単なる行動家ではなく、未知の領域にむけての大胆な冒険家でもあった。それが、なお真の行動とは何かを見出すにはなお年齢的に未熟であるための、生命の盲動であったかもしれないが、その大胆さは全く常識はずれのものだった。語り手が、コーリャの生い立ちから、その性行の紹介に続いて語るのは、そうした、「心から母をおびえあがらせるようないたずら」「向こう見ずな、目の飛び出すようないたずら」についてである。それは夏の休暇の時、七十露里離れた親戚に母子ともに逗留していた頃のこと、土地の子供たちの間にある二ルーブリの賭け事が流行したというのだ。それは、十一時の夜行列車が来る時、レールの間にうつぶしに寝て、動かずに頭上を通過する列車をやりすごすというものだった。その賭けをコーリャが提案したというのだ。一笑に付されたが、コーリャは出来ると主張し、遂にその賭けが実行されることになった。なぜそうした無謀な試みをコーリャがやろうとしたか。語り手は、コーリャが年上の子供たちに対して、ひどく傲慢な態度をとったことにその賭けの動機を帰している。そしてコーリャは見事にその賭けに勝った。実際には、コーリャはあらかじめレールに身体を延ばして腹ばった時、汽車が身体に触れることなく通過することを計算していた。もっとも、汽車の通り過ぎた瞬間には、気絶していた。それを彼は、一同が彼を起こしにきた時、皆を驚かすためにわざと気絶したふりをしたといったというのだ。

こうして「向こう見ず」の評判は永久不動のものとなったというのだが、この話が母親のアンナ・フョードロヴナの耳に入った時、母親はほとんど発狂しないばかりだった。恐ろしいヒステリーの発作におそわれ、間歇的に数日間も続いたので、今度はコーリャが驚いた。コーリャは、今後はあのようないたずらは決してしないと誓った。「聖像の前にひざまずいて母の要求するとおり、亡父の形身にかけて誓った」のだ。この時ばかりは、コーリャも泣き出し、母子は一日中身体をふるわせて泣いていた。翌日になると、コーリャは相変わらず「冷淡な子」に戻っていたが、しかし、「前よりは言葉数も少なく、つつましやかに、厳粛で、考え深くなってきた」という。

この場合にも、母親のアンナの対応はなかなか興味深い。通常の母親だったら、激しく叱るかもしれない。しかし、彼女の場合、コーリャを愛することが余りにも深いので、彼女自身の肉体の上に衝撃があらわれたということだ。言葉でもって叱るうちは、なお子供を思う気持ちに余裕があるのかもしれない。その余裕が、子供を客観的に眺めさせるとしたら、子供はそのように客観的に眺められることに恐ろしく反発するかもしれない。その点で、この母親の反応は、彼女の子供の身の上を思いやることがいかに純粋であるか、を示すものといっていい。コーリャのような強固な自我の持ち主には、そうでもなければ、心を改めさせるなど出来はしなかった。母親アンナは本能的にコーリャのごとき息子を育てるべき仕方を心得ていたというべきだろうが、とにかく、この時コーリャは、母親の愛情の深さを真に心の中で受けとめることで、一段と大きな人間へと成長するきっかけを得たのだ。といって、生来の剛胆さが失われたわけではなく、むしろ、人間への愛と剛胆さが結びつくことによって、もっとも美しい犠牲的行為とでもいうべきものへの、飛躍板《スプリングボード》が準備されたといえるのではないか。いうまでもなく、そこに至る道のりは長く、コーリャはなお子供としての茶目気というか、悪戯心をたっぷり持って自在に行為を重ねてゆくことになるのだが。

そのひとつ、それは、この編第一章の最後近く語られる捨て犬をひろってきて、育てているという話だろう。それはひと月ほど前、どこからかつれてきた毛のくしゃくしゃした、かさぶただらけの、かなり大きな犬で、コーリャは「ペレズヴォン」と呼び、秘密に部屋で飼い、さまざまな芸を仕込み、完全に手なずけてしまった。

このペレズヴォンは、後にイリューシャとの関係で重要な役割を果たすことになるのだが、それにしても、なぜコーリャは犬に芸を仕込んだりしたのか。その芸たるや、例えば「地べたに倒れて死んだまねをして見せたり」、「鼻の上に肉の切れをのせたまま」三十分でも一時間でもじっとしているとかといった芸なのだが、一体なぜそうした芸を仕込んだのか。実はその意味はのちにわかることになるのだが、それはともかくとして、この話にはコーリャの意志に関する考え方の一端があらわされているように思う。つまり訓練によって、人間はその意志を動物の上にもふるうことができるのではないかという考えである。犬が鼻の上に肉片をのせてじっとしている。この場合犬は主人の意志を完全に自分のものとしている。いわば自然をも自分の意志によって従えようというコーリャの考えがそこにみえるということだ。これは新しい人間というべきものだ。何かしら、『罪と罰』のラズミーヒンが、ここに蘇ってきたかの感が深い。

さて、この章の最後には、意味ありげなことが記されるのだが、これは、右のコーリャの考えと何らかの関係があるのだろうか。それは、イリューシャが父親を「へちま」といってからかわれた口惜しさから、友だちのももをナイフで刺したその相手こそほかならずコーリャだったというのだ。それは後で明らかになることだが、イリューシャが敬愛していたコーリャの態度が冷淡になったということにたいする恨みからだったらしい。とにかく、イリューシャのこの過激な行為をどうコーリャは受けとめたか。アリョーシャと同様の問題がここに仕掛けられているということになるのだが、それは、第五章「イリューシャの病床で」で明らかになる。

第十編は、結局アリョーシャとコーリャがイリューシャのもとを見舞うという章に向けて語られているということになるが、その前になお第二章「幼きもの」、第三章「生徒たち」、第四章「ジューチカ」が語られる。これらはいずれも、コーリャと外の世界とのかかわりを通してロシア社会の問題性の一面を叙述するとともに、コーリャにそれを批評させるものといっていい。

この第二章で扱われるのは、コーリャよりさらに年下の姉弟、八歳のナスチャと七歳のコスチャだ。彼はこのいたいけな姉弟のいわば保護者兼監視者となったのだ。十三歳の少年がこんな役をひきうけるなどとは、何か奇妙な話だが、彼の母親アンナが間借りをしていたある医者の細君の子供で、主人の医者が一年も前から行方がわからなくなったところへ、女中が突然朝までに赤ん坊を産むことになったためだった。こうして、コーリャがこの二人の面倒をみることになったのだ。しかしコーリャには急ぎの秘密の用がある。子供達は、突然の女中の出産について、あれこれませた口をきいている。コーリャは「きみたちは危険人物らしいなあ！」と憎まれ口をききながら、自分は出かける、あとは二人で留守番をしているように、そのかわり、いいものを見せてやるといって、鞄から小さな青銅の大砲を取り出してみせた。それからびんを取り出し火薬を見せたりした。その上子供たちにせがまれてペレズヴォンに知っている限りの芸当をさせた。

一体、こうした語りは何を意味するのか。ここに作者は、またひとつの家庭崩壊の現実を挿入したのではないか。父親の理由不明の失踪、それにまたひとり私生児の誕生。ここに「偶然の家庭」がまたまた出現したということなのだ。

ドストエフスキーは、『作家の日記』の中で度々この「偶然の家族」についてふれているが、例えば一八七七年七月・八月の「2」の中で、次のように述べている。

「現代ロシアの家庭の偶然性は、わたしにいわせれば、現代の父親たちが自分の家庭に対して持つべき普遍的な理念を、いっさい合切うしないつくしている点に存する。この理念はすべての父親に共通なものであって、彼らをお互い同士に結び合わせ、彼らみずからもそれを信ずれば、自分の子供たちにもそれを信ずるようにと教え、人生の餞《はなむけ》として、この信仰を彼らに伝うべきはずなのである。」

父親の突然の失踪は、家庭崩壊のなにものでもないし、私生児の出産も同じことだ。ドストエフスキーは、ここにさりげなくそうした問題を置き、さらにコーリャによってそれを批評させたりしている。女中のアガフィヤに子供の面倒を頼んでそこを立ち去るとき、コーリャはこんなことをいうのだ。

「また例の女一流のあさはかさをまる出しにして、カチェリーナのことで、この子たちにばかな話をして聞かせないようにしてくれ。子供の年ということも考えなくっちゃいけないよ。」

「カチェリーナのことで」というのは、カチェリーナに夫がないのになぜ赤ちゃんが生まれたのかということについて、アガフィヤにつまらないことをいうなと釘をさしたということになるのだが、「子供の年」を考えるというところに、コーリャの思慮深さがあらわれているといえる。子供たちの話し合いを聞いて、「危険人物」と皮肉をいったことの中にも、そうしたコーリャが既成観念に挑戦する大胆さの中にも、実はある格律を有していることが推察される。年齢への顧慮は、カラマーゾフ家の兄弟を見る場合にも存在したが、ここでもそのことがいえるだろう。いわば、少年ながらとにかくある規範を持ちながら、しかも潑溂たる自由な行動の出来る存在、それがコーリャなのだ。

この章に続く第三章「生徒たち」もまたそうしたコーリャの特質をあらわして面白い。

## 4

この章は実は、コーリャがイリューシャのことを訪れるまでの道行きとなっている。途中でコーリャはスムーロフという二級下の少年と待ち合わせている。この少年はある富裕な官吏の子であった。親から「危険性をおびた名うての腕白者」のコーリャと遊ぶことは禁じられていて、こっそりぬけ出してきたのだ。この少年もイリューシャに石を投げていた一人で、イリューシャのことをアリョーシャに告げた少年だった。コーリャはスムーロフにイリューシャのことをきく。イリューシャはどうもいけないらしい。コーリャの連れているペレズヴォンをジューチカといってはいけないかというスムーロフに、コーリャは、嘘をつくのはよくないといさめる。ジューチカというのは、イリューシャがスメルジャコフにそそのかされて、柔らかいパンの中にピンを突っこんで、投げ与えるという、残忍で卑劣ないたずらをした屋敷の番犬なのだ。犬はいきなり飛びかかり飲みこんだからたまらない、悲鳴をあげて、狂気のように駆け去って、姿が見えなくなってしまった。この光景がイリューシャにショックを与えたのだった。この行為がイリューシャの深い心の傷になり、中学生仲間の間で、次第に孤立してゆき、遂には父親の一件でコーリャの腿をさしたりするという激しい行動をさせることになったのだ。そのジューチカが戻ればイリューシャの気持ちは安まり、健康も回復するにちがいない、そこでコーリャの連れ犬のペレズヴォンをジューチカといつわってイリューシャの心を安らかにさせたらどうかというのが、スムーロフの提案であったということだ。

スメルジャコフのそそのかした悪戯というのは、実は、この次の章「ジューチカ」でアリョーシャに語られるのだが、スメルジャコフはここでもまた悪魔的役割を果たしたといえる。いかにも子供の面白がりそうな悪戯をけしかける。子供はその結果は知らない。ジューチカは、やたらにから鳴きをするいやな犬だったから、スメルジャコフはそんなことをいってけしかけたかもしれない。そしてパンの中に仕掛けたピン。いわば、パンという誘惑物の中の、致命的な毒。これは、そのままイリューシャに対する悪戯のそそのかしのメタファーでもあろう。面白いというふうにいかにも興味をそそるなかに秘められた恐るべき良心の腐食剤。それは癒されることなく、体内にとり入れられたピンのように、肉体の奥へと深傷をひろげてゆくに違いないのだ。スムーロフはイリューシャが死ねばスネギリョフも自殺するか気が狂うかしかないと語る。悪魔の狡知は無垢なものを汚し、もっとも尊い父子の愛をもほろぼしてしまうことになる。

コーリャは、イリューシャのところに医者が来ていると聞き、医術なんてものはかたりだ、無益だといい、そのうち徹底的に調べあげる、そういってから、イリューシャのところへクラス全体が見舞いにゆくのを、センチメンタルときめつける。さらに、アリョーシャについて、その役割は不思議だ、なぜなら「あいつの兄は明日かあさってあたり、ああいう犯罪のために裁判されようとしているのに、どうしてあの男は子供たちと、そんなセンチメンタルなまねをしている余裕があるんだろう？」というのだ。

スムーロフは、そういうコーリャだって「仲直り」に行くのじゃないか、ととがめると、コーリャは、「仲直り？　こっけいな言葉だね。もっとも、僕は誰にも自分の行為を解剖することを許さないよ」と答えるのだ。そして、自分はどこまでも自己の意志でイリューシャのところにゆくのだといった。他の子供たちがアリョーシャの勧めでいったのに対して自分は違うのだというのである。

ここにもコーリャという少年の個性が鮮やかだ。彼もまたイヴァンのように、既成の観念についてことごとに異議申し立てをする少年かもしれない。医学についてクレームをつけ、和解という、いわば美しい行為をセンチメンタルときめつける。これは一体どういうことか。

これを解く鍵はコーリャがスムーロフに語った次の言葉の中に見出せるかと思う。

「『スムーロフ君、ぼくはリアリズムを観察することが好きでね』コーリャは突然こう言い始めた。『きみは犬が出くわしたとき、お互いににおいをかぎ合うのに気がついたろう？　それには彼らにある共通な自然の法則があるんだよ』『そう、なんだかおかしな法則がね』『ちっともおかしかないよ。そりゃ君がまちがってるよ。たとえ偏見に満ちた人間の目からどう見えたって、自然の中にはおかしいものなんか少しもないんだよ、もし、きみ、犬が考えたり、批評したりできるものとしてみたまえ、彼らもその命令者たる人間相互の社会関係に、ほとんどこれと同じくらい、いや、かえってもっとよけいに、こっけいな点を見出すに違いないよ、——ああ、かえってもっとよけいあるよ。ぼくがこんなにくり返して言うのは、われわれ人間の方がずっとよけいに、馬鹿らしい癖を持っているのを、かたく信じているからだよ。これはラキーチンの意見だが、実際図抜けた思想だ。スムーロフ君、僕は社会主義者なんだよ。」

社会主義者すなわち唯物論者と考えれば、先程の疑問は理解されるだろう。この場合キーワードは「共通な自然の法則」というものだ。

ラキーチンの賛美者をここで見出すのは奇妙なことだが、とにかく、ここで理解されるのは、コーリャの立場の唯物論的であることだ。彼は「リアリズム」ということをいっているわけだが、そういう立場からすれば、同情などというものは、観念的な、偏見に過ぎないということになるだろう。コーリャは社会主義とは何かを聞かれてこう答える。

「それはね、もうすべての人が平等で、一つの共通な財産を持っているとすれば、結婚なんてものはなくなってしまって、宗教や法律などはみんな人それぞれの勝手ということになるんだ。」

このあと、「きみはまだこれがわかるほど、十分大きくなっていない、きみにはまだ早い……」とスムーロフにいうのだが、そういう自分が十三歳の子供だということに気づいていない。

リアリズムを尊重するといっていながら、自分のことになるとそうした眼を曇らせてしまう、ドストエフスキーは恐らくそうした一段と高い視力のもとにコーリャをとらえている。だから、アリョーシャとの会話の中で、コーリャは次第にアリョーシャによってそうした自分のありのままの姿の前にひき出されてゆくことになるのだが、コーリャという少年の美質は、同情などはセンチメンタルといいながらも、やはりイリューシャを慰めたいという感情を実は有しており、またそれを実行するところにあったといえる。

コーリャは、新しい積極的な人間像への可能を示しながらも、やはりなお少年である以上コーリャなりにかなり大きな欠点があったといわねばならないだろう。それは、自尊心の非常な強さというものだ。そこから道を行きながら、農民たちをからかうという態度も出てくるのだろう。コーリャは、霜におおわれたあごひげの農民のそばを通りながら、「あごひげはこおってらあ！」と叫ぶ。あるいは、物売り女に声をかける。それがきっかけで渡りものの男とやり合う。その男は男でまわりの女たちと口論になる。それを背後に見すててコーリャは通りすぎる。コーリャはスムーロフにいう。

「ぼくはね、こうして社会の各階級の馬鹿者どもを、ゆすぶってやるのが好きなんだよ。そら、またのろま野郎が立ってる。ほら、あの百姓だよ。ねえ、きみ、『馬鹿なフランス人より馬鹿なものはない』とよく言うが、しかしロシア人のご面相だって、よくその本性を現わしているよ。ねえ、あいつの顔には、この男は馬鹿なり、と書いてあるだろう、あの百姓の顔にさ、え？」

そこでコーリャはまたその農民に話しかけるが、その農民は決して愚鈍なんかではなかったのだ。「ぼくもまさか、こんな利口なやつにぶっつかろうとは思わなかったよ。ぼくはどんな場合でも、民衆の知恵を認めるに躊躇しないね」とスムーロフにいったほどだ。

一体なぜコーリャは、このように民衆にからむのか。社会主義者という誇りのなせるわざか。いずれにしても少年客気にはやるていの、他愛もないものといえばいえるにしても、そのままもし成長したら恐ろしい気もされる。コーリャは、スネギリョフの家まで二十歩というところで、スムーロフに、アリョーシャを呼び出すようにいいつけた。理由を聞くと、「あの男をこの寒いところへ呼びださなけりゃならないわけは、ぼくはもう自分でちゃんと心得てるんだ」と高圧的にさえぎった。

この「高圧的に」というのは、「小さな子たち」に対する彼の癖だったというが、アリョーシャをなぜわざわざ呼び出し、しかも、そうした高圧的な態度で命じたか。どうやらこれは、コーリャの虚勢だったらしい。アリョーシャに会うに際して、アリョーシャと対等に振る舞わねばならない、というコーリャの中の気持ちがそうした虚勢をとらせたということだ。こう考えてみると、このスムーロフとの道行きで、見も知らない大人たちに生意気な声をかけたというのも、そうした虚勢からきたものかもしれない。

## 5

語り手は、そこで、コーリャという少年のコンプレックスの部分についてかなりていねいに説明を加えている。第四章「ジューチカ」の冒頭部分である。そこでコーリャはかねてからアリョーシャと会いたかったこと、というのも「アリョーシャの話には、いつ聞いても彼の同感を呼びさまし、その心をひきつけるような、何ものかがあった」からだが、コーリャにとっての最大の気がかりは、アリョーシャが果して自分を対等の人間として扱ってくれるかどうかだった。それにつけても気がかりなのは背が低いことと、顔立ちのまずいことだ。特に背が低いことだった。やがてアリョーシャがやってくる。語り手はここで僧服を脱いだアリョーシャのスタイルに読者の注意をむけている。「今では見事に仕立てたフロックを着け、短く刈りこんだ頭にはソフトをかぶっていた。これが非常に彼の風采を上げて、りっぱな美男子にして見せた。彼の愛らしい顔は、いつも快活そうな色をおびていたが、この快活は一種の静かな落ちつきをおびていた」という。

コーリャはアリョーシャにイリューシャとの関係を語る。コーリャはイリューシャにその腿をナイフでさされたわけだが、その理由が初めてここで明らかになる。実はイリューシャにとって二級上のコーリャは大事な保護者だった。というのも、イリューシャはきたない外套を着て、つんつるてんのズボンをはき、靴もぱっくり口をあけた粗末なものだったので、いじめられた。そこを救ったのがコーリャだった。イリューシャは誇り高い子供だが、コーリャだけには心服した。だがイリューシャのうちには、一種のセンチメンタルな情念が成長していたことも確かで、そういう「子牛みたいに甘ったれた感情に対して」コーリャは極めて冷静な態度で応えた。そんなことから、イリューシャはコーリャに反発することもあった。そのうち、イリューシャが沈んでいるようになった。コーリャは、そこでジューチカの一件をアリョーシャに語る。これをきっかけに、コーリャはその問題をまじめに取りあげることにした。コーリャはイリューシャに、「きみは下劣なことをしたものだ、きみはやくざな人間だ。むろんぼくは誰にも吹聴しやしないが、当分きみとは今までのような関係を断つことにする」といったのだ。そしてスムーロフを中に立て絶交を宣言したという。コーリャとしては、いささか厳格すぎるかもしれないと思ったが、「幾日かのあいだ懲らしめてやって、悔悟の色を見たうえで、また握手をしよう」という考えだった。ところが、イリューシャはスムーロフからそのことを聞くと、こういったという。

「クラソートキンにそう言ってくれ。ぼくはどの犬にも、みんなピンを入れたパンを投げてやる、一匹のこらずだ。」

コーリャはそれを聞き、またわがままが始まった、あんな奴は排斥してやらなきゃならない、こう思って、イリューシャを徹底的に軽蔑するようになった。こんな時だ、イリューシャの父スネギリョフに事件が起きた。子供たちはイリューシャを「へちま、へちま」といってからかい出した。コーリャはその時イリューシャを可哀そうで仕方がなかったという。イリューシャとコーリャ以外の子供たちとが、喧嘩をしている時、コーリャはイリューシャを助けようと思って目が合った瞬間、イリューシャは鉛筆けずりのナイフでコーリャの太腿を突き刺した。コーリャは右足のその場所をアリョーシャに示しながらいった。

「カラマーゾフさん、ぼくはどうかするとなかなか勇敢なんです。ぼくは目つきでもって、『きみ、ぼくのつくしたいろんな友誼に報いるために、もっともっとやらないかね、ぼくはいつまでもきみのご用を待ってるから』とでも言うように、軽蔑の色を浮かべてながめまわした。すると、あの子も二度と刺そうとしませんでした。こらえきれなかったんですね。びっくりしたようにナイフを投げ出して、声を立てて泣きながら駆け出しました。むろん、ぼくは、言いつけもしなければ、教師の耳にも入れないために、みんなに黙っているように命令しました。お母さんにさえ、すっかりなおってしまったとき、はじめて言っただけなんです。それに、ほんのちょっとしたかすり傷だったんですもの。あとで聞いたんですが、その日にあの子は石を投げ合ったりして、あなたの指までかんだそうですね、——しかし、まあ、考えてごらんなさい、あの子の気持ちはどんなだったでしょう！　どうもしようがありません、ぼくはほんとに馬鹿なことをしたんです。あの子が病気になったとき、なぜ行って許してやらなかったんでしょう、つまり仲直りですね。今になって後悔してるんです。だけど、そこには特別の目的があったんです。あなたにお話ししたいと思ったのは、これだけです——ただ、どうもぼくは馬鹿なことをしたようです。」

コーリャの「甘ったれた子牛の感情」の拒否はそれなりに正しい。しかし、そういう認識は、必ずしも傷んだ心の癒しになるとは限らないだろう。イリューシャの傷んだ心が、その極度の貧困からくることは明らかであり、またいじめもその服装の貧しさによる。コーリャの正義感は、そこにおいて正当に発揮された。コーリャは、イリューシャをいじめた生徒たちをなぐり、イリューシャを保護した。イリューシャのなかに、コーリャに対して甘えの感情が生まれたとしても不思議ではない。甘えとは、自分に対する無条件的な愛の要求といいかえられるだろう。イリューシャのように、その家族が社会的に排除された子供であれば、一般に受け入れられない愛のはけ口を、自分を受け入れる唯一の人間に甘えという形で表現するしかないのではないか。コーリャはイリューシャについてこう語る。「イリューシャはだしぬけに目をぎらぎら光らしながら、ぼくに食ってかかって、横車を押すじゃありませんか。ぼくがときどきいろんな思想を吹き込むと、あの子はその思想に同意しないいってわけじゃないけれど、ぼくに対して個人的な反抗心を起こす、――それがぼくにはちゃんとわかるんです。なぜって、ぼくはあの子の子牛みたいに甘ったれた感情に対して、極めて冷静な態度で答えるからです。そこで、あの子を鍛えるために、あの子がやさしくすればするだけ、ぼくはよけい冷静になる、つまりわざとそうするんです、それがぼくの信念なんです。ぼくはむらのないように性格を陶冶《とうや》して、人間を作ることを目的としていたんですからね――」

このコーリャの言葉にうかがえるイリューシャの姿とはどういうものか。反抗的に出るということのなかに、イリューシャのぎりぎりの訴えがないだろうか。コーリャもそのことに気づいていないわけではないのだろう。しかし、そこに彼の信念というのがあって、イリューシャに対する同情というよりは、信念を意志をもって貫く。これはこれで、コーリャの一貫した信念なのだが、果たしてそれが正しいのだろうか、という点が問題になるだろう。

どうやらここには、西欧的人間形成の理念と、ロシア的なそれとの対決がひそかに仕掛けられているのではないか。甘えを拒否するのが西欧ならば、甘えをむしろ受け入れ、受け入れることで魂の傷に根本的な癒しを与えようというのがロシア的な人間形成の論理なのだ。甘えもひとつの指標なのだ。甘えの背後に、魂の深い傷の所在を直覚すること。甘えをいちがいに拒けるのではなくて、その背後に眼を投げること、甘えもひとつの魂の訴えの形式とみて、そこに魂の他者にはいえぬ苦しみを把握すること。とにかく、アリョーシャの考える人間の復活とはそのようなものだったろう。アリョーシャはリーザとの会話の中で、自分達は、心に傷を持ったものの看護人となると語ったことがあるが、西欧的人間形成が、ある理念のもとに人間形成を意志によって行なうことにあるとすれば、ロシア的なるそれは、共感の深さによって、人間的に結ばれることを目指すものといえるだろう。

人間の心の複雑さ不思議さは理性で測れるものではない。イリューシャが、すべての犬のパンにピンを仕掛けてやると叫んだ時、コーリャは徹底的に軽蔑したというが、やくざな人間、だめな人間というレッテルをはられたことに対するプロテストがそこにあったということにコーリャは気がつかない。だめな人間ときめつけられたら、一層自分をだめな人間にしてやる。彼にとって冷淡な軽蔑ぐらい堪えがたいものはない。そこで、彼は一層自分をだめ人間にして、相手の気をひこうと考えるのだ。せめて憐憫こそひとえに、彼の求めるものだからだ。これは甘えの一形式といえるかもしれない。ドストエフスキーの文学において、甘えは重要な役割を果たしてきたことについては、既に発表してきた(1)。日本の社会での甘えの感情の偏在に、日本人のドストエフスキー偏愛の根拠がある、というのが筆者の見解だが、この問題は恐らく西欧的知性にとっては、不可解ともいうべきものではないかと思う。

しかしコーリャは、イリューシャが彼の太腿にナイフを突き刺した時、イリューシャの心の底にふれたといえる。彼は、肉体的な侵害を受けた時、それに対して怒りを覚えるよりは、遂にイリューシャの絶望の大きさに初めてふれることができ、そこにロシア的なるものの目覚めを体験したのだった。

この点についていえば、アリョーシャがイリューシャのために指を嚙まれた時見せた反応と、コーリャの反応に何かしら共通するものがある、といっていいかと思う。とにかく、アリョーシャの人間洞察は深い。スネギリョフが道化か、ピエロかというコーリャの問いにアリョーシャは答える。

「いや、とんでもない、世の中には深い感性を持ちながらも、ひどく押さえ付けられているような人があるものですが、そういう人の道化じみた行為は、他人に対する憎悪に満ちた一種の皮肉なんです。長いこと虐げられた結果、臆病になってしまって、人の前では、面と向かって本当のことが言えないのです。ですからね、クラソートキン、そうした種類の道化は、時によると非常に悲劇的なものなんです。今あのおやじさんは、この世の望みを、すっかりイリューシャひとりにかけているんです。だからもし、イリューシャが死にでもしてごらんなさい、おやじさんは悲しみのあまり気ちがいになるか、それとも自殺でもするでしょう。わたしは今あの人を見てると、ほとんどそう信じざるを得ません！」

コーリャはアリョーシャが人間をよく知っていることに感嘆する。アリョーシャはコーリャから彼の名前のことを聞き、コーリャが正式にはニコライ・イヴァノフ・クラソートキンということ、しかし、コーリャはこのニコライという名が平凡で役所じみていて嫌いということを聞き出す。さらに、コーリャは心を打ち明ける。「予科の生徒と泥棒ごっこをして遊んだ」という噂は、中傷だ、そういう遊戯をしたことは実際だが、「自分の楽しみのために」したというのは全く中傷だというコーリャに、子供の遊戯には、やはりそれなりに「芸術欲の発現」がある、無邪気に遊ぶことの大切さを説いて、コーリャをさとす。こんなところにも、コーリャがとかく虚勢にとらわれていて、自然なままの感情をいつわることへの、やんわりした警告があるのだが、とにかく、コーリャにとって最大に嬉しかったのは、アリョーシャが全く同等な態度で彼をあつかってくれることだった。コーリャは、「手品をお目にかけますよ……」といって、イリューシャの病床を訪れることになるのだ。

## 6

第五章「イリューシャの病床」での章は、この第十編の頂点的部分といっていい。そこでは、この悲惨な一家にとってやがて死を迎えようとする最愛のイリューシャを中心に、悲しみに満ちた、しかしまた感動的な場景がくりひろげられることになる。スネギリョフの住んでいる部屋は、すでにいっぱいだった。幾たりかの子供たちは、アリョーシャによってイリューシャと和解していた。イリューシャは感動したが、ただひとりコーリャ・クラソートキンがいないことが、彼の心に「恐ろしい重石《おもし》となって横たわっていた」。

イリューシャはもうほとんど二週間も、片隅の聖像のそばから離れなかった。アリョーシャの指に嚙みついて以来、学校へも行かなくなり発病したのだ。当座ひと月くらいは、ぶらぶらしていたが、今はすっかり弱り、身動きさえもできなくなってしまった。

父親のスネギリョフは今は酒を絶ち、愛児が死にはしないかという心配で気が狂わんばかりだった。時に部屋隅ですすり泣くこともあった。愛児を慰めるために、こっけいな小話をしたり、おかしな物真似をしたりして笑わせようとしたりしたが、イリューシャは嫌った。頭のたりない母親だけは最初のうちは夫の道化た物真似を喜んだが、今は少し変わってきて沈み込み、無口になった。子供の訪問はやがて彼女のお気に入りになった。スネギリョフに至っては、子供たちを大歓迎した。そこにイリューシャの回復の希望を托したのだ。子供を肩車にして歩こうとまでしたが、これはイリューシャの気に入らなかったので、子供たちに、ケーキや、くるみなどを買って与えた。スネギリョフは金まわりがよくなっていた。というのは、一度は拒否したものの結局はドミートリイの許婚カチェリーナ・イヴァーノヴナから二百ルーブリを受け取ったからだ。カチェリーナもイリューシャを見舞い、頭のたりないスネギリョフ夫人を魅了した。カチェリーナの依頼でモスクワから医者も来ることになっていた。

　そんなところにコーリャが突然見舞いに来たのだった。その時は、イリューシャを囲んで皆が小さなマスチフ種（Mastiff）の子犬を見ていた。マスチフはイギリス産の巨大な家庭犬でジューチカのことを絶えず気に病んでいたイリューシャを慰めるために持ちこまれたのだが、しかしそれは、やはりジューチカではなかった。コーリャが入ってくる。大尉夫人に礼儀正しく挨拶する。それが彼女には極めて快い印象を与えた。コーリャとイリューシャの出会いは深い感動をともなったものだった。コーリャは、「ちっちゃな子供」のように泣き出すまいとしたが、内部に起こってくる感動をどうにも抑えきれなかった。

　マスチフ種の子犬が話題になる。スネギリョフがとんできて、「大事なお客さま、長いこと待ちこがれていたお客さま……アレクセイさんといっしょにおいでくださったんですな？」と聞く。コーリャはそれに応ずるように、ペレズヴォンという犬と来たという。そしてイリューシャに「おじいさん、ジューチカを覚えてるかね？」とだしぬけに聞いて、イリューシャをぎょっとさせた。「おじいさん（старик《スターリーク》）」というのは、イリューシャのあだ名なのだろうか。コーリャはわざとそういう砕けた呼び名で、イリューシャを元気づけたものか。イリューシャは、「ジューチカはどこにいるの?」と切なさそうに聞いた。コーリャは「きみのジューチカは行方不明じゃないか!」「あんな御馳走を食ったんだもの、いなくなるに決まってるじゃないか」と「情け容赦もなく、切って捨てるように言ってのけたが、自分もひどく息をはずませているらしかった」。それからコーリャは、「ペレズヴォン」という犬を連れてきたとイリューシャにいう。大尉夫人にそこに連れてきてもよいかと聞く。イリューシャは「いらない!」を繰り返す。スムーロフに扉をあけさせると、ペレズヴォンが一散に飛び込んできた。コーリャは「はねるんだ、ペレズヴォン、芸だ! 芸だ!」といきなり席を立って叫んだ。犬はイリューシャの前でちんちんをした。と思いがけないことが起こった。イリューシャがぶるぶると身ぶるいをするや、急に身体をのり出して、ペレズヴォンを見て、「これは……ジューチカだ!」と、「苦痛と幸福感にひび割れたような声で叫んだ」のだ。

この時、コーリャはかん高い嬉しそうな声で「じゃ、きみはなんだと思ったんだね?」と叫び、次のように語った。

「見たまえ、おじいさん、ね、目が片っ方ないだろう、左の耳が裂けてるだろう、きみが話して聞かせた目印と、寸分ちがわないよ。ぼくはその目印でこの犬を捜したんだ。しかも、あの時すぐに捜し出したんだ。この犬はだれのものでもなかったんでしょう!」

それからスネギリョフや、その夫人や、アリョーシャやイリューシャを見回しつつ、こういった。

「この犬はフェドートフの家の裏庭にいたんだ。そこに住みつこうとしたんだけど、あすこで食べ物をやらなかったんだよ。ところが、先生、いなかから逃げ出した犬でね……ぼくはそれを捜し出したんだ……ね、おじいさん、この犬はあのとき、きみのパンを飲みこまなかったんだよ!」

コーリャはなおも犬がパンを飲みこまなかったということを猛烈な勢いで叫んだ。イリューシャは口をきくことができなかった。「布きれのように青ざめた顔をしながら、なんだかひどく飛び出たようにみえる大きな目で、じっとコーリャを見つめていた」。語り手はここで注目すべきことを記している。

「コーリャもこういう瞬間の病人に与える影響が、どれほどまでに恐ろしく、致命的なものであるかを知っていたら、決してこんなとっぴなことをしなかっただろう。が、そこにいるものでこれに気がついたのは、ただアリョーシャひとりだけだったかもしれない。」

スネギリョフは「これがジューチカですかい？」と有頂天な声で叫んだ。ほんとうに捜し出したんだ、とコーリャをたたえる声が湧きあがる。それからコーリャは、この「ジューチカ」にいかに芸を仕込んだかを語ってから、芸を披露した。死んだ真似をさせる。肉をもらって、犬の鼻の上に置き、主人の命令がない限り、三十分でも一時間でも身動きせず立っているというのが新しい芸当だった。つぎに、イリューシャのふとんの上に飛び上がらせる。イリューシャは犬を抱きしめる。コーリャは、続いて、銅の大砲を取り出した。自分を抑えられず、「もっと幸福を投げてやるよ！」とでもいう気持ちで先へ先へと急いだのだ。「誰よりも御自身が酔ったようになっていた」。

コーリャはその大砲のおもちゃを「もしご婦人がたを驚かせるようなことがなければ」今ここで撃つことができるといった。その時一同の興味は極点に達した。コーリャは火薬をつめて、マッチをつけ、発射してみせた。一番面白がったのはスネギリョフ大尉だった。コーリャはイリューシャにそれを進呈する。それを大尉夫人が欲しがる。大尉がそれをなだめる。イリューシャが母親にやるといい出し、彼女は感激し泣き出す始末。

話は、火薬の作り方から、コーリャの冒険譚に移る。コーリャは、がちょうの話が「一番ぼくの名声をとどろかした」といって、その話を始める。それはコーリャが広場を通っている時、がちょうが、追われてきていたので、それを見ていた。すると土地の若者が、なんだってがちょうを見てるのかと聞く。そこでコーリャは、がちょうが何を考えているかということを考えている、と答えたものだ。そこで若者は、聞き返す。コーリャは、燕麦《からすむぎ》を積んだ馬車のところでがちょうが一羽麦粒をついばんでいるだろうという。若者はそんなこと知ってらあ、と答えたのでコーリャは、この馬車をちょっと前に押せば車ががちょうの首をひき切るかどうかと問いかけた。こうして若者ががちょうの首を切った。それを農民たちが見ていて、わざとやったのだろうということで騒ぎになる。ついで事は治安判事にまで持ち込まれたという。

要するに馬鹿々々しい話で、コーリャも座を賑わすためにしたに違いなかったが、コーリャはいささか熱心にやりすぎたと感じていた。というのも、アリョーシャがその話の間中黙りこんでいたからだった。

それから、世界歴史の話になり、トロイ建国の話が出、ひとりの十一歳になる少年が自分は知っているといい出し、コーリャにやりこめられる。この問題を解くには、スマラーグドフの歴史を読んでなければいけない。コーリャだけはそれを読んでいたのだが、たまたまその少年はコーリャのその種本を読むチャンスを得ていて、口を切ったのだった。

スマラーグドフというのは、一八四〇年にペテルブルグで出版された『中学生のための古代史入門(Руководство к познанию древней истории для средних учебных заведений)』の著者のことだが、コーリャは父親の蔵書でひそかにそれを読んで、先生をやりこめたことがあった。

これをきっかけに、学科の話になる。コーリャは、世界歴史をそれほど尊敬していないこと、なぜなら世界歴史は「とうとうたる人間どもの、無知な所業を研究するにすぎない」、彼の尊敬するのは、「数学と自然科学」だけだ、古典語の授業は、「まるで狂気のさた」だ、「あれは秩序取り締まりの政策」だ、「古典語を入れたのは退屈させるため」「才能をにぶらせるため」だ、とまでいい切る。そのくせ、ラテン語ではコーリャが一番だという子供の声があがった。コーリャは、「古典主義なんて下劣なもの」といってアリョーシャに意見を求める。アリョーシャは賛成しない。その時医者の来訪を告げる声があがった。

## 7

今述べた第五章は、第十編でもっとも面白く書かれている章かと思う。集団での、ポリフォニックな会話の場合は、ドストエフスキーの作家としての力が最高度に発揮されたものだ。イリューシャがコーリャのつれてきたペレズヴォンをジューチカと叫ぶ場面はいかにも感動的なのだが、果たしてペレズヴォンがジューチカであるかどうか、という点については僕はやや疑問に感じている。多くの研究者は問題なく同一視しているのだが、それならばイリューシャの認めるまで、なぜジューチカはいなくなったと固執したのか、イリューシャの命を救うために一刻も早くジューチカを見つけたというべきものだろう。ひょっとしたらコーリャ自身自分が拾ってきたのがジューチカに似ているにせよ、確信がなかったのかもしれない。それにしても、コーリャという少年は、一種のトリックスターといえるかもしれない。ペレズヴォンに芸を仕込み、いかにも子供の喜びそうなパフォーマンスを行なわせてみせる。さらにおもちゃの大砲を準備して、イリューシャを慰める。コーリャなりの、心の遣いようなのだ。彼は感傷に陥ることをどこまでも拒否する。犬の芸当、玩具の大砲、がちょうの馬鹿げた話、それは人々の興味をひきつけて、目前にせまっている死の予感のもたらす悲愴の感情を超えさせるもの、といえる。その点で、このコーリャという少年は素晴らしい新しい世代なのだが、ここでもまた調子づきすぎたというべきかもしれない。その調子づいたということには、アリョーシャに対する意識が働いていたかもしれない。彼の意識には、アリョーシャの賞賛を暗に期待するものが潜在していたからだろう。彼が世界歴史や古典主義的教育を否定して、数学と自然科学を尊敬するといったのも、アリョーシャの神秘主義を知っていて、さりげなくアリョーシャを試みたのかもしれなかった。そこで、次の第六章「早熟」は、そのまま前章に続いて神の問題が論議されることになる。

コーリャは、アリョーシャに会いたかった、アリョーシャは神秘主義者と知っていたが、それでも彼に接近したい希望は捨てていなかった、そういって次のようなことを呟く。

「現実との接触がそれを癒してくれるでしょう……あなたのような質《たち》の人は、そうなるのが当然なんです。」

アリョーシャは、コーリャが何を神秘主義と呼ぶのか、癒すとは何を癒すのか、と反問する。コーリャは、「神」と答える。「神を信じないのですか？」と聞き返すアリョーシャにこう答えるのだ。

「それどころじゃありません。ぼくも神には少しも異存ありません。むしろ神は仮定にすぎないです……けれど……秩序のために……世界の秩序といったようなもののために、神が必要なことは認めています……だから、もし神がなければ、神を考え出す必要があるでしょう。」

このことをコーリャはだんだん顔を赤らめながらいったというが、さらにコーリャはつけたす。

「神を信じないでも、人類を愛することはできます。あなたはどうお考えですか？　ヴォルテールは神を信じなかったけれど、人類を愛していました！」

アリョーシャは、「ヴォルテールは神を信じていました。が、その信仰はごくわずかだったようです。したがって、人類に対する愛もわずかだったようです」と、「静かに、控え目に、そしてきわめて自然にこう言った」。

それから、アリョーシャはコーリャにヴォルテールを読んだかと聞く。次第にしどろもどろになったコーリャは自分は社会主義者だと突然声明する。アリョーシャは笑い、コーリャの年齢を聞く。コーリャは二週間たつと十四だといい、年齢は関係がないといいはる。アリョーシャは、「きみがもう少し年をとったら、年齢が信念に対してどんな意味を持つかということがひとりでにわかってきますよ。それに、わたしは、きみの言われることが、きみ自身の言葉でないような気がしましたよ」といった。

コーリャはやっきとなる。キリストは全く人道的な人格者で、彼が現代に生きていたら、革命家の仲間に入って、華々しい役目を演じたかもしれない、とまでいう。そして、それをベリンスキーがいってるというので、アリョーシャはベリンスキーはどこにもそんなことを書いていない、そしてコーリャにベリンスキーを読んだかと聞く。コーリャは読んでいない。ただ、「なぜタチヤーナがオネーギンといっしょに行かなかったか、ということを書いたところだけ読みました」と答えたことから、その問題に移る。しかしコーリャは『オネーギン』も読んでいない。コーリャは自分が軽蔑されていると感じ、そのことを口に出す。アリョーシャはいう。

「あなたを軽蔑しているって？　そりゃどうしてです？　わたしはただ、あなたのようなまだ生活を知らない美しい天性が、そういうがさつな愚論のために早くも歪められてるのが、寂しいんですよ。」

「ぼくの天性なんか心配しないでください」とコーリャはアリョーシャの言葉をさえぎり、自分は疑り深い、「もう下司っぽいほど疑り深い」、そしてアリョーシャが笑ったのをとがめる。アリョーシャは、あるドイツ人のロシアの学生について語った意見を最近読んだという。そのドイツ人というのは以前ロシアに住んでいたのだが、こう書いていた。「もしロシアの学生にむかって、彼らが今日までぜんぜんなんの観念も持っていなかった天体図を示したなら、彼らはすぐ翌日その天体図を訂正して返すであろう」。

アリョーシャはこのドイツ人の言葉を、「ロシアの学生がなんらの知識も持たないくせに、手のつけられない自信家だということを指摘した」ものと説明を加えた。

コーリャはきゃっきゃっと笑い出し、「最上級に正確」とドイツ人をほめたたえる一方で、「やっこさん、いい方面を見落としやがった」、といって「自信、それはかまわないじゃありませんか。これはいわば若気のいたりで、もし直す必要があるとすれば、やがて自然に直りますよ」、ドイツ人の「権威の前に盲従する妥協的精神と違って」ロシアには、「ほとんど生来からの自主独立の精神、思想と信念の大胆さがあります……」、そして、「ドイツ人、えらい！　が、それにしても、ドイツ人は締め殺してやらなけりゃなりません、彼らは科学にこそ長じていますが、それにしても締め殺さなけりゃなりません……」とコーリャはいった。「なんのために締め殺すんです？」というアリョーシャに、それ以上は答えず、コーリャはむしろ「何か嬉しくなってくると、たまらなくなって、恐ろしいでたらめを言いかねないんです」とはぐらかす。そして医者の話から、スネギリョフの娘で足の不自由なニーノチカの話に移り、コーリャがその娘を、「とても気立のやさしい、かわいそうな娘さんのように思われます」というのを受けて、アリョーシャは、それに賛意を示し、「ああいう人を知って、ああいう人から多くの価値ある点を見いだすのは、きみにとって非常に有益なこと」と熱心にいった。コーリャはもっと早くこなかったことが「実に残念」といい、それは、「利己的自愛心と下劣な自尊心のため」と告白する。そしてコーリャは、一生涯この自尊心から逃れることはできないとまでいうのである。「カラマーゾフさん、ぼくはいろんな点から見てやくざものですよ！」というコーリャに、アリョーシャは先程と同じ批評を熱心に繰り返した。

「いや、きみの天性は曲げ傷つけられてこそいるが、美しい立派なものです。なぜきみがあの病的に敏感な、高潔な子供に対して、あれだけの感化を与えることができたか、わたしにはちゃんとわかっています！」

コーリャは次第に率直になり、自分は実に不幸な人間だ、「どうかすると、みんなが、世界中のものがぼくを笑ってるんじゃないかというような、とんでもないことを考えだすんです。ぼくはそういう時に、そういう時に、ぼくは一切の秩序をぶちこわしてやりたくなるんです」と告白する。「ぼくはいまとてもこっけいでしょう？」と聞くコーリャにアリョーシャは言う。

「こっけいがなんです？　人間がこっけいなものになったり、あるいはそういうふうに見えたりすることは、いくらあるかもしれません。今日ではみんな才能ある人たちが、こっけいなものになることをひどく恐れて、そのために不幸になってるんですよ。ただわたしが驚くのは、きみがそんなに早く、これを感じ始めたことです。もっとも、わたしはもうとっくから、ただきみばかりでなく、多くの人にそれを認めていたのですがね。今日ではほとんど子供までが、これに苦しむようになっています。それはほとんど狂気の沙汰です。この自尊心の中に悪魔が乗り移って、時代全体を荒らしまわってるんです。まったく悪魔ですよ。」

それからアリョーシャは、コーリャに、一般の人と同じになってはいけない。コーリャは自分の悪い点を認めるのを恥じなかった。これは貴重なことなのだ。今日では自分を責めようという要求さえも起こさない。そういう人間にはなるな、「ただきみひとりだけになっても、きみはそういう人間にならないで下さい」というのだった。

最後にアリョーシャは、コーリャが将来非常に不幸な人間になる、しかし、「全体としては、やはり人生を祝福するでしょう」という。コーリャは「あなたは予言者です」とたたえ、アリョーシャに対する熱烈な愛の告白でその話しを終えるのだった。

## 8

この第六章「早熟」は、アリョーシャとコーリャの、もっとも率直な心と心の告白を描いた章として、第十編をその根底で照らし出すとともに、この小説全体をも見つめる、さらには当時のロシア社会を照らし出す特殊な眼にもなっているといえるだろう。アリョーシャはここでは類稀な人生教師になっている。実はコーリャとの対話を通してコーリャの言説の本質があぶりだされてきたのだ。コーリャの思想はすべてロシアのいわゆる進歩的知識人の言説からきている。そこにすけてみえるのはどうしても時流の先端をいこうという焦燥にかられた自尊の念だ。アリョーシャのいわば教説は、自尊心の中に悪魔がのりうつっているというところにある。自尊心という元来が人間にとって貴重なるものが、悪魔によって汚染されている。しかし人間は、それには気がつかない。このようなとき自尊心を持たない人間はこっけいな存在でしかないのだろう。ゾシマは謙抑を説いたが、謙抑とは、こうした自尊心の対極にあるものに他ならない。悪魔に憑かれた自尊心の満ち満ちた世界では、このもっとも貴重なものとして現象する自尊心を棄てることは、こっけいな愚者でしかないだろう。そこに、自己を責めることの困難がある。アリョーシャが、コーリャだけでも、といったことのなかには、その困難の認識があるといっていいだろう。

人々の真実の愛の流露を妨げているものは、そうした悪魔につかれた自尊心といっていい。もしコーリャが、自尊心によって導かれなかったなら、イリューシャという少年の心に直ちにふれることができたかもしれない。とはいえ、このような自尊心から脱却することは、極めて困難なのだろう。コーリャの告白はそのことを示している。アリョーシャの予言もそれとかかわるだろう。そして、アリョーシャが足の不自由な聖女のごときニーノチカと接することをすすめたこともそうだろう。コーリャは、既にイヴァン的運命を予感させるが、恐らく、コーリャはイヴァン以上に、社会的に活躍し、ダイナミックな生涯を送るのかもしれないが、アリョーシャのこの教説は、彼の中に、生き続けるに違いない。

## 9

第十編「少年の群れ」の最終章、第七章「イリューシャ」は、医者によるイリューシャの最後の告知によってひきおこされた、人々の悲嘆を語って、この少年の世界の物語をしめくくる。

医者は、二等大尉に、万一の覚悟をしておいた方がよいと語る。どうしても助からないのかとすがりつくスネギリョフに、医者は「でも、もしおまえさんが今すぐ、一刻も猶予せずに……患者を……シーラークーサへ……つれて……行けば……温、暖な、気、候、のために、ことに、よったら……ある、いは……」と転地をほのめかすようなことをいった。シラクサはシシリーにあるとコーリャが大きな声で投げつけるようにいった。医者は家族は、コーカサスへゆく、細君はそれからパリへ行き、精神科専門の「レ、ペル、レティエの治療院へ入る」、医者は、「その人へ添え書きを書いてもいい」と語る。しかし、そんな転地療養の出来るはずもない。それを身体でもって絶望的にあらわす大尉に、そんなことは自分に関わりはない、自分は科学の告げるところを言ったにすぎないというのだ。その時、コーリャが「お医者」と呼んだ。これは失礼な言い方だが、侮辱のためわざわざそう呼んだのだった。コーリャは、怒っていたのだ。ペレズヴォンがかみつくかもしれないと医者におどしをかけるが、アリョーシャにとめられてやめる。医師は愕然として馬車で立ち去る。この一場の騒ぎのあと、イリューシャは父を慰めていう。医者が何をいったかは知っている、自分の死んだあと「かわいい子をもらってちょうだい……あの人たちみんなの中から、自分でいいのを選《よ》って、イリューシャという名をつけて、ぼくの代りにかわいがってちょうだい……」。さらにイリューシャは、でも自分のことは忘れないでくれ、自分を「いつもいっしょに散歩してたあの大きな石のそばに葬ってちょうだい……そして、夕方になったら、クラソートキン君といっしょにおまいりに来てちょうだい……ペレズヴォンもね、ぼく待っているから……お父さん、お父さん！」といって、声をぷつりと切った。イリューシャをスネギリョフとコーリャが抱きしめる。ニーノチカも忍び泣きする。母親も泣き始める。コーリャは、いきなり身をもぎはなすなり、玄関に走り出た。泣きたくなかったが、玄関へ出るなりやはり泣いてしまった。アリョーシャとぶつかった。アリョーシャはコーリャがまたくるという約束を守ってくれるよう頼む。そしてそうでないとイリューシャがひどく気を落とすと念を押した。その後スネギリョフがあらわれた。二人の若者を前に狂ったような顔つきで両手を上にあげ、叫んだ。

「『どんないい子もほしくない！　他の子なんか、ほしくない！』と彼は歯ぎしりしながら、奇妙な声でささやいた。『もしわれなんじを忘れなば、エルサレム、われを罰せよ……』」

コーリャに聞かれてアリョーシャは説明した。

「あれは聖書の中にあるんです。『エルサレムよ、もしわれなんじを忘れなば』、つまり、わたしが自分の持っている一番尊いものを忘れたら、何かに見替えてしまったら、わたしを罰して下さい、というのです……」

死にゆく子と父親の深い悲しみを描いてこれほど哀切をきわめた叙述は少ないのではないだろうか。既に、ゾシマを訪れた農婦の中に愛児を失った悲しみを訴えたものがあった。しかし、このスネギリョフの場合は、何よりも強い父子の愛情の交換が一層深い次元で表出されている。しかし、スネギリョフは、自殺か発狂しかない最後のぎりぎりのところで、愛を永遠なものとして心にとどめることの中で、それを超える力を見出したのではないだろうか。そして、このスネギリョフの言葉は、『カラマーゾフの兄弟』という小説の結語ともなってゆくのだ。

（1）「ドストエフスキーの道化的世界と『甘え』――マルメラードフを視座として――」（平川祐弘・鶴田欣也編『「甘え」で文学を解く』新曜社、一九九六)。「ドストエフスキーの文学における甘えの構造――ラスコーリニコフの場合」(北海道大学文学部ロシア語ロシア文学研究室年報『スラヴ学論叢』第三号(二)、一九九九)。

# 第六章　魂のカウンセラーとしてのアリョーシャ

## 1

『カラマーゾフの兄弟』第十一編は「兄イヴァン」という標題を持つ。既にみたように第十編ではもっぱら子供の世界を扱って、父親殺しという重苦しいテーマからひと時離れた、直接的にはプロットと関係のない異空間をつくっていたわけだが、この第十一編では再び、中心テーマに戻ることになる。しかしここでもまたプロットの展開という意味では展開というべきものはない。というよりは、主題はここでは人間心理の方向に深く掘りさげられている。いいかえれば、それまでプロットを推進してきた人間関係の葛藤が、ここでより深い次元から照らし出されている。という意味では、この編は、ある意味でこの文学空間においてもっとも深刻な章とさえいえるかもしれないのだ。ひとたびは父親殺しの衝動にかられたドミートリイの、人間として新しい面が開示される。かと思うと、イヴァンの壮大な論理を支えるはずの内面の地獄図が透視されてくる。いうなれば、それぞれの人物がより深みにおいてとらえられ、次なる展開へと準備されている編、これが第十一編の持つ意味だ。

以上のことは、この編の構成をみれば一層よく納得のゆくことだろう。というのは、この編には、この文学空間に登場してきた主要な人物がすべて出揃って登場するということ、それをアリョーシャが次々に訪れるという構成を有しているからだ。しかも、時間的には、翌日から裁判が始まるという時間を基盤としている。アリョーシャが、常に人々の間をまわって人々を結びつける役割を担っているということは毎度のことといえるが、いうまでもなく、この時点でのアリョーシャの役割は、以前「破裂」の編でみた時の役割とは、根本的に異なっている。というのも、この時点で状況は一変している。起こりうべからざるものが起こったという状況は、大きな心理的変化を人々の間にひきおこしているに違いない。従って裁判の直前という、もっともさし迫った状況の中で、人々はアリョーシャにそれまでにはみせなかった面を見せてゆくことになるだろう。いわばそれまで自分が意識していなかったものが、改めて開示されてゆく。いいかえれば真の自己ともいうべきものを蔽っていた殻が剥落してゆくという意味では、本解読の冒頭に述べた、自分自身にたいする虚偽からの解放という主題が、ここにおいて本格的に立ちあらわれてきたということでもある。もちろん、そうした開示が一朝一夕になるものではないだろう。われわれの自我は、それほど深く虚偽の自己認識というか、あるいはそれを生み出す自己愛というか、いずれにせよ本来あるべき本然の自我から遠く疎外されている。本然の自我とはなにかもわれわれには隠されてしまっている、とさえいうべきかもしれない。本然の自我とはなにかを定義することは恐らく難しい。ただ『カラマーゾフの兄弟』という小説空間に関していえば、ゾシマの告白の中にそのヒントは与えられているだろう。ゾシマの覚醒は、決闘の朝に起こった。この点については、既に記したところだが、ゾシマは朝の美しい太陽の光の中で、彼の自我がいかに深い虚偽に蔽われているかに覚醒したのだった。いわば自己意識というものから解放された時ゾシマは、本来の自己をとりもどした。本来の自己・本然の自我とは自然に完全に開かれた自我、絶対をそこに感知しうる自我とでもいうべきものだろう。一切の社会的規定から離れて自我がそれ自身で充足しているかのごとき自我、宇宙との完全な照応の中に置かれたごとき自我である。

さて、アリョーシャはこうしたゾシマの精神的息子として、人々にたいして自我の覚醒への導き手として生きる。しかし、彼は子供の世界は別として、大人の世界では積極的には、彼の考えを説くことはしない。彼はむしろ話を聞くことを主眼として、そこから、おのずと人々に感知させようとする。ここにアリョーシャの方法がある。なぜかといえば、本然の自己に到達するには、自力によるしかないからではないか。いいかえれば、他者の言葉というものは、固い自我の殻を通ることは至難の業といえる。子供という、なおそれほど硬化した自我の殻を持たないものたちにたいしてはアリョーシャは積極的だったのにたいし、大人にたいしては、むしろ消極的にみえるのはそのためではないか。大人にたいしてはむしろ助言という形をとる。そこにアリョーシャの聡明がある。と同時に忍耐もまたあるといえるだろう。それはいわば看護人の忍耐ともいうべきもの、そして看護人に必要なことは、一方で、相手の心に同化しつつ、他方でもっとも適切な助言を行なうという、いわば心情と人間洞察のふたつを所有することの重要さというものであろう。その点で、アリョーシャは、その資格を最高度にそなえている存在なのだ。

さて、この第十一編は、こういうアリョーシャが、翌日の裁判をひかえて、主要な関係者を次々と訪れるというものだ。いうまでもないことだが、この場合、人々の意識の焦点には、ドミートリイは果たして真犯人かどうかという、きわめて喫緊の問題がある。さらに、グルーシェンカや、ホフラコーヴァ夫人は証人台に立たねばならないという状況に置かれている。このようなとき、人間は、通常蔽われた自我から、一歩ふみ出、自分も気づかなかった自我の一面を見せることになるだろう。アリョーシャが経巡るのは、このような人々だったのだ。

## 2

ここで改めて第十一編の構成をみてみよう。それによって、アリョーシャの訪問の意味はより明らかに浮かびあがるに違いない。第十一編は、次の十章からなる。第一章「グルーシェンカの家で」、第二章「病める足」、第三章「小悪魔」、第四章「頌歌と秘密」、第五章「あなたじゃない」、第六章「スメルジャコフとの最初の面談」、第七章「二度目の訪問」、第八章「三度目の、最後の面談」、第九章「悪魔 イヴァンの悪夢」、第十章『それはあいつが言ったんだ!』が各章の標題だが、改めてアリョーシャがどこで誰と出会ったかという点に着目して整理してみれば次のようになる。第一章、グルーシェンカのもとを訪れることは標題に明らかだが、第二・三章はホフラコーヴァ夫人の家、そのうち第三章は特にリーザとの対話、第四章はドミートリイを牢獄に訪れた時の対話、第五章はカチェリーナの家でイヴァンに出会い、そこを出てのふたりの対話、アリョーシャのいわば引廻しの役としての役割は一応そこで終わり、以下は第六・七・八章がイヴァンとスメルジャコフとの対話、第九章はイヴァンの悪魔との対話というように、もっぱらイヴァンに話がしぼられてゆく。以上の概観からして、先に、この編ではこの文学空間の主要人物がすべて出揃っている、といったことが理解されよう。そこでは会話を通してグルーシェンカの例の老商人や、旧の恋人のポーランド人、またラキーチンなども登場するのだ。つまり、ここでは、アリョーシャを通して、一種のパノラマ的空間が出現しているといえる。同時にこれはポリフォニー的空間ともいえるだろう。多様の声のうずまく空間、この場合の声とは、ドミートリイは有罪か否か、という一点をめぐっての声といってていいかと思う。このポリフォニー空間を、作者は、ドミートリイの裁判の前日に設定した。いわば、それまでの複雑な人間関係は、父親殺しという驚くべき事件によって、逆に解析され、光をあてられ、自己にとってさえ漠然として不明であったものがひき出される。ここでは人間というものが、固定された、規定されたものでは決してなく、他者との――それは必ずしも人間だけではない、より異次元の世界からの声ともいうべきものもふくまれるのだが――かかわりによって、ゆさぶられ、それまで見えなかったものを自己の中に発見するということの開示でもあるのだ。ただこの場合、このポリフォニー的空間は、たとえば『カラマーゾフの兄弟』の最初の部分に出てきた修道院のゾシマのもとで展開されたポリフォニー的空間とは、構成的には異なるということに注意する必要があろう。その場合は、フョードルという道化的人物を偽王とする一種のカーニヴァル空間、修道院が和解をもたらすべき役割を逆転させられて、逆に親子の対立を深め、それぞれの罵倒の場に変わるという反世界の現出であったのにたいして、ここでは、さまざまな声がとびかい、交錯する空間となっているのだが、この第十一編での声は、そのように、ひとつの場にひき出されてのものではない。むしろアリョーシャという動く声を通して、読者の前にひき出されたもの、というべきものだ。こうしてひき出されてきた声を、読者が頭の中で並置してみれば、そこに変形されたパノラマ的認識がえられるだろう。要は、ダンテが『神曲』で、あるいは下ってはゲーテが『ファウスト』でなしたのが、そのようなものだったといえるが、しかし、不動の一点から世界を一望する場合のパノラマ的認識に比べて、この動く声によるパノラマは、世界へのより深い認識のもとに、世界展望がなされるということが特徴的だろうと思う。いうまでもないことだが、一つの声が世界を遍歴するとき、それが訪れる対象との間に対話が行なわれることによって、対象はより深い認識の中にひき出されることになるだろう。元来、パノラマ的視点による認識とは、世界をその総体において眺めることで、世界を相対化して把握させるものといえる。ある不動の一点から、ある距離を保ちつつ、世界に生起する現象を眺めることは、現象を平等に客観的に眺めることになるからだ。しかし、そこに近寄り、対象とおのれの距離を縮めてゆき、ましてその対象と対話することになれば、もはや相対化されたものとして眺めるだけのものではないだろう。等価として眺められたものが、いわば内側から照らし出される結果として、外側からの認識は、訂正され、補われ、深められることになるだろう。離れて眺められたときは、平板ともみえ、簡単に割り切れた現象が厚味のあり、奥行きのある人間的ドラマとして現われてくることになる。しかし、そのように現象してきたものが、遍歴という先に述べたいわば通時的パノラマともいうべきものとして並べられることによって、このさまざまな人間的ドラマ自体もまた大きな相対化のまなざしの中に置かれることになる。『神曲』においては、以上ふたつのいわば共時的あるいは通時的なパノラマ的視点が繰り返され使用されて、神という絶対的な視座のもとにおかれた人間世界のドラマの相対性をより深められた次元で照らし出すということになっている。

さて、アリョーシャの、人々を次々と訪れてゆく叙述が、この通時的パノラマ的認識であることはいうまでもない。ダンテにおいて、例えば『神曲』の地獄界では、神の正当な罰を受ける魂たちがその罰の重さに応じてそれぞれの地獄の場所に落とされている。ダンテはその状態を次から次へと見て廻るわけだが、アリョーシャにおいては、ドミートリイの上に下った殺人者という嫌疑が、人々の中にどのように波紋を描くかを見て廻るといっていいだろう。もっとも単に見て廻るというのではなくて、アリョーシャ自身の考えをそこに対置し、さらには彼なりの助言を加えていくのではあるが、それでも人々を経巡ることの意味は、このきわめて重大な事件が、人々にどう受けとめられているか、を描くことにあるといってい い。

アリョーシャが、これらの人々との対話を通して、彼の立場にそれほど大きな衝撃を受けることがないように描かれていることは注目しなければならないだろう。いわば、アリョーシャは、移動しながら不動の立場を持しているといえる。アリョーシャの認識が、通時的パノラマ的認識といったのはそのような点からである。ダンテが地獄界を経巡りながら、それらの光景がいわば時を追って眺められるパノラマ的光景といったことと同じである。いかに人間的ドラマがそこで展開しようと、神という不動の視点でそれらのドラマは見据えられている。そのような時、例えばただ一人生身の、人間であるダンテのプロテストはすべて相対化されてしまっている(1)。地獄界においては魂は地上にあった時の神に背いた罪によって厳しく罰せられ、そのように、一切は、神の視力のもとに眺められているからだ。別言すれば通時的遍歴が同時にパノラマ的であるためには、神という不動の視座が前提になっているということだ。

同様に、アリョーシャの、ドミートリイは無実だとするほとんど不動の信念のもとに、人々の反応が眺められている、といっていい。そこから、アリョーシャによる人々の反応の叙述のパノラマ的性格が出てくるのではないか。ところで問題は、このようなパノラマ的叙述の持つ意味というものであろう。

ダンテにおいて、パノラマ的叙述とは、神の裁きがいかに厳正なるかをまのあたりにすることによって、改めて自分の生きるべき道を求めるところにその意味があった。ではアリョーシャの場合は、どうか。

ここに出てくるのは、ゾシマ長老が説いた人間は誰しも他者にたいして罪のある、という認識ではないだろうか。これは『カラマーゾフの兄弟』という小説をその根底で支えている思想なのだが、しかし、この第十一編に来て、それが全面的に仕掛けられている、と思われるのだ。

3

第十一編の後半は、話はイヴァンとスメルジャコフ、そして悪魔との対話へとうけつがれる。いま述べた、人間はすべて他者にたいして罪があるという認識が、最も大きく爆発するのがこの後半なのだ。他者に責任を負わせていたものが、実は自分にこそその責任があったのだというようにその責任がはねかえってくるという、極めて皮肉な転換がここには仕掛けられている。この後半は、もっぱらイヴァンとスメルジャコフ、あるいは悪魔との他者には知られることのない対話なのだから、アリョーシャによってパノラマ的に叙述される、ドミートリイが犯人か否かという問題の追求の、いわば公然と取沙汰されるのに比べて、むしろその取沙汰を裏側から照らし出すものといえるだろう。スメルジャコフとの一連の対話を通して、ドミートリイの罪が無実のものであることがあばかれる、ということは、ドミートリイを有罪とする人々はいうまでもなく、その有罪性を疑う人々にも、ドミートリイにたいして実は罪を負っているということになるだろう。しかし、人々にはそういうことにたいする意識はほとんどない。ただひとりアリョーシャを除いてドミートリイがそうした意識に目覚めたといえる。つまり、一方でドミートリイの人間的覚醒と他方において、ドミートリイのそのような人間的覚醒を、実は根底において演出したともいえる悪魔の人間への仕掛けと、このドラマこそがこの第十一編の主題ということになるだろう。そして、さらに一歩を進めていうならば、人間が自己のうちなる人間の周囲に、二重三重にも張りめぐらしていた虚偽に、最終的な問題があったということがあぶり出されてゆくという、それが第十一編の最も深部に仕掛けられた主題なのだ。

以上、まずは第十一編の構成並びにその主題とでもいうべきものを述べたが、次により具体的に前述の各章にそって改めて考えてみたい。

まずアリョーシャは呼ばれてグルーシェンカのもとを訪れる。グルーシェンカは中央広場のモローゾヴァの家に住んでいた。ドミートリイの逮捕後二ヵ月の間、アリョーシャはそこを時々訪れた。逮捕後三日目に激しい病気に犯され、五週間近く寝ついていた。外出できるようになってから、ほとんど二週間たっていた。彼女の目つきは「何かしっかりした、すべてを見とおすようなあるものが明瞭に現われていた」、「がんこに思われるほどの決心の色が浮かんでいた」という。アリョーシャにとって不思議に思われたのは、あれほどの運命の激動を受けたにもかかわらず、「やはり以前のうきうきした若々しさを失わないことであった」。以前の傲慢な目つきの中に、「一瞬のやすらぎが輝いていた」が、「一種の不吉な火に燃えたつことがあった」。

グルーシェンカのかかった病気がどのようなものかは記されてはいないが、恐らく、余りにも激しい運命の変化が病気をもとめたともいえるだろう。待ちに待っていた旧の恋人の出現、失望、ドミートリイとの愛の告白により生命昂揚の頂点に達した瞬間のドミートリイの突然の逮捕、通常の生命はこのような激変に耐えられるものではないだろう。しかしグルーシェンカという生命それ自体ともいうべき女性は、それを乗り越え、いわば新しい愛によみがえったといえる。しかし、ドミートリイが投獄されて二人がひき離されたことは、二人の間に波風を立たせずにはいない。その原因の主なものは、嫉妬の感情だった。グルーシェンカからすれば、ドミートリイはなおもカチェリーナを愛しているのではないかという嫉妬であり、ドミートリイからいえば旧の恋人を、時にはかつて彼女をかこっていた例の老商人を原因とする嫉妬だったのだ。それぞれに尤もな理由もあったようだ。グルーシェンカには、妙に律気で気のやさしい、思いやりというものもあって、例の老商人クジマー・サムソーノフに死が迫るや、グルーシェンカは毎日のようにその容態をきくために使いをやったりしたし、また旧の恋人のポーランド人に無心されて金を与えたりしていた。それに宿なしのマクシーモフをそのまま寄食させていて、いつの間にか、マクシーモフを気晴らしの相手にしていた。

一方、ドミートリイはグルーシェンカの目の前でカチェリーナをほめちぎる。グルーシェンカはそこから彼女の激しい嫉妬をあらわにするのだ。というのもカチェリーナが、モスクワから医者を呼び、また一流の弁護士を呼んでくれたからだというのだが、アリョーシャは自分と兄のイヴァンとカチェリーナの三人が千ルーブリ出しあって弁護士を呼んだこと、また医者の費用二千ルーブリはカチェリーナがひとりで負担したこと、さらに、医者は精神上の鑑定人として来てもらったと説明する。グルーシェンカは、ドミートリイが殺したとしたら、ドミートリイはまったく気違いだったにちがいない。それには性悪な自分に責任がある、しかし、直ちにグルーシェンカはそれを否定する。

「だけど、やっぱりあの人が殺したんじゃない、あの人が殺したんじゃないわ！　それだのに、町じゅうのものはみんな、あの人を目の敵にして、あの人が殺したって言ってるんだからねえ。」

それからドミートリイにとって不利な証拠がふえたこと、特にグリゴーリイのドアが開いていたという証言が一番不利かもしれない、さらにグルーシェンカはドミートリイの精神が異状といえばいえるかもしれない、といって、ドミートリイが「どうして餓鬼はこうみじめなんだろう？　つまり、おれはこの餓鬼のためにシベリアへ行くんだ。おれは誰も殺しはしないが、シベリアへ行かなけりゃならない！」とわけのわからないことを口走っていると告げる。そしてグルーシェンカは、ドミートリイとイヴァンとカチェリーナ三人の間に何か秘密がある、それはひょっとしたら自分を捨てようというたくらみではないだろうか。それを探ってほしいとアリョーシャにたのむのだった。アリョーシャは、ドミートリイが世界の誰よりもグルーシェンカを愛していること、自分は兄の秘密をあばくことは好まないが、兄が自分からそれを白状したら、知らせる、ただその秘密というのは、カチェリーナとは関係はなさそうに思われる、といって、そこを立ち去ったのだった。

裁判を翌日にひかえ、そして証言台に立つことになっているグルーシェンカの感情はかなり高ぶっていたにちがいない。なかんずくカチェリーナのこととなると、一層昂奮をみせ、「裁判であのカーチャをひどい目にあわせてやるんだから、わたしあそこでたったひとこと、ずばりと言ってやるから……いいえ、みんな洗いざらい言ってやるんだ！」とまで口走る始末だった。しかし、アリョーシャの言葉で、グルーシェンカは少しは気分が晴れたらしかった。

それから、アリョーシャはホフラコーヴァ夫人のもとを訪れる。第二章「病める足」である。リーザから、「非常に重大な事情が起こったから」来るようにと連絡があったのだ。リーザの部屋に直行するはずが、ホフラコーヴァ夫人にとめられ、そのおしゃべりの相手をつとめる。夫人は、一方の足をはらして、化粧室の寝椅子によりかかっていたが、特に派手ななりで、非常に神経をたかぶらせている様子だった。

彼女は歓喜の声をあげてアリョーシャを迎えた。それから彼女は、アリョーシャ相手に、せきを切ったように話し始めるが、この話の面白さは、とても要約で伝えられるものではない。ホフラコーヴァ夫人は、この深刻重厚ともいうべき文学空間では、最も発溂たる喜劇的人物だろう。先の、ドミートリイが金策で訪れた時も、行き詰まり万策つきたドミートリイにたいして、いかに彼女が喜劇的にふるまったか、既に記したところだ。この場合も、アリョーシャの兄ドミートリイの公判の始まる前日という、緊迫した状況にもかかわらず、ホフラコーヴァ夫人の言葉には、なんらの陰翳も感じさせない。軽薄というには憎めない、愚かしいというにはそれなりの知性のひらめきもみせる、とにかく大変面白い人物をドストエフスキーは創ったというべきなのだろうと思う。いわば、好奇心の強い、そしてそれをかくさない、無類の率直さを備えた女性というべきなのだろう。彼女はその考えたところを直ちに言葉にする。好奇の動いたところを直ちに表現する。従って、その話は絶えず脱線する。しかも自分でもそのことを知っていて、自分にとって一番大事なのは「大事なことを忘れないようにすることなんですの」といって、もし余計なことでもいっていたら、大事なことはなにかと催促してくれとアリョーシャにたのむのだ。もっとも、そういいながら、「いま何が大事なこと」か自分にはわからない、というのだ。彼女にとってどうやら好奇をそそることが真実なのだ。従って噂話くらい、彼女にとって貴重な知識源はない。人の話を聞いて、グルーシェンカが「聖者になった」と知り、また、裁判を「この恐ろしい裁判」、そして、「あの野蛮な犯罪、みんなシベリアへやられるんですわ」と世間一般の噂はそのまま彼女の判断となり、それにたいして疑いを持つこともない。ところが滑稽なことに、その噂自身彼女に反逆することになったというのだ。それは次のような話だ。彼女は噂話が好きなので、『スルーヒイ(風説)』という新聞をとっていたが、そこに彼女のことが載ったといってアリョーシャに渡した。アリョーシャは、この二ヵ月カラマーゾフ一家のこと、兄、自分のことについてあることないこと書かれていたことを想い出しながら、記事を読んだ。その記事は、「スコトプリゴーニェフスクより、カラマーゾフ事件に関して」という見出しがつけられていた。

語り手はこう紹介している。「この記事は簡単なもので、ホフラコーヴァ夫人というようなことはべつに何も書いてなかった。それに、概して人の名は隠されていた。ただこの大評判の裁判事件の被告は退職の陸軍大尉で、ずうずうしい乱暴なまけ者で、農奴制の支持者で、色事師、ことに『空閨に悩んでいる貴婦人たち』に勢力を持っていた、と書いてあるだけであった。そのいわゆる『空閨に悩んでいる未亡人』の中で、もう大きな娘を持っているくせに、恐ろしく若づくりのある夫人などは、ひどくこの男にのぼせあがって、犯罪のつい二時間ほど前、彼に三千ルーブリの金を提供した。それは、すぐ自分といっしょにシベリアの金鉱へでも逃げてもらうためであった。が、この悪漢は、四十過ぎた悩める姥桜と、シベリアくんだりまで出かけるより、おやじを殺して三千ルーブリ奪い取り、その上で犯罪をくらますほうが利口だ、と考えたのだそうである。ふざけた記事は、当然の結論として、親殺しの罪悪と、古い農奴制度の悪弊について、堂々たる非難を投げつけていた」。

このあと、ホフラコーヴァ夫人は、この記事がラキーチンによって書かれたものに違いないといって、そのいきさつを逐一物語る。それもまた馬鹿々々しいものだ。ラキーチンが夫人に恋をして、夫人の手を強く握ったことから、急に夫人の片足が痛み出した、役所につとめるペルホーチンもよく訪れるようになる。そこでふたりの間にいさかいが起こる。ペルホーチンの方は、謙遜だし、才もあり、身綺麗だ。ある時、ラキーチンがやってきて、彼女の痛んだ足のことを歌った詩を見せた。それはそれは立派な詩だったが、たまたまペルホーチンがやってきたので、それを見せた。ペルホーチンは神学生か誰か書いた詩に違いないとこきおろす、ラキーチンは自分が書いた、と名乗りをあげる。そして、「プーシキンが女の足を詩に書いたって、世間じゃ記念碑を建てるって騒いでるが、ぼくの詩はこれでも思想的傾向がちゃんとあるんだ」、そしてペルホーチンを「時勢おくれ」「賄賂とりの役人だ！」とけなす。ペルホーチンは、ラキーチンの作だと知っていれば、「大いにほめたはず」と冷やかす。夫人は遂にラキーチンを追い出した。その晩、もうホフラコーヴァ夫人を題材にした『スルーヒイ(風説)』紙が届いたからにはラキーチンが帰るなり早々に書いて、送ったものに違いない、これが夫人の話だった。

アリョーシャが帰ろうとすると、今度は、аффект《アフェクト》(激情)の話を持ち出す。アリョーシャが聞き返すと、「裁判のアフェクトですよ。どんなことでもゆるされるアフェクトのことですよ」と説明する。そして、ドミートリイについてそれをあてはめて説明するのだった。要は殺すまいと思っていながら、つい殺してしまった、これはアフェクトのためだから、ゆるされるというのだ。

アリョーシャは、兄さんは殺しやしなかったというと、夫人は、それは知っている、殺したのは、あのグリゴーリイだという。それもアフェクトのためだと彼女は言ってから、また話をむしかえし、殺したのはグリゴーリイではなく、やっぱりドミートリイだ、しかしアフェクトのためという情状酌量による新裁判の恩恵をこうむって、ドミートリイは許されるにちがいない。もしドミートリイが許されたら、自分はすぐ「宅の晩餐会へお招きをしますわ」と話は思いつきのままに展開し途方もなく拡がる。遂には、この世の中アフェクトにかかっていないものはいない、「うちのリーザ」もそうだ、と、やっとリーザの話に入った。なおも夫人は話を続け、イヴァンがリーザと会ったこと、そして、そのあとリーザがひどいヒステリーの発作を起こし、イヴァンを憎む、彼が来ても入れないでくれとわめく始末、夫人が異議をとなえると、馬鹿にしたように笑う。その朝など起きがけにユリアという女中に腹を立て、平手打ちを食わせたかと思うと、彼女の足を抱いて接吻する。そして夫人はアリョーシャに、リーザの話を聞いてくれ、と頼むのだった。

4

ホフラコーヴァ夫人の言葉は全くたあいのないものといえばいえるが、しかし、意外に重要なメッセージがそこにこめられているのではないか。本人は、恐らくそれほど深刻に考えないで頭に浮かんできたものをアリョーシャに物語っているにちがいない。ホフラコーヴァ夫人をつき動かすのは、好奇心と、無邪気な自己顕示欲と安直なヒューマニズムに裏打ちされた自己満足といえるが、そうしたいわば世間一般に好人物としてとおっている人間の持つ有罪性がここでは問題にされているのではないだろうか。

例えば、夫人は噂が大好きだという。そのことは、夫人の好奇心とかかわるが、好奇心というものは、他人の見えない面、それも否定的なもの、世間の目から隠蔽しようというものにとかく向けられ易い以上、噂は大体他人のマイナス面を話題にするものだろう。そして噂に興ずる心理とは、自分だけは棚にあげ、ひそかに社会正義に加担することのなまぬるい快さにひたっているというものか、と思う。そこに噂が人間をとらえる理由があるのではないか。しかし、問題は、噂は常になにかの形での凶器性を有するということではないだろうか。常に噂は増幅され変形され、肥大化されてゆく。そのように変形させてゆくものは、人間の有している無意識的な願望といえるだろう。人間には、社会的に恵まれたもの、名声を得たものにたいする羨望とともに、一種の憎しみを持つ。噂ぐらい、そうした憎しみの捌《は》け口としてよいものはないだろう。元来が極めて自己中心的な人間には、他者の幸福を手放しで純粋に喜ぶことはむずかしいのではないか。ラ・ロシュフーコーが『マクシム』で徹底的に分析した所以だが、噂ぐらい、自分を安全な場においてやんわりと他者を攻撃の的にするに適当なものはないといえる。問題は、噂は単に噂としてとどまらないという点だ。噂は、人々の心に何かを残す。従って、噂は、客観的なものとして、なんらかの影響力を持つことにもなる。

ところで、ホフラコーヴァ夫人自身『スルーヒイ(風説)』という新聞にとりあげられたことは、噂というものの本質を、ホフラコーヴァ夫人に思い知らせる機会になったにちがいない。とはいえ、夫人が、そうした噂の有する社会的役割に目ざめたかどうかはわからない。というのも、夫人にとって、噂にのぼったということが、いささかその虚栄心をくすぐるものでもあったようだから。

アカデミー版の注解によれば、当時『噂(Молва)』という新聞が実際にあったらしい。ドストエフスキーは、それを利用し、特に裁判にたいする噂の影響というものを念頭において使ったといえる。つまり、ホフラコーヴァ夫人のような人物は、時代のさまざまな声を、そのままうつし出すのにかっこうな存在なのかもしれない。そういう点で、アフェクトについても同じことがいえる。夫人のいうアフェクトというのは、『ソヴィエト大百科』第三版によれば、「感情の状況を示すもので、それは例えば激怒、憤怒、恐怖などの、激烈で比較的短時間経過する性格のものだという。そうした状態の発生は、運動神経領野の急激な変化(例えば運動調整が出来ない、またその激しい昂進、また障害など)と結びつくと同様に、植物神経領野での急激な変化(例えば脈拍呼吸数の変化、血管の収縮、いわゆる冷汗の発汗現象など)とも結びつく。アフェクトは知覚や思考といった高度な心的プロセスの通常の働きを妨げ、それら知覚・思考狭窄を惹きおこし、時に意識の混迷をひきおこす。限定された条件のもとで、この否定的なアフェクトは、コンプレックスとして記憶の中に定着される。こうした経験されたアフェクトの状況の痕跡は、アフェクトをひきおこした状況と連想的に結びつく刺激を受けるとよみがえってくる。アフェクトの他の重要な特徴は、同一ないし似た事実によってひきおこされた否定的アフェクトが繰り返されるにつれて、その現象は強化される。これはアフェクトの《蓄積》と呼ばれるが、時に様々な異常行動となってあらわれる。ある行為の遂行に際しての強度のアフェクトの状態の存在は、この行為の責任能力を軽減する状況として法律によって認められる」。(引用者訳)

こうした情状酌量の条件としてのアフェクトというものが法律的にいつ頃からのものか不明なのだが、ドストエフスキーの時代には既に存在していたということは、『作家の日記』でたびたびドストエフスキーが言及していることだし、また恐らく時代としてもその頃だったろうことは、ホフラコーヴァ夫人の「新裁判の恩恵」とあることからも推測される。

ドストエフスキーは、『作家の日記』一八七七年十二月の第一章の1で子供を窓から投げおろして殺そうとした女性の弁護として次のように記している。

「被告は真に憐憫と慈悲に値する女であり、あの犯罪を遂行した時の、ほとんど幻想的かつ不可解な発作は二度と繰り返されず、また以後絶対に繰り返されるはずがないこと、また彼女は善なつつましい心の持ち主で決して破壊者でもなければ、殺人者でもない(この点は裁判の進行中、私のずっと確信していたところである)こと、さらに実際、この不幸な婦人の犯罪は何か他の特別な偶然の事情、病的性格、

『発作的異常《アフェクト》』で説明するよりほかはない――それは妊娠中のある期間に、妊婦にしばしば見受けられるものである(その他の不都合な条件や情況が重なった場合は、もちろんである)から、したがって、陪審員も、上流社会も、法廷にいて熱烈なる共感を抱きながら判決を聞いた聴衆も、この判決と、その合目的性を疑ったり、おのれの慈悲心を後悔したりする必要は全くないこと、――こういうことを私は自ら確信したかったのである。」(川端香男里訳、傍点原著書)

この女性は、有罪になるところをドストエフスキーの言葉が陪審員にとり入れられた結果、無罪になったのだ。しかし、そのことに反駁する論調もあった。今引用の文章は、それへの逆批判なのだが、ここでドストエフスキーは、とにかく、このアフェクトを裁きに持ち込むことに全面的に賛成しているといっていいか、と思う。ドストエフスキーは、この十二月の第一章の1から6までを実にその弁護に捧げている。いかにこの問題に熱心であったかがわかる。

こうした、一種精神医学的立場からする犯罪理解は、特に『カラマーゾフの兄弟』になってみられるのではないかと思う。先に、Надрыв《ナドルィフ》(破裂)という標題の編があったが、そこではいかに心が暴力的な激発の衝動にとらえられるかが、その原因に遡って解明されていた。のちのイヴァンの精神錯乱についても、アリョーシャはそれを譫妄症として弁護している。このアフェクトについての考えにも同様のものが存在している。ここには、人間の行為をその根源に遡って捉え、そこに人間の心の病根を探ろうとする『カラマーゾフの兄弟』の基本的主題がひびいている。根源に遡ってゆく時、一人の人間をかき立てるものが、必ずしもその人間だけの責任によるものではない、そこにはさまざまな原因がからんでいる、ということが見えてくる。それを拡大してみれば人間は自分の知らないところで他者の加害者になっているかもしれない、そう考えてみれば、人間はすべて人間に責任があるというゾシマ長老の教えへとむかうことになるだろう。

さて、ここで再びホフラコーヴァ夫人の言葉に戻ろう。問題はなぜこれほど重要な問題を、喜劇仕立ての彼女の言葉に組みこんだかだが、この場合、ドミートリイの犯罪を、アフェクトという観点から解くということが中心的主題ではなかったからだろう。なるほどカチェリーナは、ドミートリイの精神鑑定に呼ばれたし、またホフラコーヴァ夫人も、ドミートリイの行為を аффект《アフェクト》 で説明した。しかしいうまでもないことだが、単にこうした医学的原因からそれを説明することはできない。だから、のちにドミートリイの所ではドミートリイがクロード・ベルナールを呪う言葉を吐くということにもなるのだが、たしかにこうした医学的原因の説明をかりて、窮極の場において、ドミートリイが思いとどまったことを説明することはできないだろう。つまり、結論的にいえば аффект《アフェクト》 を認めつつ、同時に認めていないドストエフスキーの態度が、このような喜劇的言葉の中に、この問題を置いたということなのだろうと思う。

ところでこの文学空間の舞台の名前がこの章になって初めて読者に紹介されたというのも、この章の一種独特な喜劇性とかかわるのではなかろうか。語り手は、記事の書き手の言葉として、この奇妙な Скотопригоньевск を「悲しいかな、わたしたちの町はこう名づけられていた。筆者《わたし》はこの名を長いあいだ隠していたのである」と注して紹介している。これは、скотопригонный（家畜が追い込まれる）から出来た名前だ。作者ドストエフスキーは、晩年そこで過ごしたスターラヤ・ルーサをモデルとしているというが、この名前はかなり風刺性をこめたものとなっていよう。(補注)

5

ホフラコーヴァ夫人はリーザもまたアフェクトにかかっている、そういってアリョーシャにリーザを頼む。そこでアリョーシャは、実はそのために訪れたリーザのもとにやっと行くことになる。そこから、第十一編第三章「小悪魔」が始まる。この標題自体はアカデミー版の注によれば当時の小説の標題からとられているというが、とにかく、この章はかなり奇妙な章といわざるをえない。アリョーシャがリーザに見出したのは、なにかしら奇怪に変貌した少女だった。眼をぎらぎら光らせ、顔はあおざめて黄色く、三日の間に顔つきは変わったのにアリョーシャは一驚する。彼女はいった。自分はアリョーシャとの約束は破り、結婚などはしない、自分はアリョーシャを尊敬はしているが愛してはいない。そうして用件をたずねるアリョーシャにこういった。

「あなたに一つ自分の望みをお話ししたかったからよ。あたしはね、だれかに踏みにじってもらいたいの。あたしと結婚して、それからあたしを踏みにじって、あたしをだまして出て行ってくれればいいと思うわ。あたしは仕合わせになんかなりたくない！」

さらに、「ごたごたが好きになったんですね？」というアリョーシャに、

「ええ、ごたごたが大好きよ。あたし家なんか焼いてしまいたいのよ。あたしはこっそり這い寄って、そっと家に火をつけるところを想像するのよ、ぜひそっとでなくちゃいけないの。みんな消そうとするけれど、家はどんどん燃えるでしょう。ところが、あたしは知ってながら黙ってるわ。ああ、なんて馬鹿々しい。なんて退屈なんだろう！」

アリョーシャはそれは裕福な生活のためだ、という。リーザは、貧乏な方がよいかと聞き返し、そうだというアリョーシャに反論する。

「それはなくなった坊さんがあなたに吹きこんだことよ。それはまちがってるわ。あたしが金持ちで、ほかのものは貧乏だってかまやしないわ。あたしひとりでお菓子を食べたり、クリームを飲んだりして、だれにもやりやしない。」

彼女は退屈だを繰り返す。かと思うと、刈り入れをしたい、カルガーノフと結婚して、彼をこまのように投げて鞭で叩いてまわしてやる、自分は聖人なんかになりたくない、あの世で皆自分のことをとがめるかもしれないが、自分はそういう皆のことを笑ってやる。家を焼きたい、を繰り返し、アリョーシャに自分のいっていることをまともにとらないだろうと聞く。アリョーシャの対応はしかし真面目だった。

「なぜです？　世間にはよくこんな子供がありますよ。十二やそこいらのくせに、始終何か焼きたくってたまらないので、よく火をつけたりなんかするんです。それも一種の病気ですね。」

病気という言葉にリーザは反発する。リーザはただただ悪いことをしたいので、病気ではない、悪いことをして、皆からつまはじきされても平気な顔で見返してやる、それはたまらなく愉快だという。そしてアリョーシャにどうしてそれが愉快なのかと聞き返す。さらに、ほんとうにやってのけるかもしれないという。アリョーシャは、「そういう心持ちを、少しは持ってらっしゃるかもしれませんね」。さらに、「人間はときとして、罪悪を愛する瞬間があるものです」といった。

リーザは、その言葉を受けて、「人は悪いことを憎むっていうけれど、そのじつ内証で愛してるんだわ」、「あなたの兄さんはお父さんを殺したために、いま裁判されようとしてるでしょう。ところがみんなは、兄さんがお父さんを殺したのを喜んでるのよ」とまでいう。

リーザは自分がみた滑稽な夢というのを語る。それは夜中にろうそくをつけて居間にいると、そこら中に悪魔が出て来、彼女をつかもうとするので、十字を切ると、ひき下がる、神の悪口をいうとまた入ってくる、そこで急に十字を切る、すると引き下がる、面白くて息がつまりそうだったという夢だった。アリョーシャが、自分もまた同じような夢を見たという。リーザはそれは本当かと聞き返し、本当だという答えを得、さらに次のような驚くべきことまで告白する。彼女はまずアリョーシャだけにうちあける、アリョーシャには何ら恥ずかしいことを感じないから、といって語ったのは次のようなことだった。

「『ねえ、アリョーシャ、ユダヤ人は復活祭に子供を盗んで来て殺すんですってね、本当？』

『知りませんね。』

『わたし何かの本で、どこかのなんとかいう裁判のことを読んだのよ。ひとりのユダヤ人が四つになる男の子をつかまえて、まず両手の指を残らず切り落として、それから釘で壁に磔《はりつけ》にしたんですって。そして、あとで調べられたとき、子供はすぐ死んだ、四時間たって死んだと言ったんですって。四時間もかかったのに、すぐですとさ。子供が苦しみぬいて、うなりつづけている間じゅう、そのユダヤ人はそばに立って、見とれていたんですって。いいわね！』

『いい、ですって？』

『いいわ。あたし時折そう思うのよ。その子供を磔にしたのは、自分じゃないのかしらって。子供がぶら下がってうなっていると、あたしはその前にすわって、パイナップルの砂糖煮を食べてるの。あたしパイナップルの砂糖煮が大好きなのよ。あなたお好き？』

リーザはさらに自分はこの話を読んだとき夜中涙を流してふるえているが、同時にパイナップルのことがどうしても頭を離れなかった。そこで翌朝ある人に手紙をやり、ぜひ来るように頼んだ。その人が来ると、残らず話を聞かせて、「いいわね」といった。すると、「その人は急に笑いだして、それは実際いいことだ」といって、「いきなりぷいと立って」すぐ帰っていった。それはわずか五分間のことだったが、彼は自分のことを軽蔑したのかどうか、こういってリーザはアリョーシャに意見を求めた。アリョーシャは、軽蔑してはいない。「なぜ、その人自身も、パイナップルの砂糖煮を信じてるかもしれないんですもの。リーザ、その人もやはりひどい病気にかかってるんですよ」とアリョーシャは答えた。それからアリョーシャは、軽蔑してはいないが誰も信じていないから軽蔑することになるのだ、といった。

リーザは、不意にアリョーシャに身を投げ自分を助けてくれ、自分は真実をいった、自分は自殺する、何もかも汚らわしい、なぜアリョーシャはもっと自分を愛してくれないのか、そして最後には身を離してドミートリイのところへ行けとつき出すようにした。アリョーシャは気がつくと、自分の右手に小さな手紙がにぎられているのに気づいた。イヴァンへの手紙だった。アリョーシャは今日すぐ渡してくれ、さもないと毒を飲んで自殺してしまう、そのためにアリョーシャを呼んだのだと口走ってからドアを閉めた。しかしリーザはアリョーシャが遠ざかるのを確かめると、ドアを開き、その隙間に指をさし込んで力まかせにドアを閉め指を圧した。十秒間ほどたって手を引き、指の爪の間ににじみ出た血をみて、「わたしは恥知らずだ、恥知らずだ、恥知らずだ！」と呟いた。

ところで、リーザがアリョーシャに語った復活祭におけるキリスト教徒の血の儀式についてだが、一体なぜ突然にリーザがこのような話をしたのか。恐らく、これはイヴァンがかつてアリョーシャに語ったトルコの兵隊の残虐性の話との関連で語られるものだが、それにしてもここでユダヤ人による血の儀式の話が持ち出されたということは、いかにも唐突に思われる。しかし、これは『カラマーゾフの兄弟』執筆当時の社会状況と深いかかわりを有していることらしい。つまり、当時、反ユダヤのキャンペインが行なわれていたというのである。この問題は、一九三四年にレオニード・グロスマン(Леонид Гроссман)によって、「一八七〇年代のドストエフスキーと政治サークル」という論文の中で詳細に論じられている。(2)

一八七八年四月、ユダヤ人の復活祭前夜にグルジアの娘が失踪し、やがて死体となって発見された。この死をめぐって、九人のユダヤ人が告発された。そこから、右翼の新聞雑誌が、血の神話(キリスト教徒の血をとる)のプロパギャンダをひろめ、裁判にむかって公衆の意見づくりに大わらわになったというのだ。この問題については、のちにダヴィッド・ゴルドシュタイン(David Goldstein)がより詳細に報じているが、ここではこれ以上は立ち入らない。問題はリーザが反ユダヤ的な噂を口にしたこともさることながら、アリョーシャがそれを打ち消すこともなく、ただ「知らない」とだけ対応したことをドストエフスキーの反ユダヤ的思想のあらわれとして、グロスマンも、またより厳しくゴルドシュタインも批判する。

この指摘の正否はとにかく、このような批判は、ともあれ小説の虚構的空間から外れた場所でなされている、ということを指摘せねばならないだろう。先にも述べたように、神の不動の視点とはいわないまでも、アリョーシャには神への全面的依拠という不動に近い信念があった。ドミートリイの無罪の確信もそこから来ている。そして、リーザも同じような視座から眺められている。リーザを見る目は、いわば看護人の目といっていいかもしれない。現にイヴァンにたいしては、リーザは重い病人だといっている。こういう視点から二人の会話をみなければならないだろう。イヴァンとの対話でもそうなのだが、アリョーシャはつねに聞く側であり、いちいち相手にたいして、対応はしない。それは一見相手の言葉を受け入れているかにみえて実はそうではないのだ。というのも、魂のカウンセラーたるアリョーシャはなにはともあれ、相手の話に耳を傾け、相手を理解することから始める。理解こそ、魂の癒しへのアルファであり、同時にまたオメガでもあるからだ。

6

この章はこの文学空間では最も唐突の感のある章という感じがする。かつて、アリョーシャとともに、苦しむ者を病人として見守ってゆこうと誓ったリーザの、激しい、ほとんど悪魔が憑きでもしたかのようなこの変貌、またそれがわれわれの前に突然ひき出されたことに驚かざるをえない。アリョーシャは、リーザが非常に真面目で、以前は「どんなに『まじめ』な瞬間でも、快活さとひょうきんなもち味を失わなかったのに、このときの彼女の顔には、滑稽や冗談の影さえ見えなかった」と観察している。リーザの突然の変貌には、われわれ読者が驚く前に、アリョーシャが驚いていたのだ。ということは、そこには、なにかしらアリョーシャにも隠されたものの進行があったということだ。それは次第に明かされてはゆく。しかし、リーザのイヴァンにあてた手紙の内容が明かされていないように、なにか読者にも知らされていない部分がそこに存在しているのではないか。リーザの突然の変貌にはどうやらイヴァンがかかわるらしい。リーザがどのようにしてイヴァンと出会ったかは、ホフラコーヴァ夫人の言葉の中でもちょっとふれられていた。それはホフラコーヴァ夫人の所にカチェリーナがいた時、イヴァンが訪れてきた時に会ったというものだ。その次に、リーザのところに会いに来たが、それは六日程前のことで五分間ほどいて帰ったという。ただしそれは夫人は知らなくて、三日たってそのことを知ったので、リーザにただすと、リーザはイヴァンは夫人の容態を聞きに来たのだといったという。どうやらこの時、リーザは手紙で呼びよせたということは伏せていたらしい。リーザが突然激しいヒステリーの発作を起こしたのは、四日前アリョーシャが来て帰った時の夜中からだという。それはそのまま続き、昨日のアフェクトになり、いきなり、イヴァンを憎む、家に入れないでくれとわめいたという。

こうしたホフラコーヴァの話からすると、イヴァンがその発作の原因にあることは確かなのだろうが、しかし、手紙を出したのがリーザだとすれば、むしろリーザの方に原因があるのではないか。これは少し先ばしりすることになるが、アリョーシャが依頼された手紙をイヴァンに渡すと、イヴァンは筆跡でそれをリーザの手紙と判断し、「ああ、これはあの小悪魔がよこしたんだな!」と毒々しく笑い、「開封もせず、いきなり手紙をずたずたに引き裂くなり、風に向かって投げつけた」のだ。そして、アリョーシャに、十六にもならないのに、「淫乱な女がするプロポーズ」をしている、とさげすむようにいったという。それにたいして、アリョーシャは、「あんな赤ん坊を侮辱するものじゃありません! あれは病人なんです、重い病人なんですもの、あれもやはり気がちがってるのかもしれない」と弁護する。

この兄弟のやりとりからして、リーザの方からイヴァンに求愛したということが想像されるが、それがどういう程度のものかわからない。ただイヴァンはリーザのことを「小悪魔」と呼んだことから察するに、破廉恥な内容のものだったに違いない。なぜそのようなものをリーザが書いたか。イヴァンの持つニヒリズムがリーザの空想を激しくかきたてたからではないか。あるいは、僅かな五分間という時間の中になにかあったのか。いずれにせよ、リーザのなかに、時代のニヒリズムがやはり投影していて、リーザもまたコーリャがレールの間に身を置いたような、灼けつくような体験でないと、生命感覚を満足出来ないといった時代病におかされていたのか、あるいはアリョーシャもリーザにたいして口にしたリーザの病気(足の麻痺)の影響がそのような形で出てたものか、よくわからない、ただいえることは、一切を破壊してしまいたい、という激しい空想にとらわれたところから出発したということ、そうした空想をひき起こした原因として、ドミートリイの事件があったのではないか、ということだ。リーザも事件について様々な噂を聞いたにちがいない。そこで彼女のひき出した結論というものは、人間は罪悪を愛するというものだった。そこには母親からの影響もあったかもしれない。アリョーシャに、悪い本は今も読むかと聞かれて、母親の枕の下から盗み出してきては読む、と告白している。悪い本（дурные книги）というのは、たとえばポルノグラフィーといったものかもしれないし、また冒瀆的な書物であるかもしれない。ユダヤ人のことを読んだ書物もそれに入るかもしれない(3)。

ただリーザの場合も、そのアフェクトの最大の原因は、イヴァンから軽蔑されたという想像だったのではなかろうか。アリョーシャがコーリャにたいして指摘した自尊の念がここにも働いている。リーザのうちに悪魔的な倨傲の意識が燃え上がる。そこから一切の人々を呪い、また神をけがすことに強い喜びを感じる。それを無神論者のイヴァンに認めてもらいたかった。しかし、イヴァンの軽蔑に遭った。ひょっとしたら彼女は、自分の貞操さえもさし出したかもしれない。そこまで自分を提供したにもかかわらず、彼は単に冷ややかな侮辱を与えたのみだった。こうしてリーザのアフェクトは深刻なものになっていった……

しかしリーザを単に病気とだけ見るわけにはいかないだろう。結末の部分の自己嗜虐の行為には、リーザの良心が示されている。一種の苦悩への倒錯した憧れがそこにみてとれる。リーザの問題は実は、アリョーシャ自身に最も深くかかわる問題であり、書かれなかった第二部においてこそ展開される問題だったにちがいない。ただドストエフスキーは、時代の病気が子供の世界にまで及んでいる、という点に読者の注意をむけさせたかったのだろう。リーザとの話はイヴァンとの出会いを用意することにもなる。

さて、リーザと別れたアリョーシャは監獄に行き、ドミートリイと会う。第四章「頌歌と秘密」の章だが、この章は第九章「悪魔　イヴァンの悪夢」の章とともに第十一編の最も頂点的な部分だ。いわば無実の罪を負い、それを神による罰と受けとめて、それに頌歌を歌う魂と、傲慢極まりない知性が、自分の知性の生み出した現実的な悪の出現に苦しむという、ふたつの極限的状況がここに描かれているからだ。翌日は裁きが始まるという時点において、この二つの魂の状況は、それまで経過してきたプロットのひとつの決算としてそこに凝集してきたのだといえる。

アリョーシャが行った時ラキーチンとすれ違う。ラキーチンはアリョーシャを避けている様子だった。兄弟の会話はラキーチンのことから始まる。ドミートリイはラキーチンを無味乾燥な魂の持ち主だが利口は利口だ、ペテルブルクでドミートリイの事件を論文に書き文壇へ乗り出そうとしている、そのために自分の所へくる、論文では「環境にむしばまれての犠牲」として殺人事件をとらえようとしている、立身出世の名人だ、そしてろくでなしのベルナールの一人だという。

ベルナールというのは、フランスの生理学者として著名なクロード・ベルナールのことだが、その名前はラキーチンから聞いたのだろう。ドミートリイにとってベルナールとは新しい学問、物質的原理に基づいて世界を理解しようとする学者の代名詞に他ならない。ドミートリイは、神様がかわいそうといって、ラキーチンから聞いたという新しい学問を紹介する。

「いいかい、こういうわけだ。それはここんところに、頭の中に、その脳髄の中に神経があるんだ……(だが、そりゃなんでもいいや!)こんなふうにしっぽみたいなものがあるんだ。つまり、その神経にしっぽがあるんだ。そこで、このしっぽがふるえるとすぐに……つまり、いいかね、おれが目で何か見るとするだろう、そうすると、そいつがふるえだすんだ。すぐに現われるんじゃない、ちょっと一瞬間、一秒間すぎてからだ。すると、一種の刹那が現われる。いや刹那じゃない、——ちょっ、いまいましい、——ある映像が、つまり、ある物体というか、事件というか、——が現われる。だが、それはどうでもいい!こういうわけで、おれは観察するし、それから考えもするんだ。なぜって、それはしっぽがふるえるからなので、おれに霊があるからでもなければ、おれの中に神が姿があるからでもないんだ。そんなことは、みんな馬鹿々々しい話だとさ。これはね、ラキーチンが昨日話して聞かせてくれたんだ。おれはその話を聞くと、まるで火傷でもしたような気になったよ。アリョーシャ、これはりっぱな学問だ! 新しい人間がどんどん出て来る、それはおれにもわかっている……が、やはり神様がかわいそうなんだ!」

ドミートリイが神をかわいそうというのは、クロード・ベルナールのごとき実証的自然科学の発達のため、神が人間の世界から追いやられてしまったからに他ならない。しかしここでドミートリイは、もし神や来世がないとしたら、人間は何をしてもかまわないということになるのじゃないか、という反論をラキーチンにすると、ラキーチンは利口な人間は何でも出来る、「うまく甘い汁を吸うことができる」といい、「きみは人殺しをしたが、まんまとわなに引っかかって、監獄の中で朽ちはてるんだよ!」といい返した。ドミートリイはラキーチンを「まるで豚だ」と罵りながらも、そのいうことを黙って聞く、それもラキーチンがうまいことをいうからだというのだ。そして、ラキーチンとホフラコーヴァ夫人との一件、その病んだ足をうたった詩を読む。そのあと、ドミートリイは、心の底を打ちあける。

「アリョーシャ、おれはこの二ヵ月の間に、新しい人間を自分の中に感じたんだ。おれの中に新しい人間が蘇生したんだ！　この人間は今までおれの中に固く閉じこめられていたので、もし今度の打撃がなかったら、外へ現われずじまいだったろう。恐ろしいことだ！　おれは鉱山へ流されて、二十年間、金槌をふるって、黄金を掘ることなんかなんでもない、それはちっとも恐れやしない、今は別なことが恐ろしいんだ！　この蘇生した人間が、どこかへ行ってしまうのが恐ろしいんだ！　おれは向こうで、鉱山の土の下で、自分と同じような囚人が、人殺しの中にも人間の心を見つけ出して、彼らと合流することができる。なぜって、そこでも生活したり、愛したり、苦しんだりすることができるんだものな！　おれはこの囚人の中に、こごえた心をよみがえらせることができるんだ。（中略）おれはあの『餓鬼』のために行く。なぜなら、われわれはみな、すべての人のため、すべての『餓鬼』のために責任があるからだ。なぜなら、小さい子供もあれば、大きな子供もあるからな。みな『餓鬼』なんだ。おれはすべての人のために行く。実際、だれかひとりくらい、他人のために行かなけりゃならんじゃないか。おれは、おやじを殺しはしなかったが、やっぱり行かなけりゃならん。だまって受ける。（中略）ああ、そうだ、われわれは鎖につながれて、自由がなくなるんだ。しかし、そのとき、われわれはその大きな悲しみの中にいながら、さらに歓喜の中へとよみがえるんだ。人間この歓喜がなくちゃ、生きることができない。だから、神様はあるんだ。なぜって、神が歓喜の分配者だからだ。人間よ、祈りの中に溶けてしまえ！　おれはあちらの地の底で、神様なしにどうして暮らせよう？　ラキーチンの言うことは、みんな嘘だよ。もし神様を地上から追っ払ったら、われわれは地下で神様に会う！　流刑囚は神様なしには生きて行けない。流刑囚でないものより一層生きて行けないのだ。だから、われわれ地下の人間は大地の深い底から、歓喜の所有者たる神に、悲愴なヒムン(頌歌)を歌おう！　神とその歓喜に栄えあれ！　おれは神を愛している。」

語り手は、この話を「奇怪な長ばなし」といっているが、しかし、このドミートリイの心の底の告白は、この『カラマーゾフの兄弟』のいわば冠《かんむり》とでも呼ぶべきものではないだろうか。ここには、全ドストエフスキー文学の帰結がある。アリョーシャは、闘うべきは幸福の意識だといったが、ドミートリイは、一切の意識を超えて、生の中核に直ちに飛びこんだのだ。地下の生活、苦しみに満ちた坑の中から、生を肯定する歓喜の歌を見出したのだ。実際どん底にあっても人間は生きねばならない。生きねばならないということは誰が決めたのか。いわば絶望した人間にも、生は意味を持ちうるか、というように問い直してもいいだろう。絶望とはなにか。絶対的に乗り越え不可能な人生の条件といってもいい。いわば監獄の壁のようなものだ。ドミートリイも、アリョーシャに「このはげまだらな壁にかこまれていて」考えついたといっているのは極めて象徴的といえるだろう。とにかく監獄の壁、そしてその先に見えているシベリア流刑の強制労働、そうした絶望の中でも人間は生きていかなければならない。人生の意味を求める余裕などそこにはない。直ちに生きる意味を生活自体の中に見出さねばならないだろう。こうした絶体絶命の場において、ドミートリイが見出したのは歓喜を自身のうちに体感することだった。これはゾシマ長老や、その兄マルケールが自然の中に、喜びを直覚したことに通じ合うだろう。しかし、ドミートリイではより実存的というべきかと思う。彼はアリョーシャに、「このはげまだらな壁にかこまれて、存在と意識を求めるどんなに激しい渇望がおれの心のうちに生まれて出たか、とてもお前には信じられまい！」この渇望、絶望の中から生まれてきたからこそ、最も純粋な形での渇望、さらにドミートリイは、「おれはすべてを征服し、すべての苦痛を征服して、ただいかなる瞬間にも、『おれは存在する！』と自分で自分に言いたいんだ。幾千の苦しみの中にも、――おれは存在する。拷問にさいなまれながらも、――おれは存在するんだ！　たとえ柱の上に坐っていても、おれは存在している。そして太陽を見ている。よしんば見なくっても、太陽のあることを知っている。太陽があるということを知るのは、――それがすなわち全生命なんだ」とアリョーシャに語る。

絶望の中から激しく湧きあがってくる生への渇望、それこそラキーチンの理解を超えたものにちがいない。一体なぜそのような渇望が起こるのか。ドミートリイは、その渇望によってこそ、自分の中の「新しい人間」を発見したのだった。その渇望こそ歓喜につながるものではないか。一切の物質的条件にはよらない、人間の内部からしかやってこないもの、いや内部を超えた何処からかやってくるもの、ドミートリイはそこに神からの贈物をみたのだ。彼は神は歓喜の分配者だという。というのも渇望がある以上、それは直ちに満たされねばならないはずだ。そこから、ドミートリイは、神の歓喜をひき出す。渇望は同時に歓喜でなくてはならない。ドミートリイが自分のうちに新しい人間が生まれたといった時、新しい人間とはまさに、一切の外的事件から切り離されて、生それ自体のうちにホザンナを叫ぶことの出来る存在に他ならなかった、ということなのだろうと思う。

このドミートリイのいうところは、イヴァンのニヒリズムの対極にある、といわねばならないだろう。ことは、苦悩にかかわる。苦悩から、神の創った世界の不条理さらには神への抗議にむかうイヴァンと、苦悩から神の頌歌にむかうドミートリイと、これはまさに正反対の極といわねばならないだろう。

## 7

さてドミートリイは、自分のそれまでの行動、酔っ払ったり、喧嘩をしたり、乱暴を働いたりしたのは、実は自分の内部に潜んでいたその思想を鎮めるためだったと語り、イヴァンについては、「自分の思想を隠している。イヴァンはスフィンクスだ、黙っている、いつも黙っている」、「イヴァンはマソンだと思うよ。何をきいても黙ってるんだからな」とイヴァンを批評し、また翌日の裁判の話にもふれ、さらにカチェリーナ、グルーシェンカのことに言及する。マソンとはいわゆるフリーメーソンのことだ。ドミートリイはアリョーシャに、カチェリーナが彼から四千五百ルーブリ借りて、平身低頭したことを法廷でしゃべらないように頼んでくれ、さらにグルーシェンカのことを思うと心が苦しい、自分はやきもちを焼いた、帰るときは接吻してやった、しかし、あやまりはしなかった、なぜなら自分の惚れている女には絶対にあやまってはいけないからだ。女には主体的な一面がある反面、残酷性がある、女には甘くていい、しかし、あやまってはいけない、自分はかつてはグルーシェンカの肉体の曲線にひかれていたが、今はその魂を自分の肉体に入れた結果、真人間になった、自分はあれと結婚できるのだろうか。

こうして話は、「秘密」のことになった。アリョーシャがグルーシェンカに探ってくれと頼まれた秘密である。ドミートリイは秘密とはイヴァンが逃亡をすすめていることだと打ち明け、それをどう考えるかアリョーシャの決定に待ちたい、ただ今はいい、宣告の下ったあとにしてくれ、ただイヴァンはアリョーシャには絶対にいうなといっていた、というのもアリョーシャがドミートリイの良心になるのを恐れているからに違いない。こういってドミートリイはアリョーシャの意見を求めた。ドミートリイはいわばジレンマの前に立たされていた。ドミートリイは、グルーシェンカなしではシベリアの坑の中で生きてはいけない、イヴァンは結婚は許されないだろうという、そこでアメリカにふたりで逃げろという、逃亡費として一万ルーブリを用意しようという、しかしそれでは良心はどうなる、苦痛を避けることになる、神の啓示を避け、浄化の道を避けることになる。ドミートリイは宣告が下ったあとに、アリョーシャにその決定を委ねたいというのだ。アリョーシャは、そうなればドミートリイの中の「新しい人間」が解決してくれるだろうと答えるのだった。

アリョーシャとの別れに際して、ドミートリイは、イヴァンは自分の有罪を信じているが、アリョーシャはどうかと聞く。アリョーシャは、「あなたが下手人だとは、一分間だって信じたことがありません！」と断言する。ドミートリイの顔は全面輝き、「今こそおまえはおれを生き返らせてくれた」と口走った。この時、アリョーシャは「不幸な兄の心中にある救いのない悲哀と絶望の深淵」が目の前に開かれたように思った。以前それほどまでとは思っていなかったのである。「深い無限の同情がたちまち彼をとらえ、苦しめ始めた」。彼は「イヴァンを愛してやってくれ！」という兄の言葉を思い出し、かつてないくらいイヴァンのことが心配になった。

このドミートリイの告白の章ぐらい、人間の魂の領域の広さを示した章はないといってもいい。領域の上限は、陶酔的な頌歌と、下限は絶望の深淵、そしてその中間地帯はグルーシェンカにたいする狂熱的な愛、アリョーシャとの対話によってひき出されたドミートリイの魂の領域はそのようなものだった。特にドミートリイが、アリョーシャに自分の無罪を信じているかどうかを聞いたことは、アリョーシャも直覚したように、ドミートリイの絶望の深さをよくあらわしている。ひと口に苦悩を愛するといっても、現実には、それほど簡単ではないだろう。それは実は、ドミートリイ自身も知っていた。だから、流刑においても、グルーシェンカの愛なしには彼は生きていけないと感じている。そこに、アメリカ逃亡の現実的意味もあったのだ。

既に述べたように、この第十一編は、翌日の裁判を前にして、人々が(ドミートリイをもふくめて)ドミートリイが果たして真の犯人か否かについていかに反応するかをアリョーシャがひき出してゆく、という構成を持ったものだ。もっとも単にアリョーシャはそれをひき出すだけの役割には止まらない。彼には同時にそれらに対して訂正もし、また忠告もするという役割も重要なものとしてあった。ただ決して、積極的にドミートリイが真の犯人ではないということを説こうというのでもなかった。彼は控え目でむしろ人の話の聞き手に自己をとどめていた。これはあたかも病人にたいする医者の対応といっていいかもしれない。医者は治療に当たっては、患者に病状について話を聞くだろう。話を聞くことによって、病気の原因をさぐり、治療の方針をたてることができる。特にこれは精神の世界の問題なのだ。話を聞くということは特に患者にたいしてはそのまま治療の方法にもなる。それは、病人自身も知らない自分の姿を知る方法にもなる。そこにアリョーシャのとった態度の意味がある。この場合アリョーシャのいわば看護人としての条件は、人々が心を打ち明けることの出来る人、信頼できる人、それを前にして素直になることのできる人、ということだろう。それには、いかなる人間をも包摂しうる広い度量を持っていること、瞬時に、人間の訴えを理解できる人間把握の能力を持っていなくてはならないだろう。アリョーシャにはそういう能力があった。これにはアリョーシャの謙抑な性格も大きくプラスしていたに違いなかった。

アリョーシャが、ドミートリイの無罪を信じていながら、それを積極的に人々に説いてまわろうとはしないのは以上のごとき理由による。

もっとも、アリョーシャがドミートリイの無罪を信ずるのは、別に具体的な証拠があるからのものではない。それは彼の直覚による。これは、奇蹟と信仰の問題において、アリョーシャの場合まず信仰があり、そこから奇蹟がおこるというのと共通する。アリョーシャの、特に兄弟にたいする理解には深いものがあったというべきだろう。その深い理解からして、ドミートリイが犯人でありえないというものだ。しかし、それは裁判のごとき、証拠第一主義の世界においては通用するものではないだろう。その点にも、アリョーシャが積極的に兄の無実を人々に説いては廻らない理由があった。しかし、その根本的な理由としては、この精神の世界では、病人がもし恢復するとしたら、それは他者の助言によるにしても、究極的には自分自身の力によるしかない、という認識があったということによるのだと思う。従って、ドミートリイが、逃亡について意見を求めてきた時も、アリョーシャが言ったことは、その時になれば新しい人間が出てきて、新しい人間が解決を示してくれるだろうと、ドミートリイ自身の力に解決を委ねたのだ。

## 8

ドミートリイが犯人か否かの問題は、第五章「あなたじゃない」の章で、最も凝集的に扱われることになる。というのも、このアリョーシャの訪問相手のイヴァンこそはこの事件の隠れた中心人物であり、この問題はイヴァンの心の奥底に不断にわだかまって、彼を苦しめていたからだ。

アリョーシャはカチェリーナの家に最初会いに行って兄がそこから立ち去るのに出会う。イヴァンはひき返し、共にカチェリーナの客間に入る。アリョーシャはドミートリイの伝言、法廷で例の一件を話すなという伝言を伝える。カチェリーナは一体それは誰を大事にするためなのかと問い返し、「あなたも、また、兄自身も」というアリョーシャの答えに、アリョーシャは自分のことを知らない、しかし自分も自分自身のことは知らない、女はとかく不正直なものといったあと、ドミートリイを一時間前まで毒虫のように思っていたが、それは間違いで、「あの人はなんといってもわたしにとって人間です！」それから「一体本当にあの人が殺したんでしょうか？」とヒステリカルに叫びイヴァンの方をさっと向いた。アリョーシャはこの瞬間、この問いが二人の間で幾十度となく持ちかけられ、喧嘩別れになったことを見てとったという。カチェリーナはいった。「わたしはスメルジャコフのところへ行って来たわよ……あれはあんた(ты)よ、あんたがあの男を父親殺しだっていうもんだから、わたしはあんたばかりを信用してたんだわ！」

アリョーシャが二人の会話を聞いて身ぶるいをしたのはこの時だった。カチェリーナがイヴァンに対して ты (あんた)を使ったからだ。アリョーシャが身震いしたのは、「ふたりのそうした関係を、夢にも考えなかった」からだった。イヴァンは立ち去ってゆく。カチェリーナはアリョーシャに、ついていってやってくれ、ひとりにしてはいけない、「あの人は気がちがったんですのよ、あなた、あの人の気がちがったこと知らないんですか？　あの人は気が変になってるんですの、神経性の熱病ですの！　医者がそう言いましたわ」。アリョーシャは言われて、追ってゆく。

ここで兄弟の間に会話が始まるが、その内容は、プロットの展開、真の犯人は誰かという問題に極めて関係が深い。

アリョーシャは兄が病気だというのは本当だ、顔が病的だと注意するのを受けて、イヴァンは、「どんなふうにして、人間が気ちがいになるか、おまえそれを知ってるかね？」と聞く。その様子は、「急に恐ろしく静かな、うって変わったように穏やかな声」で、「その言葉の中には、極めて素朴な好奇心がこもっていた」。

そのあと、アリョーシャが先にもふれたリーザの手紙を手渡し、それをイヴァンが読まずに破りすて風に飛ばすことがあり、それから二人の間でカチェリーナの話になる。イヴァンは、実はカチェリーナがちゃんと証拠書類を握っている、それはドミートリイの自筆によるもので彼が父親を殺したことを数学的に（математически）証明しているものだというのだった。従って、カチェリーナは、ドミートリイの救い主にもなれるし、また彼を破滅させることができる、そこでイヴァンとしては、カチェリーナと手を切ることができない、手を切ればその「復讐として、あす法廷で、あの悪党を破滅させるに相違ない。なぜって、あれはミーチャを憎んでいるし、また憎んでいることも知ってるんだからな。今は何もかも虚偽だ、虚偽の上に虚偽を積んでるんだ！」という。

このイヴァンの言葉は、この文学空間の中心主題と深くかかわるものとして極めて重大だが、それは後に考えることにして、取り敢えずは、兄弟の先の会話をみよう。アリョーシャが、イヴァンのいった「数学的に証明してるんだ」という言葉を受けて、そんなことはありえないと、熱心にきっぱり否定した時の会話である。

「イヴァンは急に立ち止まった。

『じゃ、おまえは誰を下手人と思うんだ？』と彼は一見いかにも冷淡な調子で聞いた。その問いには一種傲慢な響きさえこもっていた。

『だれかってことは、あなた自分で知ってらっしゃるでしょう』アリョーシャは小さな声でしみ入るようにこう言った。

『だれだい？　それは、あの気ちがいの馬鹿だっていうおとぎ話かい？　癲癇やみのことかい？　スメルジャコフのことかい？』

アリョーシャは急に全身が震えるような気がした。

『兄さん、自分で知ってらっしゃるくせに』こういう力ない言葉が、彼の口から思わず洩れて出た。彼は息を切らせていた。

『じゃ、だれだい、だれだい？』とイヴァンはほとんど凶暴な調子で叫んだ。今までの押さえつけたような控え目なところが、まるでなくなってしまった。

『ぼくはただこれだけ知っています』アリョーシャは依然としてささやくように言った。

『お父さんを殺したのはあなたじゃない』

『「あなたじゃない！」あなたじゃないとはなんだ？』イヴァンは棒立ちになった。

『お父さんを殺したのは、あなたじゃない。あなたじゃありません！』とアリョーシャはきっぱりと繰り返した。

三十秒ばかり沈黙が続いた。

『そうさ、ぼくが殺したんでないことは、自分でちゃんと知っている。お前はなんの寝言を言ってるんだい？』あお白い、ひん曲がったような薄笑いを浮かべて、イヴァンはこう言った。彼は食い入るようにアリョーシャを見つめた。二人はまた街灯のそばに立っていた。

『いいえ、イヴァン、あなたは幾度も幾度も、下手人はおれだと自分で自分に言いました』

『いつぼくが言った？　ぼくはモスクワにいたじゃないか……いつぼくが言った？』とイヴァンは茫然としてささやいた。

『あなたはこの恐ろしい二ヵ月間、ひとりきりでいる時に、幾度も自分で自分に、そうおっしゃったのです』アリョーシャは依然として小さな声で、言葉を区切りながらいいつづけた。けれど、もう今は自分の意志でなく、ある打ちかちがたい命令によって、夢中で言っているような具合であった。『あなたは自分で自分を責めて、下手人はおれ以外にだれもないと自白したのです。けれど、殺したのはあなたじゃありません。あなたは思い違いをしています。下手人は、あなたじゃありません。ぼくの言葉を信じてください。あなたじゃありません！　神様は、このことをあなたに言うために、ぼくをおつかわしになったのです』。」(傍点原作者)

全編を通して最も戦慄的な場面というべきものだろう。ここにおいて、アリョーシャの他者の魂への透視力が最大限に発揮されたものといえる。特に、イヴァンの反応の部分に、ドストエフスキーの心理家としての深さがみてとれる。この場面の戦慄的な印象は、『オイディプス王』で、オイディプスが、罪の根源を自分自身に見出してゆく過程のもたらすものと共通する。イヴァンの場合、その意識の暗闇に潜んでいた無意識の願望が徐々にアリョーシャの言葉によって意識の明るみにひき出されてゆく。そのプロセスがイヴァンの反応の中に見事に映し出されてゆく。先に述べた癒し手としてのアリョーシャの手腕がここで見事に発揮されているといっていい。例えば、「お父さんを殺したのはあなたじゃない」(傍点原作者)という言い方にそれが端的に示されているのではなかろうか。

これは、イヴァン自身が自分を真犯人とひそかに思っている深層心理に、実は応えた言葉に他ならない。だから、不意をつかれてイヴァンは、アリョーシャの言葉を寝言と反発する、しかしその時の笑いは、「あお白い、ひん曲がったような薄笑い」と記されている。いうまでもなく、的を射られて、しかし、それをしらばくれる動作ととれる。だが、そうした動作自体矢が当たったといえる。そこでアリョーシャは、イヴァン自身自分で自分を下手人といい聞かせてきたという。ここでアリョーシャは「ある打ち勝ちがたい命令によって、夢中で言っているような具合であった」というが、イヴァンの反応の中に次第にアリョーシャは確信を得ていったのだろうと思う。しかし、アリョーシャの言が果たしてイヴァンに理解できたかどうか。

アリョーシャがイヴァンじゃないといったことは、いうまでもなく、ドミートリイが犯人でないと断言した場合と同様直覚から来る。その直覚はまたスメルジャコフが下手人だということを察してもいる。そしてアリョーシャはスメルジャコフの中に悪魔的なものをみている。アリョーシャの断言には、はっきりと悪魔的なものこそ真犯人である、という確信があった。

しかし、アリョーシャとは異なって、むしろ物質的証拠に立脚し、欲望の中に動機をさぐろうというイヴァンには、そうしたアリョーシャの直覚からする断言の意味はわからない。まして、「虚偽の上に虚偽を積んでる」というイヴァンにはみえるはずがない。「虚偽の上に虚偽」とは、少なくともイヴァンの心の中では、カチェリーナと手を切れない、本当は切りたいのだがやむをえずそういう演技をせざるをえないのだというところにうかがわれる虚偽だが、しかし、そういうようにいっているイヴァン自身は、より深い虚偽には気づいていない。より深い虚偽とは、実はイヴァンは心の底にはカチェリーナを愛しているのを、素直に認めていないところに生まれる虚偽だ。さらに、彼は、ドミートリイの無罪を信じているように見せかけながら実は必ずしもそれを信じてはいない。というのも信じたくはないのだ。そこにも虚偽がある。イヴァンがドミートリイの裁判についてアリョーシャに語った時、ドミートリイを「人殺し」とか、「人でなし」という言葉を使ったということがアリョーシャの心に痛いほど響いたというのだが、それはそのような露骨な言い回しの中には実はイヴァンの潜在的な願望があったということだ。

ここから、イヴァンのアリョーシャが、「あいつを見たろ」という問いかけが起こることになる。「あいつ」それは、第十一編の第九章「悪魔　イヴァンの悪夢」で語られる「悪魔」だが、もちろんアリョーシャは知るはずもない。イヴァンは、やがて冷静をとりもどし、「ぼくはぜんたい予言者や癲癇持ちが大きらい」といって、「きみと縁を切る」といい出して、二人は別れる。一応、アリョーシャの訪問はここで終わる。アリョーシャが再びあらわれるのは、最終章の結末部分においてだ。

（1）『神曲』「地獄界」ではダンテはたびたび仮借ない罰を受けて苦しむ魂にたいして同情を示すが、ヴェルギリウスによって、それがいかに愚かしいことであるかとたしなめられる。

（2）Леонид Гроссман: Достоевский и правительственные круги 1870-х годов (Литературное Наследство Т. 15. 1934. стр. 110–114)

（3）ドストエフスキーが当時手にした可能性のある反ユダヤ的書物については中村健之介のトロプという研究者の論文の紹介的論文の中に指摘がある。トロプはいう、メルボルンの研究者D・グリシンによれば、ドストエフスキーは一冊の反ユダヤ的書物を知っていたはずで、それは、一八四四年にV・ダーリによる編集の『ユダヤ人によるキリスト教徒少年殺害とその血の利用についての研究』であり、それは一八七八年に再版が出たという。その他、I・リュトスタンスキーの本も知っていた可能性があるとして、『ユダヤ人セクトが宗教的目的でキリスト教徒の血を用いる問題について。ユダヤ教徒とキリスト教徒一般に関する諸問題とのつながりにおいて』(一八七六)があげられている。なおトロプは、反対の主張を有する書物もドストエフスキーは読んでいた可能性があるとして、数冊をあげ、その一冊D・フヴォリソンの『中世に行なわれたユダヤ人に対するいくつかの弾劾について』(一八六一)が一八七九年に『ユダヤ人はキリスト教徒の血を用いるか』と改題されて再刊されたものが、ドストエフスキーの蔵書に入っていることを紹介している(中村健之介「トロプの論文『ドストエフスキー――ユダヤ人問題のロジック』を紹介する」北海道大学文学部ロシア語ロシア文学研究室年報『スラヴ学論叢』第三号(2)、札幌、一九九九、一五四〜一五五ページ)。

**補注**　何かしら象徴的な意味の所在を感じさせるこの名称には、この文学空間を覗きこむ神の視点が感じられる。謙抑をともなわない自己愛は、結局世界の終末を準備するもの、という思想は、ゾシマによって語られたものだった。その端的な例がフョードルとドミートリイの争いだった。イヴァンはそれを爬虫と爬虫の殺し合いと罵った。しかしそのイヴァンもやがて自らを爬虫と認識するに至る。いわばこの文学空間は野獣的なものが追いこまれ、社会的な制裁の中におかれる空間ということだ。この点で、ドミートリイが逮捕された時、「野獣のような目つき」で人々を見まわしたというのは象徴的だ。予審の始まりに際してもそうした目つきをくり返した。しかし、野獣を追いこんだ人々は野獣でないといえるか。そういう問いかけもこの名称には仕かけられているような気がする。

# 第七章　イヴァンと分身たち

## 1

第十一編「兄イヴァン」は、後半、話はイヴァンに集中する。既にみたように、この編はアリョーシャが翌日は兄ドミートリイの公判という日に、グルーシェンカ訪問から始めて、ホフラコーヴァ夫人、その娘リーザ、監獄のドミートリイ、カチェリーナと、この文学空間での主要人物のもとを次々と訪れるのだが、イヴァンとは、カチェリーナのもとで出会うことになる。翌日が公判という時に、人々の関心の中心に、真犯人は誰かという問題がまずは横たわっていたことはいうまでもない。もっとも運命的な不安と期待にみなぎったこの時間を、アリョーシャは兄ドミートリイの無罪を信じてまわるのだが、そういうアリョーシャの前に、人々はより深い内面を開示してゆくことになる。そして、この編は、続く第十二編「誤れる裁判」における検事イッポリートと弁護士フェチュコーヴィチの対立的弁論について、さまざまな布石を置いたものでもある。そしてこの第十一編の後半、第五章「あなたじゃない」以下、第十章「『それはあいつが言ったんだ！』」までの六章は特にイヴァンが中心に扱われ、しかも、そこでは真犯人があばかれ、さらにその直後真犯人が自殺するという、きわめて重大な語りとなっている。特に、この六章のうちの第六章「スメルジャコフとの最初の面談」、第七章「二度目の訪問」、第八章「三度目の、最後の面談」、第九章「悪魔　イヴァンの悪夢」の四章は、誰が真犯人か、という問題をめぐって、もっとも深刻な章であり、かのドミートリイの劇的な運命の逆転の章と並んで、この文学空間最大の山場というべきものだろう。プロットの上での山場という点では、次にくる第十二編「誤れる裁判」がそれに相当するだろうが、真の山場はむしろ、イヴァンのこの二人の分身を扱った、もっとも内密で人間の心の奥深い闇の中でなされた心理劇にこそあるだろう。この四つの章は第十二編において裁判が公開されて人々の前に一応一切が提示され、社会という場で裁かれるのにたいして、完全に他者の目にはふれないもっとも内奥の劇、あるいは裁きというものを扱っているといっていいだろう。しかし、このもっとも隠密な心の内奥の裁きにおいては、社会の裁きとは異なって裁き手は、イヴァンの外側にはいない。裁き手はいわばその内面よりあらわれてくる。あるいは良心とでもいうべきものかもしれないが、いわゆる良心といった、すでに倫理的な意味づけを与えられたものとも異なる、より研ぎ澄まされた、鋭い自意識とでもいうほかないものだ。いわば、イヴァンは、彼自身の鋭い知性によって裁かれたということだ。知性によってつくりあげられた神否定の論理の体系が、まさに当の知性そのものによって崩壊する、ここにイヴァンの悲劇がある。第九章「悪魔　イヴァンの悪夢」は、なかんずくもっとも深刻な章というべきものだろう。「悪魔」とは、イヴァンのうちなる分析的・論理的知性にほかならぬ。言い換えれば、知性というイヴァンのごとき青年にとってもっとも魅惑的なものの、悪魔的なものへの突然の転換、ここには、ヨブ記的な試練が存在しているといえる。ヨブは、何のいわれもなくサタンによっていたずらに苦難を受ける。イヴァンもまた、彼自身の知性そのものによって受難するといっていい。

そして、この四つの章には、ドミートリイの場合と同様オイディプス的運命悲劇が仕掛けられている。ドミートリイは、グルーシェンカの愛を得て、生命的充実の最高頂に達したその瞬間、父親殺しの犯人として逮捕されたが、イヴァンはイヴァンでまた真の犯人をドミートリイと思いこんでいたところが、最後には、スメルジャコフとの会話を通して他ならず自分こそ真の犯人であることに気づかされていく。運命は実に激しく二人を嘲弄したのだ。その過程が、実に見事に描かれているのであり、このスメルジャコフとの章は次にくるイヴァンの分身たる悪魔との対話とともに、『カラマーゾフの兄弟』の文学空間において、大審問官やゾシマの告白の章にも劣らない章となっている。

イヴァンが狂気に陥ってゆくのは自分こそ真の犯人だという発見によるだけではない。その発見に追いこんだものが、それまで全く馬鹿にしていたスメルジャコフだったということにもよる。しかも、スメルジャコフは、イヴァンを実に見事に翻弄してみせた。心理透視の巧猾さにおいては、恐らくスメルジャコフの右に出るものはいないのではないか。いわば、ルサンチマン(怨恨)にとらわれた魂の示す透視力、それは、ハイエナのように人間の無意識から、醜悪のもののみをかぎ出すことにかけて、また相手の弱点を巧みにつくことにかけて、実に才たけている。それはいわゆる下男の視点とでもいうべきものだろう。それにスメルジャコフは単なる下男にはとどまらない。かつ、スメルジャーシチャヤ(悪臭を放つ女)という名を持つ白痴の母親の私生児であり、本人もまたその名をもらっているという、二重にも三重にも屈辱的な状況におかれた下男なのだ。さらに、フョードルという、なんともおぞましい、しかも人間通という点では抜群の、シニカルな道化を主人にして、スメルジャコフの人間洞察にはますますみがきがかかったというべきだろう。しかも、フョードルもまたイヴァンもスメルジャコフを物の数とも思ってはいなかった。これはスメルジャコフのごとき狡知にたけたものからいえば、逆にその人間認識に有利な条件を提供することになるだろう。知恵があると思われる相手には警戒して見せない弱点をスメルジャコフの前ではさらけることになるからだ。人間認識では人後に落ちないフョードルも、スメルジャコフの仮面の裏は覗けなかったのだ。こうして、スメルジャコフの狡知はまんまと効を発することになる。第六章から第八章までのイヴァンとの対談は、そうしたスメルジャコフの狡知がイヴァンを領略していくプロセスを描いて見事だ。

2

まず第六章「スメルジャコフとの最初の面談」はやや過去にさかのぼる。第五章「あなたじゃない」でアリョーシャと別れたイヴァンは、突然スメルジャコフのもとに行きたい衝動に捉えられる。時間的にそれに続く叙述は二章あとの第八章の「三度目の、最後の面談」でひきつがれるのであって、第六・七章はスメルジャコフとのそれまでの過去のいきさつにあてられているのだ。

第六章では、イヴァンがモスクワから帰って以降のスメルジャコフとの関係が述べられている。父親の事件後、最初に会ったのは帰郷の当日、それから一、二週間後に二度目の訪問をして以来、ひと月以上は会っていない。帰った当初イヴァンはアリョーシャに会った時アリョーシャが下手人としてスメルジャコフをあげたのに驚いた。しかし、イヴァンは当時の状況の詳細を知るに及んで、それが「極度に興奮した兄弟の情」と同情からのものと解釈した。大体イヴァンはドミートリイを嫌い、彼にたいする憐憫の情には「嫌悪に近い軽侮」がまじっていた。ドミートリイに会っても、その話はしどろもどろでスメルジャコフの罪をいいたてても筋道が立っていなかった。のみならず、ドミートリイは「すべては許される」と公言しているものが、人を疑ったり訊問したりする権利はないなどといってイヴァンをおこらせもした。

そのあとイヴァンはスメルジャコフを病院に訪れたのだ。彼の頭には、スメルジャコフと交わした最後の対話のことが、なにか「うさんくさく」思われていた。最後の対話とは、モスクワ出発直前に交わしたものだ。医師のヘルツェンシュトゥベとヴァルヴィンスキイはスメルジャコフの癲癇についてのイヴァンの「執拗な問い」にたいして、「疑う余地」がないと確答した。ただ「いくぶんアブノーマルなところも認められます」というのでイヴァンは自分の目で確かめるべく面会を求めたのだ。

スメルジャコフは、ひどくやせ細り、土気色で、二十分ほどの面会の間、絶えず頭痛や手足の痛みを訴えつづけた。「去勢僧のようなひからびた彼の顔は、すっかり小さくなったように見えた。こめかみの毛はくしゃくしゃにもつれて、前髪はただ一つまみのしょぼしょぼ毛となって突っ立っていた」。ただ「絶えずまたたきをして、何事か暗示してでもいるような左目は、依然たるスメルジャコフであった。『賢い人とはちょっと話してもおもしろい』という言葉を、すぐにイヴァンは思い出した」。

この章は、すでにふれたように第五編第六・七章を受けて書かれている。そこでは、イヴァンとスメルジャコフとのあいだで、イヴァンがフョードルのもとを出て、チェルマーシニャに行くことについて対談が行なわれたのだ。イヴァンはスメルジャコフになんともいえない嫌悪感をいだいているくせに、言葉の上ではそうした嫌悪感とうらはらに反応してしまう。それは、イヴァンの内面深く隠れているなにか醜悪のものの反応ででもあるかのようだった。というのも、スメルジャコフの身体言語をも駆使しての、絶妙な話術にうまうまとのせられ、イヴァン自身それまでそれほど明瞭には意識していなかった暗黒の部分がひき出されたといえる。それに、スメルジャコフの言葉の、なんともいえないあいまいさ。反語《アイロニー》かと思えばそうでもなさそうだ、では字義通りに受けとれるかと見ると、反語にみえてくる。それは心のなかに奇妙に残り、反芻させる余韻をのこす。イヴァンが再会した時に、左の目のまばたきや「賢い人とはちょっと話してもおもしろい」という言葉を思い出したというのは、そういうことを示している。

イヴァンがスメルジャコフのもとを訪れたというのも、スメルジャコフと交わした最後の対話をモスクワからの汽車の中でも絶えず考えつづけ、そこになにかしらうさんくさいものを感じ、それを確かめるためにほかならなかった。というのも、スメルジャコフのあいまいな言葉が、父親が殺されたという現実の事件の発生によって、ある真実性を帯びたものとして映じてきたからに他ならない。特に、スメルジャコフが意のままに癲癇をおこせるのだという話など、それがイヴァンの出立した当日、スメルジャコフに癲癇が起きたということと考え合わせてみて、そこになにかしら怪しい意図というものをイヴァンは感じたのだ。イヴァンはあらかじめ医者にその点について確認をとり、そこでスメルジャコフのもとを訪れるや、話を、癲癇の発作のことから始めたのだ。イヴァンは、スメルジャコフがあらかじめこの事件の出《しゅっ》来《たい》を知っていたのだろう、ごまかすなといって「あの時お前は穴蔵へ入りさえすれば、すぐ癲癇になると予言したじゃないか」と問いつめた。スメルジャコフは、イヴァンにその点について当局の訊問の時、申したてたかと聞き返し、イヴァンがまだだと答えると、こういった。

「一年前にもちょうどそれと同じように、わたしは屋根裏の部屋から落ちたことがあるんでございますよ。発作の日や時間を予言することはできませんが、そういう虫の知らせだけは、いつでもあることでございますからね。」

イヴァンが「時日を予言したじゃないか！」となおも追及すると、スメルジャコフは、自分の病気がほんものか仮病かということは医者に聞いてもらえばわかる。なおも穴蔵にこだわるイヴァンにいった。

「あなたはよくよくその穴蔵が気になるとみえますね！　わたしはあのときあの穴蔵へはいると、恐ろしくって心配でたまらなかったんですよ。ことにあなたとお別れして、もうほかに世界中だれひとり自分の味方になってくれる人はない、とこう思ったために、よけい恐ろしかったのでございます。わたしはあのとき穴蔵へはいると『今にも起こりやしまいか、発作が襲ってきてころげ落ちやしまいか？』とこう考えましたので、つまりこの心配のために、いきなり喉にがんこな痙攣《けいれん》が起こって……まあ、それでわたしは真っ逆さまに落ちてしまいました。」

スメルジャコフはその筋にもその通りを申し立て、認められたといった。イヴァンは例の時の対話を当局者に打ち明けるといっておどすつもりが先を越されることになった。といってスメルジャコフはなお自分は一切合財申し出たわけではない、癲癇のまねができることはいわなかったとスメルジャコフはいう。

さらに話は、スメルジャコフがイヴァンにチェルマーシニャ行きをすすめたのは何故か、といういわば核心的な話になる。イヴァンにしてみれば、スメルジャコフが事件の工作のために、彼を遠ざけた、という疑いを持っていたからだ。というのも当然のことで、イヴァンが、自分の留守に大変なことが起こるのじゃないか、といった時、スメルジャコフは、「わたくしはあなたが気の毒で、ああ申したのでございます。わたしがあなたのような位置におりましたら、こんなことにかかり合うより……いっそ何もかも捨てて行っちまいます……」といったことがあったからだ。イヴァンは、そのときスメルジャコフのことを、大馬鹿で、しかし恐ろしい大悪党だといった。そのスメルジャコフの言葉の中に、事件の必ずや到来することの暗示を直覚したからだ。

ところが驚いたことに、今となってスメルジャコフの反応は、全く逆転していた。つまり、同じ言葉から出発して、イヴァンの直覚したものとは全く正反対の結論を出したのだ。

スメルジャコフの論理はこうだ。なるほど自分はチェルマーシニャへ行くことをすすめた。それはイヴァンがモスクワへ行くことを恐れたからだ。というのも、チェルマーシニャの方がモスクワより近い。わざわいは避けたほうがよい、といったのは、「今に家の中に不幸が起こるから、お父さんを保護なさらなければならないということを、あなたに悟っていただくためだった」というのだ。そうならそうとはっきりなぜいわなかったか、というイヴァンの追及にたいしてスメルジャコフは、あの当時、自分がいったのは、もしやという心配ばかりで、もしはっきりいったところでイヴァンが立腹するばかりだろう、従って、自分があいったら、自分のなるべく近くにいてほしいという気持ちを察して、チェルマーシニャへ行くどころか、行くのをとりやめるかもしれない、と考えたと答えるのだった。

イヴァンは、「話しっぷりこそ煮えきらないが、なかなか筋みちの立ったことを言う」と考えた。しかし、イヴァンはなお追及する。「賢い人とはちょっと話してもおもしろい」といったことをとりあげ、スメルジャコフがイヴァンの出発することを喜び、ほめたではないか、と問いつめた。スメルジャコフは、自分が喜んだのは、イヴァンがモスクワでなしに、チェルマーシニャへ行くことに同意したこと、つまり近いところに行くことを喜んだのであり、またほめたのではなく、とがめるつもりだった、というのも自分たちを護ろうとはしないからだ、自分に三千ルーブリの盗難の嫌疑がかけられる心配もあった。

フョードルの部屋の扉をあける合図のことにふれ、スメルジャコフがそのことを予審判事か検事にすでに申し立てていたことにもイヴァンは驚いた。

またイヴァンは癲癇のまねをすることができるというスメルジャコフのことばに立ち返り、その理由を尋ねた。スメルジャコフは冗談だといい、さらに、「もしわたしがあんな人殺しの企みをいだいていたら、生みの息子さんのあなたに、自分の不利になる証拠を前もってうちあけるような、そんな馬鹿なことをするはずがないじゃありませんか！」そして、そんなことを検事などに話しても、「結局、それはわたしの弁護になってしまいます」というのだった。

どうやらイヴァンはこれで納得したらしかった。彼は別れ際に、「なぜかとつぜん」「おれはお前が癲癇のまねのうまいことを、だれにも言わないようにするから……おまえも言わないほうがいいよ」といった。それにたいして、スメルジャコフは、そうなら「わたしもあの時あなたと門のそばでお話ししたことを、すっかりは申さないことにいたしましょう……」と応じた。

3

以上がイヴァンのモスクワから帰ってから第一回のスメルジャコフとの対話である。語り手は、スメルジャコフの最後の一句に、「何やら侮辱的な意味がふくまれているのに」イヴァンが気がついたが、それはちらとひらめいたに過ぎなかったと語っている。そして、イヴァンのその時の心理をこう説明した。

「彼は犯人がスメルジャコフではなく、自分の兄のミーチャだという事情を知って、実際、安心したような気がした。もっとも、その感情は正反対であるべきはずだったのだが。ところで、なぜ彼はそんなに安心したのか、そのとき彼はそれを解剖することを望まず、自分の感情の詮索だてに嫌悪の念さえ感じた。彼は何かをできるだけ早く忘れてしまいたいような気がしたのである。」

ここには、イヴァンが「何か」の存在を直覚してはいるが、意識の上ではそれを忘却の彼方に追いやろうとする心理が指摘されている。その「何か」は次第に以後の展開の中で明らかになってゆくものだが、それはなおイヴァンの奥深い無意識にかくれている。

こうした心理の所在を補助線として考えてみればイヴァンがスメルジャコフの弁明に安心したのも、一種の暗黙のなれあいのようなものがそこに潜在していたからではないか、と見えてくる。別れに際してのやりとりはそれを暗示する。スメルジャコフの最後の一句をイヴァンが侮辱的なものと感じたというのも、イヴァンの中のそうした感情をスメルジャコフは暗に察知してそういう言葉をいったからだ。侮辱と感じたというのは、スメルジャコフの方が、自分の上手《うわて》をいっている、言い換えればイヴァン自身には見えていない彼のうちの何かを見ていっている。そうしたスメルジャコフの優越を感じたということに他ならない。端的にいってしまえば、スメルジャコフはこの時点でのイヴァンの心理をほとんど完全に掌握した上で、その弁明を組み立てていたということだ。そのイヴァンの心理とは改めていうまでもないことだが、ドミートリイの有罪を、スメルジャコフの証言によって確信したいという潜在的な願望である。さらにいえばそれによって自分自身に帰着する恐るべき犯罪責任を回避できるという無意識的計算である。そこでスメルジャコフとしては、そうしたイヴァンの心理の方向にそって弁明を組み立てればよい、ということになるだろう。ここに、イヴァンを迎えたスメルジャコフの戦略があった。

ここでスメルジャコフの弁明において、論理がどのように組み立てられているかをみてみよう。

スメルジャコフの詭弁については、先にトルコで捕虜になったロシアの兵隊が、イスラム教への改宗をせまられ、拒否して皮剝ぎの刑にあって殉教した出来事について一同が議論した際のスメルジャコフの棄教の弁護論においてみたことがある。スメルジャコフの詭弁は、問題の連続性を無化し、純粋に形式論理の平面に議論を置きなおすというものだ。そこでは棄教に伴う魂の苦悩などというものは、カッコに入れられてしまうだろう。

イヴァンが追及するのに答えるこの場合のスメルジャコフの論法は、スメルジャコフがイヴァンにかつて与えた言葉を、彼自身のコードに従って読み直してみせたところにあった。元来、先にも述べたように、謎めいた情報としてそれは与えられていた。いうまでもなく、そこにスメルジャコフの戦略があった。特に身体言語的なものは、あいまいだから、その戦略にはうってつけだろう。一般的に、あいまいな身体言語的記号にたいした時、人は相手の信号をどのように解読するか。恐らく自分の都合のいいように解読するに違いない。しかも、そうした信号が自分だけにむかって内密に発信されている場合にはなおさらのことだろう。イヴァンとスメルジャコフの間に、イヴァンのモスクワ出発前に成り立った空間は、そのような内密の空間だった。そのようななかで、イヴァンが受けとったのは、一種の共犯的なながしともいうべきコードだった。これはいかにも二人の間に成り立つコードとしてふさわしいといえるだろう。

しかし、モスクワから帰ったのちのイヴァンにたいして、スメルジャコフは彼のかつてのメッセージのコードをがらりと変えた、いわば反転したのだ。共犯的なコードから、共同防衛的なコードへと百八十度転換したということだ。つまり、イヴァンなら、事件の出来を防げるはずだ、また自分をもまもってくれるはずだ。メッセージは、このコードにそってこそ解読すべきはずであったというのが、スメルジャコフ自分自身の解読だった。共犯的コードから、この父親をいわば共同防衛するコードへの逆転は、きわめてアイロニカルというべきだが、このコードは、直ちに公開できるていのものであり、またイヴァンにしても、そのコードを正面から批判することはできにくい。なぜなら、批判するとしたらそれは、当初彼の理解した共犯的コードを認めることになるからだ。のみならず、スメルジャコフのそうした詭弁は彼の内奥の無意識の願うところでもあった。

## 4

スメルジャコフとの二度目の対話は、この一回目の対話より二週間後になされた。それは一回目の対話で納得したはずのイヴァンの心の中に、ひとつの奇怪な想念が否応なく持ちあがってきたためだったという。二週間経ったというのも、その間イヴァンはカチェリーナにたいする激しい愛欲の念にとりつかれ、そのことにかかずらっていたからだった。この愛欲の念は、きわめて激烈なもので、気が狂わんばかりのものであり、一方カチェリーナもドミートリイの事件に心を震駭されており、また実際にはイヴァンの知力に深い崇敬をいだいていたので、イヴァンにすがりついたが、さりとて、ドミートリイにたいしてなおも誠実さを保っていたのでふたりの間には争いが絶えなかったというのだ。このため、二週間のあいだ、イヴァンの心はそのことで忙殺されていたのが、奇怪な想念に苦しみ出した。奇怪な想念というのは、モスクワに発つ最後の夜、父親が階下でなにをしているのか、二階にいて様子をうかがったということについてで、なぜそのことを思い出した時、嫌悪を感じたか、またなぜ車中で憂愁におそわれたか、モスクワに着いた時、「おれは卑劣漢だ！」とひとりごちたか、一連のそうした悩ましい想念がとつぜん彼のうちにおこってきたのだった。

この時、彼は通りでアリョーシャに出会い、かつてドミートリイがフョードルになぐりかかったことがあったが、そのあとでイヴァンがアリョーシャと交わした対話について、アリョーシャに聞いたのだ。自分が父親の死を望んでいると考えたかどうかという問題である。アリョーシャの答えは肯定的だった。それを聞くやイヴァンはスメルジャコフのもとを突然訪れたのだ。スメルジャコフはすでに退院して、丸太づくりの小さい農家のような家の中の、一つの部屋にいた。これは原語では белая изба《ベーラヤイズバー》 (白い部屋)と表現されている。他方の部屋には、マリヤ・コンドラーチェヴナと母親とが住まっている。どういう条件で同居しているかわからない。二人の女はスメルジャコフを自分たちより上の人のように見なし、尊敬していた。スメルジャコフの部屋の様子が語り手によってかなり詳細に描写されている。さらにスメルジャコフの様子も。それはそのままイヴァンの視線のとらえたものでもあったろう。スメルジャコフの顔は以前より晴れ晴れして、肉づきがよく、「前髪はすき上げられ、びんの毛には香油がつけてあった」。鼻には眼鏡がかかっていた。それがイヴァンの癇にさわった。しかし、スメルジャコフの様子には、相手に対する敬意などは見えずなんとなくおつき合いだけの礼儀を示しているようにみえた。イヴァンがしゃくにさわったのは、その目つきが、「きわめて毒々しく不興げで、しかも高慢の色さえおびていた」ことだった。こうして、二人の間に対話が始まったが、話は第一回の対談とは全く異なったふうに進んだ。イヴァンはまず、第一回の時、別れ際のスメルジャコフの捨てぜりふのような最後の一句から始めた。イヴァンは、いわば単刀直入に切り出した。「スメルジャコフの目は毒々しくぎらりと光って、左の目がしばたき始めた。その目は例によって、控え目な落ちついた表情をしていたけれど、すぐ自分の言い分を答えた。

『腹をわって話そうというんなら、じゃひとつ、おっしゃるとおり腹をわりましょう』とでも言うように」。

そしてスメルジャコフのいったのは次のようなことだ。イヴァンが父親殺しが行なわれるのを承知して旅立ったことについて世間の人はよくないことをいうかもしれない、どんなことを言いだすかもしれない、だから役人にはいわないとイヴァンに約束したというのだ。イヴァンは一瞬目がちらちらするような気がした。スメルジャコフの「父親殺し」を知ってイヴァンがでかけたという点、また「どんなことをいいだすかもしれない」というもってまわった言い方に激昂した。一体どういうことだと言うイヴァンに、それはイヴァンが父親の横死を望んでいたことだ、とスメルジャコフはずばり言った。イヴァンは飛びあがりざま、こぶしで力まかせにスメルジャコフの肩を叩いた。スメルジャコフは泣き出した。一分間ほどハンカチで目をおおい、しくしくやる。やめろというイヴァンの命令で目からハンカチをどける。「そのしわだらけになった顔ぜんたいが、たったいま受けた侮辱をありありと現わしていた」。

イヴァンはスメルジャコフに自分がドミートリイと共に父親殺しをするとでも思っていたのかときく。スメルジャコフは答える。イヴァンをよびとめたのは、イヴァンが父親が少しでも早く殺されるのを望んでいたかどうか、ためしたかったからだ。イヴァンは、いかにもずうずうしい語調にまた激昂してお前が殺したのだと叫ぶ。スメルジャコフは軽蔑的ににたりと笑い、自分が殺したのではないことはあなたも知っているはずだ、その疑いは自分が恐ろしくなったあまりにおこしたものだ、イヴァンも父親殺しを望んでいたら自分もいっしょに殺されるのではないか、と思っていたためだ、と言った。

そして二週間前に、そう言わなかったのは、「あなたはたいそう賢いおかたでございますから、まっ正面からのお話はお好みでなかろうと思いましてね」とイヴァンに弁明した。

スメルジャコフの口調は次第に露骨になる。イヴァンが、「だれかほかのものが殺してくれたらいいくらいは、お思いになったはず」だとまで言い、その理由として、遺産の分配のことを挙げた。要は、兄弟一人ひとり四万ルーブリに及ぶくらい遺産があるだろう、そして、ドミートリイが犯人となれば、遺産はイヴァンとアリョーシャの二人でわけられる。だからイヴァンはドミートリイの犯行を期待していたという。イヴァンは、それにたいして、「おれがもしだれかをあてにしたとすれば、それはむろんおまえだ、ドミートリイじゃない。おれは誓って言うが、おまえが何かけがらわしいことをしやしないかって、そんな気がしてたんだ……あのとき……おれは自分の心持ちを覚えているぞ！」と言った。

スメルジャコフは、嘲るようににたりとして得たりや応とばかりに言った。

「もしわたしが何かしでかしそうだと感づきながら、しかも出発なすったのだとすれば、つまり、お前はおやじを殺してもいい、おれはじゃまをしないぞ、とおっしゃったのも同然じゃありませんか。」

こうして、話は再びイヴァンのチェルマーシニャ行き賛成のことにもどる。スメルジャコフのひと言で賛成したところをみれば、イヴァンは自分をあてにしていたではないか、とイヴァンを追いつめた。イヴァンは歯ぎしりして、否定する。しかし、スメルジャコフは、もしイヴァンが父親殺しに暗黙の同意を抱いていなかったとしたら、息子の身としてあんなことをいった自分を警察につき出すなり、横面を張りとばすなりすべきだったろう。そして父親を守るために家に留まるのが本当だったにもかかわらず、出発したからには、自分のように理解せざるをえない、とこういうように反論した。それじゃびんたを張ってやればよかった、とぶるぶるふるえる両手をひざに言うイヴァンにスメルジャコフは、教訓的な調子で、びんたなど法律で厳禁されているが、特別な場合はどこでもやられている、イヴァンときたら、「あの特別な場合にさえ思い切ってやれなかった」とスメルジャコフは皮肉る。イヴァンは「おい、悪党（изверг《イーズベルク》）」と目を光らせ、全身をふるわせつつ、お前の糾弾なんぞこわくない、なんでも言いたいことを証言するがいい、「おれが今お前をなぐり殺さないのは、ただこの犯罪について、お前を疑っているからだ。お前を法廷へ引き出そうと思っているからだ。おれはいまおまえの化けの皮をひんむいてやるぞ」と言った。

スメルジャコフは黙って居た方がいい、自分は無実だ、それに誰がイヴァンのことを本当にするものか、もしイヴァンがしいて言うなら、自分もすべてを言う、法廷では本当にしなくても、世間は本当にするだろう、そうしたらイヴァンは面目をつぶすことになる。

こうして二重にも三重にもイヴァンはスメルジャコフの狡猾な論理にからめとられていく。スメルジャコフの論理は、彼の発した信号のコードを今回は、そのものずばり、共犯的意識の暗黙の了解というものにおく。それもより具体的に父親殺しの実行への黙許というコードだ。

スメルジャコフはなぜコードを転換して、いわばより深い真実ともいうべきものを暗示するという態度をとったのか。

それは、イヴァンが、第一回の訪問の時の別れの最後の一句にこだわり、このことで、スメルジャコフの弁明を求めてきたということによる。そのこだわり自体、イヴァンの心の奥にわだかまる何かを示しているものにほかならない。スメルジャコフは一挙にそれを暗示したのだ。それはスメルジャコフにはあらかじめ予想されていたものだった、と思う。彼のイヴァンにいった最後の言葉の効果を予知していたからこそ、イヴァンの第二回目の訪問の意図をずばりみぬいたのだ。イヴァンの激昂とは実はそれを裏づけるものに他ならない。しかし、スメルジャコフもいうように、そのような話をよしんば法廷に持ち出したところで、スメルジャコフを有罪に出来るかどうか。スメルジャコフはやめた方がよいと言う。イヴァンの中にそれに応ずる気持ちもある。しかし、なによりもイヴァンにとって次第に明らかに思われてきたことは、彼自身のうちに、スメルジャコフのいうところを深く思い当たる点がでてきたということだ。彼の思いは、最後の夜、父の家の階段の上から下の様子を立ち聞きしたときの気持ちに立ち戻る。そして、彼が父親が殺されることを望んでいたという事実につき当たり愕然とした。イヴァンはスメルジャコフのもとを去るや、そう自省し、スメルジャコフを殺さなければいけない、その勇気がなければ、「おれは生きてる価値はない」とまで思いつめた。

5

しかし、イヴァンは、その足でカチェリーナのもとにゆき、一部始終を語った。そのさまはまるで気が狂ったかのようで、奇怪なことをきれぎれにしゃべり立てた。もし下手人がドミートリイでなく、スメルジャコフだとすれば、自分にも連帯責任があるということを口走ったのだ。

しかし、カチェリーナはこれを聞くと、ドミートリイ犯人説を裏づける決定的証拠ともいうべき手紙をイヴァンにさし出した。それはドミートリイが『都』という酒場で酔いどれてカチェリーナあてに書いた手紙で、そこには、三千ルーブリの返済を確約し、「もうおしまいにしよう！　あす、ぼくはあらゆる人に頼んで金を手に入れる。もし手にはいらなければ、きっと誓っていう、イヴァンが立つとすぐ、おやじのところへ行って、頭をぶち割って、まくらの下にある金を奪うつもりだ」という決意が綿々としたためてあった。自分は「どろぼうじゃない。自分のどろぼうを殺すのだ」とも記されていた。イヴァンにはこの手紙は、数学的な意味すなわち疑いをはさまない確定的な意味を有するものとして映じてきた。ドミートリイが犯行者であることは今や確実である。ドミートリイが犯人であれば、スメルジャコフではなく、またイヴァンでもない。翌朝、今や疑心が晴れて彼はスメルジャコフの嘲弄を思い出し、われながら馬鹿々々しいものと思った。

ひと月たち、スメルジャコフが重い病気で正気ではないという噂をきいた。カチェリーナとの関係が極度に緊張してきた。「ふたりは、互いに愛し合っている敵同士みたいなものであった」という。これは実に狂熱的な愛で、カチェリーナが幾度もドミートリイへ愛を「復活」させるたびに、イヴァンのうちにドミートリイにたいする憎悪を感じたが、その憎悪はドミートリイが父親殺しの犯人だということに由来した。しかしイヴァンは、兄の逃走の計画をたてた。というのも、スメルジャコフのいった父親の遺産分配に関する言葉が心に傷として残っていたためだった。イヴァンは三万ルーブリも犠牲に供する決意をした。しかし、そこには何か他の理由があるような気がした。「何やら漠としてはいたが、焼けつくようなあるものが彼の心を毒した」。

イヴァンはアリョーシャと話しをしたあと、家までいって、急にスメルジャコフのもとを訪れる気になった。カチェリーナがアリョーシャのいる前でいった言葉、「あの人(つまりミーチャ)が下手人だって、わたしに言い張ったものは、ただあんたひとりだけですわ！」という叫びを想い出し、さらに、カチェリーナがスメルジャコフに会ったことを想い出し、彼の心は恐ろしい憤怒に燃えあがったのだ。彼は、スメルジャコフのもとに出かけた。こうして、スメルジャコフとの三回目の対談がなされた。翌日ドミートリイの公判をひかえたいわば運命的な対談、スメルジャコフが遺憾なくその悪魔的な真の姿をイヴァンの前にあらわす対話である。

イヴァンは、スメルジャコフのもとに赴く。作者は、この度の訪問に、吹雪の中を千鳥足で歩く酔いどれにイヴァンが出会うという状況を設定した。イヴァンは暗やみの中を吹雪に気づかず歩いていた。酔いどれは「やあれ、ヴァンカはピーテルさして旅へ出た／わしゃあんなやつ待ちはせぬ」という歌をくり返し歌いながらよろよろ歩いていたのだ。イヴァンは彼に恐ろしい憎悪を感じた。彼の頭にげんこつを見舞いたくてたまらなかった。その瞬間ふたりはすれちがい、その百姓はイヴァンにぶつかり、つきとばされて、雪の上に倒れ、気を失ってしまった。「こごえ死ぬだろう！」そう考えたまま、イヴァンはスメルジャコフのもとに向かった。

マリヤが出むかえ、スメルジャコフが大病にかかっているとささやいた。部屋の様子は変わっており、スメルジャコフ自身「すっかり面変わりがして、ひどくやせて黄色くなっていた」。

一体イヴァンはなぜ酔いどれに激しい憎悪を感じたのか。恐らくその歌っていた歌に、強いあてこすりを感じたからではなかったか。ヴァンカ (Ванька) とはイヴァン (Иван) の親称ないし卑称だし、ピーテル (Питер) とはペテルブルク (Петербург) の俗称である。そこにはなにかしらイヴァンとスメルジャコフとの関係を暗示させるものがあったということだ。

ひとつ聞きたいことがあって来た、とイヴァンは切り出した。カチェリーナが来たことについて、スメルジャコフを問いただした。どうだっていいじゃないか、というスメルジャコフにイヴァンは次第に激昂してゆく。スメルジャコフは、軽蔑の、また狂おしい憎悪の目でイヴァンをみる。それはひと月前の時と同じような目つきだった。イヴァンは、返事を聞かないうちは帰らないとせまる。スメルジャコフは「どうしてそんなに心配ばかりなさるんです！」とイヴァンをみつめた。そこには嫌悪の表情があった。そしていう。

「あす公判が始まるからですか？　そんなら、心配にゃおよびません、あなたに何があるもんですか！うちへ帰って安心してお休みなさい。ちっとも懸念なさることはありません。」

一体自分がなぜ恐れるんだ、イヴァンはこういったが、「彼の心は、事実、一種の恐怖心にうたれて、ぞっとしたのであった」。それをまじまじと眺めてスメルジャコフは、「賢いお方が、こうした茶番をやるなんて」物好きだといったが、その口調は、「じつに傲慢きわまるもの」だった。そして、心配することはない、自分はあなたのことなどなにも申し立てない、第一、証拠がない、こういいながらイヴァンの様子をみて「おや、お手がふるえてますね。どうして指をそんなに、ぶるぶるさせていらっしゃるんです？さあ、うちへお帰んなさい、殺したのはあなたじゃありません」（傍点原作者）といった。

この最後の言葉で、イヴァンはアリョーシャを想い出した。同じ言葉をいったからだ。

イヴァンは、スメルジャコフの肩をつかんだ。

「すっかり言え、毒虫め！　すっかり言っちまえ！」

スメルジャコフは、びくともせず、狂的な目で食い入るように見つめ、「じゃ、申しますがね、殺したのはじつはあなたですよ」と、憎憎しげにささやいた。「あなたが張本人なんですよ。わたしはただあなたの手先です。あなたの忠実な僕《しもべ》リシャールだったんです。わたしはあなたのお言葉に従って、やっつけたんですからね」。イヴァンは、戦慄した。身体全体を震わせた、その驚愕のさまは、スメルジャコフを驚かした。スメルジャコフは、「じゃ、あなたは本当に、なんにもごぞんじなかったんですか?」とささやき、皮肉な笑いをもらした。

このささやきはいかにも痛烈な皮肉だった。それにスメルジャコフのことばには二重にも三重にも皮肉が仕掛けられていたのだ。「忠実な僕リシャール」とはなにか。十三世紀フランスの武勲詩“Beuves d'Hanstone”がイタリア語に訳され、それを介してロシアに幻想的英雄物語『王子ボーヴァ(Бова Королевич)』として紹介され、十六世紀の六〇年代・七〇年代には民衆的口承文学としてひろまり、その主人公は十八世紀からは民話や民俗版画《ルボーク》にも登場するようになったというものだ。プーシキンもその物語詩化を試みている。リシャールはそこに出てくる王に仕える下僕だが、彼は王を殺したその妻にも仕えた(1)。つまり、スメルジャコフがここでこめた皮肉は、自分はフョードルに仕え、それを殺したあなたにも仕えるというものだ。実はリシャールという名は、すでにイヴァンとの会話の中でドミートリイが自分のことをそう考えている、と抗議した中にスメルジャコフによって使われていたのだ。そのとき、フョードルに仕える彼が、フョードル殺しを犯そうとするドミートリイに仕えることを求められるという意味をこめていた。このスメルジャコフの皮肉は恐るべきものだ。しかもスメルジャコフはイヴァンに、そのことを知らなかったのか、と嘲る。

「やあれ、ヴァンカはピーテルさして旅へ出た／わしゃあんなやつ待ちはせぬ」という歌が突然イヴァンの頭の中にひびき始めた。

6

イヴァンは、スメルジャコフが夢か幻じゃないかという恐怖にかられた。スメルジャコフは、ふたりの間にあるものがいる、それは神だ、しかしイヴァンにはいくらさがしてもみえやしないというのだった。ここで語り手はスメルジャコフがイヴァンが「何もかも知っている」くせに、自分だけに罪をなすりつけようとしている、という気がした、と記している。スメルジャコフによる神の話とその内面に立ち入った叙述は、きわめて奇妙な語りではないだろうか。スメルジャコフの心理が直接語られたことはそれまでにはなかったし、このあとにもない。彼はつねに謎めいている。しかし、この箇所は珍しく例外なのだ。スメルジャコフがここで神を持ち出すとは。本来なら悪魔というべきところではなかったか。それを神といったのはアイロニーであろう。スメルジャコフの疑問は、スメルジャコフの錯覚を意味するのだろう。イヴァンの驚愕は知らなかったことによるものではない。真実の一挙の開示のためだ。

スメルジャコフは、ふいにテーブルの下から自分の左足を引き出し、ズボンをまくしあげた。「足は長い白の靴下につつまれて、スリッパをはいていた」。かれは、くつ下の中に指を深く突っこみ、イヴァンの驚きをしり目に、紙づつみをひき出した。それは「虹色をした百ルーブリの札の束三つ」のつつみだった。イヴァンは蒼白になった。そして異様な薄笑いを浮かべながらこういった。「おまえ、びっくりさしたじゃないか……その靴下でさ……」。

イヴァンをおそった震えは、口もきけないほどだった。イヴァン自身もなぜそれほど震えるのか、と口走ったくらいだ。スメルジャコフは、「あなたはあの時分、大胆でしたね。『どんなことをしてもかまわない』などと言っておいででしたが、今のその驚き方はどうでしょう！」とあきれたようにつぶやいた。それからスメルジャコフは、「レモネードでもあおがりになりませんか。今すぐ言いつけましょう。とても気分がはればれとしますよ。ところで、こいつをまず隠しておかなくちゃ」といって、金をテーブルの上の一冊の厚い黄いろい書物の下においた。その書物には、『我らが尊き師父イサアク・シーリンの言葉』とあった。こうして真実があばかれた。イヴァンはスメルジャコフの口から犯行の具体的な細目を聞く。謎はすべて解かれた。イヴァンはあらためてスメルジャコフの恐るべき狡知に驚かされる。スメルジャコフは穴蔵に落ちる。勿論発作をよそおってだ。そしてドミートリイをまつ。すでに二、三日前からドミートリイがくるように工作していた。しかし金は、ドミートリイにふとんの下と教えたのとは異なって、聖像のうしろにかくしておいた。つまりドミートリイが父親を殺しても、そのまま逃げてしまうか、つかまるか、どちらかだろう。自分はあとで、金だけをとればいい。罪はドミートリイにかぶせることができる。

そこでイヴァンは、スメルジャコフがチェルマーシニャ行きの同意をなぜ自分にとる必要があったかを聞く。そこにも狡猾なスメルジャコフの計算があった。いざという時、イヴァンの弁護に頼れるし、また遺産をイヴァンが手に入れれば、一生めんどうをみてもらえるというのだ。

さらに、スメルジャコフは、犯行の詳細を続ける。グリゴーリイが起きて出かけていき、大きな叫び声がし、しんとする。それからスメルジャコフはベッドを出て、フョードルの所に行く。グリゴーリイは殺されたのではないかと思って庭のすみへ行ってたしかめる。血まみれて気絶して倒れている。その時、スメルジャコフははっきりと決意した。フョードルにドアをあけさせようとするが、フョードルの警戒心は強い。しかし、うまく入りこみ、グルーシェンカがやぶの陰にいると偽り、窓から身体をのりだしたところを、テーブルの上の鉄の文鎮でもってその頭を打ちくだいた。聖像のかげから封筒を出し、金を抜き、封筒を床に捨て、りんごの木の空洞《うつろ》にかくした。

イヴァンはそこで、ドアのことにふれる。フョードルがスメルジャコフだけにドアを開けたなら、どうしてグリゴーリイがドアが開いていたと証言したのか、という問題である。スメルジャコフは、グリゴーリイにそう思われただけだ。しかし、それは、ドミートリイの犯行とみせかける好都合な証拠になる。さらに、イヴァンは、なぜ封筒を開封して床の上にうっちゃっておいたのだと聞く。それにもスメルジャコフは、狡猾な知恵を働かしていた。要は、金が入っていることを知っている人間なら、封筒をそのままポケットにいれて逃げるだろう。しかし、ドミートリイの場合は、現物を確かめるにちがいない、さらに、証拠品になるというような頓着なしに、破り捨てるだろう、といかにもドミートリイの仕業と見せかける工夫があったのだ。

イヴァンは驚き、あきれ、悪魔が手伝ったのだといい、「おまえは馬鹿じゃない、おまえは思ったよりよっぽど利口な男だ……」と口走って立ち上がった。恐ろしい憂愁の念にとらえられ、イヴァンは言った。あす法廷で自白する、一切を告白する。お前も白状しなければいけない。しかしスメルジャコフは「そんなことができるものですか。あなたは出廷なさりゃしませんよ」と断定した。そしてその理由をとうとうと弁じた。そして、自白など出来るはずがない、なぜなら、そうするにはイヴァンは利口すぎる、金が好き、名誉が好き、美しい女性も好き、威張りやで、何よりも好きなのは平和で満足に暮らすこと、誰にも頭を下げないこと、従って法廷で恥さらしなことなどできるはずはない、「あなたはご兄弟三人のうちでも、一番大旦那さんに似ていらっしゃいますからね。魂がまるであのかたと一つですよ」。

イヴァンは、顔を赤らめていった。

「おれは今まで、お前を馬鹿だとばかり思っていたが、いま見ると、お前は恐ろしくまじめな人間だよ！」

イヴァンは三千ルーブリをとり、法廷で見せるんだといった。誰も本当にしやしない、とスメルジャコフは応じた。イヴァンは、自分がスメルジャコフを殺さないのは、明日おまえが必要だから、というと、スメルジャコフは、今殺しなさい、と異様な調子でだしぬけにいい、しかし、以前は大胆な人だったが今は何にも出来ない、と嘲った。

こうして遂にスメルジャコフは、イヴァンの前にその正体をさらけ出した。その人間観察において、スメルジャコフがイヴァンより数段勝っていたことは明らかだ。もっともそれは、スメルジャコフの観察眼が、イヴァンの無意識的な暗黒の部分にもっぱらそそがれていたという限りにおいてなのだが。

第一、第二、第三の面談へと、既に述べてきたように、スメルジャコフのチェルマーシニャをめぐる彼自身の解読のコードは、次第に深化し、第三の面談において、そのコードは、イヴァンにすべてを帰するという、イヴァンに父親殺しの願望を読みとるというものになった。父親を共同にまもるべきだろうというコードから、反転してその共犯的コードを経て、より積極的にイヴァンによる父親殺しの発信としてのコードへの、この三つの展開には、スメルジャコフの肉体的変化、そして態度の変化が伴っている、ということに注意する必要があるだろう。例の、左の眼のしばたきは第三回の面談にはもはや見られない。なぜなら、もはやそうした多義的なサインは必要がないからだ。例のチェルマーシニャにゆくことをスメルジャコフがすすめた時は身体言語は、両足、とくに右足のつま先によっても表現されていた。身体的言語は面談を重ねるにつれ、態度の傲慢さに変わってきている。遂にイヴァンはスメルジャコフを「恐ろしくまじめな人間」と認識するに至る。この時スメルジャコフは、手の内をすっかり明かしたと同時に、完全にイヴァンを手中にとりこめたといえる。「恐ろしくまじめな人間」といわれた時、スメルジャコフは、「わたしを馬鹿だとお考えになったのは、あなたが高慢だからです」と答えた。スメルジャコフの戦略は、イヴァンの高慢さに標的をあてた。高慢さは高慢さによってほろびるものだ。スメルジャコフは、イヴァンの高慢さの、最大の表現ともいうべき「もし神がなければ一切が許される」を逆用することを中心に、高慢さが高慢さゆえに自壊する戦略をたてた。それは多義的な身体言語を中心的な武器とする、謎めいた、反語的表現である。スメルジャコフはつねに、その言うところに、謎めいた、挑発的な印象をイヴァンに残す。それがイヴァンをつよく刺激するので、イヴァンは、そのままにしてはいられない。こうして、三度イヴァンはスメルジャコフの所に赴くことになる。

一体スメルジャコフは、そうした効果を予想したものなのだろうか。自ら癲癇を意識的に操作できるスメルジャコフが、予想し、計算して演出したものと考えざるをえないだろう。例えば、フョードル殺害の細目のプランは、彼自身慎重に計画したものだということを語っている。スメルジャコフは、イヴァンの心の動きを恐らくは熟知していただろう。イヴァンのどこを押せばどういう反応があるかを熟知していただろう。

イヴァンは、完全犯罪ともいうべきものをもくろむスメルジャコフの狡知を、悪魔が手伝ったというが、まさしく、イヴァンを思いのままに操るところにも、スメルジャコフの悪魔的道化性がうかがえる。

そして、神の世界への異議申し立て的存在たる悪魔の目的が人間の精神そのものにたいする破壊だとすれば、スメルジャコフは、この誇りに満ちた傲慢なイヴァンの知性を、徐々に震動し、遂には、精神の分裂に到るまで、破壊の力を及ぼすことに成功したのだ。

しかし、ここでひとつの疑問が残る。それはスメルジャコフの病気のことだ。語り手はスメルジャコフの身体的状況については、そのつど記している。特に、第二回の面談のあと、重い病気にかかった、正気ではないということを噂に聞いたという。それが、果たして、スメルジャコフの良心の痛みとでもいうべきものかどうか。しかし、スメルジャコフに良心というものを期待することはできないだろう。むしろ、彼のうちに悪霊的なものの侵蝕してゆくプロセス、それが外面に病気という徴候としてあらわれたのではないか。この悪霊による分裂現象は、やがてイヴァンにあらわれるのだが、その点で注目されるのは、スメルジャコフの病的な衰弱をイヴァンが指摘した時、スメルジャコフがイヴァンに同じように相手の病気について発言したことだ。いわば病気の同時進行。これは、スメルジャコフがイヴァンの道化的分身であることを示しているといっていい。

7

スメルジャコフとはなにか。イヴァンの生み出した精神的分身、そしてイヴァンのうちに存在する暗黒の卑しい部分をその本質とする存在なのだ。いわば、イヴァンのネガティヴな投影なのだ。イヴァンの傲慢さは、彼にあっては表面上の卑下とはうらはらの、復讐という形での倒錯した自我主張へと転換される。その復讐とは、彼自身の存在に対する復讐である。自分がこの世に存在していることにたいする復讐、あるいは存在せしめたものにたいする復讐である。そのフョードル殺しは、イヴァンの論理の実践でもあるが、同時に自分をこの世にあらしめたものの否定でもあるのだろう。イヴァンの神否定の論理自体もまた現実にたいするその馬鹿げた適用によって復讐される。こうした生存自体への恐るべき呪詛は、スメルジャコフの去勢派との関連においてもうかがわれる。スメルジャコフが去勢派だという確証は作品の中では示されてはいないが、それを暗示するメッセージは作品の所々に仕掛けられている。

年以上にふけこみ、顔も黄ばみ皺がふえて去勢者に似ているという表現は、早くも第三編の第六章「スメルジャコフ」に出てくる。このイメージは第三回の面談でも強調されて繰り返される。イヴァンが世話になっているのは、マリヤ・コンドラーチェヴナ（Марья Кондратьевна）とその母親の家だが、この女性の名称 Кондратьевна《コンドラーチェヴナ》は、Кондратий《コンドラティ》からきている。去勢派（Скопцы《スコプツイ》）は十七世紀の七〇年代に、鞭身教徒（хлысты《フルイストイ》）から分かれて発生したロシアの狂信的セクトである。教義の根底にあるのは、魂救済の唯一の条件は、去勢（оскопление, кастрация）、いわゆる「焔の洗礼（огненное крещение）」の手段によって肉と闘うことだという。この要求は、この宗派のイデオローグらによって、「マタイ福音書」の第十九章第十二節の次の部分に根拠を置かれている。そこには、「天の王国のために自ら去勢者」となる「去勢者らがいる」と記されている。去勢の手術は男性・女性ともになされる。[2]

以上は、『無神論者辞典』の説明からの引用だが、なおこの辞典によれば、この宗派の創始者が、Кондратий《コンドラティイ》 Селиванов《セリヴァーノフ》なのだ。なお、この宗派は、「船」の集団からなり、その指導者は「舵手」として宗徒に無限の権力を振るう。その教義の実践が狂信的な形をとるために、活動が禁止されたという。

ところで、マリヤの父称はこの創始者の名前からきている。ではマリヤは、いうまでもなく聖母マリヤからだが、リチャード・ピース(Richard Peace)によれば、マリヤは鞭身派と去勢派の双方に重要であり、また父称に創始者の名を有することは、コンドラティがその精神的父親たることを示す。したがって、その名は、「去勢派のマドンナ」を意味する。ピースはさらに、マリヤが案内した、スメルジャコフの住む部屋が語り手によって引用符がつけられていることに注目、「白」は、去勢派にとっては、特別に重要な意味を有している。というのは、去勢派教徒は、自分らを「白い鳩」に結びつけ、白衣を着、去勢自体を純白化(убеление《ウベレーニエ》)と呼んでいる。さらに、ピースによれば、イヴァンを驚愕させたのは、金よりは、白いストッキングだったし、また、レモネードをイヴァンにすすめたというのも、去勢派は茶をおぞましいものと考えたからだ、それに、スメルジャコフが金のかくし場を常に、木の空洞《ほらあな》(犯行の直後に金をかくした。異端派の農民によって聖なる場所とされた)、聖像《イコン》、聖者イサアク・シーリンにかかわる書物、それから白いストッキングというように宗教的なものと結びつけたのも、金に宗教的意味を与えたと解釈する。宗教的意味、すなわち去勢派的狂信から金を奪ったとする意味である。そこからピースは、イヴァンの衝撃は、神への反逆者であるイヴァンが、スメルジャコフ同様の異端的過激派であり、彼もまた一個の怪物、自己破壊者、「去勢者」ということを悟らされたことによるという(3)。

ピースの以上の見解は極めて興味深く魅力的でもあるのだが、しかし、果たしてスメルジャコフをそれほど狂信的去勢派教徒と考えることができるのかという疑問が残る。これらの宗教集団の狂信というものは、冷静な知性的な計算というものを排除するものであるにちがいない。とすれば、イヴァンも悪魔的と感じたスメルジャコフの狡知には、狂信的と思わせるものは感じられないというべきだろう。さらに、去勢派のごとき狂信者には、神にたいする熱烈なる、あるいは熱狂すぎる信仰を前提とするのではないだろうか。イヴァンがスメルジャコフに神を信じているか、と聞いた時、彼は否定した。恐らくこの否定は、スメルジャコフの率直な答えだろう。自己の生活を呪うものは神を賛美などはしないだろう。スメルジャコフの悪魔性はむしろ、去勢派を演技する、その演技を楽しむところにあるのではないかと思う。のちに、イヴァンの悪夢の中で、悪魔が信心深い商家のおかみさんの中に入りたいというアイロニーを楽しむ、というのと同じだ。なぜ楽しむのかといえば、それが人間精神を破壊へと導く、狡知にみちた戦略だからだ。悪魔には、自分の勝利の確信がある。確信しているからこそ、彼は、さまざまな仮面をとりうるのだ。スメルジャコフにとって目的はただひとつ、彼の生存への復讐なのだ。それは、アリョーシャをのぞいてカラマーゾフ家の絶滅という計画に他ならない。すでにふれたように、彼を存在せしめたものを絶滅するという意味で、去勢派こそは彼の復讐のこよなき象徴に他ならない。去勢派は、白によって純潔への願望を象徴させるが、スメルジャコフの暗黒の復讐の感情が、白をまとうとしたら、これほどのアイロニーはない。フョードル殺害の目的たる金と聖なるもののとり合わせ、これもまたアイロニーであり、かつ金の隠し場所としては意表をつくものでもあるだろう。よしんば、狂信的であったとしても、徹底して破壊の狡知につき進む、悪霊的狂信としかいえないものだ。

考えてみれば、三回の面談もすべてスメルジャコフのアイロニカルな戦略がイヴァンを翻弄し、追いつめてゆき、最後に、ドミートリイとばかり考えていた犯人が実は自分だという、いわばオイディプス的反転によってイヴァンはうちのめされたのだ。しかも、スメルジャコフは、イヴァンの真実を公の場で暴露するという決意をも嘲笑した。イヴァンは、いわば完全にスメルジャコフのアイロニーの呪術の円にとりこめられたといえる。

ところで、スメルジャコフの身体的衰弱だが、よしんばそれが去勢派的実行によるものだとしても、結局そこには、自殺への秘められたる願望があったということではないだろうか。事実、イヴァンが去ったその夜スメルジャコフは縊死によって、その生涯に決着をつけることになるのだ。

さてイヴァンは、スメルジャコフのもとを去った。吹雪の中を元気良く歩き、「自分の内部に無限の決断力を感じた。最近はげしく彼を苦しめていた心の動揺が、ついに終わりを告げたのである」。彼はこの決心は変わらないと幸福を感じつつ考えたとたん、なにかにつまずいた。スメルジャコフの所にやってくる時、彼がつきとばした百姓がそこに依然倒れていたのだ。彼はその百姓をかつぎ、警官派出所につれていき、医師の診察まで費用を彼の負担で受けさせた。そして彼は、翌日の公判のための固い決心がそういう手間を一時間もかけてとらせたと考え、さらに大きな快感にとらえられた。今すぐ行こうかと考え、しかし、「明日まとめて言おう！」と自分自身にささやいた時、「ふしぎにも、ほとんどすべての歓喜と自足が、一時に彼の胸から消えてしまった。それは一種の追憶のようなもので、より正確にいえば、この部屋の中に以前もあったし、今でもつづけて存在している、なんとなく重苦しく、いまわしいあるものに関する記憶であった」。

ここにもアイロニーの構図がある。明日こそは真実を述べようという確信が、一瞬のうちに消えさり、逆に、「いまわしいあるもの」の記憶がそれにかわる。それは、まるでその前の、確たる決意をあざけるがごとく、意識の奥から出現したのだ。イヴァンのもうひとつの分身、悪魔の出現である。どうやらイヴァンがすでにその存在に悩まされてきていたらしいことは暗示されている。しかし確たる決意をなしたものの明日にしようと考えたいわば一瞬の心のすきをねらって悪魔が出現してきた、そこに先にいったアイロニーの構図があるというのだ。

8

第九章は「悪魔　イヴァンの悪夢」と題された、悪魔との対話を扱う章だ。これは、大審問官の章とペアになるものだろう。大審問官はそこで悪魔との契約について語ったが、この章では悪魔がイヴァンを、ここでもまた独特なアイロニカルな弁証法で決定的にとりこみ、逆にイヴァンの精神を領略しつくすことになるのだ。語り手はまず譫妄症が、以前から彼を襲っていたこと、しかし、この夜「頑固に抵抗していた彼の肉体組織を、ついに征服しつくした」と述べ、さらにイヴァンがそれまでにカチェリーナの招聘した医者にも診断してもらい、直ちに治療することをすすめられた、しかしイヴァンはその賢明な勧告には従わなかったと述べている。こうして、その夜彼は、幻覚にまたまた襲われることになった。彼が帰ってきた時、だれもいなかった長椅子に、一人の紳士が腰をかけていた。語り手は、詳細にその紳士の身なりを紹介する。そしてどうやらその人は「農奴時代に栄えていた昔のホワイトハンド(高等遊民)、落魄した地主階級に属する人らしい」、しかし「しだいしだいに善良な旧友の間を転々として歩く、一種のお上品な居候となりはてた」というのも彼の円満な性質をよく知ってるからで、ふつうは孤独なひとり者だが、時に子供を持っていたりするが、その子供はどこか遠い叔母あたりに養ってもらっている、そしていつの間にか忘れてしまっている、――とこんなふうにこの紳士は説明されている。なにかこの説明を聞くとフョードルが直ちに想起されるが、フョードルの毒々しさはない、いわば愛想のよい道化ものとしての登場だ。

対話はまず信仰の問題から始まる。ことはイヴァンがスメルジャコフを訪問した際、カチェリーナのことを聞くのを忘れたのではないか、という悪魔の指摘を、イヴァンは余計なおせっかいだ、それではまるで自分が思いだしたんじゃないと、自分で信じそうだ、というのを受けて悪魔が答えたものだ。ここから、信仰の問題が始まる。悪魔は、信仰は強要できない、それにこの問題では証拠、ことに物的証拠など役に立たない、トマスが信じたのは、よみがえったキリストを見たからじゃなくて、すでにその前から信じたいとおもっていたからだ、彼は降神論者を皮肉り「悪魔の実在が証明されたからって、神の実在が証明されるかね？　ぼくを理想主義者の仲間へ入れてもらいたい。そうすれば、その中で反対論をとなえてやる。『ぼくは現実主義者だが、唯物論者じゃないんだよ、へっ、へっ！』ってなもんさ」というのだった。ここでは悪魔が信仰の問題についてては、きわめて正当な理解を示してみせつつ、パロディ化している。トマスとは「ヨハネ伝」第二十章に出てくる十二弟子のひとりで、キリストの復活をはじめは信ぜず、キリストの手をみないうちは信じないといい、キリストの手をみて信じたという。キリストはそのとき、「見ないで信ずるものは幸いである」といったのだ。このキリストの言葉はアリョーシャの信仰とも通じる。奇蹟があって信仰が生じるのではなく、信仰があって奇蹟が生じるというのが、アリョーシャの信仰の特質だったからだが、悪魔の言説は、そうした考えの上に立ちつつ、そのアイロニーを形成してゆく。

イヴァンにとっては、悪魔の存在をどうしても認めたくない。しかし、認めたくないという心理の動き自体すでに悪魔の存在を直覚しているということになる。そして、悪魔のいう、信ずるがゆえに存在するのだという論法を使えばイヴァンの心のそうした無意識的な願望を微妙に刺激していることにもなるだろう。だから、イヴァンは、「ぼくは一分間だって、おまえを実存のものと思いやしないよ」と激しくいい「おまえは虚偽だ、おまえはぼくの病気だ、おまえは幻だ」、それも「一番汚れた愚かしいぼくの思想と、感情の化身」だと叫ぶ。悪魔は、イヴァンがアリョーシャと出会った時の話を持ち出す。「あいつがぼくのところへ来ることを、おまえはどうして知ったんだ？」(傍点原著者)というイヴァンの言葉をひき、その時自分の実在を一瞬間でも信じたのだろうとからかう。悪魔はさらに、イヴァンがアリョーシャをいじめた理由を聞く。イヴァンは、アリョーシャのことをきいてくれるなと笑う。悪魔はイヴァンのご機嫌のよさは、「偉大な決心をしたからだよ」とイヴァンをからかう。イヴァンは猛然とどなるが、悪魔はさらにかさにかかって皮肉る。イヴァンの決意を、フランス語で「C'est noble, c'est charmant.(りっぱなこと、いいことだ)」とからかう。イヴァンは、「おまえは馬鹿で、野卑だ。恐ろしい馬鹿だ。いや、ぼくは、たまらなくおまえがいやだ！」と歯ぎしりをする。

ここで悪魔は、弁神論ならぬ弁悪魔論をはじめる。

「ぼくは心底から人間が好きだ、――ああ、ぼくはいろんな点で無実の罪をきせられているよ！　ぼくがときどきこの地上へ降りて来ると、ぼくの生活は何かしら一種の現実となって流れて行く。これがぼくには何よりもうれしいんだ。ぼく自身もきみと同じく、やはり幻想的なものに苦しめられているので、それだけこの地上のリアリズムを愛している。この地上では、すべてが輪郭を持っており、すべてに方式があり、すべてが幾何学的だ。ところが、ぼくらのほうでは、一種の不定方程式のほか何もないんだ。で、ぼくはこの地上を歩きながら、空想している。ぼくは空想するのが好きなんだ。それに、この地上では迷信ぶかくなる、どうか笑わないでくれたまえ。ぼくはつまり、この迷信ぶかくなるのが好きなんだ。」

さらに、悪魔はいう、ふとった商家の内儀に化けることが彼の夢想で、「そういう女が信ずるものを残らず信じたい」。

イヴァンの幻想から出て来たものが、「幻想的なものに苦しめられている」というのは滑稽だし、また商家の内儀の信ずるものすべてを信じたいというのも、こうした女の信仰などというものが、いわば迷信という地上的リアリズムの、もっとも俗悪な信仰のシンボルにほかならないからだろう。悪魔は全てアイロニーだ。イヴァンが悪魔が存在するかどうかに苦しむ魂のもっとも深い部分の苦悩を悪魔はまるで自分のものでもあるかのように口に出す。あてこすりであり、パロディである。恐るべき魂の破壊者の本質は、ここでは滑稽化されたイメージのなかに隠蔽される。イヴァンは馬鹿となる。悪魔は、去年ひどいリューマチになったという話をする。そしてそれは、悪魔がある夜会に「燕尾服と白いネクタイと手袋」で出ることにしたが、準備は「あそこ」でしたので、地上にくるまで、空間のエーテルを飛んでこなければならなかった、氷点下百五十度の寒さの中を飛んできたので風邪をひいたんだという。全くイヴァンを馬鹿にしたこの言説は、イヴァンをいらだたせるのに有効だ。

悪魔は、寒さの度合いを現わそうと零下三十度のとき斧をなめさせると、舌がこおりつく、百五十度になったら、斧に指がつくがはやいか、ちぎれてしまうに違いないという。それをイヴァンは、「でも、そんなところに斧があるだろうか？」とつぶやく。イヴァンは、悪夢を信じないように抵抗していたが、ついつられてそんな疑問をもらしたのだ。悪魔の語りはきわめて巧妙だ。現実のいかにも痛烈な事実から巧みに宇宙という超現実へと飛躍する。さりげないその飛躍にイヴァンも乗ぜられたというわけだ。待ってましたとばかり悪魔は、それをまともにうけ、宇宙空間で斧がどうなるかをまことしやかに論ずる。イヴァンは、またまた馬鹿となる。イヴァンはうそをつくならもっとうまくやれ、自分は信じない、というと、悪魔は、「真実はほとんどの場合、平凡なもの」といいながら、風邪をなおすため医者の話をする。さらに話は、悪魔自身の運命の話になる。

「ぼくの運命はずっと真剣なんだ。ぼくはとうてい自分でもわからない一種の宿命によって『否定』するように命ぜられている。ところが、ぼくは本来好人物で、否定はしごく不得手なんだ。『いや、否定しろ、否定がなければ批評もなくなるだろう。〈批評欄〉がなければ雑誌も存在できない、批判がなければ〈ホザナ〉ばかりになってしまう。この〈ホザナ〉が懐疑の溶炉を通らなけりゃならない』といったようなわけなんだよ。けれど、ぼくはそんなことにおせっかいはしない。ぼくが作ったんじゃなし、ぼくに責任はないんだ。贖罪山羊《みがわりやぎ》を持って来て、それに批評欄を書かせると、それで人生ができるのだ。われわれはこの喜劇がよくわかっている。たとえば、ぼくは率直に自分の滅亡を要求してるんだが、世間のやつらは、いや、生きておれ、きみがいなくなれば、すべてがなくなる、もしこの世のすべてが円満完全だったら、何一つ起こりゃしまい、きみがいなけりゃ出来事は少しもあるまい、しかも出来事がなくちゃ困る、とこう言うんだ。で、ぼくはいやいや歯を食いしばりながら、出来事をつくるため、注文に応じて馬鹿げたことをやってるんだ。ところで、人間は、そのすぐれた知力にもかかわらず、この喜劇を何かまじめのことのように思いこんでいる。これが人間の悲劇なのさ。」

先にいった弁悪魔論とはこのことだが、このあと、悪魔は、人間は苦しんでいるが、それは生きていることだ。それに反して自分は「不定方程式のエックス」で、無始無終の「幻影の一種だ」と自己卑下を演じてみせる。それからひとりの深遠な思想の持ち主たる哲学者の話をする。それは一切を否定し、とりわけ来世の存在を否定したが、死後暗黒と死とおもむくと思ったところが、来世があらわれた。彼は「これは、おれの信念に矛盾している」といったため裁かれ、暗黒の中を千兆キロメートル歩くよう宣告をうけた。彼は歩きたくないといって横になったが、やがて歩き出した。天国の門がひらかれた時、ホザナを歌ったが、あまり性急に保守主義に飛びこんだため、そこにいた比較的高尚な思想を持った人々は最初は彼と握手をすることさえいさぎよし、としなかったという。悪魔はさらに先の弁悪魔論をより具体的に次のようにいう。

「メフィストフェレスはファウストのまえに現われて、自分は悪を望んでいながら、そのじついいことばかりしていると、自分の正体を明かしてみせたね。ところが、あいつはなんと言おうと勝手だが、ぼくはまったく反対だよ。ぼくはこの世界において真理を愛し、心から善を望んでいるただ一人かもしれない。ぼくは十字架の上で死んだ神の言《ことば》なる人が、右側に磔《つ》けられた盗賊の霊を自分の胸に抱いて天へのぼったとき、『ホザナ』を歌う小天使のうれしそうな叫び声と、天地をふるわせる雷鳴のごとき大天使の歓喜の叫喚を聞いた。そのときぼくは、ありとあらゆる神聖なものにかけて誓うがね、じっさい、自分もこの賛美者の仲間にはいって、みなといっしょに『ホザナ』を歌いたかったよ！　すんでのことに、賛美の歌がぼくの胸から飛び出そうとした……ぼくは、きみも知ってのとおり、非常に多感で、芸術的に敏感だからね。ところが常識が、――ああ、ぼくの性格の中で最も不幸な特質たる常識が、――ぼくを義務の限界の中に閉じこめてしまった。こうしてぼくは、機会を逸したわけだ！　なぜなら、ぼくはそのとき、おれが『ホザナ』を歌ったら、どんなことになるだろう？　すべてのものはたちまち消滅してしまって、何一つ出来事が起こらなくなるだろう、とこう考えたからだ。で、ぼくはただただおのれの本分と、社会的境遇のために、自分の心に生じたこの好機を圧伏して、不潔な仕事をつづけるべく余儀なくされたのだ。」

この弁証の巧みさはどうだろうか。この悪魔のいうところにはなかなかの真理がある。たしかに、一切が幸福になったとすれば歴史はとまってしまう。悪魔のいうように、過程にこそ人生の真意義があるべきはずのものだろう。しかしこの論理はやはり詭弁でしかないことは明らかだ。問題を逆転してみせたところにその詭弁の本質がある。つまり人間の幸福な状態というものがあるとして、それは人間が悪と闘争した結果としてそれがもたらされるわけだ。そして、その闘いは無際限に続くはずのものだろう。悪魔の論理は、そういう過程を無化し、闘いに集結があるという前提をうち立て、そこから悪魔の役割をひき出す。この詭弁の本質は、さらに次の言葉をみればより明らかになるだろう。

「それまでは(全世界に英知が生じて一切が終わりをつげる——引用者注)ぼくも白目《しろめ》で世をにらむつもりだ、歯を食いしばって、自分の使命をはたすつもりだ。ひとりを救うために数千人をほろぼすつもりだ。むかしひとりの義人ヨブを得るために、どれだけの人を殺し、どれだけりっぱな人の評判を台なしにしなければならなかったろう！」

ここから出てくる論理は、イヴァンが真実を告白してドミートリイを救うという決意を嘲笑し、ドミートリイにむしろ苦悩を与えるべしという暗示にほかならない。イヴァンは彼のうちにあった一切の馬鹿げたものや、生命を失い、腐れ肉のように投げ棄てられたものをすすめていると抗議する。悪魔は「あるひとりのじつにかわいい、じつに立派なロシアの貴族の息子」のことが頭にあったといい、『大審問官』という立派な詩の作者だ、というのに対してイヴァンは恥ずかしさから、黙れと叫ぶ。悪魔は、それでは

『地質学上の変動』にしようといって、イヴァンのその詩すなわち、「生活にたいする渇望にふるえている
こうした若い、熱烈な友人の空想が大好き」といってそれを語り出す。

「あそこには新しい人たちがいる、彼らはすべてを破壊してカニバリズム(食人肉主義)から出直そうと思っている。馬鹿なやつらだ！　おれにききもしないで！　おれの考えでは、何も破壊する必要はない。ただ人類の中に存在する神の観念さえ破壊すればいいのだ。まずこれから仕事にかからなけりゃならない！　まずこれから、これから始めなけりゃならないのだ、(中略)いったん人類がひとり残らず神を否定してしまえば(この時代が、地質学上の時代と並行してやってくることを、おれは信じている)、そのときは、以前の世界観、ことに以前の道徳が、食人肉主義をまたなくとも自然に滅びて、新しいものが起こってくる。人間は、生活の提供しうるすべてを取るために集まるだろう。しかし、それはただ現在、この世における幸福と喜びのためなんだ。人間は神聖な巨人的倨傲の精神によって偉大化され、そこに人神が出現する。人間は意志と科学とによって、際限もなく、刻一刻と、自然を征服しながら、それによって、天上のよろこびに対するそれまでの強い希求に代わりうるほどの、高遠なる快楽を不断に感じるようになる。」

さらに、悪魔は、人神についてのイヴァンの考えを語る。

「この真理を認めたものは、だれでもその新しい主義の上へ、勝手に自分の基礎を建てることができる。この意味において、人間は『何をしてもかまわない』わけだ。それに、もしこの時代がいつまでも来なくたって、どうせ神も霊魂の不死もないんだから、新しい人はこの世にたった一人きりであろうとも、人神となることができる。そして、人神という新しい位についた以上、必要な場合には、以前の奴隷人の道徳

的限界を平気で飛び越えても、さしつかえないはずだ。神のためには法律はない！　神の立つところは、すなわち神の場所だ！　おれの立つところは、ただちに第一の場所となる……『何をしてもかまわない』それっきりだ！」

悪魔はこれまでイヴァンの思想を総ざらいし、イヴァンのニヒリズムを改めてイヴァンにつきつけることで、イヴァンを一層の窮地に追いつめたのだ。

イヴァンは激昂し、テーブルの上のコップをとって投げつける。それを悪魔は、「夢にコップを投げつける！　まるで女のような仕打ちだ！」と嘲る。そのとき窓を叩く音がした。悪魔はそれがアリョーシャで「おもしろい報告」を持ってきた、開けてやれという。

イヴァンは「ぼくのほうがおまえより先に知っている」と叫び、窓にかけよって開けようとするが、「急に何かで手足を縛られたように思われた」。音はますます激しくなる。イヴァンはそのとき、幻覚の桎梏から解きはなたれた。コップはテーブルの上にのっている。それまでが夢だったのだ。イヴァンは、しかし、「今のは夢じゃない！」と叫んだ。中に入ってきたアリョーシャは一時間前にスメルジャコフが首をくくったと伝えた。

スメルジャコフは壁の釘で縊死したのだ。発見したのはマリヤ、テーブルには、「余は何人にも罪を帰せぬため、自分自身の意志によって、甘んじて自己の生命を断つ」という遺書があった。

## 9

第十一編の最終章、第十章「『それはあいつが言ったんだ！』」はイヴァンとアリョーシャの対話である。イヴァンはアリョーシャに悪魔の話を、実際そこにいたかのように話した。それは悪魔の話がいかにイヴァンの心を苦しめたか、という告白なのだ。イヴァンは次第に激昂してゆく。アリョーシャはイヴァンの服を脱がし、ふとんの中に横たえた。アリョーシャは、イヴァンのため神に祈った。彼には兄の病気がわかってきた。

「『傲慢な決心の苦しみだ、深い良心の呵責だ！』兄が信じなかった神とその真実が、依然として服従をこばむ心に打ち勝ったのだ。」

アリョーシャは静かにほほえみ、「神さまが勝利を得なさるに相違ない！」と思い、さらに、「イヴァンは真理の光の中に立ちあがるか、それとも……自分の信じないものに奉仕したがために、自分をはじめすべての人に復讐しながら、憎悪の中に滅びるかだ」と「悲痛な心持ちでこうつけ加え」イヴァンのために祈った。

イヴァンが悪夢の最後のところで、窓を叩く音を聞きながら、それがアリョーシャであり、かつある「報告」をもたらしたことを知っているということがでてくるのだが、一体なぜイヴァンはそれを知っていたのか。それに、スメルジャコフの自殺はなにを意味するのか。それがはたして、良心の呵責によるものかどうか。もし良心の呵責よりするものだったら、積極的に自分が真犯人だと名乗り出るべきだろう。それに、スメルジャコフに良心といったものは似つかわしくない。むしろ、それは彼自身の意識した計算ではなかったか。先に、その身体的衰弱は意識的な緩慢なる自殺ではないか、という推測を述べた。スメルジャコフの自殺は、いわば彼の完全犯罪の完成である。(4) スメルジャコフの目的は先に述べたように、カラマーゾフ家の破滅である。彼の自殺によって、彼が法廷に喚問される可能性はゼロになった。とすれば、もはやドミートリイの有罪は動かない。イヴァンは既に十分精神的に破壊されている。そのような人間が法廷に立ったとしても、その証言が聞かれるはずもない。かえって、精神異状の烙印をおされることになるだろう。それによって、イヴァンの精神は決定的に破壊されるにちがいないのだ。

ここには、悪を実行しつつ、しかもその悪の実行を消去してしまう恐るべき狡知がある。

しかし、アリョーシャはこのイヴァンの錯乱をもうひとつ別の面からとらえた。「傲慢な決心の苦しみ」として理解した。別言すれは、高貴ともいうべき知性に与えた神の試練ととらえたということだ。このような苦しみは、スメルジャコフも理解しえなかったところだ。もし苦しみが、人間の魂の試練であるとすれば、まさに、スメルジャコフはその存在自体において、実は「ヨブ記」においてサタンが果たしたのと同じ役割を演じたということになる。

（1） 主に『ソヴィエト百科事典』出版局《Советская Энциклопедия》の『小文学百科事典《Краткая Литературная Энциклопедия》』第1巻（Москва 1962）六五〇ページの "Бова Королевич" の項目による。

（2） "Словарь Атеиста" (Второе, дополненное издание, Москв, Издательство политической литературы, с. 270–271.

（3） Richard Peace, Dostoyevsky, an examination of the major novels, 《Cambridge University Press》1971, pp. 261–263.

（4） スメルジャコフの自殺の動機としてはいろいろな解釈がありうる。今管見に入ったところを記しておくと、まず一般的に考えられるのは良心の呵責によるとする解釈、例えば「結果的にスメルジャコフは首つり自殺をとげた。良心が彼を咬み殺したのであった」（ゴロソフケル、木下豊房訳『ドストエフスキーとカント』、みすず書房、一九八八、一二一ページ）。次に「自分を教唆した男に非難されたため」とするグロスマン、北垣信行訳『ドストエフスキイ』(筑摩書房、一九六六、四〇六ページ)。イヴァンに見捨てられたためとするのが、ホルキストの解釈、"He commits suicide not out of fear of capture, but from the despair of a twice-abandoned orphan."(Michael Holquist; Dostoevsky and the Novel, Princeton University Press, 1976) p. 182 スメルジャコフは、イヴァンを精神的父として選んだが、それからも見棄てられたため、と解釈するものだ。この解釈をふまえつつ一歩進めたのが作田啓一『ドストエフスキーの世界』(筑摩書房、一九八八)の「スメルジャコフが自殺したのは、イワンに見放されたためだけではなく、スメルジャコフのほうからイワンを見限ったためでもある」(三四二ページ)。スメルジャコフの自殺をその悪魔的意志の完成と見て、筆者に近い見解を簡潔だが示しているのは、モチューリスキーで、スメルジャコフの遺書をひき、そのうちの「自分自身の意志によって(“своею собственной волей”)」をゴチックで強調し、そのあとに、「かくして彼はその悪魔的我意を完成させたのだ(“Так совершает он последний акт демонического **своеволия**.”)」(引用者訳)と記している。

# 第八章　誤れる裁判

1

いよいよ『カラマーゾフの兄弟』という錯雑をきわめた文学空間も大詰めを迎える。すなわち、第十二編「誤れる裁判」においてだ。これは第一章「運命の日」、第二章「危険なる証人」、第三章「医学鑑定一フントのくるみ」、第四章「幸運の微笑」、第五章「不意の椿事」、第六章「検事の論告　性格論」、第七章「犯罪の経路」、第八章「スメルジャコフ論」、第九章「全速力の心理解剖　疾走せるトロイカ　論告の終結」、第十章「弁護士の弁論　両刃の刀」、第十一章「金はなかった　強奪行為もなかった」、第十二章「それに殺人もなかった」、第十三章「思想の姦通者」、第十四章「百姓どもが我を通した」からなるそれ自体この文学空間での最大の長編なのだ。というのも、この第十二編は、それまで個々に運ばれてきたプロットの流れが、そこで一大綜合をみるという、ベートーベンの『第九交響曲』でいえばその最終楽章の一切がそこで交響するがごとき雄大な文学空間を形成しているからに他ならない。『カラマーゾフの兄弟』という世界の主要な声が、ここで統合的にひき出されているだけではなく、ロシア社会そのものの声が、あらゆるニュアンスの中に動員されている、そういう点では、バフチンのいうポリフォニー的手法の、最高の表現ともいえるが、しかし、そこに反響する声は、それぞれに平等に対峙するなどというものではなく、やはりあるひとつの主題にそって多声的というよりは、交響的に展開してゆくのであり、この文学空間を支配するのは、そうした声のダイナミズムなのだ。というのも、改めていうまでもないことだが、この第十二編が陪審員制度による公開裁判の記録だからだ。そこには、国家的法の代表者たる裁判官がおり、また民間の良識を代表する複数の陪審員がいる。さらに、一般の民衆がいる。その前で、いわば社会的正義を代表する検事と、それに反対の論陣を張る弁護士がいる。こうした公開法廷の緊張は、被告が有罪か無罪という一点にめぐって、極度に高められる。検事と弁護士のやりとりが、火花を散らすわけだが、検事の論告において、犯罪の概要が語られる。検事は、犯罪の立証にむけて、あらゆるデータを引き合いにだす。先に、この編がそれまでのプロットの一大綜合といったのはそのことだ。いわば、父親殺しという、もっとも内密の問題、ひそかにある一人の人間の心の中で進行してきた隠密のドラマがここで公然と社会全体の注視のもとにひき出されるわけだ。そしてそれにたいする弁護士の弁論、それは、検事の論告をふまえつつ、しかし、全く別の視点から読みかえてゆく。これは、事件をより深く解釈させることになるだろう。そして、これらふたつの視点が、さらに、読者がたどってきた主人公たちの、隠密な内的ドラマと対比されることになるだろう。そのドラマから、これらふたつの解釈、すなわち論告と、弁論もまた逆照射されることになるだろう。このことは、社会的裁きの場である裁判そのものがまた批評されていることにもなる。単に制度としての裁判のみではない。裁判を傍聴する人々も単なる傍聴者としてのみ描かれているわけではない。彼らもまたそれなりに裁判にアンガジェするものとして眺められている、といえるだろう。いわば、関係のうちに存在を捉えるというドストエフスキーの手法の完成ともいうべきものがここに実現したといっていい。裁判という厳正であるはずのものも、実は関係のなかに置かれている。被告をとりまくさまざまな人間関係、さらに裁判という制度を構成するその成員の関係、さらには、社会の中での裁判の意味など、そして大きくいえば、神の裁きからみた人間の裁きというものの関係、この編におけるほど作者が関係を、その複雑な綜合で示したことはないのではないか、と思われるほどだ。いわば、そこでは人間存在を規定するさまざまな関係が、ひき出され、外化された形で示される。この外化されたという点に注目する必要があろう。ドストエフスキーが、この作品の最後のまとめに、裁判という形式によったのはそのためなのだ。陪審制度による公開裁判こそ、そこまでの、内面にかくされていたものの、外化の場にほかならないからだ。カラマーゾフ家の隠密の問題だったものが、それによって一挙にロシア社会の問題へと拡大される。これは、人間の内面的世界と、外界との通路がつけられたということだ。いいかえると、人間とそれを取りまく世界との間に、それぞれ相互に責任があるということの開示にほかならない。こうして見えてくるのは、ゾシマの説く、人間はすべてに罪を負っているという思想ではないだろうか。裁くものも、あるいは第三者的に傍観しているものも実は裁かれるものに対して罪を負っている。こうした究極の思想がそのままに扱われているわけではない。しかし、根本にはそういう思想が仕掛けられているのではあるまいか。いうまでもなく、人々はそうしたことを意識してはいない。しかし、裁判の過程を通してあぶり出されてくる人々の反応はそれが誰であれ、被告もふくめて常に、以上のごとき思想によって見すえられている、といってよい。そして、そうしたいわば裁判を見すえる虚の焦点のごときものこそ、この第十二編の文学空間の背後にただよい、読者に訴えかけるものなのだ。

## 2

この裁判の経過を逐一述べることは不可能であり、そのことは語り手自身も断っているところのものだ。レジュメにするにしても困難だ。従って、ここでは、裁判の流れにそって、重要な点をあげてゆくしかない。流れとは、ドミートリイの有罪判決に至る証言や弁論の、戦慄的な、息づまる展開である。

まず語り手は、第一章「運命の日」で、裁判の輪郭を示す。いかにこの裁判に、ロシアの町々から、モスクワ、ペテルブルグからさえも、傍聴人が押しかけたかということ、さらに女性が多かったし、また法律家連も多数きたという。女性たちは、ほとんどドミートリイの無罪を主張しており、特に彼女らの好奇心をそそったのは、カチェリーナ、またグルーシェンカの法廷での立会いだった。一方彼女の夫らは、被告に反感を抱き、ドミートリイが天罰を受けることを望んでいた。

弁護士は、有名なフェチュコーヴィチで、その弁護をした事件はいつもロシア全土に喧伝され、長く記憶にのこったものだったという。一方検事のイッポリート・キリローヴィチについては、この著名な弁護士を恐れているとか、いろいろな噂があったが、そうした一般の人々の下した噂は公正を失しているとしたうえで、語り手はイッポリートが「非常な熱情家でかつ病的に感受性が強かった」ことは認めるにしても、自分の全身全霊を当該事件にうちこむことは確かで、またその「心理研究癖」を嘲笑する世間の意見についても否定し、「多くの人々が考えているよりよほど深く、まじめな性格」だという見解を述べる。

このような紹介の仕方をみると、語り手は、必ずしも、一切の声にたいして完全に中立か、というとどうもそうではないらしい。この裁判を通じて噂という、いわば無名性の声がよくひき合いに出されるのだが、語り手は、噂にはかなり慎重のようだ。といって、それを無視するのでもない。したがって、噂のある部分は、そのまま肯定されて残るということになる。ここに語り手の、一般的な噂というものにたいする態度があるようだ。イッポリートは、被告を有罪とする論告をする重要な人物だから、語り手の肯定的に残した部分、たとえば「非常な熱情家で、病的に感受性が強かった」とか、「心理研究癖」という指摘は、その論告理解の鍵となるだろう。

このような人物紹介の態度は、他の人物についてもいえることだ。裁判長は、「教養ある人道的人物」で、この事件をどう見ているかといえば、ロシアの「社会組織の産物として、およびロシア的特性の説明として」扱っていた。そして「事件の個人的性質や、その悲劇的意義や、被告をはじめすべての関係者などにたいしては、かなり無関心な、抽象的な態度をとっていた」。「もっとも、これは当然そうあるべきことかもしれぬ」と語り手はつけ加えている。

語り手は、法廷内の様子についても述べている。一段高い場所に並ぶ裁判官の右側に陪審員の席があり、左側に被告と弁護士の席、法廷の中央裁判官の席近くに証拠物件のテーブル、証人用の椅子が置かれている。また陪審員は十二人でその内訳は、四人が当地の役人、二人が商人、六人が土地の農民と町の人となっているが、その構成について語り手はいささか疑念を述べている。語り手は、裁判の開始前女性たちが「こういう微妙な複雑な心理的事件」が、上述の人々にまかせられているのに疑念をもらしたことを記し、それにつけ加えるようにして、「こんな人間どもが、こういう事件について、はたして何を理解することができるだろう？」と述べて、これは誰の頭にもうかぶ疑念だろうといっているのだ。

朝の十時に開廷し、やがてドミートリイが現れた。語り手はその様子をみた時「非常にいやな気持ちがした」と述べている。彼は恐ろしくしゃれたかっこうをしていたというのだ。次に弁護士のフェチュコーヴィチの姿かっこうについても詳細に描写し、それらを驚くほど鳥に似ていたという比喩で総括した。

審理に先立って被告の姓名・身分の確認から始まり、証人・鑑定人の名簿が読みあげられた。証人のうち四人が出廷しなかった。ミウーソフ、ホフラコーヴァ夫人、マクシーモフ、前夜死んだスメルジャコフの四人である。ドミートリイはスメルジャコフの変死を聞くと、大声で「犬には犬のような死にざまが相当してる！」と叫んだ。裁判長が厳重に注意をしたが、ドミートリイは後悔する様子もなく、「もうしません」をくり返したが、この態度は陪審員や傍聴者に不利な印象を与えた、「彼はその性格を暴露することによって、自分で自分を紹介してしまった」と語り手は記している。

ドミートリイのこうした傍若無人の態度は公判中も続くことになる。起訴状が読みあげられ、裁判長が自分を有罪と認めるかどうかときいた時も、「突拍子もない、まるでわれを忘れたような声」で、「自分の乱酒、淫蕩については、みずからの罪を認めます」、しかし、「わたしの敵であるおやじの死については、——断じて罪はありません！」と叫んだので、必要なことだけをいうように注意を受けた。

こうして審理が始まった。検事側の証人訊問から始まったのだが、その内容に入るに先立って語り手は、「公判のはじめから、この『事件』のある特質」がすべての人々によって認められていた点についてふれている。それは、被告を有罪とする力のほうが弁護士側の有している材料よりはるかに優勢だったという事実である。そして、弁護などは実際には必要がないのであり、それは形式的なものにすぎないと人々は考えていたという。しかも、女性たちもひとり残らず有罪と信じきっていた。ただ彼女らが望んでいたのは、被告は有罪であるにしても「当節流行の人道主義と、新しい思想と新しい感情とによって」無罪放免になるに違いないというクライマックスの効果だったというのだ。

一方男たちはといえば、検事と、有名な弁護士との対決にその興味の中心があった。いずれにせよ、人々にとっては、ドミートリイが真に有罪であったかどうか、という問題は、二の次だったということになる。こういう前置きのあと、語り手は、検察側の証人の訊問と、弁護士の質問について語った。まずグリゴーリイが、ついでラキーチン、二等大尉スネギリョフ、トリーフォン・ボリーソヴィチ、さらにはふたりのポーランド人も召喚された。こうした「危険な証人たち」は、フェチュコーヴィチの見事な質問によって、やりこめられた。フェチュコーヴィチの質問は、つねに証言の核心部分をつき、それを根元からゆさぶる効果を有していた。その巧妙をきわめた論鋒のひとつひとつをここで紹介することはできないが、二、三ふれておこう。ドミートリイにとっての重要な証言のひとつ、フョードルの部屋のドアがあいていたという点に関して弁護士は、いわばからめ手から質問した。グリゴーリイにたいして、その夜寝がけに腰の痛みをなおすため、「煎じ薬」を使ったが、それはなにを調合したものかと聞いたのだ。弁護士は、その成分を聞き出し、そこにアルコールの使用をたしかめ、それを背中にぬってから、グリゴーリイがコップ一杯分飲んだことをグリゴーリイの口からひき出した。つまり、グリゴーリイがドアが開いていると思ったのは、アルコールの効果によるのではないか、と暗示したのだ。さらに弁護士は、その年が紀元何年かを聞く。グリゴーリイはしらなかった。証人の知性自体を問題にしたのだ。これは効果的だったといえる。傍聴者や陪審員の間には、こうした人間の申し立てにたいする疑念が忍びこんだと語り手は記している。

トリーフォンはドミートリイが当夜事件直後行って大盤振舞いをしたモークロエの宿屋の主人だが、ドミートリイの有罪証拠の重要なもののひとつ、金をめぐっての、もっとも危険な証人である。その申し立ては、強い印象を与え、ドミートリイにはなはだしい不利益をもたらしたという。彼はドミートリイが凶行一月前モークロエへ初めて行った時散財した金は三千ルーブリを下らない、従って、ドミートリイのいうように、千五百ルーブリをつかって残りを「守り袋」に入れたなどということはありえない。そして三千ルーブリ握っているのを見たと証言した。金銭的整合は、戸の問題とともに有罪立証の最大の鍵だ。従って、この証言がきわめて不利な影響をもたらしたというのも当然のことだった。ここで弁護士のとった論法は、やはりトリーフォンの人格自体に疑いの目を向けさせる、というものだった。弁護士は、一月前モークロエでドミートリイが豪遊した際、ドミートリイが酔っぱらって落とした百ルーブリの札について言及した。それを拾ってトリーフォンに渡した男二人に一ルーブリずつ与えたという事実である。その時その百ルーブリ札をドミートリイに返したかどうか、と聞いたのだ。トリーフォンは最初は事実を否認していたが、二人の男が召喚され訊問されるに及んで白状し、ただし百ルーブリの金は返した、ただドミートリイは酔っぱらっていたから、そのことは思い出せまい、とつけ加えた。ここにおいて、彼の申し立てははなはだ疑わしいものになった。

しかし、こうした弁護士の巧妙な反論にもかかわらず有罪の絶対性は、ますます悲劇的に増大してゆくのを一同は感じてはいたが、なおも弁護士の落ちついた態度の中に、弁護士への期待というものをみていたという。

3

医学鑑定も行なわれたが、被告にとってそれほど有利なものではなかった。鑑定者は、カチェリーナの呼びよせたモスクワの名医、土地の医師ヘルツェンシトゥベと若い医師ヴァルヴィンスキーの三人。最初にヘルツェンシトゥベが訊問された。七十がらみの老人で、町では尊敬され、性質の美しい、信心ぶかい人で、「ヘルンフート派（Гернгутерство）」だか、「モラヴィアの兄弟（Моравский Брат）」だかの宗教の派に属していたらしい。ヘルンフート派とは一七二七年にザクセン（Sachsen）のヘルンフート（Herrnhut）村に創立されたキリスト教の一宗派で、その教義は、十五世紀の半ばに生まれたチェコの宗派「モラヴィアの兄弟」にさかのぼるという。この宗派は最初は急進的で国家・階級・富の不平等を否定し、一方で平等と無抵抗を説いたが、時とともに和解的となり、無抵抗が主流となった。十八世紀から十九世紀にかけロシアにひろまったものだ。このヘルツェンシトゥベは貧しい患者には無料で治療をほどこしていたが、生来きわめて強情だった。彼は、ドミートリイの精神状態を異常だと鑑定したが、その理由はいささか奇妙なものだった。女好きのドミートリイが入廷の際、女の方を見なかったから、というものだった。語り手はこの際、ヘルツェンシトゥベのことばに注意をむけている。

彼はロシア語を好んで用いたが、その一句一句がどういうわけかドイツ語になってしまう。彼は自分のロシア語を模範的なものと思い、「ロシア人よりもすぐれている」と考えていて、ロシアのことわざを引用するのが好きで、そのつどロシアのことわざは世界中の言葉でもっとも表情的だとつけ加えた。言葉が出てこない場合がよくあったが、それが出てくるまで、忘れた言葉をつかまえようとでもするように顔の前で手をふったという。

ヘルツェンシトゥべという、いわば私心のない人格者の言葉なら説得力のあるはずのものだったろうに、その態度の一種の奇矯さがそれを妨げたのだろう。

モスクワの医師は被告の精神状態を「極度」にアブノーマルなものと断言した。この医師の断定はより学術的だった。彼は、「アフェクト」と「マニヤ」のふたつの概念でドミートリイの行為を説明した。被告は逮捕の数日前から「病的アフェクト」に陥っていたのであり、従って凶行を演じたとすればそれは不可抗力による、「マニヤ」という点をもっともよくあらわすのは、父親にだましとられたものとばかり思いこんでいる「三千ルーブリ」にたいする偏執で、それを口にするたびに「一種異常な興奮を示さないことがない」。最後に彼は、ヘルツェンシトゥべの指摘した入廷する時のドミートリイの態度にふれ、そこにやはり異常がみられることには同意するが、女たちをみるというよりは弁護士を探すべきだったと皮肉った。

しかし、最後に訊問されたヴァルヴィンスキーは、今も以前も被告は全く通常の精神状態にあったといったのでその前のふたりの意見との違いに「独得な滑稽味をそえた」。逮捕当時、極度な興奮状態にあったのは確かだが、それは、はっきりとした多くの原因、嫉妬、憤怒、不断の泥酔状態などから生じたものだと結論し、正面を見据えていたことについては、正面に全運命を左右する裁判長などがいたのだから当然とつけ加えた。

被告席からドミートリイがその通りと大きい声で叫んだ。彼は医学的に異常という診断には我慢がならなかったわけだが、それは情状酌量の可能性をみずから立ち切ることにもなったろう。この若い医師の意見が、裁判官にも傍聴人にももっとも決定的な影響を与えたという。そのとき、ヘルツェンシトゥベが思いがけなくドミートリイに有利な証言を与えた。それはドミートリイの子供時代の話だった。ロシアのことわざをはさみ、出てこない単語につっかかりながらの想い出は、感動的だった。ドミートリイは父親にほうり出されたまま育てられた。ある時、彼が一フント(四〇九・五グラム)のくるみを持っていってやり、子供だったドミートリイに、指を一本たてて「子供よ！　Gott der Vater (父なる神)」というと子供も笑いながらくり返す、「Gott der Sohn (子なる神)」というと子供もまわらぬ舌でくり返す。「Gott der heilige Geist (聖霊なる神)」というと笑ってどうにかくり返した。三日目に子供にあうと、子供は、「Gott der Vater」「Gott der Sohn」はいえたが、「Gott der heilige Geist」はいえなかったので教えてやった。自分は、子供がかわいそうで仕方がなかった。それから二十三年たったある日、とつぜんひとりの若者がきて指を上げて笑いながら「Gott der Vater, Gott der Sohn, und Gott der heilige Geist」といい、それから、「自分はこの町にくるとすぐに一フントのくるみの御礼にまいりました。あの時分だれひとり一フントのくるみをくれるものもなかったのに、あなただけは、一フントのくるみをくださったのです」といった。ヘルツェンシトゥベは、「おまえさんは恩義を忘れぬ青年だ」といってドミートリイを抱いて祝福した。そのとき彼は泣き、ドミートリイもまた泣きながら笑った。こうその時の情景を語ってから彼はまた警句をつけ加えながらいった。

「ロシア人は泣かなければならぬ場合に、よく笑うものであります。とにかくこの人は泣きました。それはわたしが見ました。ところが、今は、ああ！……」

このときドミートリイは自席から叫んだ。

「今だって泣いています、ドイツ人さん、今だって泣いていますよ。あなたは神さまのような人です！」
この話は傍聴人にいい印象を与えた。しかし被告にもっとも有利な証言をしたのはカチェリーナだった。その前にアリョーシャの証言が行なわれたのだがアリョーシャは、ドミートリイの父殺害の意思の有無について聞かれ、「嫌悪の念が極度に達した場合……父を殺さないものでもないと言って、自分でもそれを恐れていました」と答えた。それを信じたか、という質問には、「信じたとは申しかねます。けれど、わたしはいつもそういう危険にひんした時、ある高遠な感情が兄を救うだろうと信じていました。またじっさいその通りだったのです。なぜって、わたしの父を殺したのは兄じゃないのですから」と、法廷全体にひびきわたるような声でこう断言した。

　アリョーシャは、予審でスメルジャコフを真犯人として指名したのはどのような根拠によるかを聞かれ、それはドミートリイの言葉によったためだし、またドミートリイを無罪と信ずる根拠については、「兄の顔つきで、兄の言うことが嘘でないと知った」と述べた。

　そこで検事による訊問は打ち切られたのだが、彼の答えは、傍聴者の心にきわめて幻滅的な印象を与えた。というのも、アリョーシャがスメルジャコフの罪を明らかにする有力な証拠を集めたという噂があったにもかかわらず証拠としては、「被告の実弟として当然な精神的信念」以外になにもないということが明らかになったためだ。

　しかし、このアリョーシャの答弁自体アリョーシャ的というべきだろう。証拠があって信があるのとは逆に、信があって証拠がある、という考え方だ。ただ、裁判という現実の中では、それが無効であることはいうまでもない。もちろんアリョーシャとてもそれは百も承知だ。しかしアリョーシャとしてはほかに証拠を持っているわけではない。彼にとっては真実をいうとしたら、彼の主観的ともいえる信を述べるしかないのだろう。

アリョーシャは弁護士フェチュコーヴィチに質問された時、ある重要な考えに思い当たった。それはドミートリイがアリョーシャにある夜、自分の胸の上のほうを叩きながら、自分の名誉を回復する方法がある、とくりかえしながらいったことだった。アリョーシャはその時は、兄が父にたいして憎悪を抱いたことを恥じて、しかしそれから逃れる力を自分の心に見いだせるといっていたのかと思ったが、しかし考えてみれば心臓はもう少し下だった。今から思えば、千五百ルーブリを縫いこんだあの「守り袋」をさしていたのかもしれない、こうアリョーシャは弁護士にいったのだ。弁護士はより深く聞き出す。アリョーシャは当時のことを回想しつつ、熱心に想像するところを述べた。兄がそのとき恥ずべき行ないと考えたのは、父にたいするものではなくて、カチェリーナに返すべき負債の千五百ルーブリを、グルーシェンカをつれ出す費用にしようとしていたことではなかったか、と述べた。この証言の真偽が早速ドミートリイに確かめられる。ドミートリイは全面的にそれを認めた。これは小さいながら、ひとつの、ドミートリイの無罪につながる証拠として重要な出来事だったと語り手は記す。

4

ついで、カチェリーナの訊問が行なわれた。その法廷への出現は異様などよめきをひきおこした。彼女はすっかり黒衣に身を包んで、つつましやかに指定の席に近づいた。決心の色が黒みがかった目の中にひらめいた。この瞬間彼女が非常に美しくみえたという。

彼女の証言は驚くべき内容のものだった。自分は被告とは婚約の関係だった、ただし被告が自分を見棄てるまでは、とつけ加えてから、親戚に郵送してもらうようドミートリイに託した三千ルーブリについては、すぐに郵送してもらうつもりというのではなく、ドミートリイが金に非常に困っているようなのでひと月ぐらい融通してあげてもいいと考えて渡したのだから、それほど心配する必要はなかったこと、彼が父親のフョードルから三千ルーブリ受けとったらすぐ送ってくれるものと信じていた、彼は金銭に関してはこの上なく潔白な人だ。それに自分は彼から返金を要求する権利など少しもなかった、自分は、彼から三千ルーブリ以上の金をかりたことがあった。

フェチュコーヴィチのきく番になり、そのことについてより具体的な説明を求めた。というのも、フェチュコーヴィチはカチェリーナに招聘されたのだが、ドミートリイがカチェリーナにかつて五千ルーブリ与えた話は聞いてはいなかった。語り手は、この点について注を付し、「これは驚くべきことである。彼女は最後の瞬間まで、法廷でこの話をしたものかどうかと決しかねて、何かある霊感を待っていたのだ、とこう想像するのが確かである」と述べている。

こうして彼女は、自分とドミートリイの間におきた一切を物語った。ただドミートリイのために、彼が「カチェリーナの姉を通して、『カチェリーナ自身で金を取りに来るように』と申しこんだことは、ひと言も言わなかった」。

語り手はこの告白を、「じつに、魂を震撼するような出来事」と評し、「筆者《わたし》はひやひやして、身ぶるいしながら聞いていた」という。法廷は静まり返った。彼女のような気位の高い女のこうした正直な告白、自分の尊厳をも犠牲にした告白、しかもそれが自分を裏切った男を救うためにする告白は前例のないものだったからだ。しかし、語り手は、「心臓が痛いほど縮みあがった」、というのも、のちになって、さまざまな陰口の種になることを予感したからにほかならない。事実そうなったのだが、その時は人々はとにかく異常な衝撃を受けた。

フェチュコーヴィチに至ってはほとんど勝ち誇ったようだった。なけなしの五千ルーブリを与えた人が、三千ルーブリを奪う目的で父親を殺したということは、つじつまがあわない。弁護士はこの場合金を奪ったという事実を否定することが出来た。しかし、ドミートリイの反応は意外なものだった。

「カーチャ、なぜぼくを破滅させたんだ！」。こういって声高に慟哭したが、たちまち自己を制して「もうぼくは宣告をうけた！」と叫んだというのだ。

ドミートリイの反応が、フェチュコーヴィチと正反対だったということをどう解すべきか。ドミートリイにとっては、どこまでも心の中の裁きこそが重要だったのだ。心の中の裁きとは、彼のうちなる正義の情に照らしての裁きにほかならない。社会的正義にのっとった裁きは、それにくらべれば第二義的ともいうべきものだ。彼の心の中の裁きは神と直接に対決しているものだ。彼がそれまで公判廷で、一見傍若無人とみえたのもそのためだ。神による裁きこそ彼にとって第一義的であるがゆえに、彼はそれを公判廷で叫ぶのだ。そこに、カチェリーナが、彼のためを思ってなした自己犠牲的ともいえる告白を、自分自身を破滅させるものとした理由がある。ドミートリイは、カチェリーナとのいきさつは絶対秘密にしておいた。それは彼の生命にかえても守らなければならないものだった。それは、彼が救いようのない卑劣漢にならないためである。カチェリーナの名誉を守ることこそが、卑劣漢に堕さない最後の保証だった。ドミートリイが破滅とも、宣告が下ったとも叫んだのは、カチェリーナが自分自身の手で名誉を破ったところに、神の手が下ったと感じたということだ。それにしても、先の医学鑑定の場合もそうだが、ドミートリイのこうした対応は、人々にどのような印象を与えるだろうか。ドミートリイの心はいわば彼の内をのぞきこむ神の裁きにむけられていて、社会的な裁きの前にはほとんど無防備のままに立っている。なんら、社会の裁きにたいして自己をまもろうとする計算はない。これは外界にさらけ出された裸形の無垢だが、人々はそれを理解するはずはない。むしろ逆に、彼の言動は有罪という心証に役立つということになる。

語り手は、次にグルーシェンカの証言にうつるのだが、ここで、自分の物語は「しだいにかの大椿事に近づいた」と断っている。「大椿事」とは、ドミートリイの有罪をほとんど決定づけたといっていい事件であるが、その前に、グルーシェンカについて述べるとして、その出廷の様子から始めている。彼女も黒い服で、見事な黒いショールを肩にかけて現われた。じっと裁判長をみつめながら、足音もたてず証言台に近づいた、その時非常に美しく見えたと語り手は述べ、あとで女たちがいったような「思いつめたような、毒々しい顔つき」などしていなかったと断っている。そして、「彼女はただ醜い騒ぎに飢えた傍聴者の、ものずきな軽蔑したような視線を、重苦しくからだに感じて、そのためにいらいらしていたのだと思う」と弁護している。ちょっとした軽蔑にも耐えきれない誇り高い性質から、軽蔑されているのではないか、という疑いだけで反抗心に燃え立つ。同時に臆病でもあり、それを恥じる気持ちもある。そうした複雑な性格から、その申し立てにはむらがあったのも止むをえなかったと語り手は述べている。

グルーシェンカは、三千ルーブリの封筒のことは、あの「悪党」から聞いた、「悪党」とはスメルジャコフで彼が真犯人だと申し立てた。根拠をきかれ、ドミートリイがそういった、ドミートリイを信用してくれ、それからカチェリーナが一切の原因だ、ドミートリイを破滅させたのだと述べた。嫉妬から彼女はほとんど捨てばちになっていた。

モークロエでドミートリイが捕まった時、被告が真の犯人と思っていたのではないかときかれ、グルーシェンカは当時は人々の言葉によってそう考えたが、後になってドミートリイの話を信じた、と答えた。

このあとラキーチンの話が出、彼が自分の従弟《いとこ》だと打ち明ける。さらに、そのことを秘密にするよう口止めされていた、というのもラキーチンはそれを恥じているからとまでもすっぱ抜いた。そのためラキーチンの先刻の演説も「聴衆の心の中でことごとく破棄されてしまった」という。ラキーチンはその思想の高尚さと独自さで、いろいろ失敗はあったが有罪にむけて説得的な論を展開していたのだ。

とはいえ、彼女は傍聴者には極めて不快な印象を与えた。これまたドミートリイにたいする心証を悪くするものだったろう。

5

証人喚問の最大の山場が次にくるイヴァンの証言である。これが語り手のいう「大椿事」であり、ドミートリイ無罪への希望はここでほとんど絶たれてしまうことになる。しかもその役割を決定的に果たしたのが、カチェリーナだ。先刻ドミートリイのために、ほとんど献身的告白を行なったカチェリーナが全く逆転して、ドミートリイの真犯人であることをあばくというこの場面は、恐るべき迫真力をもって描かれている。それというのも、彼女の心の奥底に潜んでいたイヴァンへの激しい愛の噴出による。

ことはイヴァンの出廷から始まる。その出廷の様子は、不思議なほどのろのろしていた。「その顔つきは、少なくとも筆者《わたし》には病的な印象を与えた。何か死にかかった人のように土け色をおび、目はどんよりしていた。彼はその目を上げて、静かに法廷を見まわした」。こう語り手は記し、さらに、それをみてアリョーシャがだしぬけに席から立ちあがって、「ああ」とうなったことを記憶しているが、それに気づいたものはきわめて少なかったとつけ加えている。

アリョーシャは兄のただならぬ異常さを早くも認めたのだ。イヴァンはどんよりとした目で裁判長を眺め、その顔は微笑にかわり、裁判長の言葉が終わるや「だしぬけに笑いだした」。健康がすぐれないのではないか、という裁判官の言葉にたいして、心配はない、自分は「何やかや興味のあることを申しあげることができます」といい出しながら、しかし、訊問にはいやいや答え、なにかしら「内心の嫌悪がますます募ってくる」らしかった。答弁はそれでも要領を得ていて、たいていの質問には知らないと答えた。イヴァンは、突然退廷を願い出た。許可も待たずに、法廷から出ていこうとしたが、「とつぜん何やら考えたように立ちどまり、静かににたりと笑って、また以前の場所へ帰った」。

イヴァンは語り出した。冒頭、自分は結婚に無理やりつれてゆかれる農民の娘のようなものだなどと妙な話から始め、いきなり紙幣束《さったば》をとり出し、それがスメルジャコフから受けとったものであり、その縊死の直前スメルジャコフの所へいった、犯人は彼で、自分が彼を教唆したのだ、こういったうえさらに、「だれだって、おやじの死を望まないやつはありませんからね……」とつけ加えた。正気なのか、と聞かれてイヴァンはいった。

「むろん正気ですとも……あなたがたみんなのように、ここにいるすべての……化け者どものように、卑劣な正気を備えています!」

それから彼はにわかに聴衆の方にふり向いた。

『あいつらはおやじを殺したくせに、びっくりしたようなふりをしているんです』と彼は激しい侮蔑を現わしながら、歯ぎしりした。『あいつらはお互いに芝居をしてるんです。うそつきめ！　みんなおやじが死ぬのを望んでるんだ。毒虫が毒虫を食おうとしてるんだ……もしおやじ殺しがなかったら……やつらはみなぷりぷりしながら、家へ帰って行くだろう……なにしろ、見世物を見たがってるんだからな！「パンと見世物！」というじゃありませんか。だが、わたしもあまりりっぱなもんじゃない！　ときに、水がないでしょうか。飲ませてくださいい、後生です！』彼はにわかに自分の頭をつかんだ。」

イヴァンの言葉は深く傷つけられた自尊の念から発した痛切な叫びとして、それ自体鋭い真実をさらけている。彼は自嘲をもこめて、無意識の奥に潜む人間の恐るべき願望と、しかしそれを認めようとはしない「卑劣な正気」と、しかも他人の上におこる悲劇となれば興味しんしん見物に押しかける大衆の醜悪さをあばいている。「パンと見世物」とはローマの最高の風刺詩人ユウェナーリス（Juvenalis）の『風刺詩集』の中の言葉で、ロシア十九世紀当時の文学者の作品に散見される。ローマの民衆の唯一の情熱が「パンとサーカスの見世物（Panem et circenses!＝Хлеба и зрелищ!）」だけということを嘲笑したものだが、聴衆にとっては、その意味をほとんど理解することはなかったろう。それにイヴァンの叫びには、聖書的メタファーが仕掛けられている、という指摘もある。たとえば「ヨハネ伝」第四章第七節にイエスの言葉として「水を飲ませて下さい」という表現があるが、パンが地上的力の表現とすれば、水は天上的真理、愛の表現といえる。もしそうだとすれば、イヴァンの苦悩する良心の中にひそかにキリストに自らをなぞらえる犠牲の願いが存在していたかもしれない。しかし聴衆にしてみればなにかしらわけのわからない、切れ切れの言葉は、狂気に類するものとしか考えられないだろう。そして事実、イヴァンは精神のバランスを大きく失していたともいわねばなるまい。

廷丁がやってくる。アリョーシャは、「兄さんは譫妄症《せんもうしょう》（белая《ベーラヤ》 горячка《ガリャーチカ》）にかかっているんです」と叫ぶ。譫妄症とは強いアルコール中毒による幻覚・妄想の狂気の状態をいう。カチェリーナは、つと衝動的に立ち上がり見つめる。しかし、イヴァンは自分は気ちがいじゃない、自分はただ「人殺しだ！」とさらに言葉を続けた。自白を裏づけるものと聞かれ、証人がないのが問題だ、「スメルジャコフの犬め、あの世からあなたがたに申し立てを送りはしませんからね……封筒に入れてね……あなたがたはなんでもかでも封筒がほしいんでしょうが」と皮肉り、しかし「わたくしには証人はありません……あいつひとりのほかには」と意味ありげににたりとした。それは誰ですと聞かれ、イヴァンの話し出したのは例の夢の中の悪魔のことだった。

「『閣下、その証人はしっぽをもってるんですが、それじゃ規則に反しますかね！ Le diable n'existe point!（悪魔は存在しない！）べつに気にとめないでください。やくざなちっぽけな悪魔なんですよ』。彼は何か内証話でもするように、急に笑いやめて、つけたした『やつはきっと、どこかここいらへんにいますよ。この証拠物件ののっているテーブルの下にでもね。でなくって、どこにいるもんですか？』」

イヴァンの話は、「地質上の大変動」のこと、「ヒムン（頌歌）」のこと、「歓喜の二秒間のためには、千兆キロメートルの千兆倍も投げ出すつもり」だとか、そして、「あなたがたの仕事はじつに馬鹿げてる！　さあ、わたくしをあれの代わりに縛ってください！」というものだった。

アリョーシャがかけよった時、廷丁がイヴァンの手をつかんでいた。イヴァンは、「何をするんだ！」

といって、廷丁を床の上へ投げ倒した。守衛らがきてとりおさえる。その時イヴァンは恐ろしい声でわめき出した。法廷からつれ出される間も、わめきたて、とりとめもないことを口走った。

大混乱が起きた。しかしそれが落ちつくか落ちつかないうちに、別の事件が発生した。カチェリーナがヒステリーを起こしたのだ。彼女はドミートリイこそ真犯人だといってドミートリイの例の手紙を証拠の書類として提出したのだ。一方イヴァンを譫妄症として弁護した。これはドミートリイが飲屋『都』から出した手紙でイヴァンが「数学的」価値のあるものとして認めたものだ。語り手は、「この手紙さえなければ、ミーチャは破滅しなかったかもしれない！　少なくとも、あんな恐ろしい破滅のしかたをしなかったかもしれない！」と述べている。

裁判官は、新しい証拠書類を裁判官たち、検事、弁護士、陪審員一同に提供したはずと語り手はのべてから、再度カチェリーナの訊問が始まった。どういう手紙かが問われたのにたいしてカチェリーナは詳細にそれを説明した。書かれた時期、さらに、そのような手紙が書かれた状況、心理的または金銭的ひっ迫の状況を詳細に説明し、そこには一切が予告してあり、一切がその通りであり、その通りに父親を殺害した、この手紙は「殺人のプログラム」のようだと説明した。その様子を語り手は、どうやら彼女はひと月も前からこの手紙を法廷で読みあげたものかどうかと考えていたらしい、しかし、彼女は決意した、それは「崖から飛び下りたようなあんばいだった」と語り手は説明している。書記によってその手紙がよまれ、一同に恐るべき印象を与えた。ドミートリイに彼が書いたものかどうかと確認がなされる。ドミートリイは自分のものと認め、かつ、「酔っ払っていなければ書かなかっただろうに！」といい、「おれはお前を憎みながらも愛していた。ところが、おまえはそうじゃない！」と叫んだ。

前の申し立てと全く異なったこの申し立ての理由を聞かれて、カーチャは、先程は嘘をいったのだ、だがあの人は自分を憎み軽蔑していた。こういって始めた真実なるものの告白はすさまじいものだった。カーチャは自分が、例の金のためにドミートリイの足もとにお辞儀をして以来、つねに彼はさげすみの眼でしか自分をみなかった、「あの人は獣です！」、自分と結婚しようと言い出したのも、主権をにぎれると思ったからだ、しかし「わたしは、自分の愛で、無限の愛でこの人に打ち勝とうと試みました。あの人の変心さえ忍ぼうとしました」。しかしドミートリイはそういうのがわかる人ではない。それからカーチャはイヴァンが、「ごろつきの人殺し」である自分の兄を救おうと二ヵ月肝胆を砕いたためにほとんど発狂しかかっている、と「明確に陳述した」。そして、モスクワからきた医者は「譫妄症」に近い病気だといった。それに加えて昨夜スメルジャコフが自殺したというショックですっかり気が狂ってしまった。というのも、まったくあの「ごろつき」を助けたい一心からだ。

語り手はこうしたカチェリーナのほとんど半狂乱といってもいい申し立てについてこう語っている。「ああ、むろん言うまでもなく、こうした言葉やこうした告白は、一生涯にたった一度いまわのきわに、たとえば断頭台へのぼる瞬間ででもなければ、とうていできるものではない。けれど、カーチャはそれができるような性格でもあったし、またそういう刹那にぶつかったのである。それはあのとき、父を救うため若い放蕩者に自分の身を投げ出した、あの激しい気性のカーチャなのである。また先刻、この大ぜいの聴衆を前にして、気高い無垢な態度で、ミーチャを待ち受けている運命を少しでも軽減したばかりに、『ミーチャの高潔な行為』を物語って、処女の羞恥を犠牲にした、あのカーチャと同一人なのである。で、今もまた彼女は自分の身を犠牲に供した。それはもうほかの男のためである。彼女ははじめてこの瞬間、このもうひとりの男が今の自分にとって、いかに貴いかを感じもし、悟りもしたのであろう！　彼女は男の一身を気づかうあまり、男のためにおのれを犠牲にしたのである。」

カチェリーナはヒステリーがおき、床に倒れ法廷からつれだされてしまった。その瞬間グルーシェンカがわっと泣きながらドミートリイのそばにかけよった。「毒蛇があんたの身を破滅させちまった！」憎悪に満ちて叫んだ。ドミートリイも、彼女にむかって飛び出そうとしたが、ふたりともとりおさえられた。

語り手は、カチェリーナの陳述の急激な逆転を説明して、その根底に「傷つけられた自尊心」があり、そこから彼女のドミートリイへの愛は「ヒステリー性のむりな愛」であり「真の愛というよりも、むしろ復讐に似た点が多かった」、それは真実の愛に成長したかもしれないし、彼女自身もそれを望んでいたろうが、ドミートリイの変心が彼女を魂の底まで侮辱したので、魂が許すことを承知しなかった、それがこの機に噴出した、しかしドミートリイを裏切ったと同時に、「自分自身を裏切った」、こう語り手は述べている。

この「自分自身を裏切った」をどう解すべきか。自己を裏切るとは、真実の自己なるものがあるとすれば、それを裏切ったということになる。真実なる自己とはなにか。カチェリーナが、最初の陳述で、ドミートリイを高潔な人間で、金のために動くような人間ではないといった時、カチェリーナは確かに、そうした認識を、真実のものとしていったはずだ。それはよしんばドミートリイが他の女に心を移したとしても、カチェリーナはドミートリイのそうした美質を率直にみていたはずだ。ところが、イヴァンの意外な告白が、彼女の心のそうした認識を一挙に押しながしてしまった。しかも、彼女の二度目の陳述は、極端にドミートリイをおとしいれることで、虚偽に陥っている、といわざるをえない。ここにカチェリーナの悲劇がある。あまりにも激しい自尊心にとらわれた魂の悲劇がある。

## 6

裁判は検事の論告と、弁護士の弁論のやりとりによって山場を迎える。この部分は、第六章から第十三章まで、八章にわたって展開される息づまる論理の展開である。「Pro et contra」の激しく飛びかう世界である。いうまでもないことだが、これはそれまでの証人らの言説をふまえ、証拠物件、事件の状況一切を総括する言説である。注目すべきことは、読者は、既に事件の内容を知っている。そうした事件の真相は、しかし裁判の傍聴者、陪審員にはいうまでもなく隠されている。いいかえれば、読者の前にはすでに知っている事件に関するふたつの読解が示されるということになる。事件の読解とは、事件という具体的現実、それは極めて多面的に錯綜したものだが、そこからなにを切りとり論理づけるかということだが、ドストエフスキーが示した読解は、その論理の立て方からいって、実に見事なもの、というべきだろう。これは読者も十分知っている具体的現実を再度、あるいは三度なぞるということになる。通常の裁判をあつかったものだったら、真相は隠されていて、裁判の過程を通して、それが読者にもあばかれる、というふうに書かれたろう。しかし、ラスコーリニコフとポルフィーリイとの対決がそうであったように、ここでは、読者の周知の事件への新たなる読解が示されるのだ。その解釈において、なんらかの鋭さがないとしたら、これは退屈きわまりないものになるだろう。

問題は、創作者の側からいえば、検事の論告にせよ、弁護士の弁論にせよ、それを完全に事件にたいする推定のうちに立論せねばならない。さらに、弁護士の弁論にいたっては、検事の論告を、読み直すことによって、反論を構成しなければならない。ここにも、「Pro et contra」の構造がある。イヴァンの場合、いわばそれは彼の精神内部の弁証法的構造だったわけだが、ここにおいてそれは、大衆の前、極端にいえばロシア社会という舞台で示されている。しかも、このパノラマ的「Pro et contra」の中に、ロシアの未来が展望されている。実に『カラマーゾフの兄弟』という、ドストエフスキーの文学の総括にふさわしいクライマックスであるといわねばならない。

とはいえ、このふたりの言説を伝えることは極めて困難といわざるをえない。従って作者の見事な力量を味わうためには具体的に作品にそくしていただくしかないのだが、しかし、この検事と弁護士の対決をまとめて論ずるには、一応の、レジュメは必要かと思う。

検事イッポリートの論告は極めて熱のこもったもので、人々に深い感動を与えた。「彼は額とこめかみに病的な冷汗をにじませ、身体中に悪寒と発熱をかわるがわる感じながら、神経的にぶるぶると小刻みに身ぶるいしていた」。イッポリートは彼の論告を、自分の Chef d'œuvre（傑作）「白鳥の歌」と考えていた。そして事実この九ヵ月後に悪性の結核がもとでこの世を去ったのだ。このような状況の中でなされる論告に熱が入るのは当然だろうが、単にそれだけではない、論告を生彩あらしめたのは、その確たる信念によった。語り手は、検事が「心から被告の罪を認めて、『復讐』を主張しながら『社会を救いたい』という希望にふるえていた」と記している。被告有罪の確信と、それを背後から支える正義感、それこそがその論告に説得力を持たせるものに他ならなかったろう。有罪の確信は正義感によって強化され、正義感は有罪の確信によって鼓舞される。イッポリートの論告が、クレッシェンドに盛りあがっていき、多大の感銘を与えたのもそのためだったろう。

彼は、まずロシア社会全体の問題という大きな視点から始める。この事件は、それほど恐るべきものとはみえないようにみえる、しかし、そう思われているという習慣こそ恐ろしい。ロシアの国民的刑事事件の大部分は、ロシア国民の習性と化した一般的不幸を証明している。被告は、無頼漢だが、その考え方はロシアの若者に共通のもので破廉恥だ。若者はどしどし自殺し、来世の問題など打ちすてられている。生活は放縦になり無数の好色漢にあふれている。ゴーゴリが『死せる魂』の結末で全ロシアを「ある不明な目的に向かって疾走するトロイカ」にたとえたのをひき、警告を発してから、カラマーゾフ一家とはいかなるものか、と本題に入ってゆくのだ。彼はそこに現代の知識階級に共通の根本的要素をみる。まずフョードルがいかに父親失格の人間か、その道徳上の法則はすべて"Après moi déluge"(あとは野となれ山となれ)で、「最も完全な、毒々しいほどの個人主義の標本」だった。現代の父親の多くは、それほど冷笑的ではないにしても、フョードルと同じ哲学を持っている。

検事はフョードルの子供らのことに話をうつし、最初にイヴァン、アリョーシャについて語る。イヴァンについては、フョードルのシニシズムをうけつぎ、暗黒の腐爛した人生観の持ち主であるが、本能的な正義の力はまだその心の中には生きている、アリョーシャは、いわゆる「民族本源」へのあこがれを有している敬虔、謙虚な青年だが、暗黒なる神秘主義、盲目的な偽愛国主義に走らぬことを望む。それからドミートリイの性格論にうつる。彼は「現在あるがままのロシア」を代表する。それも母なるロシアであり、善と悪の驚くべき混合体としてのロシアだ。「ロシア人の心は極端な矛盾を両立させることができ、二つの深淵を同時に見ることができるのです」。

検事は次第に事件の本質に近づいてゆき、このような被告の性格の規定に立って、三千ルーブリの問題に入った。イッポリートの論法は、こうした性格論をふまえたうえで、ドミートリイが三千ルーブリの半分千五百ルーブリを守り袋にいれていたという供述がいかにありうべからざることかを推論する。ドミートリイのいった言葉、「卑劣漢ではあっても泥棒ではない」は、ドミートリイのごとき金の誘惑の前には弱い人間にあっては、矛盾している。このような男はそういう言葉を繰り返しつつ、次々と袋の中から金を出してつかい、百ルーブリをのこすのみになるのがせいぜいだ。

こうイッポリートは守り袋の存在を一笑に付してから、三千ルーブリにたいするドミートリイの偏執について説明した。これは金額の問題というよりはむしろ、グルーシェンカにたいする嫉妬による。父親のフョードルも同じ女に熱中するという宿命的な三角関係になった。女はというと、「戯れ」だった。こうして「真の希望は、被告が自分をしいたげる女の前にひざまずいて、競争者である父親の血に染まった両手をさし伸べた、かの最後の瞬間に、初めて与えられたのです」。検事は彼の見解を、ラキーチンのグルーシェンカにたいする批評で補強した。ラキーチンの証言は次のようなものだった。

「彼女は、自分を誘惑してすてた婚約者の心変わりによって、あまりに早く幻滅と欺瞞と堕落とを経験し、ついで貧困を味わい、潔癖な家族の呪詛を受け、最後に今でも彼女が恩人とあがめているある富裕な老人の保護を受けるようになった。彼女の若い心は、多くの善良なる要素をもっていたであろうが、しかし、すでに早くから憤怒をひめていた。かようにして、資産を蓄積しようとする打算的な性格が形づくられた。かようにして、社会にたいする冷笑と、復讐心とが形づくられたのである。」

イッポリートはグルーシェンカの「戯れ」なるものをこの言葉で照らし出してから、「不断の嫉妬」のため、いかに被告が狂乱におちいっていったかを巧みに説明した。嫉妬の相手は他ならぬ自分の父親であり、しかも父親が女の心を得ようとして準備している金が母親の遺産だと思いこんでいる被告にとって、三千ルーブリという金の偏執が起きるのは当然だろう、検事はこのように、ドミートリイの置かれた心理的状況の、いかに追いつめられていったかを見事に浮きぼりにしてみせたあと、犯行の計画がいかにたてられたかという、いわば問題の核心に入る。

イッポリートは、最初は、そこに十分な意識的計画をみるのにためらいがあったが、カチェリーナの提出した手紙によって、疑う余地はなくなった。カチェリーナが「人殺しのプログラム」と叫んだ通りに事件は進んだのだから。

それからイッポリートは読者も既に知っている通りのドミートリイの、当日の行動を丹念に追い、いかに彼が狂乱状態におちいって父親のもとにかけつけたか、を目にみえるように描写した。

「障害はない、見つける者もない、夜はふけてまっ暗です。嫉妬の炎はむらむらと燃えあがりました。彼女はここにいるのだ、自分の競争者なる父にいだかれているのだ、ことによったら、いま自分を笑っているかも知れぬ、こういう疑いが起こると、もう息がつまりそうです。もはや今は疑いばかりではない、疑いどころか、だまされていたことは明白であります。彼女がそこに、その光のもれている部屋に、あの衝立《ついたて》の陰にいることは明瞭であります。そのとき、不幸なる被告は窓の側に忍び寄り、うやうやしく窓をのぞきこみ、おとなしくあきらめをつけて、何か非道な恐ろしいまちがいの起こらないように、賢くも不幸を避けて、急いでそこを立ち去った、とこうわれわれに信じさせようとするのであります。しかし、われわれは被告の性格を知っています。この場合の彼の精神状態を理解しています。われわれはその状態を事実によって承知しています。しかも重要なことには、彼はすぐにもドアをあけて家の中にはいることのできる合図を知っていたのではありませんか。」

事件のまさしく核心部分だが、イッポリートは、性格・精神状態・犯行の事実・合図の四点からドミートリイの供述を退けた。この四点から照らして、傍聴人はほとんど検事の追及をゆるぎないものと考えたのではないか。犯行のほとんど直前までいって、それを思いとどまる理由としては、ドミートリイの言葉はほとんど荒唐無稽としか思えないだろう。つまり世間的な一般的な意識的なレベルではイッポリートの解釈が絶対的な支持をえるということだ。

イッポリートが、この時、一時論告を中断して、スメルジャコフ論に話を転じたのも、巧妙な話の進め方といえるだろう。それは、イヴァン、アリョーシャ、グルーシェンカによって主張され、また巷間にも噂のあったスメルジャコフ真犯人説を、一応ここで否定しておくことが必要だと考えたのだ。イッポリートは、イヴァンら三人の主張が、なんら事実的証明にもとづかないことを述べてから、スメルジャコフの性格論を弁じた。

検事によればスメルジャコフは「知力の鈍い人間」で、「自分の知力以上の哲学思想に惑わされ、広く一般に瀰漫している奇怪な現代の責任観念、ないし義務観念におびやかされた」。これを実際的に教えたのがフョードルであり、理論上ではイヴァンだ。彼に親近していたものは皆、彼の最近の精神状態については同じ意見を有していた。さらに、ドミートリイはスメルジャコフを「癲癇にかかった雌鶏」だと批評し、脅迫してフョードルの家の事情をさぐらせた。元来正直な若者だったスメルジャコフは、「恩人として愛している主人を売ったことを後悔し、ひどく煩悶したもの」と考えられる。「博識な精神病医の証明するところによると、ひどい癲癇にかかっているものは、常に病的な不断の自己譴責《けんせき》におちいりやすいものであります。」イッポリートはスメルジャコフが良心の呵責を感じて煩悶する存在ということをこうして示し、さらに、主人の身の上に不祥事が出来《しゅったい》することを予想し、イヴァンが凶行の直前にモスクワへ出発しようとした時、行かないように哀願したが、その暗示は悟ってはもらえなかった。

さらにイッポリートは、スメルジャコフが癲癇のまねを演じたのではないかという噂をも否定した。ここで彼は、「心理解剖」や、「医学上からの批評」もやめ、事件だけを考察するとして、もしスメルジャコフが犯人だとした場合、ドミートリイの持っていたような「憎悪、嫉妬」といった「凶行の動機を、影すら持たなかった」のだから、三千ルーブリの金のためということになる。しかしそうだとすればドミートリイにそれに関する情報を与えたことと矛盾するだろう。金のためだけだったら、ほかの人物に金、合図、封筒のあり場所などについて洩らすはずはない。

イッポリートは故意に癲癇の発作をまねたという意見にたいしても、現実的に行なわれたということを仮想した上で反論する。グリゴーリイ夫婦のベッドから三歩ぐらいしかはなれていない仕切り板の陰にそういう場合寝かされることになるが、夜通しうなり通していて、夫婦をたえず起こしているという状況では主人を殺しになどいけない。

イッポリートはさらに、仮病をつかったのは嫌疑をさけるためだったという見解、またスメルジャコフとドミートリイの共謀説、イヴァンによってもたらされたスメルジャコフの自供と三千ルーブリの金の問題を反論する。この自供に関しては、イッポリートは、遺言の中に一言も自分が真犯人だという記述がないことに注目、もし良心の呵責にたえかねてそういうことをいったとしたら、なぜそういう記述をのこさなかったのか、それにイヴァンの提出した三千ルーブリだけでは証拠にはならない。イヴァンは最近五千ルーブリの債券二枚、つまり一万ルーブリを両替させている。最後にイヴァンが昨日そういう重大な自白を聞いて、直ちに報告せず朝まですごしていたのはおかしい。推察するに、スメルジャコフの死を知って、譫妄症の一歩手前にあったイヴァンがスメルジャコフに罪をなすりつけて兄を救ってやろう、幸い手持ちの金もあるとして工作しようとしたものじゃないか。

イッポリートはこうしてイヴァンの申し立てもしりぞけ、そこでカチェリーナの提出した手紙に立ち返り、それが凶行の二日前に書かれ、凶行のくわしいプログラムであり、これ以外にプログラムや、その編成者を捜す必要はない。凶行はこのプログラム通りまさしく行なわれたとして、中断した被告の実際の犯行についての推定を続けることになる。

7

イッポリートのこの論告の進め方は極めて巧妙といわざるをえない。これまでみてきたように、彼の論告の中断は、かなり長く繁雑なもので、さまざまな反論の可能性をひとつひとつ丹念に論破して再びカチェリーナの「人殺しのプログラム」にもどった時、その実行の再現は、はるかに強い説得力をもつに至るだろう。傍聴人は、いわば知らず識らずのうちに、推定されうべきあらゆる可能性への出口を閉ざされ、ひとつの出口に殺到せざるをえない。イッポリートの巧みな論理は、人々を否応なしにそのような結論へとひきずってゆく効果を有する。

こうして検事の論告は、具体的な殺人の場面の再現に入る。被告は、「憎いと思う恋敵をひと目見るや否や凶行を演じたもの」と想定される。ここで検事は封筒の問題にうつる。なぜ封筒が破られて死体のそばに転がっていたかという問題である。この場合もイッポリートの推理は、「ただの強盗殺人犯の場合」、あるいはスメルジャコフの場合を想定してみて、いずれの場合も封筒など残さないだろう、こう述べたうえで、こういうやり方をする人間は「必ず前後の分別のない、錯乱した殺人者」であり、「ふとんの下から金を取り出しても、それは盗むのではなく、自分のものを盗賊から取り返すのだ、というような態度だった」にちがいない。というのも、それがドミートリイの考えだったからだ。ドミートリイは、封筒を手にし、それを破り金を手にするや、それが後日有力な証拠品になることも忘れて放り出し、そのまま逃走した。

グリゴーリイを銅の杵で打ち倒したあと、その側にとびおりたという問題も「憐憫と同情」からという被告の申し立てを退ける。それは、「単に犯罪の唯一の証人が生きているかどうか」を確かめるためにすぎなかったし、死んだと確かめるや自分の恋人の所へ駆けつけた。自分が血まみれになったことを顧みなかったのも、その思いが女の方にいっていたためにすぎない。こういうことは、犯罪者にありがちで、「一方では、じつに戦慄すべき悪辣な深慮を示しながら、一方では、大きな手落ちをこしらえるもの」なのだ。

イッポリートは、「犯行」後のドミートリイの行動についてもなお興味深い思想を述べたと語り手は記している。グルーシェンカのもとの恋人に出会うや、ドミートリイは、急に意気沮喪してしまい萎縮してしまったという事実である。検事はそれを心理的に分析し、ペルホーチンから手に入れたピストルによる自殺の決意、さらには、宿屋での大酒宴を見事に語った。そして、なぜ自殺を決行しなかったかについては、絞首台につれてゆかれる死刑囚の心理から照らし出してみせることさえも行なった。そういう死刑囚は、刑場につくまでは時間がまだあると思っているものなのだ。

イッポリートは、ドミートリイ逮捕の時の状況、その時の弁明をも詳しく叙述してみせた。それは、既に述べたところなので、もうここで繰り返すことはやめるが、ただ検事のドミートリイこそ真犯人とする確信によってひとつの小説になっていることは改めていうまでもない。

イッポリートは、ドミートリイの身体検査の様子、そこからドミートリイが窮余の一策で考え出した「守り袋」のことを、ほとんど嘲笑せんばかりに一蹴してから、結論にうつった。語り手はこういっている。

「彼は熱病にでもかかったように、流された血のために、――『下劣な略奪の目的をもって』わが子に殺された父親の血のために絶叫したのである。彼はさまざまな事実の悲惨にして黙過するべからざる累積を熱心に指摘した。

『諸君は、才幹あり名誉ある弁護人の口から何を聞かれようとも』イッポリートはがまんしきれなかったのである。『また、諸君の心をゆさぶるような感動に満ちた雄弁が、どれほど彼の口からほとばしり出ようとも、諸君はこの場合、わが神聖なる正義の法廷にあることを記憶せられたいのであります。諸君はわれわれの正義の擁護者であり、わが神聖なるロシアと、その基礎と、その家族制度と、その聖なるものとの擁護者であることを、深く記憶せられたいのであります！　そうです、諸君は今ここに全ロシアを代表しておられるので、諸君の判決はただにこの法廷のみならず、全ロシアに響き渡るのであります。そして、全ロシアはおのれの擁護者、おのれの裁判官としての諸君の判決を聞き、それによって励まされもすれば、また失望もするでありましょう。願わくば、ロシアとその期待に副われんことを。わが運命のトロイカは、あるいは滅亡に向かって突進しないものでもありません。すでに久しい以前から全ロシアの人々は、双手を伸べて叫びながら、狂ったような傍若無人な疾走を止めようとしています。よしんば他の国民がひとまず、そのまっしぐらに走るトロイカを避けるとしても、それはあの詩人(ゴーゴリ)が望んだような敬意のためではなくして、単に恐怖のためかもしれません、——これはとくにご注意願います。あるいは恐怖のためではなくて、恐怖に対する嫌悪の念からかもしれません。まだ人が避けてくれる間はけっこうですが、あるいは他日、ふいに避けることをやめるかもしれません。自己を救うために、開化と文明のために、狂暴に疾走する幻の前に頑強な障壁となってそそり立ち、わが狂おしい放縦な疾走を止めようとするかもしれないのであります! われわれはこの不安の声をすでにヨーロッパから聞きました。その声はすでに響き始めたのであります。諸君、願わくば、むすこの実父殺しを是認するがごとき判決を下して、いやがうえにその声を挑発し、ますます高まりつつあるその憎悪を受くるなからんことを……』

イッポリートの論告は、トロイカの話から始めてトロイカの話でしめた。トロイカとは自由主義におびやかされるロシア社会のことだ。つまりイッポリートの論告は、単に一人の人間の有罪・無罪を問題とすることを超えて、ロシア社会への警鐘をならし、その防衛を叫ぶという、極めて大きなレベルへとかけあがり、そこからこの問題を眺めようというものであり、しかも、最後の呼びかけにいたっては、被告は決定的な父親殺しの重罪人であることは論議の対象ではなく、厳粛なる事実として主張されている。ここにイッポリートの巧妙なる戦略があった。

問題はこうだ。ある一個人の犯罪の有無というレベルの問題と、きわめて重大な国家的危機にかかわるレベルの問題と、これが陪審員に与える心理的影響はどうかといえば、いうまでもなく、後者の方がはるかにつよい。つよいということは、それが当初の、しかもそれこそがもっとも中心的問題であるはずの前者の問題は後者のかげにおしやられてしまうということになるだろう。この論告にたいして不公平、という批評がでてくるのも無理のない話なのだ。

それは批評よりは、語り手が耳にした一時休憩の間の対話でなのだが、この対話はそれこそドストエフスキーのポリフォニー的対話の好例として面白い。そこでは、不公平という批評だけではなく、賛否さまざまなことばが聞かれるのだが、ここでは、要点を述べるしかない。

「しっかりした論告」という批評に対して「あまりに心理解剖が盛りだくさん」と反対する声が応じ、「絶対に真実」「名人」「総じめをつけた」という声に「われわれにも総じめをつけた」と応じた声があがるのにたいして、「あれは法螺《ほら》」「あいまい」「ちょっぴり熱しすぎ」「不公平」という批評があり、最後に「とにかく巧みなもの」と結ばれる。他のグループでは、「弁護士に、あんな嫌みを言ったのは感心しませんな」「あせりすぎ」、第三のグループでは女の噂から、検事論にうつり、「うぬぼれの強い男」「不遇な人」「くやしがりだよ。あの論告も修辞が多くって、句が長すぎたよ」「そして、あのとおりすぐおどかすんだ、トロイカのくだりを覚えているかい」「自由主義にちょっといやがらせを言ったわけなのさ。こわがっているからね！」「弁護士もこわいんだよ」、弁護士はなにをいうかにたいして、「どんなことを言ったにしろ、ここの百姓の目をさますことなんかできやしないよ」といった声。第四のグループではトロイカについての批評。「よその国で辛抱しちゃいまい」が問題になり英国議会である議員が「ニヒリスト問題でわれわれロシア人を野蛮国民呼ばわりしたうえ、やつらを開化させるために、もういいかげん干渉してもいい時期ではないかと、こう政府に質問したんだ」という声。

このさまざまな声による論告の批評を読むと、この声の中にも「Pro et contra」の視力が仕掛けられているることがわかる。しかも、その批評は、レベルの異なった角度からなされているのだ。ということは、論告自体にすでにさまざまな問題性がひそんでいる、ということを示していることを意味するものだろう。

## 8

では、弁護士フェチュコーヴィチの弁護はどうか。語り手はまずその弁護を進める態度についてふれている、「きわめて率直な、確信に満ちた口調で直截に弁じ出したが、少しも傲慢なところはなかった。しいて言葉を飾ろうともしなければ、悲痛な語調や、感情に訴えるような句を用いようともせず、さながら同情を持った親密な人々の間で話しているような調子であった」。

その語りは、イッポリートに比べて「ずっと正確であった」。その弁論は二つの部分にわけられ、前半は批判、後半はいわば結論で、「急に語調も論法も一変して、たちまち悲痛な高みへ高翔した」。

彼は、最初に被告にたいする自分の基本的態度について述べ、自分が弁護の労をとる被告は、無罪と確信しているか、あるいはそう予想しているかいずれかと述べた。そして単刀直入に問題の核心に入った。

「わたくしの思想、信条はこういうのであります。つまり、被告を不利におとしいれる事実は、圧倒的に累積しているけれど、またそれと同時に、その事実を一つ一つ観察してみると、批判にたえうるものは一つとしてない、ということであります。」

弁護士は、「起訴の理由となっている事実がことごとく証拠不十分で、かつ空想的なものであるということを、立証する」のが自分の目的と述べ、自分はこの地に新たに来た人間だから自分の受けた印象には全く先入見がない、「粗暴で無軌道な性格を有する被告も、かつてわたくしを侮辱したことはありません」。その点からいえば、「わが論敵は独立不羈《ふき》の見識を有し、公明正大な性格を備えておられるにもかかわらず、何か誤った先入見を蔵しておられるかもしれないのです」。

弁護士は検事がこういう先入見を抱いたのも無理からぬことと一応認め、しかし、次のように批判した。

「このような場合、事件にたいする極めて意識的な悪意をおびた態度より以上に悪い、致命的なことがあります。それは、たとえて言うと、一種の芸術的、遊戯的本能にとらえられたときなどです。すなわち芸術的創作の要求、いわば小説を作ろうとする要求なのです。ことに、神から心理的洞察力を豊富に授かっている場合は、なおさらであります。」

ここでフェチュコーヴィチは、イッポリートの論告全体に根本的批判を加えた。さらに、その論告を貫く方法、つまり「深刻精密な心理解剖」についてこう述べた。

「けれど、諸君、心理解剖はたといいかに深みをうがとうとも、なおかつ両刃《もろは》のついた刀のようなものがあります。」

彼は具体的な例として、被告のグリゴーリイの傍に飛びおりた行為をとりあげ、起訴者による説明、「自分の凶行の唯一の証人」の生死を見さだめるためという説明を、別の側面からの心理解剖で説明してみせる。弁護士は、検事の心理的説明が、よくみると様々な矛盾に富んでいて首尾一貫しないことを指摘してから、動機として「苦悶と憐憫」という心理的動機を導き入れることで、それらの矛盾を解決し、さらに、「苦悶と憐憫」からとすれば、それは彼が父親殺害を行なわなかったからだと説く。そしていう。「憐憫の情や善良な感情が現われる余地があったのは、その前から良心がやましくなかったからであります。こうして、今はぜんぜん別個な心理が生じました。陪審員諸君、わたくしがいま自分から心理解剖を試みたのは、人間の心理というものは、勝手に自由に解釈しうるものだということを、明示するためなのであります。」

こうしてフェチュコーヴィチは自分の立場を明らかにし、論を進めた。彼の論の中でもっとも驚くべきは、「宿命的な三千ルーブリの金」は全く存在していなかったという一点だった。つまり、起訴者が強奪されたと主張する三千ルーブリの金はなかった、として、それをみたものはスメルジャコフひとり。さらに、スメルジャコフがそれを最後にみたのはいつか。スメルジャコフは敷きぶとんの下にあったというが、ふとんは少しも乱れていなかったばかりか、血もついていなかった。さらに、検事側の重要証拠ともいうべき封筒については、恋人のくるのを待ちあぐんだフョードルがそこから金を抜き捨てたのではないか、もしそうだとすれば、強奪の罪などはない。もし「何か盗まれたことを証拠だてようとするなら、その盗まれたものを示すか、あるいは少なくとも、そのものが存在していたという確実な証拠をあげなければなりません。だが、そのものをだれも見た人はいないのです」。

被告がモークロエで費消した千五百ルーブリは、封筒に入っていた金ではなくて全然別の金だった。なぜなら、それが強奪された金だったとしたらあとの千五百ルーブリがどこかにあるはずだが、それは見つからない。被告が隠す余裕などなかった。そこで告発者は、「モークロエ村で何かのすき間に隠した」と仮定したが、それは余りに「空想的、小説的」ではないか。「いっそ、ウドルフ城の地下室に隠してある」といった方がいいくらいなものだ。ウドルフ城の地下室とは、イギリスのゴシック小説作家ラドクリフの『ユードルフォの怪奇』に出てくるのだが、こんな皮肉にも弁護士の自信はあらわれている。弁護士は続ける。しかし、その千五百ルーブリの出所を被告は明らかにしなかったという反論があるかもしれないが、それは被告自体明瞭な申し立てを行なっている。守り袋に縫いこんだというのだ。この申し立ては「被告の性格と精神とに最もよく一致しております。しかるに、告発者はご自作の小説のほうが、お気に召したのであります」。告発者は、被告を「意志薄弱な男」だからそんなことはできない、よしんばしたとしてもひと月のうちには全部つかってしまったにちがいないと断定する。

またこの千五百ルーブリが強奪されたものということを証明するために、被告が凶行からひと月前に既にモークロエで許嫁からうけとった三千ルーブリを全部一夜のうちにつかったという証人がいるといわれるかもしれないが、トリーフォンというその証人の確実さの度合いは既に暴露されている。フェチュコーヴィチはさらにカチェリーナの証言について、「復讐の念に駆られた女が、とかく誇張しがちなもの」としりぞけ、カチェリーナから受けとった金の半分を守り袋に縫いこんだという点については、告発者がそれは被告の性格に反しているとして下した判断を、「カラマーゾフは二つの深淵を同時に見ることができる」と絶叫した告発者自身の言葉で批判する。例の宿命的な手紙については、泥酔の上で書かれたこと、封筒の件はスメルジャコフに聞いて書いたもので、被告自身見ていないこと、第三に犯行がこの通り行なわれたことは果たして証明されたかというと、証明されてはいない。

弁護士はいった、被告が父親のもとに飛んでいったのは殺人のためではなく、ただただ女のありかをさがすためにすぎなかった。凶器とみなされている杵をつかんでいったのはよく居酒屋など泥酔した男などが殺してやるとわめくようなものだ。それでは誰が殺したのだということになる。告発者はスメルジャコフを全く「嫌疑の埒外」に除いてしまった、しかしスメルジャコフを犯人とするものは被告と二人の弟と、スヴェートロヴァ(グルーシェンカ)、さらに加えるに「社会における漠然たる疑念と、嫌疑の発酵」がある。ここで弁護士は、告発者の性格論にたいして彼自身の性格論を対置しつつ、スメルジャコフの犯行を再現してみせる。

「……わたくしは、率直の仮面に隠れている恐ろしい猜疑心と、きわめて、きわめて多くのものを見とおす知力を発見しました。ああ！　論告はあまりお手軽に、彼を単純な低能児としてしまわれましたが、わたくしは彼から非常に強い印象を受けました。わたくしは、彼が非常な毒念をもった、底の知れない野心家で、復讐心のさかんな、嫉妬心の強い人間である、という確信を抱いて帰りました。」

弁護士はさらにスメルジャコフの出生にかかわる恨み、育ての親にたいする憎しみ、ロシアへの呪い、フランスゆきを願っていたが旅費がないことなどをあげ、「人殺し」というグリゴーリイの声で癲癇から目ざめて庭に出た時、主人を殺して三千ルーブリを奪い、その罪を被告になすりつけてしまおうという、恐ろしい考えを持った、一分前には考えもしなかった衝動が彼をとらえた、封筒については二日前に自分がスメルジャコフのもとで、告発者がドミートリイについていったと同じことを聞いた。

その自殺については、良心の呵責からという告発者の見解をしりぞけ、「絶望のために自殺した」、悔恨と絶望とは全く別のものだ、「絶望はときに憎悪に満ちていて、絶対に妥協を許さない場合があります。で、自殺者は自分で自分に手を下そうとする瞬間、一生うらんでいたものにたいする憎悪を、一倍つよく感じたかもしれません」と主張した。

以上がフェチュコーヴィチの前半の弁論である。これは盛んな拍手で迎えられ、一時中断する。裁判官の制止のあと、静粛な中で再び始められた弁論は、しかし、それまでとは「まるっきり違った、一種の新しい、感情に満ちた語調」のものだった。弁護士は父と子の関係について光を投じた。問題は、父親殺しという恐るべき事件だが、そこで父親としての責任を全うしていない父親というものが果たして父親の名に値するか、と弁じたのだ。彼は父親とはなにか、それは「偉大なる言葉」だが、殺されたカラマーゾフ老人のごときは「父親と呼ばるべきものでもないし、またそう呼ばれる資格をも持って」いない。そういう父親にたいする愛は「愚かでもあり不可能でも」ある、「愛は無から造りうるもの」ではない。「無から造りうるものは、ひとり神あるのみ」、ここで弁護士は聖書の一節をひいた。

「『父たるものよ、その子を悲しますことなかれ！』わたしが今この聖なる言葉を引いたのは、自分の被弁護者のためではありません。すべての父なるもののために述べたのであります。」

弁護士はいった。このキリストの言葉を実行して、しかる後はじめて子の義務を問うことが出来る、でなければ、「われわれは父ではなくて、むしろわが子の敵」であり「また子は子でなくして、われわれの敵」なのだ、しかもこれはわれわれみずから子を敵としたのだ。

「『なんじ人を測るごとくおのれも測らるべし』――これはわたくしの言葉ではなく、聖書の教えるところであって、つまり人を測らばおのれも人に測られるというのであります。ですから、もし子がわれわれに測られたとおりにわれわれを測ったとしたら、どうして子を責めることができましょう？」

フェチュコーヴィチは、親はいかなる親でも子は子であれという主張にたいしては、それは、「神秘的父親観」とも名づくべきもので、理性は承認することはできない。信仰によってのみ承認できるものだ。われわれが博愛家であり、進んでキリスト教徒ならんと望むならば、理性的に行動しなければならない。子供が父親にたいして、「なぜわたくしはあなたを愛さなければならないのでしょう?」と聞いた時、父親が子供に立派に答えられるなら、それは、「神秘的偏見の上にのみもとづくのではなく、理性的な自意識にもとづく、厳密な意味における博愛的基礎の上に建てられた、ほんとうの家庭であります」。

この弁護は狂熱的な拍手で迎えられた。語り手は半数の人々は確かに拍手したと記す。勝ちに乗じ、フェチュコーヴィチは続けた。被告がフョードルの部屋に侵入したと仮想して、具体的な心理と行為を叙述したが、そこではフョードルは、「父親の仮面をかぶった敵」となった。被告の中には「ありとあらゆる感情が一時にこみ上げてき」た。それは「狂気と錯乱のアフェクトですが、同時に永遠の法則にたいして復讐しようとするおさえがたい無意識な自然の衝動だった」のだ。しかし、父親を殺しはしなかった。「彼はただ忌まわしい憤怒に駆られて、杵をひと振り振ったただけ」だ。「殺害しようという意志もなければ、また殺害したことにも気づかなかった」のだ。「もしこの恐ろしい杵さえ彼の手になかったならば、彼はただ父を殴打しただけで、殺害はしなかった」だろう。「で、彼は逃走する際、自分が危害を加えた老人が、死んでいることを知らなかった」と弁護士はいった。

「こうした殺人は親殺しにもなりません。そうです、あんな父親を殺したことは、親殺しと名づけられるべきではありません。こうした殺人は、ただ一種の偏見によってのみ、親殺しと名づけうるものであります! しかし、この殺人はじっさいあったのでしょうか、まさしく行なわれたのでしょうか? わたくしは改めて心の底から諸君に訴えます!」

さらに、フェチュコーヴィチは、有罪とした場合、また無罪にした場合、それが被告にいかなる影響を与えるかを述べた。フェチュコーヴィチは、被告は有罪と宣告されたら、一層残酷になってやれと決意するにちがいない、そして「真人間になる可能性」は滅ぼされることになる、それに反して「偉大な慈悲をもって彼を圧倒」したらどうか。

「わたくしはこの心を知っています。この心は諸君の慈悲の前にひれふすでしょう。この心は偉大なる愛の働きに渇いています。この心は新しく燃え立って、永久によみがえるでしょう。世には自己の限界のうちにせぐくまり、それがために世間を憎んでいる魂があります。けれども、この魂に慈悲を加えてごらんなさい、たちまちこの魂はおのれのなした行ないをのろいます。なぜなら、この魂の中には多分に善良な萌芽がひそんでいるからであります。かような魂はひろがり、成長して、神の慈悲ぶかいこと、人々の善良公平なことを見知るでしょう。彼は悔悟の念と目前に現われた無数の義務とに、慄然として圧倒されるでしょう。そのときこそ、もう『おれは勘定をすました』などと言わずに、『おれはすべての人々にたいして罪がある。おれはいかなる人々よりも無価値なものだ』と言うでしょう。彼は燃えるような苦行者の悔根と、感激の涙を流しながら、『世間の人はおれよりも善良だ。彼らはおれを滅ぼそうとせず、かえって救ってくれたではないか』と叫ぶでしょう。ああ、諸君は容易にこれを、この慈悲の作用を行なうことができるのであります。なぜなら、いくぶんたりとも真実らしい証拠が一つとして存在しないのに、『しかり、罪あり』と宣告するのは、あまりに苦しいことだからであります。ひとりの罪なきものを罰するよりは、むしろ十人の罪あるものをゆるせ、――前世紀の光栄あるわが国の歴史が発したこの偉大の声を、諸君は聞いておられるでしょう？　いまさら不肖なわたしが諸君に向かって、ロシアの裁判は単なる刑罰ではなくして、滅びたる人間の救済であるなどと、告げるまでもないことであります！　もし他国民に法律と刑罰とがあるとすれば、われわれには精神と意義、滅びたるものの救済と復活があります。」
こうして、フェチュコーヴィチは、「あれ狂うトロイカではなくして、偉大なるロシアの戦車が、堂々と勇ましく目的地に進んで行くのであります。わが被弁護者の運命は諸君の掌中にあります。わがロシアの正義の運命も諸君の掌中にあります」と陪審員に訴えて弁論を終えた。

9

フェチュコーヴィチの弁論は感激の嵐を呼びおこした。語り手はその様子を紹介したあと、反駁を試みようとするイッポリートの様子を述べている。落ちつきを回復して彼の述べた要点は次のようなものだ。イッポリートは、自分は小説を作ったと非難されたが、あなたは、この小説をもとに小説を作っただけではないのか。あとは詩が欠けているだけだが、封筒を破ったときフョードルが言ったことなどを想像しているなどは叙事詩だ。そして反論する。まずスメルジャコフをバイロン式主人公に仕立てたことに驚き、父を殺しはしたが、同時に殺したのではないというのは「みずから解決のできない謎を提出するスフィンクス」だ、親殺しが一種の偏見にすぎないとしたら、社会の基礎はどうなるのか、いっそのこと「親殺し補助金制度の創設を要求」したらいい、さらにわれわれの前に「キリストのにせ物をおこうとする」、「なんじ人を測るごとくおのれも測らるべし」、さらに「キリストはみずから測られたるごとく人をも測るように教えた」と推論してみせた弁護士の引用を、これは聖書の歪曲だ、神を、「十字架につけられた博愛家」と呼んだ、これは「正教国ロシアの全国民」に反するものだ——

フェチュコーヴィチは、最後の点について「誹謗」とほのめかしたくらいで、さしたる反論もしなかった。

最後に被告が発言を許された。ドミートリイは、「この日、生まれてはじめて、今まで理解しなかった非常に重大なあるものを啓示され、経験したように見受けられた」。その言葉には何か新しい調子があり、「あきらめと、敗北と、屈服の調子であった」という。彼は、「さばきの日」がきた、自分の上に「神の御手がおかれているのを感じて」いる、しかし自分は無罪だ、彼は無罪だと繰り返し、それから検事・弁護士に感謝し、しかし無罪だをそこでも繰り返した。弁護士の弁論をきいて泣いたが、それでも父を殺したというのは間違いだ、「あんなことは仮定さえする必要がありません！」そして、「医者の言葉も信じないでください。わたしは正気です。ただ魂が苦しんでいるだけなのです」。こういって彼は「ほとんど倒れるように自分の席に着いた」。

語り手は会議のため陪審員の退廷した間の休憩での、またまた人々の声を記している。その大方は、弁護士の勝利を認めるものだった。しかし、陪審員の評決は、すべて有罪というものだった。「それにはいささかの酌量もなかった」。「ほとんどすべてのものは、少なくとも情状酌量くらいは信じていた」という。「やがて恐ろしい混乱が起こった」。とくに女性たちの、抗議の絶叫はすさまじかった。が、この瞬間、ドミートリイは叫んだ。

「神とその恐るべき審判の日にかけて誓います。わたしは父の血にたいして罪はありません！　カーチャ、おれはおまえを許してやる！　兄弟よ、友よ、もうひとりの女を憐れんでやってください！」

ドミートリイは、「法廷いっぱい響く声」で慟哭し始めた。「それは彼の不断の声と違った思いもよらぬ新しい声で、どうして彼にとつぜんこんな声が出たのか、ふしぎなほどであった」。グルーシェンカの鋭い泣き声も聞こえた。法廷ぜんたいは大騒ぎになった。語り手は、玄関の出口で、いくつかの叫び声を耳にし、それを記している。

「『二十年は鉱山のにおいをかがなけりゃなるまいて(補注)』

『まあ、そんなものだろう』

『さようさ、百姓どもが我《が》を通したんだ』

『そして、ミーチャを片づけてしまったんだ!』」

ドミートリイはこうしてさばかれた。この章の標題は、右の最後の部分にみられる「百姓どもが我を通したんだ(Мужички наши за себя постояли)」からとられている。これは直訳すれば、「百姓どもが自分らを護った」あるいは「頑張った」という意味だ。結局大方の予想に反して、ドミートリイの無罪は実現しなかった、それどころか、あらゆる点において有罪と判定された。いわばイッポリートの論告が全面的に認められ、弁護士の弁論が退けられた。なぜか、という点は、語り手によって説明されてはいないが、すでにみてきたように、弁護士の弁論そのものの中にその理由があらわれていたといえる。特に、語り手も断っていたその後半の部分には農民たちが本能的に忌避を感じたのではなかったろうか。この部分は、第九編の第十三章にあたるが、この章のタイトルは、「思想の姦淫者(прелюбодей мысли)」というものだ。「思想の姦淫者」とは、思想をひそかに犯すもの、ゆがめるものであり、ロシアのマルコフという思想家がその著書『十九世紀のソフィスト(Софисты XIX века)』(一八七五)の中で、弁護士のことをそう呼んだという。プレイヤード版仏訳では、「un sophiste」となっている。これはいうまでもなくフェチュコーヴィチのことをそう呼んだのだ。この名前のもととなっているのは、フェチューク（фетюк）つまり「馬鹿」という意味だ。つまり名前自体に、その言説への批評が実は仕かけられていた。

フェチュコーヴィチの言説の詭弁性については、イッポリートもその反駁の中で述べていた。「なんじ人を測るごとくおのれも測らるべし」というキリストの教えをめぐってである。フェチュコーヴィチは、「キリストはみずから測られたるごとく人をも測るように教えた」と推論した、これは聖書の歪曲だとイッポリートは指摘した。これは間違いだ、「キリストはそうしないように、そういう行為を慎むようにと命じていられます」というのがイッポリートの反駁だ。ここにはっきりとフェチュコーヴィチの詭弁の構造が指摘されている。「もし子がわれわれによって測られたとおりにわれわれを測ったとしたら、どうして子を責めることができましょう？」というのが弁護士の論理だが、この論理は、キリストの言葉の「他人を測ってはいけない」という絶対的禁止の部分を脱落させ、その禁止を犯した場合の結果を正当化することによってなり立つ。「ヨハネ伝」第八章第十五節にイエスの言葉として、「あなたがたは肉によって人をさばくが、わたしはだれもさばかない」とあるが、弁護士の論理は、この「肉によるさばき」ということになる。それをあたかもキリストの真意でもあるかのようにいうところに、弁護士の言説の詭弁性があることは明らかだろう。この詭弁性は、父親が父親としての責任を果たさない場合、子供は子供で父親を父親として考えなくても止むをえないという論理にもみられる。この場合も、フェチュコーヴィチは、聖書を歪曲して引用している。「『父たるものよ、その子を悲しますことなかれ！』愛に燃えたつ心から、ある使徒はこう書いています」の箇所だが、これは、「コロサイ人への手紙」の第三章第二十一節からとられている。フェチュコーヴィチは、この言葉から「われわれはまずキリストの言葉を実行して、しかる後はじめて、子の義務を問うことができるのであります！」というように論理を展開し、父親としての義務を遂行しないとしたら、子の義務を問うことができない、と結論づけてゆく。しかしこの場合も、実はフェチュコーヴィチの引用は不完全だった。父の義務を説くこの引用部分の前には、子の義務を説く「子たる者よ、何事についても両親に従いなさい。これが主に喜ばれることである」があった。イエスの言葉には、それぞれの義務に前後の順のあるはずのものではない。それぞれの義務にたいしてもし序列をつけるとしたら、それは人間の社会においてであろう。神は、絶対命令としてそのような義務を人間に課した。人間がその義務に従わないとしたら、神は喜ばないということになるだろう。ところが、フェチュコーヴィチは、従わない場合を想定し、そこから子は父を父として遇しないでもやむをえないという結論をひき出す。

これが彼の詭弁の構造だが、さらにこうした詭弁の成立する根本的原因を考えてみるならば、それは、人間の苦悩というものを脱落させているところにあるか、と思う。父がその義務を果たさないからといって、現実の人間は直ちに父の否定に赴くものではないだろう。子としての義務は、彼のうちにあって、彼を苦悩に陥れるにちがいない。彼がそこで父を否定するか、あるいは許すかは苦悩の結果として決まるものだろう。そこでは究極的に彼自身の意志の決断が問題となるはずだ。そこにおいて真の倫理問題がおこる。

フェチュコーヴィチの自由主義的人道主義的弁論に欠如しているのは、まさにそうした倫理的問題なのだ。フェチュコーヴィチはその弁論の最後で、被告にたいする寛容を説く。それはそれなりに一見十分な説得力はあるように見えるが、ここでもやはり被告の内部に存在しているはずの倫理的能力は無視され、被告の精神は、外からの働きかけの関数としてのみ規定されている。

## 10

こうした被告のうちなる倫理感覚の無視は検事イッポリートにおいてもまた陪審員諸氏においても同様といわねばなるまい。検事は、数多くの状況証拠からひとつの芸術的ともいえるロマンを創り出した。しかし、このロマンには決定的に重要なものが欠けている。それはフェチュコーヴィチによっても指摘されていたことだが、ドミートリイの主体的な意志決定の能力を完全に問題の考察の領野から排除してしまっているということだ。総じて人間の魂のドラマという領域は彼の認識の視野にはうつらない。従って、スメルジャコフという人間の観察もきわめて皮相的である。その点ではフェチュコーヴィチの方がはるかにすぐれている。というのも、検事と弁護士という立場の相違によるのであろうが、検事には、より根本的には自由思想へのかたくなな拒否反応があり、新しい時代、またその中の人間の複雑な内面への洞察が欠如している。彼は被告の有罪を確信し、その方向でのみ被告を理解し、しかもその論告は被告への復讐によって動機づけられている。

こうみてくると、ドミートリイの裁判というものがドミートリイを真に裁くというものとはるかにかけ離れたものだったことが明らかになってくる。そのことは、またいっそう陪審員による裁定という問題において最終的に浮きぼりされてくる。十二人の陪審員の構成については先に述べた。半数が土地の六人の農民と町人であるというが、町人もまた「畑の土」をほじくっているという点では農民と変わらない。語り手自身、「こういう事件について、はたして何を理解することができるだろう？」と疑問を発し、さらに、「だれでもそう思わずにいられなかったろう」とも記す。しかも、彼ら陪審員は、「いかつい渋面をしていて、一種異様な、圧迫するような、ほとんど威嚇するような印象を与えた」という。

陪審制度は、ロシアでは一八六四年に西欧から導入されたものだが、特にそれが発達したイギリスではいわば自前でそれをつくりあげてきたのにたいして、ロシアでは一挙に導入された結果として、そこにロシア特有の問題が起きたということは容易に想像されることだ。ドストエフスキーは、『作家の日記』の一八七三年の「3　環境」の項でその問題についてかなり詳細に論じている。

「世界の、ことにわが国のあらゆる陪審員に共通の感じの一つは(むろん、その他さまざまな感じは別にして)、おそらく権力意識、というより、むしろ独裁権意識に相違なかろう。それは時として醜悪な感じである。すなわち、これが他の感じを圧倒した場合の話である。けれども、たとえその他の高潔無比な感覚群に圧倒されて目立たないような形をしている時でも、とまれこの感じは、一人一人の陪審員の魂に根を張っているに相違ない。彼が自分の公民としての義務を、高度に意識している場合でも、やはり変わりはない。これは何かの具合で、自然の法則そのものから出ているように思われる。で、今でも覚えているが、わが国で新しい(正しい)裁判制度が樹立されたばかりの当時、わたしはある意味でひどく興味を感じたことがある。わたしの空想の中には、陪審員会議の光景が浮かんでいた。そこには、たとえば、昨日まで農奴であった百姓たちが、ほとんど全員を占めているのである。検事や弁護士たちは、その目の色をうかがったり、機嫌をとったりしながら、彼らに話しかける。ところが、わが百姓諸君は、黙りこくってすわりこんだまま、腹の中でこんなことを考えている。『さあ、今こそどんなもんだい、こっちがその気になれば無罪になるが、気がむかなけりゃ、シベリア行きだぞ』。」

ドストエフスキーは陪審制度を決して否定しているのではないが、ロシアにおいて外来の制度にいきなり導入されたことに大きな問題性の所在を感じているということだ。陪審制度はいうまでもなく裁判官、検事といったその道の専門家ではない市民の中から代表者を選び、判決を市民的良識にゆだねるといったものだろうが、それには、どこまでも陪審員がその国の良識の代表ということが前提となるだろう。しかしロシアのような、直前まで抑圧されてきた民衆、まして農奴の代表が果たして良識を代表しうるかどうか。ドストエフスキーの問題意識はまさしく、そこにかかわっている。判断が公正でありうるか。問題は、新たな陪審制度によって、無罪のものが有罪にされるということではない。むしろ、ドストエフスキーは、この「環境」の執筆された頃の傾向として、「無罪」の判決がやたらに頻発することに問題をみているといえるのだ。「是が非でも無罪にせねばならぬというマニヤ」が農民の陪審員のみならず、あらゆる高級な陪審員までとらえている、と指摘するのである。そしてこれもまた権利の濫用ではないかと考えるのである。

事実ドストエフスキーは、一八七六年一月のクローネンベルク裁判では、娘を虐待した父親が無罪になった、それを『作家の日記』の一八七六年二月の第二章で論じている。この時の弁護士スパソーヴィチ(Спасович)がフェチュコーヴィチのモデルとなったといわれる。ドストエフスキーは、父親クローネンベルクを無罪に仕立てたスパソーヴィチの論理の詭弁性をこまかに分析している。

このことは単に陪審制度そのものだけではない。そこにロシア全体がかかわることになる、そして、このことは、傍聴人の声を語り手がていねいに拾っているということにもかかわる。ここにおいて、『カラマーゾフの兄弟』の文学空間は、実にロシア社会全体の有する問題性をかかえこむに至ったといえる。

しかもこれは、単にロシア社会全体の問題にとどまらない。ドミートリイの最後の叫びには結局人間の世界の裁きにたいする神の裁きがはっきり対置されたということになる。

**補注**　この二十年という刑期については、ドミートリイのモデルとなった少尉補イリンスキーが、父親殺しの冤罪のため二十年の刑期に処せられたことを作者は使ったという。しかし、実際には、当時のロシアの刑法では計画的な父・母殺害の刑期は無期ということだったという。

# 第九章　ひとつの死、そして新たなる出発

## 1

第十三編「エピローグ」は、いわば後日譚である。この文学空間でも最大の雄編である第十二編「誤れる裁判」で見事な頂点を描いたさまざまな声の交響は、ここでは再びひそやかな内輪の声に静まるといっていいだろう。裁判において、社会にむけて大きく引き出された声は、改めて自己に向けられた声として、覚醒にむけて一歩を踏み出す、静かだが強い声としてよみがえる、といっていいかと思う。人間は真の自我に戻ることがいかに困難か。『カラマーゾフの兄弟』という小説の最も深い主題は、人間の中の人間の発見、いわば人間のうちなる真の自我の覚醒の過程である、と本研究の第一巻『交響する群像』で述べたのだが、人間はさまざまな、自分には見えない〈虚偽〉によって真なる自我がおおわれている。それは人間社会を構成する複雑な人間関係によってつくられていて、しかも人間はそのただ中に置かれて生きてきた、あるいは生きているがゆえに、それらの虚偽を虚偽として感ずることはきわめて困難であり、ほとんど不可能にちかい。ダンテが『神曲』地獄界の冒頭に述べた「暗黒の森」とは、そのような認識上の

闇ではなかったろうか。そして、ダンテが「地上楽園」において無垢に到達するためには、地獄界、浄罪界の二つの世界を経るというように、人間の苦しみのすべてを経なければならなかったのだ。地獄界、浄罪界において、人間の罪は外化され、きわめて極限的形をとってイメージ化されている。人間は究極の場におかれないと、自己に目ざめないということは残念ながら事実のようだ。それは恋愛という、もっとも確実にみえる感情においてもそうだ。それは近代において、自我意識が強烈になったがため、一層困難になったといえる。権力意識が愛情の中に微妙にまじりこむ。この権力意識は虚栄とか恨みとか侮蔑とか、さまざまな仮面をとるだろう。しかし現代人にあっては、仮面をとること自体が喜びなのだ。なぜなら、現代人にとってはアリョーシャも批判していたように生命よりは生命の意識の方が重要だからだ。そして生命の意識はそれがなんらかの抵抗を持つ時、強烈になるだろう。従って、例えば憎悪のごときものは心的エネルギーが内面に屈折することによって強力な感情と化す。それはゆがんだ権力意志に他ならないが、人間は時とすると、その感情を愛情ととる場合もある。いずれにせよ、人間にとって真の自分とはなにかは、さまざまな情念によって蔽われているがゆえに、きわめがたい。しかし、人間が極限の状況に置かれる時、自分自身にも意識されなかった虚偽の蔽いがとれて、それまで気づかれていなかった真なる自己、あるいは真なる自己の願うものが開示されてくることになるだろう。

『カラマーゾフの兄弟』の文学空間では、このような問題は、いわばライト・モチーフのごとくいたるところに仕掛けられていた、といえる。ゾシマ長老の話の中の、兄マルケール、長老自身そして謎の男の、それぞれの体験の中心には、そうした極限の状況からの覚醒が描かれていたし、またアリョーシャにおける危機、さらにドミートリイ、またイヴァンの危機にしてもいずれも真なる自我を開示する契機として扱われていた。こういう点からいえば、もっとも中心的なものがドミートリイであり、ドミートリイこそ、最大の情念的存在、いわばもっとも典型的なカラマーゾフとして、彼のうちなる情念の領域を最大限に生きる存在として、この文学空間のプロットの担い手なのだ。彼はある意味でつねに極限に生きる存在といっていいかもしれない。カチェリーナとの愛、グルーシェンカとの愛、父フョードルへの激しい憎しみと殺意、そして父親殺しの嫌疑での裁判、どの局面をとっても、彼の生命意識における危機ならざるはない。こうして彼は、自分の中に新しい人間の誕生を見出すことになる。公判の直前彼がアリョーシャに次のように語ったことは象徴的だ。

「アレクセイ、おれが今どんな生を望んでいるか、このはげまだらな壁に囲まれて、存在と意識を求めるどんなに激しい渇望が、おれの心のうちに生まれ出たか、とてもおまえには信じられまい！……いったい苦痛とはなんだ！　おれはたとえ数限りない苦痛が来ても、決してそれを恐れやしない。以前は恐れていたが、今は恐れない。でね、おれは法廷でも、いっさい返答をしまいと思っているんだ……おれのなかには、今この力が非常に強くなっているので、おれはすべてを征服し、すべての苦痛を征服して、ただいかなる瞬間にも、『おれは存在する！』と自分で自分に言いたいんだ。」

さらに、ドミートリイはこのような考えに到来する以前の自分についてこういう。

「じつはな、おれは以前こういう疑念を少しも持っていなかったが、しかし、何もかもおれの内部にひそんでいるんだね。つまり、おれの内部で、自分の知らない思想が波立っていたために、おれは酔っ払ったり、けんかをしたり、乱暴を働いたりしたのかもしれない。おれがけんかをしたのは、自分の内部にあるその思想をしずめるためだったんだ。しずめておさえるためだったんだ。」

その思想とは、苦悩のただ中にあっても自分は存在している、といわしめる根拠、つきつめれば神の存在の問題である。このように、ドミートリイの受難の物語とは、結局彼の心の底に隠れていたといえる神の発見のプロセスに他ならなかった。

しかし、ある極限状況の中で得られたものが、彼のうちに真に根づくかどうかはまた別の問題といわなくてはならないだろう。『死の家の記録』の主人公は、監獄という空間にとじこめられていた時には、自由ぐらい輝かしい夢想はなかったが、しかし、いざ自由となってみると無為のうちに時間を過ごしてしまったと告白している。極限状況のうちに人間は、真の自己、人間のうちなる人間に目ざめるかもしれない。しかしそれとても、極限状況を超えしめる人間の無意識の陥穽かもしれない。同じように神を感じるといっても、ゾシマの兄マルケールの方がはるかに自然で澄明で、そして強固で永続的な感じがするというのもそのためではないか。それはアリョーシャについてもいえることだろう。

なんらかの危機の状況は、自己を蔽っていた虚偽を開示して、真の自己への道を開くにせよ、あるいは、そこにもまた虚偽の陥穽はひそむのかもしれない。カチェリーナの場合がそうだ。ドミートリイを救おうとして彼女は自らを犠牲にした、しかしイヴァンが自分こそ犯人だと名乗り出た時、イヴァンへの愛がドミートリイを擁護する心に打ち勝った。しかしこの時、彼女を襲った感情は、イヴァンへの愛情の開示であったとしても、それがはたしてカチェリーナの、真実の自己から発したものといえるかどうか。

少なくとも彼女は、ドミートリイの有罪を決定づけた。ドミートリイが無罪であるにもかかわらずにである。この場合もっとも重要なことはなにが真実か、であったはずだ。しかしカチェリーナは、自分の愛に忠実であろうとして真実を裏切ったということになる。それは、先に弁護したドミートリイを裏切ったと同時に、なによりもまず自己を裏切ったということになる。これはまた最後に明らかにされる。

ところで、この第十三編の「エピローグ」とはなにか、といえば以上述べたごとき真の自己覚醒の有する問題性の認識に基づいて書かれた、人々の運命にたいする総括であり、そこからの新しき出発を語ったものに他ならない。

## 2

総括し、出発を語るものはアリョーシャだ。「エピローグ」は、そうしたアリョーシャを描いて、この大長編の結末とする。既にみてきたように裁判の直前アリョーシャは人々の間を遍歴する。この遍歴には、公判の前日、兄の無罪にむけて、人々の心を開き、さらにドミートリイには励ましの言葉をという意図があったのだろうが、しかしアリョーシャの意に反して、事態は極めて悲劇的なものに終わった。イヴァンの出現、カチェリーナの手紙の提出、主要な人物間の不調和音がこれほど大きく鳴り響いたことはないのではないか。とくにカチェリーナとドミートリイの関係は、通常ならば完全に断絶してもしかるべきはずである。にもかかわらずアリョーシャは公判の後も人々の間をまわる。アリョーシャにとっては、そのような不調和音のただ中にあっても人々を結びつけてゆくことこそが、その天命だからだ。というのも彼には、例えばカチェリーナの激しい行動にしても、それがカチェリーナの本然の自我から由来したものというよりは、むしろそれを裏切っているものと見えていたからだ。このことを、開示してゆくその手助けをすることによって、ひき裂かれたはずの人々の心を引き出し、人々の真実からの和解、あるいは抱擁の道を準備するのだ。

「エピローグ」とは、裁判において一見終わったかに見える文学空間を、一層真なる光で照射し、新しい生を啓示するものとして出発の編といえるのだ。

さて、「エピローグ」を簡単に眺めておこう。それは、公判後五日目の一日の出来事の叙述だ。その日、アリョーシャはカチェリーナの所へと(これが第一章)、兄のドミートリイのもとへと(第二章)、それから最後にイリューシャの埋葬へと(第三章)、三つの場におもむく。

イヴァンは、公判直後カチェリーナのもとに運ばれた。アリョーシャは日に二度ずつそこに通ってきていたが、その日は特別に、兄ドミートリイから依頼された用事があった。カチェリーナに兄が会いたいということを告げるためである。しかし、それを切り出す機会を見出せないのだ。というのも、カチェリーナは、ドミートリイ、イヴァン、あるいはグルーシェンカにたいする激しい愛憎の渦巻きの中にあって、もだえる狂おしい魂の苦悶をアリョーシャにぶつけたからだ。語り手はこう述べている。

「つまり、極度に傲慢な心が痛みを忍んで、その慢心を打ち砕こうとしながら、悲哀に敗れて、倒れんとしているのであった。今ミーチャが有罪になってから、彼女は一生懸命に隠そうとつとめていたけれど、アリョーシャは彼女の恐ろしい苦痛の原因を、もう一つ知っていた。しかし、今もし彼女が進んでそれをうちあけるほど屈辱に甘んじたなら、かえって彼のほうが苦痛を感ずるに違いなかった。彼女は法廷における自分の『裏切り』に苦しんでいるのであった。彼女の良心は、彼アリョーシャの前で、涙を流し、声をあげ、狂気のようになって床に頭をうちつけながら、謝罪せよと命じている。それをアリョーシャは予感したのである。しかし、彼はその瞬間を恐れて、この苦しみぬいている女をそっとしておいてやりたいと思った。したがって、自分の訪問の目的たる用件が、ますます切り出しにくくなったのである。」

しかし、そのきっかけはカチェリーナの方からつくってくれた。カチェリーナはアリョーシャを呼んだ用件を告げたのである。脱走計画をドミートリイが受け入れるよう説得してほしいというものだ。アリョーシャがそのことを「非キリスト教的」と思うのではないか、とカチェリーナがきくのにたいして、それを否定し、兄がカチェリーナに来てほしいといっていると伝えた。青ざめたカチェリーナに、是非会ってほしい、兄は病気で半狂乱だ、「兄もあれ以来ずい分変わりました。あなたにたいして数えきれないほど罪があることも悟りました」とアリョーシャは懇願した。カチェリーナもドミートリイが彼女を呼ぶだろうと予測してはいたが、それでもだめだと断った。しかし、アリョーシャはなおもたのんだ。そしていった。

「兄は今はじめてあなたを侮辱したことに気がついて、ぎくっとしているのです。ほんとにはじめて気がついたのです。今までこれほど完全に悟ったことはないのです、――どうかこのことを考えてやってください！　もしあなたが来てくださらなければ、『一生不幸でいなければならない』とこう兄は言っています。……兄には、犯した罪がないのです。兄の手は血に染んでいません！　これから忍ばねばならぬ数限りない苦痛のために、あの人を訪問してやって下さい……出かけて行って、闇の中へでていく兄を見送ってください……しきいの上にだけでも立ってやってください……あなたにはそうする義務がありま す、そうしなければならない義務があります！」（傍点原作者）

なおも渋るカチェリーナを説得して、アリョーシャはそこを出た。以上が第一章「ミーチャ救出の計画」であるが、この要約だけでも、「エピローグ」における後日譚の意味が明らかか、と思う。

ここでは、通常の社会ではみられない人間性の謎がある。通常ならば、ドミートリイは自分の運命の上に決定的な証言をしたカチェリーナを憎むなり、呪ったりするものだろうが、アリョーシャにうちあけたのは、全く逆の、自分のカチェリーナに与えた侮辱の深さに気づかされたということの告白だった。カチェリーナの自分にたいする憎しみのなかに逆に、自分の罪の深さをみてとる、ここにドミートリイの、砕かれた心の動きがあらわれている。一方、カチェリーナは、裏切ったこと自体に深く傷つけられている。あの極限において、自己のうちなる真実の声に従ったと思った行為が、ここでは改めて良心によって眺められている。この場合こうした真実の告白がアリョーシャになされているということに注意する必要があるだろう。アリョーシャこそ、真のリアリストだからだ。真のリアリストとは、自己のうちなる真実の人間の声に忠実な存在であり、また他者のうちにその存在を見抜く直覚の持ち主だ。ドミートリイにせよ、カチェリーナにせよ、アリョーシャを告白の対象に選んだのも、そのためだ。彼らはいわばアリョーシャのうちに、自分のゆがみの鏡をみる、といっていいかもしれない。そして、アリョーシャこそ、相手に自分の心のありのままを伝えるにふさわしい媒介者なのだ。

## 3

第二章は、アリョーシャのドミートリイ訪問の場面だ。突然カチェリーナがあらわれ、さらにそこにグルーシェンカが出現するという、緊張をはらんだ一幕の対話だ。まず、アリョーシャがドミートリイの病院に急ぐところから始まる。ドミートリイは判決の翌日、神経性の熱病にかかり、町立病院の囚人病棟に入った。ドミートリイがアリョーシャを迎える。その目には、一種の恐怖がみられた。それは、アリョーシャを恐れるというよりは、アリョーシャがもたらすに違いないカチェリーナの返答への恐怖だったろう。

アリョーシャはカチェリーナの、いつかそこにくるだろうという返答を伝え、とともにカチェリーナのすすめる脱走計画についても語った。アリョーシャもそれには、同意だといって、次のようにアリョーシャは語った。

「ねえ、兄さん、あなたはまだ修業がたりないんです。そんな十字架はあなたに背負いきれません。それればかりでなく、そんな偉大な苦難の十字架は、修業の足りないあなたに不必要です。……わたしの考えでは、たとえあなたがどこへ逃げていらっしゃろうとも、そのもうひとりの人間のことを忘れないようにしたら、それで兄さんはたくさんだと思います。」

アリョーシャはこういって脱走をすすめた。そして具体的な手はずも示した。ドミートリイは、自分もいわれる前に脱走を決意していた、「そのかわり、おれは十分自分を責めて、あそこへ行っても永久に、罪障の消滅を祈るつもりだ！」といったあと、ジェズイットのいいぐさのようだ、自分もアリョーシャもジェズイットめく、といった。アリョーシャも静かにほほ笑みながら合いづちを打った。

ドミートリイは、自分の魂のあと半分をひろげてみせるといって、アメリカ行きの細目を語った。アメリカはいやでたまらない、自分は全く別な懲役へ行くのだと考えている、アメリカでは人里はなれたどこか遠い所へゆく、フェニモア・クーパーによって語られた「最後のモヒカン族の国」までゆく。英語を勉強し、覚えこんだら、アメリカ人になりすましてロシアに戻る、どこかの片いなかで百姓をし、生涯アメリカ人で通す……

突然カチェリーナがあらわれた。ドミートリイの顔に恐怖の色が浮かび、哀願の微笑に変わる。いきなり両手をカチェリーナにのばす。カチェリーナもかけより、二人は手をつかんだまま奇妙な微笑を浮かべながら、二分間ほど見合った。この瞬間すべて和解が成立したのだ。ふたりは、それぞれ別の恋人を持ったにせよ永遠の愛をちかい合う、「その言葉は本当のものとは言えなかったかもしれない。が、少なくともその瞬間だけは真実であった。彼ら自身も自分の言葉をたあいもなく信じていた」。

ドミートリイは、カチェリーナのあの決定的な証言にふれ、その時は自分の有罪を信じていたかと聞く。カチェリーナはその時も実は信じていなかった。「一度も信じたことはないわ！　あなたが憎くなったものだから、急に自分で自分にそう信じさせてしまったの、あの瞬間にね……」こう彼女は告白した。

彼女が去ろうとしたとき、不意にグルーシェンカが入ってきた。ふたりにとってこれは意外な出会いだ。許してくれというカチェリーナに、「お互い悪いのよ」、と毒々しくいいはなつグルーシェンカ、「あの人を助けてちょうだい」そうすれば「一生涯、おまえさんのために祈ってあげる」、カチェリーナは駆け去る。許せといったのは高慢な女の口さきだけの言葉だとグルーシェンカ、ドミートリイの願いもあってアリョーシャはカチェリーナの後を追う。彼女は彼女で、「あの女の前で自分を罰することなんかできません！」と憎悪で目を輝かした。

人間が真に打ちとけ合うことの困難さが、こうした対決のなかからもうかがえるだろう。ドミートリイとカチェリーナの美しい和解にしても、語り手は、「その言葉は本当のものとは言えなかったかもしれない」と註している。

この第二章のタイトルは「うそが真《まこと》になった瞬間」である。これは、カチェリーナがドミートリイに告白した言葉の一節「あなたが憎くなったものだから、急に自分で自分にそう信じさせてしまったの」からとられている。

「自分で自分にそう信じさせてしまう」、ここに、極めて困難な自己認識上の虚偽と真実の問題がある。ここでは、カチェリーナの激しい行為が裏側から照射されている。われわれのその時その時の行為、あるいは言葉が、よしんばそれが自己の真意から出たごとく現象していたにせよ、そこには虚偽があったことを示している。

これは、僕に、『罪と罰』のラスコーリニコフを想起させる。彼は、ある原理のもとに犯罪を犯すが、その原理を持ちこたえられないということを知りつつ、行なったとのちに告白する。これは、ある身ぶりを真実にとったものと思いながら、実はそうではなかったと後で悟るということを意味する。

アリョーシャは人間の情念のとる、そうした陥穽をよく知っている。ドミートリイが、高揚した感情のうちに発せられた言葉が、必ずしもドミートリイの全存在の責任において発せられたものではないということを知っている。あるいは、生身《なまみ》の人間にとって、そうした高揚した瞬間の、限りなく美しい叫びは到底持ちこたえられるものではないことを知っている。

アリョーシャが脱走を肯定し、すすめるのはそのためだ。ところで、それにたいして、ドミートリイがジェズイット的と批評したのは面白い。ジェズイット的とは、いうまでもなく、人間が教義に合わせて厳しく自らを律してゆくのではなく、人間性に合わせて、教義を柔軟に実践しようというものであり、そこには、最終の目的さえ達せれば、その過程の是非は問わないマキャベリズムも潜在している。とかく否定的にみられがちなジェズイット主義だが、ドミートリイの指摘にたいして、必ずしもアリョーシャは否定していない。このことに関連して想い出されるのは、イヴァンの大審問官の話を聞き終わった時、アリョーシャが大審問官とジェズイットとを比べたことだ。アリョーシャは大審問官をひとたびジェズイットと結びつけながら、しかし結局は異なったものとし、ジェズイットはもっぱら地上的原理に固執するものたちで、それに比すれば大審問官はひとつの幻想だというのだ。この時、アリョーシャはジェズイットの人たちを知っている、ともらしている。このようなことが、アリョーシャの物の見方に影響を与えたかどうかはわからない。しかし、ドミートリイをして、先のごとく言わしめたのは、アリョーシャの人間理解の幅の拡大についてふれている。アリョーシャがドミートリイが持ちこたえられないと考える最大の根拠は、ドミートリイの有罪が、無実の罪によるということだ。これが正当な罪ならとにかく、人間心理の現実からいって、ドミートリイの運命にたいする呪詛がそこから発するにちがいない。重要なことは、ひとたび生まれた新しい人間を、より確固としたものにするということだ。それには、時間をかけ、その啓示を心のうちに持続的に抱いて実現してゆくことしかない。ここにアリョーシャのリアリズムに根ざした考え方があった。その考え方の柔軟さにおいて、ドミートリイも皮肉ったように、なるほどジェズイットとの類似性があるにせよ、根本的には、異なったものといわねばならないだろう。そこには、マキャベリズム的隠蔽はない。さらに、他者を支配しようというものでもなければ、またひとたび発見した高い理想への顧慮がある。

この点では、アリョーシャの説得には、ゾシマが教えを乞いに来た人々にそれぞれに即したきわめて具体的な教訓を与えることと軌を同じくするといっていい。

こうして、この巨大な文学空間の最終的な主題があらわれてきた。人間のうちなる新しい人間、ドミートリイにおけるその誕生と、そのより強固な出現にむけての出発と、これこそが、真の主題と呼ぶべきものか、と思う。

4

「エピローグ」の最終章は、「イリューシャの埋葬　アリョーシャの弔辞」だが、それが、この主題を新しい世代にむけてのアリョーシャのはなむけの言葉となっているのも以上のような理由からだ。

イリューシャは公判の二日後に死んだ。アリョーシャは、ドミートリイのもとを去ってその埋葬の場にのぞんだのだ。カチェリーナもゆくはずだったが、お供えの花だけになった。十二人ほどの少年がアリョーシャを待っていた。コーリャがドミートリイの「罪なくして犠牲」になったことを聞き、「ぼくはあの人を羨ましく思います！」というのにアリョーシャは驚く。アリョーシャは、「こんなことで犠牲になるのは、つまりませんよ、こんな恥さらしな、こんな恐ろしい事件なんかで！」といったが、コーリャは「むろん……ぼくは全人類のために死ぬことを望んでるんです。でも、恥さらしなんてことは、どうだってかまいません、ぼくらの名なんか、どうなったってかまやしない。ぼくはあなたの兄さんを尊敬します！」、他の一人の少年もそれに応じた。

部屋にはイリューシャのひつぎが安置されていた。死骸からはほとんど臭気が発せず、十字に組み合わされた手は大理石で刻んだように美しかった。リーザ、カチェリーナの送ってきた花で棺の内も外も一面に飾られていた。そこには、スネギリョフ、「頭のおかしい」妻、身体の不自由なニーノチカがいて、さまざまに悲しみにうちひしがれた姿をみせていた。お棺は教会にやがて運ばれ、ミサが行なわれ、その側の墓地に埋葬された。そのあいだ中のスネギリョフ元大尉の狂ったごとき悲嘆のさまはまことにいたましい限りだった。スネギリョフは、石のそばに葬るといってきかない。イリューシャがそう望んだからだというのだが、家主の老婆が「まるで首くくりのように、汚らわしい石のそばに葬ろうなんて、なんという料簡だね」ときびしくいったので、彼も妥協せざるをえなかった。

少年たちがひつぎを持って運んだ。アリョーシャは残っている母親やニーノチカのことをたのんだ。教会堂までは三百歩ばかりのものだったが、スネギリョフは、「気おちしたようなふうでひつぎのあとについて走った。」

彼はパンを持ってきたかどうかを確かめ、アリョーシャに、イリューシャが自分の墓にパンの粉をまいてくれ、雀が飛んでくれれば、「自分がひとりぼっちでないことがわかってうれしい！」といった話をする。

教会堂につき、少年たちは、棺のまわりを取りまいてミサのあいだ中、静かにしている。しかし、スネギリョフはなにかしら「意味のない焦燥におそわれ」、棺のそばにより、棺かけや、額に置かれた聖画のついたリボンを直し、落ちたローソクをひろったり、使徒行伝の読み方が悪いとささやき、ハレルヤの聖歌の時には、堂の石畳に額をすりつけ、ひれ伏していた。埋葬の聖歌は激しい感動を彼に与えた。棺にふたをさせまいとして、イリューシャの死骸の上におおいかぶさって、抱きしめ、その唇に接吻した。堂のそばの墓地に埋葬される時になっても、スネギリョフは手に花を持ったまま、穴をのぞきこむ。墓に土をかけはじめると、なにやら呟いていていた。やがてパンの切れがまかれる。大尉はいきなり家に向けて歩き出した。「おっかさんに花をやろう」と叫び出し、寒くなったから帽子をかぶるよういわれても、いらんいらん、と帽子を雪の上に投げた。少年たちは皆泣き出した。スネギリョフは、急に墓地に戻ろうとかけ出し、少年たちにとりすがられ、雪の上に倒れイリューシャの名を呼び始めた。家につくや、イリューシャの古い破れ靴に接吻し、「おまえの足はどこへ行ったのだ？」と叫んだ。頭のおかしい妻も、「おまえさん、どこへあれを連れて行ったの？」と叫び、ニーノチカも泣き出した。

コーリャは、イリューシャを生き返らせるためなら、すべてを投げだしたいと叫ぶ。

一同はそこを去り、イリューシャを生き返らせるためなら、すべてを投げだしたいと叫ぶ。

一同はそこを去り、イリューシャが自分を葬ってくれといった大きな石のそばに立ちよった。アリョーシャはその石をみた途端、スネギリョフが彼に語った光景、イリューシャが父親に抱きつきながら、「お父さん、お父さん、あの男はほんとうにお父さんをひどい目にあわしたのね！」と叫んだという光景を思い出し、「なにものか彼の胸の中でふるえ動いたような気がした」。ここで突然アリョーシャは少年たちに語りかけた。

アリョーシャは心の中になにを感じたか。今はなきイリューシャの父親を思う、痛切な愛の鮮明なイメージだったのではないか。アリョーシャは、このイメージの中に、未来へのある確たる光を得たのだ。ちょうどドミートリイが自分の中に新しい人間の覚醒を見出したように。こうして、アリョーシャの別れの言葉は、この光を大事にしようということを内容とする。

彼は自分の兄は、ひとりは流刑されようとしており、ひとりは瀕死の床にいる。しかし自分はまもなくこの土地を発ち、長いこと帰ってこないだろう。別れにあたってこの石のそばで誓おうではないか。「第一にイリューシャを、第二にお互いのことを、決して忘れない」という誓いを。アリョーシャはここで幼年期の思い出について語った。

「総じて楽しい日の思い出ほど、ことに子供の時分、親のひざもとで暮らした日の思い出ほど、その後の一生涯にとって尊く力強い、健全で有益なものはありません。諸君は教育ということについて、いろいろやかましい話を聞くでしょう。けれど、子供のときから保存されている、こうした美しく神聖な思い出こそ、何よりも一番よい教育なのかも知れません。過去にそういう追憶をたくさんあつめたものは、一生すくわれるのです。もしそういうものが一つでもわたしたちの心に残っておれば、その思い出はいつかわたしたちを救うでしょう。」

アリョーシャは繰り返した。

「わたしたちがこんなことを言うのも、つまりわれわれが悪い人間になることを恐れるからなんです……けれど、われわれはなんのために悪い人間になる必要がありましょう、皆さん、そうじゃありませんか？　まず何より第一に、われわれは善良にならねばなりません。次に正直にならねばなりません。つぎに、決してお互い同士忘れてはなりません。」

コーリャは死からよみがえることがあるか、イリューシャにまた会えるか、と聞く。アリョーシャは答える。「きっとわれわれはよみがえります。きっとお互いにもう一度出会って、昔のことを愉快に楽しく語り合うでしょう」と答えた。

少年たちはアリョーシャが好きだと一せいにいう。コーリャが、「カラマーゾフ万歳！（Ура Карамазову!）」と叫び、一同が唱和し、この文学空間は幕を閉じる。

5

この唱和で、この大長編も幕を閉じる。いってみれば、五日前のドミートリイの公判のロシア社会全体にわたるがごときスケールにおいて描かれたドミートリイの悲劇的運命にくらべれば、全く社会の片隅でひっそりと起こった一人の少年の死という、事件ともいえない事件の叙述によってこの小説が結ばれる、ということは一体どういうことなのか。

エピローグというものは、そういうものだといってしまえばそうかもしれない。主題の展開はとにかく第十二編で終わった。いわば激しく渦巻き流れた流れが、一挙に滝に落ちこみ、しかし、やや離れたところで、平静な水の姿にかえるように、裁判において、この文学空間に錯綜していたあらゆる人間関係の糸が、そこで集中的により合い、悲劇を創出した、そのあと、主要な人間の自己にたちかえった運命が描かれる、従って、このエピローグの最後にいわばアリョーシャの旅立ちを置いたということになる。たしかに、書かれるはずだった第二部の主人公がアリョーシャだから、それにむけて、布石がここに置かれたということができる。

しかし、この最終の章はそうしたいわばつなぎ的な意味を負わされただけのものか。ここでドストエフスキーにおいてエピローグは常にそれ自体、それ以前の世界を見返す役割を有していたということを思い起こそう。たとえばその代表的な例が『罪と罰』のエピローグだが、この小説の場合解決というべきものはそこに仕掛けられていた。では、『カラマーゾフの兄弟』ではどうか。

このイリューシャの死はなるほどささやかなる死である。しかし、それは、いわば一粒の麦の死ではないだろうか。その死は哀切を極めるがその姿は天使のように美しい。作者は先に、一粒の麦の死としての死を描いていた。ゾシマ長老の兄マルケールの死である。それは、やがてゾシマの聖性を生み、さらにそれはアリョーシャに伝えられた。今アリョーシャはイリューシャの死に面して、改めてイリューシャの心の中に、永遠によみがえる魂の真実をみたのだ。イリューシャとは、純粋に愛を求める少年にほかならなかった。少年ながら彼は、その悲惨な環境にあって、父親を思い、そのために、他の少年らに排除される。あるときスメルジャコフにそそのかされて、ジューチカという野犬にピン入りのパンを与える。しかし、その喪失の悲しみが彼の生命を奪ったのだ。野犬一匹の運命が彼の小さい全生命を領したといっていい。この心情の深さ、これがイリューシャという存在だ。この純粋さに比べれば、カラマーゾフ家における父と子、また家族はいかに虚偽の上になりたっていたかが照射される。虚偽とは根本的に自分自身にたいする虚偽というものであり、それを蔽っているのは、自我主義的情欲であり情念であり知性であった。それがいかに抜きがたく、そしてまたそのためにその真実に直面したとき自我がいかに危機に瀕してゆくか、がこの小説の主題だった。そして、この主題に当時のロシアの全社会的問題が包摂されていた。これにたいして、イリューシャの悲劇は、他者にむかう、それは一匹の見すぼらしい野犬にまでむかう愛の悲劇だ。この一種独特な、無垢の自己犠牲において、それは人々の心をゆさぶり、震駭させる。コーリャが一切をなげうってでも生きかえらせたい、といったのもそうした無垢の自己犠牲の与える感動の深さを物語る。これこそ、ゾシマのいう、謙抑は、最大の力ということを物語るものではないか。

ところで、子供の無垢の受難の問題は、このイリューシャが最初ではない。実は、イヴァンの神の創造した世界の否定、またドミートリイの見た夢の中にもそれは現われていて、それぞれに重要な意味が与えられていたことについては、既にみてきたところだ。特に、イヴァンにおいて、それは神否定の論理の根拠となっていた、という点では、まさに、イリューシャの場合の受難とは正反対の意味を与えられていたかと思う。

考えてみると、このイヴァンの論理は、アリョーシャによって反駁される。アリョーシャの反論は、子供にたいする迫害をゆるせる人がいる、それは無償の自己犠牲に身を捧げたキリストだけはゆるす権利があるというものだった。それにたいして、イヴァンは周知のように、「大審問官」の物語でキリスト失格論を展開したのだが、その結末は、黙って聞いていたキリストが大審問官に接吻して去ってゆく所で終わる。この接吻の謎は難解だ。ただ、キリストは、大審問官の論理を認めたのではなく、その苦悩を認めたのだ、と当面はいっておこう。ともあれ、イヴァンの大審問官の論理は、民衆からその良心の苦しみをあるいは自由意志による苦悩をとりのぞき、地上的満足のなかに閉じ込めようとするものだった。彼の理解する人間性とはそのようなものだった。

こうみてくると、イリューシャの無垢の受難は、大審問官の論理を見返すものとして仕掛けられているといえる。そこには、大審問官の論理を打ち砕く人間の魂の欲求がある。魂は、本能的に苦悶において自由を求めるのだ。ここに無垢の受難の、ひとびとの魂にたいして深くうったえるものがある。恐らくそこに、地上的な論理を超えた心情の論理がある。そして、それこそが「美」なのだ。

イリューシャの埋葬は、十二人の少年にかこまれてなされた。このなにかしら福音書的雰囲気の漂う叙述の中でキリストの死に集う十二使徒の面影が浮かんでくる。先にスネギリョフ一家を倒錯した聖家族といったが、イリューシャは、そこに生まれた幼いキリストなのだ。アリョーシャは、そのよみがえりを約束する。それは美しい回想の中での復活を意味するものなのだろう。この美しい回想にもし永遠なるものがあるとすれば、それこそ、この小説の根本主題、一粒の麦の死というものの持つ巨大な意味がこのエピローグの最終章に与えられているということになる。

アリョーシャは、この最後のイリューシャへの悼辞の中で、いわば回想というもののメタフィジカを置いた。彼は幼少期の両親のもとでの美しい想い出が、その生涯において、よしんばその人間が道をふみはずした場合でも、その想い出によって善に立ちかえる可能性があることを説いた。ここにアリョーシャのリアリズムがある。人間は、かつて自分が身を置いていた美しい魂の状況を、必ずしも持ちこたえることはできない。しかし、美しい瞬間を持ったことのなかに、不断の軌道修正によって、善にたちかえる可能性を持つ。これはそのまま、ドミートリイ、カチェリーナにもあてはまることだろう。ドミートリイが自己のうちに発見した真なる人間も、実際に持ちこたえる、あるいは持ち続けることは容易なことではないだろう。しかし、その啓示の回想を持ちこたえ、時に想い出すことによってこそ、そのような人間を実現してゆくことが可能になる、ということもそこにふくまれている。

美しい瞬間の回想自体は人間的なものといわねばならないだろうが、それが美しい姿として不断によみがえる時、死者の生命はわれわれの魂の中によみがえるといえるだろう。そこにやはり、神秘がある。いわば、ある永遠なるものとの接点がある。思えば美しい回想というもののもたらす永遠にして善なるものの感触は、この文学空間において既に所々に仕掛けられていたものだった。アリョーシャの心の中に生き続けたイコンに祈りを捧げる夕陽の中の母親の姿、ゾシマにとってのその兄マルケールの、やはり夕陽の中で語る姿、スネギリョフにとってのイリューシャの姿、そしてドミートリイにとっての一フントのくるみの回想、それらはいずれもその存在の深みにあって彼らをささえたものであるにちがいなかった。今やそれらの底流していた流れがひとつにまとめられ、アリョーシャの少年集団へのはなむけの言葉となった。

かつてドストエフスキーは、ある書簡（一八七八年三月二十四日、N・P・ペテルソン宛て）の中で「小生とソロヴィヨフは、少なくとも、現実的で文字通りの、個人的な復活を信じています。また、それが地上に実現されることを信じています」と記したが、この最後のアリョーシャの言葉において、その信念が具体的な表現を得たといえる。

ドストエフスキーは『カラマーゾフの兄弟』において、家族という、社会の中核をなすものの崩壊する、終末的様相を描いた、しかしそれとともに、復活への光をも最後に導入した。という意味では、この「エピローグ」は、未来を照らす光であると同時にこの文学空間を照らし返すその光に他ならなかったということになる。

実にドストエフスキーは、この全文学空間がそこに焦点を結び、やがてそこから光を発するものとして、ひとつの無垢の死をここに置いたといっていいのだ。

こうして、この大長編は結ばれる。この最終章のイリューシャの死は美しい。これはまた読者に与えるメッセージ、いわばわれわれ読者の心の中に時によみがえって清爽と遠い追憶の中にさそいこんでやまないメッセージといえるだろうと思う。

# 第十章　二十一世紀への光芒——覚書的結語——

ドストエフスキーの文学は、一般的に神の追求の文学、あるいは愛を説く文学といわれている。それには違いないが、そのような一般的な表現を突きぬけたところに、その文学世界が置かれている、ということに改めて目を向ける必要があるかと思う。それは、難解な思想を説くものでもなければ、また抽象的なメタフィジカに帰着するようなものでもない。結局は、極めて単純な人間的原理に帰着する。ゾシマの説く謙抑とアリョーシャの美しい幼少期の回想を持てというすすめと、これは、あらゆる人間にとってある意味では容易に手の届くところにある、実行可能な覚悟だ。とはいえもっとも単純なことこそもっとも困難ということなのだ。『カラマーゾフの兄弟』という文学空間は、そうした単純な人間的原理の持つ問題性に捧げられている、といっても過言ではない。単純なる人間的原理とはなにか。ここで『交響する群像——『カラマーゾフの兄弟』を読むI——』の「序章」の中の一節をおもいおこしたい。

「『カラマーゾフの兄弟』における真のドラマとは、作品の前面において展開される愛憎の眩く葛藤にあるというよりは、〈カラマーゾフ的なるもの〉が、混沌たるうちに自らに内包する、深い欺瞞性との闘いを通して、〈カラマーゾフ的なもの〉の、真の魂である、論議以前の、直接的生、内発的生にいかに還帰してゆくかというところにあるということだ。」

深い欺瞞性とは意識性のもたらすものだ。同じ「序章」の先のところで人間が過つのは意識性によるということを、ダンテの『神曲』をかりて説明したが、意識こそ人間をして人間たらしめるものである以上、意識性のもたらす欺瞞から脱け出ることは至難のわざといえるだろう。『神曲』浄罪界とはいわばそうした欺瞞性をはらい落としてゆく過程に他ならなかったわけだが、『カラマーゾフの兄弟』においても主要な人物達のたどるのがやはり苦難を通して、本然の自我にいたろうとする、無意識的ではあれ、本能に導かれての道程だったといえる。そのもっとも典型的なのが、ドミートリイだったわけだが、彼のうちに生まれ出るのを体験した「人間の中の人間」、「新しい人間」は、彼の内なる無垢の存在に他ならなかった。『神曲』の浄罪界とは、七つの大罪を浄めて、失われたかつての楽園、いわばエデンの園に至る過程だったが、ドミートリイもまた同様の過程をたどったといえるかと思う。

ところで浄罪界に入るにはいわゆるペテロの門を通らねばならないが、そこには三つの石段があり、その第一段は「磨きあげられたように滑らかな白の大理石」(平川祐弘訳、以下同じ)で、第二段は「青紫よりも濃い色をした粗い焼石で、縦横に亀裂がはいっていた」、第三段は「重みのある斑岩で、血管からほとばしる鮮血のような燃えるような色をしていた」。この三段は、告解・痛悔・贖罪の三段階をあらわすものという。つまり、第一段の透明な大理石は、自分の心へのくまなき透視としての自己告白であり、第二段はそこに由来する罪の自覚により打ち砕かれた心の痛みをあらわし、第三段はキリストの受難をおのが身にひきうけようとする決意の表明といえる。

この三つの石段が浄罪界の入り口に置かれていることの意味は、浄罪界において七つの大罪を浄める大前提がそこに示されているということだ。さらにいえば、無垢の状態に還元されてゆくには、徹底的に打ち砕かれた心の状態がまずなければならないということだ。

このような、人間浄化の『神曲』的過程の光をドミートリイに照射してみれば、彼のうちに生まれ出た〈新しい人間〉への過程が鮮かに浮かびあがるといえる。

ところで、この三段の石段を今ゾシマの言葉にしてみれば、謙抑という言葉になるのではないか。ゾシマは謙抑は恐ろしい力だといった。これはひとつの逆説である。しかし人間はあまりにも意識性の闇の森の中にからめとられているから、こうした逆説によってそこを脱出するしかないのだろう。謙抑によって人間は世界をありのままに見る。無垢において、人間存在そのものから歓喜が発する。ドミートリイが、いかなる状況の中にあってもホザンナを叫ぶことができるといったのはそのことだ。アリョーシャは、論理以前に生を愛するといったが、謙抑の底に到りついた時、はじめて「論理以前の生」、いわば無垢の生へと到りつくことが可能になる。この存在こそ、健康な人間というべきものなのだと思う。

とはいえ、真の健康な人間に至るにはまだ充分ではないのかもしれない。謙抑は、そこへの必須の階梯とはいえ、罪の意識にとらわれているという点ではやはりネガティヴなものといわざるをえない。ダンテは、真に健康な人々の魂を天堂界においた。これは歓喜の光にわき立つ魂である。これこそ、ポジティヴな世界への賛美であろう。

興味深いことは、ダンテは浄罪界の第三十一歌、第三十二歌で、地上楽園を流れるふたつの流れによって、無垢な魂をネガティヴなものからポジティヴなものに転換せしめている。ふたつの流れ、ひとつはレテで「罪業の記憶を人から消す力」を有し、他のひとつはエウノエと呼ばれ、「あらゆる善行の記憶を新たにする力」を有する。ダンテ自身その流れに身をひたすことによって、その無垢をポジティヴなものへと完成するのだ。そしてこれはいうまでもなく、天堂界の真に健康な魂の世界を訪れるための大前提となっている。

さて、『カラマーゾフの兄弟』でエピローグにおいてアリョーシャの説いたよき想い出を持てというすすめは、まさに謙抑のネガティヴなのに対してポジティヴといえるのではなかろうか。そして、アリョーシャが少年達にむかってこのことを説いたということは、彼らこそ元来その出発において無垢なる存在だからだ。無垢の時代においてこそ生はその十全な喜悦のもとにあらわれる。この喜悦は、アリョーシャもいう論理以前のものといわねばなるまい。これこそ意識性によって混濁せしめられた大人にとって再生をもたらすものなのだ。

こう考えてみれば、謙抑のすすめからよき記憶を持てというすすめへと人間のポジティヴな復活にむけてドストエフスキーの構想する世界の未来像もなにかしらすけて見えてくる。それは十三年後アリョーシャを中心としたこれらの少年達の活躍する世界だろうが、それぞれ第一部の単なる繰り返しではありえない以上、そこではこのポジティヴな原理の上に立って世界は展開することになったろうと想像される。

以上のことは、ドストエフスキーが『神曲』を模したということをいおうというものではない。要は『神曲』という作品の発する偉大な透視的光を照射することによって、『カラマーゾフの兄弟』の世界は、鮮やかにその骨格を浮かびあげてくる、ということに他ならない。ドストエフスキー自身、『神曲』について次のように述べている。

「現世紀は過去の偉大な作品の後を受けて、文学・芸術に何一つ新しいものを寄与しないという非難が、一般に行なわれてはいるが、それははなはだしく不当な考え方である。現世紀のヨーロッパ文学を残りなく検討するならば、いたるところに同じ理念の痕跡を発見するであろう。ただし世紀の終わり頃には、いよいよ何か一つの偉大な作品の中に、その理念が完全に、明瞭に、力づよく具象化されるかもしれない。たとえば、『神曲』がその時代の中世的、カトリック的な信仰や理想を残りなく、永遠に表現したように、おのれの時代の追い求めたもの、そして現世紀の特性を表現するかもしれない。」

これは一八六二年『ヴレーミャ』九月号掲載のユゴーの『ノートルダム・ド・パリ』の翻訳に付した編集者の序文の一節であるが、ここで「理念」というのは、「ほろびたる人間、周囲の状況、長い世紀の停滞、社会的偏見の圧迫によって、不正におしつぶされた人間の復興」というものだ。ドストエフスキーはユゴーこそその理念の第一者といっているのだが、ドストエフスキーは、この理念を最大限実現した作品への待望を『神曲』によせて語ったのだ。ところでこの『カラマーゾフの兄弟』こそ、この待望を彼自身の手で実現したものといえるのではないか。考えてみれば『死せる魂』も『神曲』的構想の上につくられた作品だった。それは結局未完に終わったが、その水脈はドストエフスキーの魂の深部に一貫して流れていたのではないか。

いうまでもなく、この作品は単に『神曲』との比較によってのみ解釈されるべきものではない。『神曲』が文化・社会・歴史・哲学あらゆる領域をふくめて中世の集大成的作品であったようにこの作品も先行する代表的古典はいうまでもなく、ロシアの社会の十九世紀までに至る問題性の一切をもかかえこんだ作品となっている。永続的生命を持つ作品は常にそうなのだが、この作品は、特に新旧約聖書、シェイクスピア、セルバンテス、ゲーテ、シラー、ヴォルテールといった古典中の古典といったものが文学空間形成の重要な柱となっている。しかし、この作品の独自性は、そうした西欧的古典の血肉化によるのみではない。それとロシア的なるものの独特な結合にあるだろう。それが「カラマーゾフ的なるもの（Карамазовщина）」だ。これは、近代化という点では後進的であったロシアが、急激な西欧化のもとで生み出した独特なタイプといえる。ロシア人とは元来がアナーキーな性格というが、そういう中に入ってきた極めて普遍的な論理的思想、そこに十九世紀ロシアの根本問題がある。西欧思想の背後に横たわる思想と実生活の抑制ある切断はとりはらわれ、思想は直ちに実生活にとりいれられて最大限の形をとる。そこに「カラマーゾフ的なるもの」の生まれる理由がある。この作品の主人公とは、そうした思想の極限を生きるものたちだ。

これは西欧的中庸あるいは調和の節度の中で生きる人々にとってはほとんど狂暴と見えたかもしれない。にもかかわらず十九世紀の八〇年頃からロシア文学が一挙に西欧の文学に新しい文学的黎明をもたらしたのは、ドストエフスキーにせよ、トルストイにせよ、いわばその兇暴ともみえるリアリズムによって、西欧思想の問題性をその根底から照らし出したために他ならない。西欧思想の問題性とはニヒリズムの問題である。特にドストエフスキーは、ニヒリズムこそ近代社会の根本問題としてそれを徹底的に深め、深めることによって、そこを突き抜ける道を模索した。その最大の表現が『カラマーゾフの兄弟』である。

いわば西欧思想はロシアという国土に生きたドストエフスキーという抵抗体によって、その問題性を強調され、西欧に投げ返されたといっていい。そこから、ドストエフスキーが二十世紀に入って大きな影響力を持つにいたったのだと思う。ドストエフスキーと二十世紀という問題自体ひとつの大きなテーマであり、ここでは取りあげることはできないが、重要なことは、二十世紀という時代が『カラマーゾフの兄弟』の持つ豊かな問題性をひき出し、発展させたということだ。というのも二十世紀こそ、ニヒリズムが遍在化し、戦争と革命と、そしてカリスマ的予言者によって、終末論様相の現出した時代に他ならなかったからだ。この時、イヴァンのポエマ「大審問官」の予言性が恐ろしい真実をもって時代をうったといえる。「大審問官」の論理が現実化されたからだ。この作品の中で特に「大審問官」が独立して集中的に論じたのも由なしとしない。

しかし、この作品の予言性はそれだけにとどまらない。それはカリスマ的支配の崩壊をも予言していたといえる。それはイヴァンの論理自体、イヴァンの精神崩壊によって実質的に内側から崩壊を暗示されていたということと連動する。内側から崩壊せしめたものは二つの分身であり、究極的にはイヴァンの内なる暗黒の無意識といえる。カリスマ的支配の崩壊も、結局は、その内なる悪魔的なるものによるのではあるまいか。というのもカリスマ的なるものは、この暗黒の衝動が、論理と合体したところに生まれるからだ。

この暗黒の衝動とは、いわばオイディプス願望、父親殺しの無意識的願望であるが、興味深いことにイヴァンにおいては、キリスト殺し、いわば主殺しの願望と、いわゆる父親殺しの願望がドッキングしている、というより元来がひとつの根から発したものとしてあるというべきかもしれない。個人の無意識の衝動が、政治レベルへと外化される、二十世紀のカリスマ的存在をみるにこの視点は極めて有力なものを提供してくれる。

これは深くフロイトの学説にも通うが、しかしドストエフスキーにおいて魂のカウンセリングはよりダイナミックだ。それは同じ父親殺しの衝動を有しながら、結局は、新しい人間の誕生を体験しつつ、受難の道を歩むドミートリイのことだが、彼はその衝動をいわば外化する。その特徴は、告白と外化だといっていいが、外化とは、行為による外化といっていい。いうまでもなく、ここでは魂の癒し手はアリョーシャだ。アリョーシャは不断にドミートリイの告白の相手となることによって、覚醒への道を準備する。

ここにわれわれは、暗い衝動にたいしての対処において二つの道をみる。ひとつはイヴァンの道であり、一つはドミートリイ―アリョーシャの道だ。しかし、イヴァンの道は破滅につながるものであることは、二十世紀が証明したところのものだ。とすれば残された道はひとつ、ドミートリイ―アリョーシャの歩んだ道しかないということになる。重要なことはドミートリイの発見した人間の中の人間、そしてそれを不断によみがえらせてゆくことそこにこそ、終末論的閉塞を打ち破る新なる空気の所在があるのではないか。

これはゾシマ=アリョーシャの説いたところだ。元来、アリョーシャは、観念的産物ともまたつくりもの的という非難を受けてきていた。あるいはそうかもしれない。ゾシマ=アリョーシャの説くところはユートピア的というべきものかもしれない。しかしユートピア的であるとしてその言説の透視力は極めて恐るべきものがあるのではないか。というのは、そこには人間の本質を形成しているかにみえる一切の関係なるものへの根本的否定が内在しているからだ。無垢なるものへの還元とはそういうことではないか。実はこれほどラディカルなものはないのではないか。

そして二十一世紀に必要なのは、このような無垢への還元ではないか。ゾシマはそれを謙抑という言葉であらわし、アリョーシャはそれを幼少期の美しい想い出という言葉であらわした。二十世紀にドストエフスキーがイヴァンを通してメッセージを与えたとするならば二十一世紀はこの二人の、つつましやかな、平凡な、しかしこの最も恐るべき言説ではないか。いずれにせよわれわれにとって、二十世紀の悲劇をくり返すことは許されないのだから。

# あとがき

本書をもって『カラマーゾフの兄弟』の読解を終える。本書の扱うのは、この大長篇のもっとも劇的場面に富んだ、プロットの上からいえばクライマックスに当たる部分、そして最後に「エピローグ」によって未来への展望を語って終わる部分である。『交響する群像――『カラマーゾフの兄弟』を読むI』が第一部、『闇の王国・光の王国――『カラマーゾフの兄弟』を読むII』が第二部を扱ったのにたいして、本書は第三部、第四部そしてエピローグを扱う。今これを量という点からみると、第一部がアカデミー版原書で一四三ページ、第二部が一四八ページであるのにたいして、本書の扱う部分は、四〇七ページとなっている。特に、そのうちでも第四部第十一編「兄イヴァン」、第十二編「誤れる裁判」のふたつは、ともにそれぞれ百ページに近い、あるいはそれを超える雄編としてきわめて充実した力のこもったものとなっている。従って、本書の扱った部分を一巻としてまとめるということは、バランスを失しているといわざるをえない。確かに、イヴァンの悪夢の章や、裁判を扱った部分は、その深刻さ、あるいはその問題性の拡がりからいって、それだけでも相当な解読の分量となるはずのものである。ひょっとしたら、それがひとつの巻を要求するということにもなりかねない。にもかかわらず一巻にまとめたというのは、出版事情はともかくとしてひとつには本書が全体から部分を、部分から全体を把握するという方法によって解読を進めてゆくという性格を有しているところから、全体を展望する視点と、部分へのこだわりの双方のバランスが必要であると考えた。そこでとにかく三巻で解読をまとめることが適当と判断した。それに、第三部、第四部は、第一部、第二部で提起された多様な問題がそこで一度に堰《せき》を切ったように奔流するという点では、その豊かさの中に第一部、第二部が凝縮されて繰り返しあらわれるといっていいので、そういうところから、叙述のテンポは簡略化された。特に、裁判の部分では、ドミートリイの犯行の継起的叙述が、検事と弁護士のそれぞれによってなされる。こうしてこの犯行の叙述は、語り手によるのと、予審でのそれとを入れると結局四回(もしスメルジャコフの告白を入れれば五回)語られることになるのでそれらも、あまりひとつひとつを丹念においかけることはしなかった。もちろん、繰り返しの中に、より正確にいえばその変化の中に、当事者の心情の変化、さらに裁きというもの、また弁護というものの本質がひき出されるのであるが、その変化を具体的に紹介することはあまりにも繁雑にわたるだろうし、また原テクストについていただくにこしたことはないので、本書では、むしろその意味を考察することで具体的な叙述に変えた。

それにしても、一応全体の読解を行なってみて、このテクストの限りない豊かさには改めて瞠目させられた。実にさまざまな問題が仕掛けられている。さらにその構造の見事さにも感動を禁じ得なかった。複雑きわまりない人間関係がさまざまにもつれこみながら、しかし後半においてそれが社会全体の背景の中に大きな問題性をもって煥然と浮かびあがる。もっとも魂の奥底にかくれた秘密が、巨大なイメージをもって外化される、そしてそれらが相互に響き合い、混じり合いながら、人間性というものを、あらゆる角度からまたあらゆるレベルから照射する、まことにこれは驚くべき文学といわねばならない。

こうした問題性のすべてを汲み尽くしたなどといえるはずのものでは、もとよりない。筆者の意図ははるかに手前にあると告白せねばならないだろう。つまり先にも書いたように、全体と部分をそれぞれ相関的にとらえること、特に、謎めいた部分を僕なりに解いてみること、それによっておのずと立ちあがってくるテクストの姿を描き出すこと、そこに僕の狙いがあった。こうしてあらわれてきたテクストの姿は、そこに無限の関係の連続性の束ともいうべきものに他ならなかった。いわば無限の関係性の中で、流動する姿である。それはドストエフスキーの文学全般についていえることだが、このテクストにおいて、それがもっとも充実した姿を有したということだ。そして、この作家にたいする解釈の多様性も、また現代性といわれるものも、そうしたテクストの姿に発する。

思えば、ひとつの小説に、三巻もの読解書を記すと思い立ったのも、そうしたテクストのありようを直覚したことによるものだったにちがいない。さらに、そこに盛られた豊かなメッセージに、現代を照らすに有効なものがたっぷりあることを開示してみたかったということだ。

これらのメッセージのうち、特に現代にとって重要なものは、いかなる人間も、既にそれ自体ひとつのミクロコスモスだということだ。ドミートリイという人間がいかにその奥深いというところまで立ち入って描かれているか。現代ではすべてが簡単に結論づけられてしまうのにたいして、人間ひとりの殺害という問題をめぐって、いかに大きな論議がかわされているか。これを十九世紀的感傷として片付けるのはやさしい。十九世紀的感傷、つまりジェノサイド的戦争と全体主義的人間支配を知らなかった時代、いわば幸福な時代の牧歌的夢物語として一笑に付す人もあるかもしれない。いや多くの人がそうかもしれない。しかし、これを逆に見ると、一個の人間をミクロコスモスとしてみることから、マッスとしてみる転換こそが二十世紀の悲劇の源とも見えてくるだろう。

二十一世紀は、科学技術の発達によって人間は、彼自身のミクロコスモス的全体性を捨ててヴァーチュアルな現実に向かって走り出している。いわば機械的思考が人間性にとってかわる時代となっている。かつてミクロコスモスとして人間に潜む豊かな様々な可能性は、機械性によってとってかわられようとしている。その喪失の恐ろしさにも人々は無感覚となっている。このような時、ドストエフスキーの文学においては、犯罪という悪においてさえも、そこに開示されているのは、人間性の無限の豊かさ、あるいはポール・ヴァレリイ的にいえば無限の可塑性とも呼ぶべきものなのだ。このような人間性の驚くべき豊かさは、いうまでもないことだが、自由の自覚と結びついている。人間的自由というものの有する栄光と悲惨と、『カラマーゾフの兄弟』は実にその十九世紀最大の表現であり、さらにその光芒は二十一世紀の現代にまで届いている。というのも、ドストエフスキーにおいて、どこまでもニヒリズムの底に徹し、その底を掘り抜くことによって救済の光を見出そうという点では、超越的神は背後に深く沈められているということによる。ニヒリズムがともあれあらゆる面で普遍化した現代にその発言が有効性を有しているというのもそのためだと思う。

本書のように、ドストエフスキーの小説に三巻もかけて読解を試みたということは、あまりないのではないかと思うが、それだけに、通常の批評文や論文とは異なった問題にぶつかることが屡々だった。当然と思って読み過ごしてしまうものが、こだわり出すと謎めいてみえてくる。意外にそのような問題への答えはどこにも書かれていない。それは、ドストエフスキーの文学自体に内在する問題、時代背景への認識不足、また文化的差異の問題、さまざまな要因があろうがそうした場合、どうしても自分なりに解釈をせざるを得ないことになる。そのようなところに読解を進めてゆく上での困難があった。

本書では、余り作品の成立に至る史的叙述、あるいは作家の伝記的考察などはふれられていない。というのも、作品の世界を自立したミクロコスモスとして読み解きたいと願ったからだ。さまざまな外的事情の知識で武装してから作品世界に入るのではなくて、いわばいきなりその作品世界に飛びこんでゆくこと、その際の眩暈にも近い感覚を解きほぐすことに徹したいと願ったからだ。とはいえそれは、伝記的事実、またそれぞれの言葉の背後にひそむさまざまな声の考察を排除するものではない。むしろ、作品の読解という意図に沿って、それらは最大限に利用された。

こういう意味においても、もっとも参考になったのはナウカ社の三十巻のアカデミー版の全集の註であった。翻訳については、主として米川正夫氏の愛蔵決定版全集(河出書房新社)を用いた。

いわゆる参考文献については、それぞれの章の最後に付せられているので、ここでは改めて記載しない。内外ともにドストエフスキー研究はなお目ざましく発展している。特に三年に一回開かれる国際学会、また日本でのドストエフスキーの会を中心に、研究は広く深くなってきている。先行のさまざまな文献に恩恵をこうむったことはいうまでもないが、こうした学会での交流によって多分に励まされ、刺激をいただいたことを記して感謝の言葉としたい。

いうまでもないことだが、このような作業には終わりはない。三巻にまとめ終えたとしても、それは新たな出発というものかと思う。多くの方々の忌憚のない御叱正御批判をあおぐ次第である。

なお全三巻は、本書の序章、第八章、第九章、第十章を除いてはすべて福岡大学人文学部『人文論叢』に連載された論文に基づく。稿を起こしたのが、その第二十六巻第二号(一九九四・九)からで、以来一回も休むことなく、第三十一巻第四号(二〇〇一・三)まで二十七回にわたって連載を続けた。こうした機会が与えられることなくしては、このような仕事は不可能だった。改めて、福岡大学人文学部の関係者の方々に御礼を申しあげる。

またこのような試みを、現在の厳しい出版事情のもとで実現させてくださった九州大学出版会の方々にも深甚の感謝を捧げたい。特に編集長の藤木雅幸氏には深く御世話になった。氏の助言と励ましがなければ、これまたこの仕事の達成は不可能だった。ここに改めて御礼の言葉を述べさせていただく。

二〇〇一年三月記

（著者略歴）

清《し》 水《みず》 孝《たか》 純《よし》

1930年東京生れ。東京大学大学院比較文化比較文学博士課程終了，日本大学講師を経て，1969年九州大学助教授，1976年九州大学教授，1992年福岡大学教授，現在九州大学名誉教授。その間，1976年から78年にかけてパリを中心にヨーロッパ滞在，また1986年から87年にかけては旧ソ連に滞在。小林秀雄研究からドストエフスキー研究に入り，1982年『ドストエフスキー・ノート――『罪と罰』の世界』（九州大学出版会）により第一回池田健太郎賞受賞。著書として他に，『小林秀雄とフランス象徴主義』（審美社），『ドストエフスキーを読む　道化の誕生』（美神館），『西洋文学への招待』（九州大学出版会），『鑑賞日本現代文学16　小林秀雄』（角川書店），『祝祭空間の想像力』（講談社学術文庫），『幻景のロシア』（九州大学出版会），『漱石　その反オイディプス的世界』（翰林書房），『道化の風景――ドストエフスキーを読む』（九州大学出版会），『漱石　そのユートピア的世界』（翰林書房），『交響する群像――『カラマーゾフの兄弟』を読むI――』『闇の王国・光の王国――『カラマーゾフの兄弟』を読むII――』（九州大学出版会）など。その他共著，論文多数。

新《あら》たなる出発《しゅっぱつ》
――『カラマーゾフの兄弟』を読む III――

2001年6月15日　初版発行

著　者　清　水　孝　純

発行者　海老井　英　次

発行所　（財）九州大学出版会

〒812-0053　福岡市東区箱崎 7-1-146
九州大学構内
電話　092-641-0515　（直　通）
振替　01710-6-3677
印刷・製本　研究社印刷株式会社


ISBN 4-87378-683-5

# 交響する群像

『カラマーゾフの兄弟』を読む　I

人間をその関係性においてとらえる、そこにドストエフスキーの文学の本領があるが、それが最高度に発揮されたのが、最晩年の大作『カラマーゾフの兄弟』である。現代的問題を豊かにかかえたこの鬱然たる人間の森を通して交響する、魂の光と闇の対話がここにある。

清水孝純　著

四六判・三〇六頁

**定価：本体三、二〇〇円**（税別）

**〈主要目次〉**



**九州大学出版会**